Jean G. Goodhind
Mord in Weiß

 aufbau taschenbuch

Jean G. Goodhind wurde in Bristol geboren. Sie hat bei der Bewährungshilfe gearbeitet und Hotels in Bath und den Welsh Borders geleitet und war eine der Mitbegründerinnen des Hotelfachverbands von Bath. Ihr Haus im Wye Valley in Wales hat sie verkauft und segelt mit ihrer Yacht, die im Grand Harbour von Malta ihren Liegeplatz hat, im Mittelmeer, solange es das Wetter zulässt. Die übrige Zeit des Jahres lebt sie in Bath.

Bei Aufbau erschienen bisher »Mord ist schlecht fürs Geschäft« (2009), »Dinner für eine Leiche« (2009), »Mord zur Geisterstunde« (2010), »Mord nach Drehbuch« (2011), »Mord ist auch eine Lösung« (2011), »In Schönheit sterben« (2012), »Der Tod ist kein Gourmet« (2012), »Mord zur Bescherung« (2012), »Mord zur besten Sendezeit« (2013) und »Mord zu Halloween« (2014).

Die Hotelbesitzerin Honey Driver und Chief Inspector Steve Doherty haben sich endlich entschlossen zu heiraten. Doch in der kleinen, romantischen Dorfkirche in der Nähe von Bath, in der sie den Bund fürs Leben schließen wollen, geschieht ein Mord. Mrs Flynn, eine recht unbeliebte alte Dame, wurde erschlagen. Als wäre dies nicht schon makaber genug, trägt die Tote auch noch ein Hochzeitskleid. Bald findet man eine zweite tote Braut. Die Einwohner des Dorfes benehmen sich äußerst merkwürdig, und bald scheint es, als hätte fast jeder ein Motiv.

Jean G. Goodhind

Mord in Weiß

Honey Driver ermittelt

Kriminalroman

Aus dem Englischen
von Ulrike Seeberger

atb aufbau taschenbuch

Die Originalausgabe unter dem Titel
Marriage is Murder
erschien bei Accent Press, Bedlinog 2013

FSC
www.fsc.org
MIX
Papier aus ver-
antwortungsvollen
Quellen
FSC® C083411

ISBN 978-3-7466-3079-3

Aufbau Taschenbuch ist eine Marke
der Aufbau Verlag GmbH & Co. KG

1. Auflage 2014
© Aufbau Verlag GmbH & Co. KG, Berlin 2014
Copyright © Jean G. Goodhind 2014
Umschlaggestaltung Mediabureau Di Stefano, Berlin
unter Verwendung mehrerer Motive von istockphoto:
mart_m, roccomontoya, blankaboskov, Brandi Powell
Druck und Binden CPI – Clausen & Bosse, Leck
Satz LVD GmbH, Berlin
Printed in Germany

www.aufbau-verlag.de

Prolog

Die Braut trug eine Goldrandbrille, hinter der dunkle Augen hervorblitzten. Das schimmernde schwarze Haar ging ihr bis zur Taille.

Zu ihrem blassrosa Outfit hatte sie blaue Wildlederschuhe und eine Handtasche kombiniert, die genug Platz für einen Laib Brot, einen Beutel Kartoffeln und ein Pfund Butter geboten hätte.

Den Hut hatte sie sich kess schräg aufgesetzt, so dass die breite Krempe ihr Gesicht überschattete. Auf den ersten Blick schien das nur eine Modefrage zu sein. Hätte man sich jedoch die Mühe gemacht, die Krempe ein wenig zu lüften und genauer hinzuschauen, so hätte man ein großes bananenförmiges Feuermal gesehen, das längs über ihre ganze Wange verlief.

Der Bräutigam war sehr groß und dünn, seine Haut so braun und glänzend wie eine Kastanie. Er trug eine graue Hose und ein dunkles Sakko, dessen Schultern mit Schuppen gepudert waren. Die Hosenbeine reichten ihm kaum bis zu den Knöcheln, und die Schuhe passten farblich nicht zu seinem Outfit. Der Mann sah genauso aus, wie man sich einen nervösen Bräutigam vorstellt: Er trat unruhig von einem Bein aufs andere, sein Gesicht glänzte vor Schweiß, und das dichte schwarze Haar schimmerte und war mit Gel an den Kopf geklatscht. Jeder halbwegs aufmerksame Beobachter wusste gleich, dass die beiden nicht gerade ein Traumpaar waren.

Die Standesbeamtin, eine Dame mit Brille, hatte die Art von Bluse an, die früher Margaret Thatcher bevorzugt hatte, sogar in derselben Farbe: in konservativem Blau mit einer großen Schleife am Hals.

Vor ihr waren schon alle möglichen und unmöglichen Paare erschienen, um die Ehe miteinander zu schließen. Trotzdem wunderte sie sich immer wieder, was für merkwürdige Kombinationen da zusammenfanden. Diese beiden zum Beispiel. Bei denen hatte sie Zweifel, ob es sich überhaupt um ein echtes Paar handelte. Aber es war ja nicht ihre Aufgabe, hier bohrende Fragen zu stellen. Die beiden hatten alle nötigen Papiere beigebracht und die richtigen Formulare ausgefüllt. Der Rest ging die Beamtin nichts an.

Sie sprach die Worte der gesetzlich vorgeschriebenen Trauformel langsam und mit monotoner Stimme, und ihr Blick wanderte von der selbstbewussten Braut zum nervösen Bräutigam.

»Sprechen Sie mir bitte nach«, sagte sie. Ihr ernster Blick wich nicht, und sie artikulierte sorgfältig, als redete sie mit Kindern an deren erstem Schultag.

Trotz ihrer perfekten Aussprache fiel es dem Bräutigam offensichtlich schwer, die Worte zu wiederholen. Sie vermutete, es lag daran, dass Englisch nicht seine Muttersprache war. Die Braut hakte sich fester bei ihm ein, als könnte sie ihm damit Mut machen oder ihn zumindest daran hindern, es sich anders zu überlegen und doch noch wegzulaufen. Nervös genug sah er aus.

»Komm schon, Schätzchen. Du schaffst das«, drängte sie ihn und stieß ihm den Ellbogen in die Rippen, während ihr verkniffenes Lächeln eine Mischung aus Wärme und Warnung ausstrahlte und ihre Stimme so klebrig war wie Sirup.

Diese Worte ermutigten ihn zumindest dazu, ihr ins Gesicht zu schauen, obwohl sein Blick eher von Furcht als von Liebe zu zeugen schien. Nun noch die letzte Formel.

»Ja, ich will.«

»Ja, ich will.«

»Sie können die Braut jetzt küssen.«

Es war ein flüchtiger Kuss. Der Bräutigam wirkte erleichtert, dass er die Zeremonie – und vielleicht auch den Kuss – hinter sich gebracht hatte.

Schließlich waren die Urkunden unterschrieben, vom Brautpaar und von den beiden Trauzeugen, einer dicken Frau in einem grellroten Mantel, der für das gegenwärtige sonnige Wetter viel zu warm aussah, und einem dünnen schwarzen Mann in zerrissenen Jeans und Bomberjacke. Die dicke Frau hielt eine schwarze Handtasche vor den Bauch gepresst. Der schwarze Mann sah aus, als langweilte ihn die ganze Veranstaltung tödlich. Er schaute auch immer über die Schulter zur Tür, als erwartete er, dass jeden Augenblick jemand hereinkommen könnte.

Sobald sie draußen waren, machte der Bräutigam eine ruckartige Kopfbewegung und richtete ein paar Worte an ein dünnes, etwa dreizehnjähriges Mädchen, das ein schwarzes Kopftuch umgebunden hatte. Das Mädchen warf einen flehenden Blick zu den Frauen, seine Antwort verstanden die beiden jedoch nicht. Der »Bräutigam« packte das Mädchen an der Schulter und schüttelte es. Er sagte etwas in drohendem Tonfall, aber die beiden Frauen, die ihm einen britischen Pass verschafft hatten, konnten es nicht verstehen.

Hätten sie genauer hingeschaut oder hätte es sie auch nur im Geringsten interessiert, so hätten sie die Furcht im Gesicht des Mädchens wahrgenommen. Doch nun folgten der ausländische Bräutigam und seine »Braut« der dicken Frau zu einer Eckkneipe, und das Mädchen mit dem Kopftuch trottete hinterher. Der Mann wies das Mädchen in barschem Ton an, draußen zu warten, während die anderen hineingingen.

»Ich nehme einen Brandy mit Babycham«, sagte die rote

Frau ohne jedes Zögern. Die Braut schlängelte sich zur Bar durch, wo sie das Getränk für die Frau und ein Glas Weißwein für sich bestellte.

In der Zwischenzeit zückte der Bräutigam die Brieftasche und blätterte fünfhundert Pfund auf den Tisch, den noch ausstehenden Restbetrag für die Eheschließung und das Recht auf einen britischen Pass.

Der Trauzeuge war gleich gegangen, nachdem er sein Honorar für seine Anwesenheit und Unterschrift eingesackt hatte. Wie schon Dutzende Male zuvor.

Nachdem das Geld überreicht, gezählt und die Anzahl der Scheine für korrekt befunden war, verschwand auch der Bräutigam ohne einen Blick zurück auf die »Braut« oder ein Wort des Dankes an die Frau, die alles in die Wege geleitet hatte.

»So«, sagte die Braut, sobald sie die Drinks und zwei Tütchen gesalzene Erdnüsse zum Tisch gebracht hatte. »Wer ist der Nächste?«

Die Frau im roten Mantel kippte ihren Drink in einem Zug herunter und leckte sich mit ihrer langen rosa Zunge ein paar Tröpfchen von den üppigen Lippen. Die Erdnüsse rührte sie nicht an.

»Es gibt keinen Nächsten. Ich ziehe mich aus dem Geschäft zurück. Aber ich habe nichts dagegen, wenn du es übernehmen möchtest.«

»Was sagst du da? Ich *bin* das Geschäft.« Die jüngere Frau presste mit dramatischer Geste die Hände an die Brust, als müsste sie ihr Herz festhalten. Ihre Augen strahlten, und das Feuermal auf ihrer Wange war, wenn möglich, noch intensiver rot geworden.

Die Frau im roten Mantel blieb eisern, senkte das Kinn auf die Brust und schaut die junge Frau von oben herab an. »Wer sagt das? Du?«

»Ich bin die Braut.«

»Ja, aber nicht das Hirn.«

Das fand die Braut gar nicht komisch. »Pass bloß auf. Ich sehe gut aus, und ich habe eigene Pläne. Ich denke, ich kann mehr erreichen als immer nur diese Scheinehen gegen Bezahlung zu schließen. Ich habe durchaus andere Möglichkeiten.«

Die dicke Frau zog die gemalten Augenbrauen in die Höhe. »Denkst du etwa an eine echte Heirat?«

»Nein, ich will in der Heiratsszene mein eigenes Geschäft aufbauen.«

»Ich will gar nicht wissen, wie. Das ist deine Sache, aber wenn du mein Geschäft übernehmen willst, dann tu's. Es wird Zeit, dass ich meine Enkelkinder so richtig verwöhne. Das wird den Partner meiner Tochter richtig ärgern – was mir herzlich egal ist. Der ist ohnehin ein Mistkerl. Bist du wirklich entschlossen, es allein zu versuchen?«

»Wild entschlossen.«

»Dann viel Glück. Ich muss jetzt zum Zug.«

Die Frau im roten Mantel holte am Tresen noch einen Weißwein für ihre Komplizin, ehe sie ging, und meinte, sie überließe ihr gern die Erdnüsse.

»Moment mal, und was ist mit meinem Bonus, meinem Gewinnanteil? Du hast gesagt, am Ende des Jahres bekäme ich fünfundzwanzig Prozent aller Einnahmen plus einen Anteil vom Angesparten. Das haben wir doch noch, oder?«

»Vertraust du mir etwa nicht?«

»Ich hoffe, ich kann dir vertrauen. Ich habe dir ja gesagt, dass ich mit Geld nicht so gut umgehen kann. Ich freue mich drauf, es auszugeben – und nicht wieder für ein verdammtes Brautkleid! Von denen habe ich echt die Nase voll.«

»Das Geld ist sicher angelegt, und du kriegst, was dir zusteht«, sagte die Frau in Rot und stützte sich mit ihrer molligen Hand auf dem Tisch ab, um leichter auf die Füße zu kommen. »Ich muss bloß noch eben auf die Toilette, ehe wir zur Bank gehen. Es liegt alles sicher auf dem Konto. Wir müssen es nur abheben. Einfacher geht's nicht.«

Die Braut seufzte vor Wonne, machte beide Erdnusstütchen auf und begann zwischen Schlucken aus dem Weißweinglas die Nüsse zu futtern.

Fünfzehn Minuten vergingen. Ihre »Geschäftspartnerin« war immer noch nicht wieder aufgetaucht. Langsam machte sich ein ungutes Gefühl in ihr breit. Sie war inzwischen mit dem Wein und den Nüssen fertig, aber ihre Komplizin war noch nicht zurück.

Ihre Augen wanderten zum anderen Ende der Bar und suchten nach dem Schild, das zu den Toiletten wies. Schließlich sah sie es hinter all den Tischen und Stühlen über einer Tür rechts vom Dartbrett.

Daneben war das grüne Schild für den Notausgang angebracht.

Da begriff die Frau, die an die zwanzig Mal die Braut gespielt hatte, plötzlich, dass man sie hereingelegt hatte. Sie sprang auf und raste dahin, wo die Frau in Rot verschwunden war.

Die Damentoilette, ein Raum mit widerlich parfümierter Luft und Musikberieselung aus der Bar, war leer. Alle Kabinentüren standen offen. Hier konnte sich niemand verstecken.

In ihrer Verzweiflung rammte die Frau mit dem Feuermal den Kopf an eine Türzarge. Sie kannte ihre Geschäftspartnerin nur als Mrs Fitz. Sie hatten immer sorgfältig darauf geachtet, keine Spuren zu hinterlassen, Mrs Fitz, das begriff sie nun, hatte daran noch weit mehr Interesse gehabt als sie selbst. Sie hatte zwar eine Handynummer, aber noch

ehe sie dort anrief, wusste sie, dass der Anschluss abgemel-
det sein würde.

Ihr Geld für heute hatte sie bekommen, aber die Tau-
sende von Pfund, die ihr als Bonus noch zustanden, würde
sie nie sehen. Sie hatten vereinbart, bei Geschäftsaufgabe
das auf der Bank angesparte Geld untereinander aufzutei-
len. Dieser Bonus war futsch.

»Ich bring sie um, die verdammte Kuh!«, schwor sie sich.
»Verdammt, ich bring sie um!«

Kapitel 1

Eine Melodie vor sich hin pfeifend, die nur ein sehr geübtes Ohr als den Hochzeitsmarsch erkannt hätte, setzte sich Chief Detective Inspector Steve Doherty an seinen Schreibtisch und schlüpfte so aus der Lederjacke, dass die dann umgestülpt über der Rückenlehne seines Stuhls hing, ohne dass er sie noch mal anfassen musste.

Wie immer schaute er zuerst seine E-Mails durch, ehe er sich den Papieren auf dem Schreibtisch zuwandte. Es waren nicht sehr viele. Nicht so viele wie früher. Mit einem dankbaren Seufzer überlegte er, dass zum Glück heutzutage die elektronische Post dafür sorgte, dass der Papierberg, der auf seinem Schreibtisch landete, ein wenig niedriger war. Besser noch: man konnte flunkern und behaupten, eine E-Mail nie bekommen zu haben, ohne dass jemand Einwände dagegen vorbrachte. Die meisten seiner Kollegen waren etwa so alt wie er, einige älter. Genau wie er hatten sie IT-Fortbildungen mitgemacht, waren aber nie sicher, ob sie wirklich auf die richtige Taste getippt hatten, und hatten überhaupt keine Ahnung, was mit einem Computer möglich war und was nicht.

Zwischen dem üblichen Papierkram lagen drei verschlossene Umschläge. Einer enthielt die Bestätigung, dass eine E-Mail verschickt und im Intranet der Polizei zugestellt worden war. Da wollte jemand gar kein Risiko eingehen, Entschuldigungen über im Cyberspace verlorengegangene Mails aufgetischt zu bekommen. Dohertys Augen wanderten nach oben. Er schaute durch die gläserne Trennwand zwischen seinem Zimmer und dem allgemeinen Büro, wo auf Hochtouren gearbeitet wurde: Augen waren auf Monitore gerichtet, Gestalten in Uniform gingen von einem Schreibtisch zum anderen, zur Kaffeemaschine und wieder an ihren Platz zurück.

Er erblickte die Absenderin. Ms Mackenzie war eine Einheit mit ihrem Computer, sie hatte den Kopf über die Tastatur gesenkt, und das flackernde Licht des Monitors beleuchtete ihren blassen Teint. Sie war eine schlaue Polizistin und wild entschlossen, allen zu zeigen, dass sie ein paar Klassen besser war als ihre männlichen Kollegen und keine Angst hatte, sich die Finger schmutzig zu machen, wenn sie es auf die Art ganz nach oben schaffte.

»Da sei Gott vor«, murmelte Doherty. Sie würde sofort die gesamte Polizei mit elektronischen Fußfesseln ausstatten, wenn es nach ihr ginge.

Der zweite Umschlag, den er aufschlitzte, war von einer Frau, die sich darüber beklagte, dass man ihr Porno-Bilder mit der Post geschickt hatte. Sie hatte sich bereits per E-Mail beschwert.

»ICH WILL TATEN!«

Er bemerkte die Großbuchstaben. Er wusste, was das zu bedeuten hatte. Sie brüllte ihn sozusagen per Post an.

Auf dem dritten Umschlag stand »Privat und vertraulich«. Es war ein richtiger Brief in einem mit der Royal Mail verschickten frankierten Umschlag, auf die gute alte Weise zugestellt.

Ihm fiel auf, dass die Oberkante des Papiers nicht gerade war. Keine große Sache. Wohl ein Blatt Papier, das jemand von einem Block abgerissen hatte, wie man ihn in jedem Schreibwarenladen bekam. Die Handschrift war elegant, mit Schnörkeln und extravaganten Unterlängen. Die Nachricht war es nicht.

Doherty las sie noch einmal.

Heirate diese überreife Schlampe, und du stirbst!

Natürlich stand keine Unterschrift drunter.

»Wer zum Teufel …?«

Er rieb sich mit dem Finger über eine hochgezogene Augenbraue. Die Stirn blieb gerunzelt. Drohbriefe zu bekommen, das gehörte zu seinem Berufsalltag; niemand mochte Polizisten besonders, außer vielleicht geduldigen und liebenden Ehefrauen oder Hunden. Die Treue eines Hundes hielt ein Leben lang. Ehefrauen, na ja, er hatte viele Ehen in die Brüche gehen sehen, einschließlich seiner eigenen. Aber damals war er jung gewesen. Der Plan, Honey Driver zu heiraten, stand auf einem festeren Fundament. Er war jetzt älter. Sie waren beide älter.

Jemand hatte also was dagegen, dass er Honey heiratete? Es wussten nur relativ wenige Leute, dass sie so was Ähnliches wie verlobt waren; natürlich nicht offiziell. Ihm war einfach spontan die Idee gekommen, und er hatte sie gefragt. Sie hatten lange miteinander geredet und beschlossen, ernsthaft darüber nachzudenken. Ernsthaft, das hieß, dass sie überlegten, wo die Trauung und die Party stattfinden sollten und ob sie in die Flitterwochen fahren würden.

Warum sollte jemand etwas gegen diese Heirat haben? Seine Exfrau bestimmt nicht. Bei der Trennung waren sie beide verbittert gewesen, das hatte sich jedoch entschieden verbessert, sobald sie richtig geschieden waren und weit von einander entfernt lebten. Inzwischen rief sie nicht mal mehr bei ihm an. Seine Tochter sah er eigentlich auch nicht sonderlich oft. Die lebte ihr eigenes Leben, brauchte ihren eigenen Raum. Manchmal schickte sie ihm eine SMS, zum Vatertag oder zum Geburtstag.

Da Honeys Exehemann tot war, konnte es auch aus dieser Ecke keine Einwände geben, und ihre Tochter Lindsey war sehr dafür, dass sie endlich heirateten. Bei Honeys Mutter lag der Fall schon ganz anders. Gloria Cross hielt nicht sonderlich viel von Dohertys Referenzen. Schlimm genug, dass er Polizist war, obwohl sie vielleicht umdenken würde, wenn er Polizeipräsident wäre. Weitere Argumente gegen ihn als potenziellen Ehemann waren zum einen, dass er kein Geheimkonto bei einer Schweizer Bank hatte, und zum anderen, dass er sich nicht gern rasierte. Gloria Cross stand einfach nicht auf Dreitagebärte. Honey dagegen liebte seine borstigen Stoppeln.

Er strich sich mit der Hand übers Kinn, hörte das raue Rascheln und musste lächeln. Wenn er daran dachte, dass er sich zunächst gar nicht mit ihr hatte treffen wollen … Der Chief Constable hatte Steve Doherty als Honeys Kontaktmann bei der Polizei ausgesucht, als sie gerade ihre Aufgabe als Verbindungsperson des Hotelfachverbands von Bath zur Kripo übernommen hatte. Er war gewieft und beinhart und sah mit und ohne seine Klamotten blendend aus. Er bevorzugte lässige Kleidung: Jeans (teure), schwarzes T-Shirt, schwarze Lederjacke, Schuhe mit weichen Sohlen, auf denen man sich rasch bewegen konnte, wenn es darum ging, einen Verbrecher zu stellen.

Seine Augen waren kobaltblau und wurden noch eine Schattierung dunkler, wenn die Angelegenheit ernst wurde. Sie wurden auch dunkler, wenn er an Honey dachte, geheime Gedanken, die er nur ihr gegenüber aussprechen würde. Sie fuhr ihm gern mit den Fingern durchs Haar, besonders im Nacken. Er zog sich auch bei der Arbeit lässig an und ging nirgends ohne seine Lieblingslederjacke hin, die schon einige Jahre alt war, aber hervorragend zu seinem Körperbau und seinem lässigen Stil passte.

Ursprünglich war er nicht gerade erfreut darüber gewesen, dass er zu irgendeinem Mitglied des Hotelfachverbands Kontakt halten sollte. Er hatte sich den Vertreter dieser Vereinigung als einen aalglatten Hotelmanager mit politisch korrekten Ideen vorgestellt. Diese Sorgen hätte er sich nicht zu machen brauchen.

Stattdessen war Honey Driver aufgetaucht. Eine Frau in den besten Jahren, mit einer griffigen Figur, das heißt gut gepolstert und kurvenreich, und mit einem ausgeprägten Sinn für Humor.

Ehe sie sich kennengelernt hatten, hatte er die Idee abgelehnt und sich am Kinn gekratzt. Er hatte dem Chief Constable sehr deutlich mitgeteilt, was er von dieser Neuerung hielt.

»Ich hab was gegen Amateure«, hatte er verkündet. Nachdem er Honey kennengelernt hatte, hatte er seine Meinung schnell geändert.

Sie war auf angenehme Art sexy, hatte einen wachen Verstand und war ziemlich fit. Und sie sah, genau wie er, mit und ohne Kleidung gut aus.

Sie hatte nichts für winzige Tangas übrig. Sie lebte auch nicht nur von Salat-Sandwiches. Und er wusste, dass sie manchmal sogar figurformende Unterwäsche trug. Dann sah sie in hautengen Kleidern sensationell aus.

Erst hatte er sie kennengelernt, dann hatte er sie lieben gelernt, und dann hatte er mit ihr geschlafen. Und jetzt dachten sie über eine Heirat nach. Sie hatten beide ihre Vorgeschichten, Töchter etwa im gleichen Alter. Die letzte Neuigkeit von seiner Tochter war, dass sie mit dem Rucksack durch Europa reiste.

Er hatte sich nie auch nur im Traum vorgestellt, dass es mit der Heirat Probleme geben könnte – bis heute.

Im Augenblick war er eher verärgert als neugierig, faltete das Blatt wieder zusammen und dachte nach. Er schnippte mit dem Finger an das Papier.

»Pappt was an den Fingern, Chef?«

Der Sprecher trug den Spitznamen Wizard. Eigentlich hieß er Harold Potter, und bis J. K. Rowling ihren Riesenerfolg hatte, war er für alle nur Harry oder Potter gewesen. Seit man dem Zauberlehrling an allen Bücherständen und im Kino begegnete, hatte Potter den Spitznamen Wizard weg.

Er war einundfünfzig Jahre alt und hatte nicht nur jahrelange Erfahrung mit der Polizeiarbeit auf dem Buckel, sondern auch dank vieler Besuche in der Kantine und der wirklich ausgezeichneten Cornish Pasties einige Pfunde zu viel auf den Rippen und ähnelte eher dem Riesen Hagrid als Harry Potter, aber die Jungs in Blau hatten sich nun mal entschieden. Also war er Wizard.

Wizard wollte sich wahrscheinlich nicht erkundigen, ob Doherty klebrige Süßigkeiten gegessen hatte, sondern vorsichtig anfragen, ob Doherty ihm vielleicht den Inhalt der Nachricht anvertrauen wollte – aus rein freundschaftlicher Neugier natürlich.

Doherty wollte das nicht. Diese Sache ging nur ihn persönlich an.

»Könnte ich vielleicht 'ne Tasse Tee bekommen?«, fragte er fröhlich.

Sicher doch. Bei Wizard kochte eigentlich immer der Wasserkessel, und gleich daneben stand auch eine Dose mit Schokoladenkeksen.

»Immer noch keinen Zucker für Sie?«, fragte Wizard.

»Ich muss an meine Figur denken.«

Wizard reagierte auf diese knappe Antwort mit einem Lächeln.

»Ich kann mir gar nicht vorstellen, für wen Sie sich so kasteien«, fügte er hinzu, als er sich seitlich durch die Tür quetschte und dabei kaum zwanzig Zentimeter Luft blieben.

Als Doherty wieder allein war, musterte er den Umschlag, in dem der Brief gekommen war, noch einmal genauer. Der Poststempel war ganz schwach zu lesen: Edinburgh. Er spitzte die Lippen. In Edinburgh war er noch nie gewesen, und er konnte sich auch nicht erinnern, dass er dort jemanden kannte.

Der schlichte braune Umschlag war unauffällig und billig, wahrscheinlich irgendwo in einem 1-Pfund-Laden in einem ganzen Päckchen gekauft.

Er war an ihn persönlich adressiert und ging nur ihn was an – ihn und natürlich Honey –, also würde er ihn nicht ins Eingangsbuch einschreiben. Er würde auch niemandem davon erzählen.

Der Umschlag mitsamt dem Brief verschwand in seiner Jackentasche, ehe Wizard mit dem Tee zurückkam.

Doherty bedankte sich für den Tee und die beiden Schokoladenkekse, die auf einer Untertasse mit gelben Punkten lagen. Früher waren es mal vier Schokoladenkekse gewesen, aber inzwischen dachte Wizard erst an sich und dann an alle anderen. Mit dem Leibesumfang war auch sein Appetit gewachsen. Oder war es umgekehrt?

Doherty schaute in seine Teetasse, während er zu dem Schluss kam, dass der Brief ein übler Scherz war. Und doch ärgerte er ihn.

Jemand hatte sich die Mühe gemacht, ihn zu schicken. Er konnte am Umschlag einen DNA-Test vornehmen lassen, aber irgendwie vermutete er, dass dabei nichts rauskommen würde. Wer nicht seit Jahren auf einer einsamen Insel wohnte, die auf keiner Karte verzeichnet war, der wusste einfach, dass sich die DNA zurückverfolgen ließ. Allerdings konnte es sich ohnehin nur um einen Verrückten handeln, der was gegen ihn hatte.

Aber was, wenn es anders war? Wenn der Absender ihn

beobachtete oder auf eine Gelegenheit lauerte, nah genug an ihn heranzukommen und seine Drohung wahrzumachen? Oder die Absenderin ihre Drohung?

Er war sich nicht bewusst, dass ihm jemand in letzter Zeit gefolgt war. Honey hatte auch keine Stalker erwähnt, die sich hinter ihr in Ladeneingänge drückten.

Was jetzt? Es saß mit verschränkten Armen da und dachte nach. Die Sache war: Er konnte es nicht über sich bringen, Honey den Brief zu zeigen. Erstens würde sie es bestimmt nicht freuen, dass sie jemand als überreife Schlampe titulierte. Und dann war da die Angst. Er wollte nicht, dass sie sich fürchtete. Er wollte, dass sie lustig und sexy blieb wie immer.

Mach einfach weiter, als wäre nichts geschehen, sagte er sich entschlossen, bis was passiert und du umdenken musst.

Kapitel 2

»Mein Name ist Trevor Templeton. Ich bin zur Hochzeit meiner Enkelin hier.«

Seine Stimme war so dunkel wie seine Haut. Das Haar war kraus, ganz kurz geschnitten und an manchen Stellen schon ein wenig grau. Zum weichen Grau seines Cut trug er eine zartgelbe Weste und ein burgunderrotes Halstuch. Aus den seidigen Falten des Tuchs blitzte eine winzige Diamantnadel in Form eines T, seiner Initiale, hervor. Er hatte einen grauen Zylinder unter den Arm geklemmt.

Honey überlegte, wo sie ihn schon mal gesehen hatte.

Oder gehört? Seine Stimme war so einprägsam wie seine Erscheinung. Er sprach in einer angenehmen Baritonlage und ziemlich leise. Das ist fast wie ein Raunen ganz nah an meinem Ohr, überlegte sie.

Nur mit der Ruhe, Mädel. Du bist vergeben, okay?

Ehe sie auch nur eine Chance hatte, darüber nachzudenken, sprudelten ihr die Worte aus dem Mund: »Sie sind wirklich …«

»Groß? Dunkel? Attraktiv?«

Sein Lächeln war unglaublich aufregend, und obwohl Honey kürzlich einen Heiratsantrag erhalten hatte, war sie doch fest von dem alten Spruch überzeugt, dass es selbst Menschen, die eine Diät machten, sehr wohl gestattet war, einen Blick auf die Speisekarte zu werfen. Und Trevor Templeton war eindeutig eine Sahneschnitte.

Normalerweise schlüpfte Honey so leicht in ihre professionelle Rolle wie in ihre Klamotten. Heute Morgen bestand ihr Hotel-Outfit aus einem dunkelblauen Kleid, dunkler

Strumpfhose und ein Paar italienischen Pumps. Die Schuhe waren aus schwarzem Wildleder, hatten sieben cm hohe Absätze und eine Seidenschleife an der Vorderkappe.

Gewöhnlich trug sie bei der Arbeit keine so schicken Modelle. Sieben cm hohe Absätze reservierte man besser für verführerische kleine Augenblicke, ehe man die Schuhe und einiges sonst noch ablegte. Heute hatte Honey jedoch eine Ausnahme gemacht, und sie war froh darüber. Es stellte sich nämlich heraus, dass diese superschicken Pumps so bequem wie Hausschuhe waren.

Hinter dem Empfangstresen verborgen, dehnte sie erst die eine, dann die andere Wade. Ihre Beine konnten sich wirklich sehen lassen.

Sie lächelte Trevor Templeton freundlich an.

»Entschuldigung. Ich kann mich einfach des Gedankens nicht erwehren, dass ich Sie schon mal irgendwo gesehen habe. Sind Sie berühmt?«

Er zuckte die Achseln. »Ich versuche, es nicht zu sein.«

Sie wusste, dass er sie aufzog, und wäre beinahe errötet, bekam sich aber gerade noch in den Griff und gab vor, auf dem Bildschirm des Computers die Reservierung zu suchen.

»Ein Einzelzimmer. Das stimmt doch?«

Er nickte. »Es gibt keine Mrs Templeton – nun ja – nicht mehr.« Sein Lächeln wurde traurig. »Sie ist von mir gegangen.«

»Oh, das tut mir leid«, sagte Honey.

»Nicht nötig. Sie ist von mir weggegangen und zu einem jüngeren Mann mit einem Rennboot und einem Motor mit vielen PS. Die vielen PS hat natürlich das Boot. Bei dem Mann bin ich mir nicht so sicher!«

Honey lachte leise, errötete ein wenig und checkte ihn ein.

Die Hochzeit Templeton-Fox war eine Feier mit zweihundert Gästen. Das junge Paar hatte erklärt, es wolle nur einen kleinen Empfang. Bei Honey liefen Partys mit zweihundert Geladenen nicht unbedingt unter der Rubrik »klein«. Zum Glück kam das Green River Hotel mit dieser Anzahl von Gästen gerade noch klar.

Die Braut Soraya Templeton war beinahe eine Berühmtheit. Sie war nämlich in einer Reality-Show im Fernsehen aufgetreten und als Supermodel der Zukunft entdeckt worden. Sie war bereits Model, allerdings noch nicht sonderlich bekannt, führte zumeist für die Dessous-Industrie auf dem Laufsteg Push-up-BHs vor. Jetzt hatte sie die schwindelerregenden Höhen internationalen Starruhms im Visier. Die gleichen Vorzüge, die ihr auf dem BH-Markt zu bescheidenem Ruhm verholfen hatten, würden ihr wahrscheinlich auch helfen, dieses hehre Ziel zu erreichen.

Ihre Haut war nicht ganz so dunkel wie die ihres Großvaters, hatte eher die Farbe eines sahnigen Milchkaffees, und ihr Haar reichte ihr fast bis zur Taille und schimmerte. Sie schien Beine bis zur Schulter zu haben, die so lang waren, dass sich ihr Körper, wenn sie sich von einem Stuhl erhob, ein köstliches Stück nach dem anderen entfaltete.

Die hat bestimmt was machen lassen, da war sich Honey sicher. Lindsey war auch dieser Meinung.

»Titten wie Kanonenkugeln. Brustwarzen wie Türknäufe.«

Honey hob die Augen so weit, dass sie die beiden Prachtstücke der Braut mustern konnte. Man brauchte schon einige technische Unterstützung, um Brüste dieser Größe so hoch oben zu halten. Als wäre das nicht genug, betonte das Brautkleid diese künstlich vergrößerten Anhängsel noch. Die junge Frau hatte sich für den Empire-Stil entschieden, der vor allem im Regency-Zeitalter sehr beliebt gewesen war. Jane Austen hätte das weiße Kleid bestimmt gefallen. Der Ausschnitt war tief, und der Rock setzte unmittelbar unter den Brüsten an, umspielte die Hüften und war knöchellang.

Die Kleider der Brautjungfern waren im gleichen Stil gehalten, wenn auch in einem blassen Grün.

Die Braut trug einen Schleier und hatte ein Bouquet aus weißen Blüten, zwischen denen lange Efeuranken herunterhingen. Die Brautjungfern hatten Häubchen auf dem Kopf, und ihre kleineren Bouquets waren violett und gelb. Und ohne Efeu.

Für die Braut, ihren Vater und die Brautjungfern standen Oldtimer bereit, moderne Autos für die wichtigsten Gäste. Von den Kosten der Veranstaltung hätte eine hungernde Nation Reis für mindestens eine Woche kaufen können.

Der Bräutigam, der seidene Kniehosen und Frack trug, dazu ein dunkelrosa Halstuch, war Adrian Fox, ein Fernseh-Comedian von zweifelhaftem Ruf und, nach Honeys Meinung, äußerst bescheidenem Talent.

»Sarkasmus ist die niedrigste Form des Witzes«, hatte sie zu ihrer Tochter Lindsey gesagt, die den Mann aus irgendeinem obskuren Grund komisch fand.

Noch bevor die Gäste von der Trauung in der Abbey zurückkehrten, tauchte bereits Honeys Mutter auf. Gloria Cross rauschte herein, eine Augenweide in türkisfarbenem Chiffon, der in Form von zwei dreieckigen Schleiern hinter ihr her wehte. Sie war als Zuschauerin in die Abbey gegangen und mischte sich nun unter die Gäste. Mit ihrem Outfit passte sie hervorragend zu den vielen schönen Menschen in Designerkleidern und mit teuren Zahnimplantaten.

Honey flüsterte Lindsey zu: »Deine Großmutter sieht aus wie ein Segelflosser. Oder täuschen mich meine Augen?«

»Oma sieht wirklich aus wie ein Segelflosser«, flüsterte Lindsey zurück.

»Ich bin ja der Meinung, dass dazu immer zwei gehören«, verkündete Gloria Cross gerade, hatte die Stimme erhoben, damit man sie über das Lachen der Hochzeitsgäste, die interessanten Gespräche und anzüglichen Bemerkungen hinweg gut hören konnte.

Honey hatte keine Zeit, sich die Klatschgeschichten ihrer Mutter anzuhören oder sich über deren neueste gewinnbringende Vorhaben aufklären zu lassen, also bekam sie nicht alles mit, was gesagt wurde. Hätte sie besser aufgepasst, so wäre sie eher auf die kommenden Ereignisse vorbereitet gewesen.

»Tut mir leid, Mutter. Ich habe keine Zeit. Der Sektempfang hat angefangen, und ich muss schauen, ob in der Küche alles bereit ist«, entschuldigte sich Honey bei ihrer Mutter, war sich aber nicht sicher, ob die sie überhaupt gehört hatte.

Es stellte sich heraus, dass Honey sich unnötig Sorgen gemacht hatte. Wenn eines Gloria Cross in Verzückung geraten ließ, dann war das eine Hochzeit in der Bath Abbey, vorzugsweise von Brautleuten mit Geld, die wussten, wie man eine gute Show abzieht.

Ein Gast nach dem anderen begrüßte Gloria wie eine lang verschollene Verwandte, ohne ihren Namen kennen zu müssen. So ging es den Leuten wohl weltweit auf allen Hochzeiten.

»Schätzchen! Wie geht es dir?«

Honeys Mutter war in ihrem Element; sie flüsterte Mary Jane kurz etwas ins Ohr. Ihrer Tochter würde es noch leidtun, dass sie sich nicht die Zeit genommen hatte, ihr zuzuhören. »Wart's nur ab. Ich bin noch nicht zu alt, um mit Überraschungen zu schocken!«

»Bist du Großtante Periwinkle? Ja natürlich, das musst du sein. Cynthia hat mir gesagt, ich sollte nach dir Ausschau halten. Komm mit, meine Liebe.«

Honeys Mutter lächelte lieblich und machte sich nicht die Mühe, zu erklären, dass sie mit dieser Hochzeitsgesellschaft rein gar nichts zu tun hatte.

Der Mann mit dem marineblauen Anzug und dem glänzenden Gesicht, der sie für Großtante Periwinkle hielt, hörte ohnehin nicht zu. Er hatte sie einfach verwechselt. Gloria Cross wehrte sich nicht dagegen, dass er sie mitten ins Gewühl führte.

Honey überprüfte, ob auch alles da war, was das glückliche Paar an Extras bestellt hatte.

Kristallweingläser, weiße Tischtücher, weiße Stoffservietten – keinesfalls doppellagige Papierdinger, die sich nach der halben Mahlzeit bereits auflösten. Die Tische waren mit silbernen Tischbändern dekoriert, riesige Blumenarrangements hingen an silbernen Ketten von der Decke, und Sträußchen in Vasen prangten zwischen den Gedecken.

Klick, klick, klick klapperten die Tasten der Rechenmaschine, die Honey hinter dem Empfangstresen hatte. Es war ein sperriges, altes Ding, und die Zahlen waren groß und auffällig, genau wie die Endsumme für die Hochzeit Templeton-Fox. »Da«, sagte sie und leckte sich beinahe die Lippen, als sie die köstlich überhöhte Bruttosumme betrachtete.

Es war wichtig, dass alles reibungslos lief. Um das zu überprüfen, flitzte Honey ständig zwischen dem Speisesaal und der Küche hin und her.

Erst als die Reden gehalten wurden und man Kaffee und winzige Stücke der Hochzeitstorte herumreichte, hatte sie ein wenig Zeit zum Ausruhen. Die Gäste waren mit Essen und Trinken reichlich versehen und wurden durch langweilige Reden und lahme Witze, die ohne jeden Lacher verpufften, in einen komaähnlichen Zustand gelullt. Die Pause zwischen dem Empfang am Nachmittag und der Disco am Abend gab dem Personal und dem Management die Chance, auch ein wenig auszuspannen.

»Ich geh mal eine Weile nach hinten ins Kutscherhäuschen«, sagte Honey zu ihrem Oberkellner.

Ihr taten die Füße höllisch weh. Das hat überhaupt nichts mit den Schuhen zu tun, redete sie sich ein. Die waren schließlich aus Italien. Das wusste doch jeder, dass man nur in Italien einen anständigen Haarschnitt und tolle Schuhe bekam.

In der Abgeschiedenheit ihrer Privatwohnung kickte sie die Pumps von den Füßen, zog die Strumpfhose aus, machte sich eine Tasse Tee und steckte die Füße in ein massierendes Fußbad. Sie hatte jetzt Zeit bis acht Uhr. Und sie hatte vor, es sich richtig gutgehen zu lassen. Die Füße einzuweichen, das war eine Top-Priorität.

Auch Lindsey nutzte die Pause. Sie schenkte sich eine Tasse Tee ein und stürzte sie beinahe in einem Zug herunter, ehe sie sich auf ihr Bett fallen ließ und die Stöpsel ihres iPods in die Ohren steckte.

Während Honey die Augen schloss und sich mit drei Petit Fours aus Marzipan entspannte, die sie von einem Tablett in der Küche gemopst hatte, wedelte Lindsey hingebungsvoll zu irgendwas Mittelalterlichem mit den Armen, das auf einer Laute gespielt wurde. Die beiden waren im Frieden mit der Welt. Die Mühen und Plagen in Gestalt der Hochzeits-Disco und des Saufgelages fingen erst um acht Uhr wieder an.

Bereit zum vollen Einsatz – Hochzeits-Discos endeten ja kaum mal vor Mitternacht –, kamen Honey und Lindsey ins Hotel zurück und hörten bereits Musik. Die eigentliche

Hochzeitsparty hatte angefangen. Anstelle der gedeckten Tische war nun ein Büfett aufgebaut, dessen prächtiger Mittelpunkt eine große silberne Punschschüssel war. Die Gäste waren glücklich. Braut und Bräutigam waren glücklich. Und das Allerbeste, der Vater der Braut, der die Rechnung bezahlen sollte, war am allerglücklichsten. Keine einzige Person – mit Ausnahme der Kinder, die man nicht schon früh mit den Großeltern ins Bett geschickt hatte – grinste irgendwie dämlich oder kicherte albern. Es schien alles in Ordnung zu sein.

Das erste Anzeichen dafür, dass etwas mit der Hochzeitsgesellschaft nicht stimmte, war die Musik.

Man hatte eine Combo mit dem klingenden Namen Corsham Cupcakes engagiert, eine ziemlich förmlich gekleidete, professionelle Truppe, die im Hotel auch schon vorher bei Hochzeitsfeiern aufgetreten war.

Normalerweise spielte die Band melodiöse Stücke. Doch die Nummer, die sie im Augenblick zum Besten gab, bestand eher aus verkorksten Akkorden als aus getroffenen Tönen. Die Melodie war kaum noch zu erkennen.

Bisher war das überaus anzügliche Lied *We're Having a Gang Bang* auch nie Bestandteil ihres Repertoires gewesen. Es war einfach keine normale Musik für eine Hochzeitsparty, doch dann erinnerte sich Honey daran, dass unter den Hochzeitsgästen einige Rugbyspieler waren. Die hatten oft ihre ganz eigenen Pläne.

Honey legte das Stück Hochzeitstorte, an dem sie heimlich hinter dem Tresen geknabbert hatte, auf den Teller zurück und fragte Lindsey: »Klingt das auch in deinen Ohren ein bisschen schräg?«

Lindsey schaute vom Computerbildschirm hoch, die Hände über der Tastatur. Sie war genauso verdutzt wie ihre Mutter.

»Dass es schräg ist, ist hier nicht das Problem. Aber das Lied passt einfach nicht zu den Cupcakes. Darf ich mal fragen, was ihr in den Punsch getan habt?«

Honey zuckte die Achseln. »Das Übliche. Alle möglichen Reste von uralten Likören, die wir nie verkauft haben, gemischt mit Obstsaft und einer Flasche billigem Sherry.«

»Klingt ganz schön stark. Nimmt irgendwer in dem Haufen vielleicht Viagra?«

Honey runzelte die Stirn. Sie hatte noch nie erlebt, dass eine Hochzeit in ihrem Hotel völlig außer Rand und Band geriet, und sie wollte diese Erfahrung auch jetzt nicht nachholen.

»Ich seh mir das mal an.«

Lindsey wandte sich wieder dem Computer zu und klickte auf eine andere Website, sobald ihre Mutter aus dem Weg war. Der Titel der Seite lautete: *Sie wollen also Nonne werden?* Was war das denn? Beabsichtigte Lindsey eine berufliche Veränderung? Oder wollte sie nur wieder einmal einen Schritt in die Vergangenheit tun?

Als Honey die Tür zum Speisesaal öffnete, in dem die Party stattfand, fielen ihr beinahe die Augen aus dem Kopf. Verglichen mit dieser Meute war Patrick Swayzee in *Dirty Dancing* ein Dreck.

Auch so manche römische Orgie wäre dagegen verblasst. Die Braut trug nur noch Strumpfbänder, Strümpfe und Unterwäsche, allerdings immer noch 10-cm-Absätze.

Der Bräutigam hatte die Hose ausgezogen, und das glückliche Paar tanzte etwas, das wie Tango aussah, wenn auch wesentlich erotischer, als Honey das je gesehen hatte.

Unter einigen Tischen konnte man schwach Beine und sich windende Körper ausmachen.

Die Corsham Cupcakes schienen sich auf die Anfangszeit ihrer Karriere zurückbesonnen zu haben, als die Punk-Ära gerade ihrem Ende entgegenging. Sie brüllten die Wörter des Songs mit Inbrunst, verfehlten dabei allerdings mehr Töne, als sie trafen. Das war eigentlich in Ordnung, denn es passte blendend zur Musik. Die passte allerdings gar nicht zur Veranstaltung.

Trevor Templeton, der Großvater der Braut, den Honey für eine ziemliche Sahneschnitte gehalten hatte, jagte hinter einer kichernden Frau her, und die beiden kamen auf Honey zugerannt. Honey schluckte. Dieses Flatterkleid würde sie überall erkennen.

Honey packte die Frau, als sie versuchte, unbemerkt an ihr vorbeizuhuschen.

»Mutter! Was machst du da?«

Die Augen ihrer Mutter waren glasig, ihre Wangen hochrot, ihr Lächeln war einfältig.

»Ich habe getanzt, aber dieser große, dunkle Typ hier wollte mit mir vor die Tür gehen.«

Ihre Mutter beugte sich näher. »Ich habe gesagt, erst muss er mich fangen. Der hat ganz schön arbeiten müssen für sein Geld. Ist er verheiratet?«

Honey kniff die Augen fest zusammen und schlug sie wieder auf. Nein. Der Alptraum war nicht verschwunden.

Trevor Templeton schaute genauso entrückt wie ihre Mutter. Die Gäste, die Band, sogar die Bedienungen schienen alle vollkommen zugedröhnt zu sein.

»Du kommst mit mir mit!«, knurrte Honey.

Ihre Mutter war nicht in der Verfassung, Protest dagegen einzulegen. Inzwischen machte sich Trevor Templeton bereits an eine große Blondine mit Riesenhänden heran, von der Honey sicher wusste, dass es ein Transvestit war.

»Komm mit mir vor die Tür, dann erlebst du eine große Überraschung«, nuschelte er.

»Die Überraschung wird ganz deinerseits sein«, murmelte Honey vor sich hin, ehe sie ihre Mutter durch die Doppeltür und in den Empfangsbereich bugsierte.

Nachdem sie Gloria bei Lindsey geparkt hatte, machte sich Honey sofort auf in die Küche. Noch nie zuvor hatte die Mischung aus uralten Likören und Obstsaft in einer Punschschüssel solche Folgen gezeigt. Jemand hatte irgendwas dazugeschüttet. Aber wer?

Sie stürmte in die Küche, pflanzte sich mitten im Raum auf, verschränkte die Arme und machte sich zum Kampf bereit.

»Okay! Wer war's?«

Die Küchenangestellten sahen einander verwirrt an. Smudger Smith, ihr Chefkoch, runzelte die Stirn und fragte, was zum Teufel ihr einfiele, hier in seine Küche hereinzuplatzen und nach irgendeinem Schuldigen zu fahnden.

»Das wisst ihr ganz genau! Da draußen!« Sie deutete ungefähr in die Richtung des Chaos, das in der Hochzeitsgesellschaft ausgebrochen war. »Wer auch immer was auch immer in den Punsch gekippt hat, der kann sein blaues Wunder erleben. Also. Wer war's?«

Smudger Smith schaute nach wie vor verdutzt drein. »Wer war was?«

»Da draußen findet eine Orgie statt. Die Leute reißen sich die Kleider vom Leib.«

Plötzlich kam Bewegung in die Küche. Eine Traube von Menschen in Kochmontur drängte sich um die Tür und machte sie einen winzigen Spalt auf. Der Lärm des Chaos, das Kichern, die Gesänge und das schreckliche Getöse der Band drangen herein.

»Bleibt hier!«

Es nutzte nichts. Die Küchenmannschaft schlich geschlossen auf leisen Sohlen zu der Tür, die direkt in den Speisesaal führte.

»Wow! Guck dir mal die Titten an!«

Honey kommandierte alle wieder an ihre Arbeitsplätze zurück.

»Habt ihr noch nie Titten gesehen?«, fragte sie ärgerlich, weil jegliche Disziplin den Bach runterging, sobald jemand auch nur eine verhüllte sexuelle Anspielung losließ.

Nach einigem Grinsen und dem gemurmelten Vorschlag, dass man doch auch mitmachen könnte, äußerte Smudger die Idee, man könnte auslosen, wer in den Speisesaal gehen und die Punschschüssel holen sollte.

Das Los fiel auf Kurt, den Küchenhelfer, der darin aber durchaus einen Gewinn sah.

»Und nicht heimlich probieren«, mahnte ihn Smudger.

Kurt versprach, nichts anzurühren.

Honey blieb stehen, wo sie war, die Hände in die Hüften gestemmt, und tappte ungeduldig mit dem Fuß. Als der müde wurde, wechselte sie zum anderen und tappte weiter.

Protestgeheul wurde laut, ehe Kurt wieder auftauchte und die Punschschüssel auf einer Arbeitsfläche aus Edelstahl absetzte.

Der Küchenhelfer war völlig außer Puste. »Die waren alles andere als erfreut, als ich die Schüssel weggenommen habe. Ich dachte, die lynchen mich gleich.«

»Die hätten dir eher die Hosen runtergerissen«, meinte Smudger.

Honey, Smudger und die übrige Küchenmannschaft versammelten sich um den Tisch und starrten auf den traurigen Rest am Boden der Schüssel.

»Sieht okay aus«, sagte Honey. Sie tauchte den Finger in das Getränk und leckte ihn ab. »Schmeckt auch okay.«

Smudger spitzte die Lippen. »Dir vielleicht. Und mir vielleicht auch. Ich tippe auf Cannabis. Wir brauchen jemanden, der den Geschmack sofort erkennt.«

»Da bin ich genau der Richtige.« Diese Antwort kam von der Spüle.

Rodney Eastwoods Spitzname war Clint, aber da hörte die Ähnlichkeit zu dem Hollywoodstar auch schon auf. Er hatte breite Schultern und einen Stiernacken, und sein Kopf war über und über mit Spinnen und ihren Netzen tätowiert. Clint war ihre regelmäßige Spülhilfe, aber nur gegen Bezahlung auf die Hand. Außerdem erkannte er jeden illegalen Stoff sofort. Es ging das Gerücht, dass er in seinem Leben schon ziemlich viel davon persönlich probiert hatte. Er hatte sich das Chaos im Speisesaal nicht mit angesehen, weil er Anna aus dem Weg ging. Anna und er hatten zwei Kinder miteinander. Vor einiger Zeit war sie in ihre Heimatstadt in Polen zurückgekehrt und hatte dort ein Café aufgemacht. Aber sie hatte Heimweh nach Bath bekommen. Inzwischen war sie wieder da und erneut im Green River Hotel angestellt. Honey war sich aber nicht sicher, wie es um die Beziehung zwischen Clint und Anna stand.

»Aber gern, bedien dich«, sagte sie zu Clint.

»Du gestattest.« Er tauchte seinen Finger in das Gebräu und leckte, schaute mit leeren Augen in die Ferne, während er die Flüssigkeit über die Zunge rollen ließ.

Alle blickten ihn erwartungsvoll an.

»Bin nicht sicher. Noch einen.« Wieder tauchte er den Finger in die Punschschüssel und leckte daran.

»Jawohl«, sagte er und nickte. »Jawohl. Gutes Zeug. Superstoff.«

Honey versuchte sich nicht aufzuregen, weil sie vielleicht aus Versehen etwas wirklich Kostbares in den Punsch gekippt hatte.

»Sag bloß nicht, dass die staubige Flasche Sherry ein Château Lafitte war, der Phantastilliarden wert ist!«, rief sie.

Clint schüttelte den Kopf. »Nein. Es hat zwar jemand was extra hinzugefügt. Aber Schnaps war es nicht.«

Honey bemerkte, dass Clint und Smudger, die heimlichen Kumpane, einander breit zugrinsten.

»Was? War die Mischung zu stark?«, fragte sie und wunderte sich über die selbstgefälligen Gesichter der beiden.

»Erstklassiger Stoff. Wirklich Cannabis. Tödlich, wenn man's mit Alkohol mischt.«

Honey musterte die grinsenden Gesichter ringsum nach einem Anzeichen von schlechtem Gewissen.

»Wenn einer von euch …«

Alle leugneten.

Smudger stellte die einzigen sachdienlichen Fragen. »Wer hat den Punsch gemacht? Und wer hat ihn reingetragen?«

Honey war sprachlos. Sie hatte den Punsch gemacht. Und sie hatte ihn auch selbst in den Speisesaal getragen.

»Ich war's nicht! Und wenn ich es nicht war und auch keiner von euch, dann muss es …«, sie legte eine Pause ein, »jemand anders gewesen sein.«

Kapitel 3

Es war gar nicht einfach gewesen, den Hochzeitsgästen ihre Drinks wegzunehmen. Die Party war trotzdem mit rasantem Schwung weitergegangen. Den letzten Gast hatte man gegen drei Uhr morgens ins Bett hinaufgetragen.

Am folgenden Tag waren alle beim Auschecken ziemlich kleinlaut. Die meisten hatten zum Frühstück nur Toast und schwarzen Kaffee zu sich genommen. Niemand wagte sich an Speck, Würstchen, Spiegeleier und Bohnen heran.

Braut und Bräutigam waren in die Flitterwochen aufgebrochen, beide mit Ray-Ban-Sonnenbrillen auf der Nase, damit man ihre übernächtigten Augen und die dunklen Ringe nicht sah. Brautvater Templeton hatte einen prächtigen Bluterguss auf der Wange, und der Transvestit ging so vorsichtig, als hätte man ihm seine edlen Teile in einen Schraubstock gequetscht.

»Gott sei Dank, das ist vorbei«, seufzte Honey, die gemütlich in ihrem Büro saß und beide Hände um eine große Tasse starken schwarzen Kaffee gelegt hatte.

Lindsey stimmte ihr zu. Heute war Sonntag, ihr ruhiger Tag, falls es so etwas überhaupt gab, wenn man ein Hotel in Bath führte. Schließlich gehörte die Stadt zum Weltkulturerbe und wimmelte zu jeder Jahreszeit vor Touristen.

Alexi, eine blonde Litauerin mit kühler Miene und einem knackigen Hinterteil, hielt am Empfang die Stellung. Der Sous-Chef kümmerte sich um das sonntägliche Mittagessen. Smudger, der Chefkoch, war zu einem Kricket-Match gegangen.

Honeys Mutter, Lindseys Großmutter, hatten sie am

Abend zuvor mühsam in ein Taxi bugsiert. Bisher hatte das Telefon geschwiegen. Gloria Cross schlief offensichtlich ihren Rausch aus.

Honey seufzte, wackelte mit den Zehen und machte eine Bemerkung darüber, wie glücklich diese Zehen aussahen. Sonntag war ein Tag zum Ausruhen, und ihre Zehen, ach was, ihre ganzen Füße brauchten sicherlich Ruhe.

Lindsey reagierte nicht. Sie saß mit zurückgeworfenem Kopf und geschlossenen Augen da. Honey wusste instinktiv, dass Lindsey sich nicht ausruhte. Ihre Tochter dachte angestrengt über etwas nach, ließ sich etwas mit der Geschwindigkeit und Präzision der Computer durch den Kopf gehen, mit denen sie so gut klarkam.

Lindsey war ein Wunderkind, was moderne Technik betraf, hatte aber auch eine Vorliebe für Geschichte, besonders die des Mittelalters.

Honey vermutete, dass es etwas mit einem Mann zu tun hatte. »Wer ist er also?«

»Was?«

»Der neue Mann in deinem Leben?«

»Fehlanzeige. Eigentlich niemand.«

Honey war so leicht nicht hinters Licht zu führen. Irgendwas an Lindseys Tonfall ließ sie vermuten, dass ihre Tochter etwas vor ihr verbarg.

Honey überlegte, was Lindsey in der vergangenen Woche gemacht hatte, und versuchte daraus Hinweise abzuleiten.

Sie hatte von Montag bis Samstag geschuftet, und zwar von der Frühstücksschicht bis spätabends, weil Alexi im Urlaub gewesen war. Anna, die jetzt wegen ihrer Familienpflichten nur Teilzeit arbeitete, war heute nicht da, weil eines ihrer Kinder Masern hatte.

»Sie wünschen nicht Pickel?«, hatte sie auf ihre unnachahmliche Art gefragt.

»Ich wünsche mir nie Pickel«, hatte Honey geantwortet. Die Vorstellung, dass Hotelgäste und Restaurantbesucher Ausschlag bekommen würden, war ihr gar nicht willkommen.

Nur am Freitag war Lindsey nicht im Hotel gewesen. Als Honey sie fragte, hatte sie erklärt, sie wäre beichten gegangen und hätte um Vergebung gebeten.

Honey hatte laut losgelacht. Sie waren Anglikaner der modernen Sorte, die nur zu Taufen, Hochzeiten und Beerdigungen in die Kirche gingen. Soweit sie wusste, hatte nichts dergleichen am Freitag angestanden.

»War es Clint?«, fragte Lindsey plötzlich.

Honey wusste, worauf ihre Tochter anspielte, wenn sie auch spürte, dass die Frage eher ein Versuch war, das Thema zu wechseln, was Honey natürlich nur noch misstrauischer machte.

»Nein. Clint hat herausgeschmeckt, was jemand in den Punsch gekippt hatte, schwört aber, dass das nichts mit ihm zu tun hatte.«

»Wer war es dann?«

Honey zuckte die Achseln. »Ich habe keine Ahnung, nehme allerdings an, dass es einer von den Gästen war.«

»Schwierig«, meinte Lindsey und schloss wieder die Augen.

Honey betrachtete das Profil ihrer Tochter und überlegte, wie sehr sie doch ihrem Vater ähnelte.

Carl war mitsamt seiner nur aus jungen Frauen bestehenden Segelcrew bei einer Atlantiküberquerung ertrunken. Man hatte die Leichen nie gefunden. Manchmal überlegte Honey, ob Carls Verschwinden nicht ein Trick gewesen war und er vielleicht einfach das Boot umbenannt hatte und mit den Mädels zu einer Insel im Pazifik aufgebrochen war. Das kam seiner Vorstellung vom Paradies ziemlich nah.

Was den aufgepeppten Punsch betraf, so hatte Lindsey recht. Wenn sie jetzt alle Hochzeitsgäste befragten, würde sie das nicht viel weiterbringen, damit könnten sie höchstens den Ruf des Hotels ruinieren. Vielleicht würde das Green River Hotel sogar seine Bewertung mit vier Kronen von der englischen Tourismusbehörde verlieren, wenn denen von der Geschichte etwas zu Ohren kam. Ein guter Ruf war alles.

Allerdings war das Green River Hotel nicht das Ritz oder das Royal Crescent, und ihr Chefkoch hieß Smudger Smith und nicht Escoffier.

»Es könnte auch jemand von außerhalb des Hotels gewesen sein«, schlug Lindsey vor.

»Vielleicht. Aber am wahrscheinlichsten ist, dass sich einer der Hochzeitsgäste einen Scherz erlaubt hat.«

Nachdem Honey ihren Kaffee ausgetrunken hatte, ging sie ins Kutscherhaus, um sich wenigstens ein paar Stunden vom Dienst zurückzuziehen.

Runter mit den Schuhen und der Strumpfhose, und ab ins Fußbad. Sie stellte den Knopf auf »Vibrieren«, und schon schäumte das Wasser, begleitet von einem leisen, tiefen Brummen.

Wenn sie Doherty heiratete, musste sie blendend aussehen, einschließlich der Füße.

Sie hatten schon ein paar Ideen gewälzt, wo und wann sie heiraten wollten. Sie dachten sogar über eine kirchliche Trauung nach. Honey war Witwe, da würde es also kein Problem geben. Doherty war geschieden, doch die Kirche war ja heutzutage nicht mehr so sittenstreng.

Morgen wollten sie sich deswegen die Kirche ansehen, die ihnen beiden am besten gefiel. St Michael's and All Angels im Dorf Lower Wainswicke, nicht weit von Bath entfernt.

Jeder kannte die Kirche und das Dorf, und alle hatten

gesagt, wie hübsch beide waren. Nur Casper, der Vorsitzende des Hotelfachverbands, hatte Einwände vorgebracht.

»Was hat eine Dorfkirche, was Bath nicht hat?« Es hatte beinahe beleidigt geklungen.

»Ruhe und Frieden. Keinen Verkehr. Keine Passanten, die zwischen der Hochzeitsgesellschaft und dem Fotografen durchlaufen ...«

»Und weder Chaos noch Morde, nehme ich an«, sagte Casper hochnäsig.

Honey hoffte von ganzem Herzen, dass er recht hatte.

Kapitel 4

Constance Paxton, Pfarrerin der Gemeinde von St Michael's and All Angels im Dorf Lower Wainswicke, lehnte ein weiteres Stück Früchtekuchen ab, das Mrs Flynn, die Vorsitzende des Ausschusses für Blumenschmuck in der Kirche, selbst gebacken hatte. Sie verzichtete auch dankend auf ein weiteres Glas süßen Sherry.

Mrs Flynn lebte in einem dreistöckigen Häuschen an einer Seitenstraße gleich hinter dem Angel Inn, der ältesten und besten Speisegaststätte in einem Dorf, dessen Geschichte bis in die angelsächsische Zeit zurückreichte. Sie litt an Arthritis und konnte nur das untere Stockwerk des Hauses benutzen, so dass die oberen seit Jahren unbewohnt waren.

Das Dorf Wainswicke hatte zwei Teile, einen höher und einen niedriger gelegenen. Der höhere bestand zumeist aus einzeln stehenden Häusern, quadratischen, massiven Brocken aus der Zeit zwischen den beiden Weltkriegen und war durch die Hauptstraße, die von Bath zur Autobahn M4 führte, von Lower Wainswicke getrennt. Man gelangte nur durch einen Tunnel unter der A46 hindurch von einem Ortsteil zum anderen.

Von Lower Wainswicke hatte man einen herrlichen Ausblick auf offenes Ackerland. Die Häuser dort waren alle malerisch und historisch, von Reihenhäusern mit Dreizimmerwohnungen bis hin zu freistehenden herrlichen Gebäuden mit steinernen Fensterlaibungen und Schieferdächern.

Es gab im Dorf keinen Laden, und die Schule war recht weit weg, ein moderner Gebäudekomplex, der zwar sehr funktional war, aber nicht annähernd so schön wie das alte

Schulhaus, das man nach der Schließung verkauft hatte und das eine Familie aus Birmingham in ein Wohnhaus umgebaut hatte.

Die Kirche war schön und uralt und stand ein wenig abseits am einen Ende des Dorfes. Es ging das Gerücht, dass eine der Hofdamen von Anna von Kleve, der vierten Frau Heinrichs VIII., hier begraben war, wenn auch niemand genau wusste, wo.

Bäume, Singvögel und der Duft von Blumen und sonnenbeschienenem Gras herrschten auf dem Friedhof um die Kirche vor, den eine Lesesteinmauer von der High Street trennte. Alles atmete eine Atmosphäre von Tradition und Kontinuität, und einige der Namen auf den bemoosten Grabsteinen waren auch heute noch im örtlichen Telefonbuch zu finden.

Das uralte überdachte Friedhofstor aus Eiche und Schieferschindeln hatte schon für unzählige glückliche Paare den Hintergrund ihrer Hochzeitsfotos abgegeben. St Michael's lag in einem wirklich zauberhaften Dorf unweit von Bath und war daher sehr beliebt bei Paaren, die ihre Hochzeit planten.

Mrs Flynn hatte drei Katzen, alle schwarz mit orangegelben Augen und einer sehr direkten Art, Leute anzustarren. Vor Jahrhunderten hätten dumme Menschen vielleicht gedacht, dass schon eine schwarze Katze ein Zeichen dafür wäre, dass mit ihr was nicht stimmte, aber diese Zeiten waren ja vorbei.

Sie hatte außerdem einen Wellensittich namens Philip, der sich so ruhig verhielt, dass sich Constance fragte, ob er vielleicht ausgestopft war. Draußen hinter dem Haus schienen ein paar Hühner den Garten für sich zu haben, wenn auch einige Anzeichen verrieten, dass sie gelegentlich sogar ins Haus spazierten.

Das Haus roch irgendwie nach feuchten Federn. Constance meinte, das müsste von den Hühnern kommen, obwohl auch der Wellensittich daran schuld sein konnte.

Mrs Flynn erzählte lang und breit von Hochzeiten in Vergangenheit und Gegenwart. Sie war überhaupt nicht damit einverstanden, dass Floristen von außerhalb den Blumenschmuck für die vielen Hochzeiten gestalteten, die regelmäßig in der Kirche abgehalten wurden.

»Das hätte es natürlich beim alten Herrn Pfarrer nicht gegeben, dass diese Leute von außerhalb in die Kirche kommen und einfach alles an sich reißen. Der hätte solchen Unsinn nicht erlaubt«, erklärte sie, und ihr Gebiss klickte mindestens dreimal im Satz. »Damals war noch die Kirche für den Blumenschmuck zuständig. Natürlich waren die Bouquets der Braut und der Brautjungfern von Floristen angefertigt, aber die Kirche wurde immer von hauseigenen Kräften übernommen, wenn Sie wissen, was ich meine.«

Pfarrerin Paxton nickte mitfühlend und wünschte, sie wäre woanders. Mrs Flynn war die unausstehlichste Frau, die sie je kennengelernt hatte.

»Trotzdem müssen wir den Leuten geben, was sie gern hätten, Mrs Flynn. So hat es sich eben entwickelt. Wir leben in einer modernen Welt und müssen uns damit abfinden, dass die Dinge sich mit der Zeit ändern.«

»Das mag ja sein«, sagte Mrs Flynn langsam. Sie schaute die Pfarrerin ein wenig vorwurfsvoll an, als wäre auch sie Teil dieser Veränderungen – was in gewisser Weise ja auch stimmte. In Mrs Flynns jungen Jahren hatte man sich sicher nicht träumen lassen, dass es einmal Pfarrerinnen geben würde.

»Trotzdem. Ich denke, wir hätten es mindestens genauso gut gemacht, wenn sie uns gelassen hätten.«

»Zweifellos«, sagte Constance, trank ihren Rest Sherry

und wischte sich die Kuchenkrümel vom Busen, ehe sie aufstand.

»Jetzt muss ich aber wirklich gehen. Ich habe noch eine Predigt zu schreiben.«

»Natürlich, Frau Pfarrerin. Und wenn Sie in der Kirche sind, dann sollten Sie sich mal die Truhe ansehen. Ich bin mir sicher, dass jemand Wasser drauf verschüttet hat. Das geht ja gar nicht, oder? Etwas so Altes zu besudeln!«

Die Truhe hatte man vor ungefähr zweihundert Jahren ausgegraben, aber ein Experte hatte ihr Alter auf über tausend Jahre geschätzt.

»Angelsächsisch, nicht normannisch, also war sie hier, ehe die gegenwärtige Kirche erbaut wurde, was bedeutet, dass es hier vorher eine angelsächsische Kirche gab«, hatte er der Pfarrerin erklärt, während er sie durch eine Brille anschaute, die viel zu groß für sein Gesicht war.

Constance versprach Mrs Flynn, sich die Truhe genau anzusehen.

»Ich finde schon allein raus und ziehe die Tür fest hinter mir zu«, sagte sie freundlich, während sie versuchte, nicht so auszusehen, als hätte sie es eilig, hier wegzukommen.

Mrs Flynn nickte dankbar. Sie stand auf der Warteliste für ein neues Knie und hatte offensichtlich Schmerzen. Sie saß lieber.

Nachdem sie die Tür hinter sich zugemacht hatte, seufzte Pfarrerin Constance Paxton erleichtert auf. Mrs Flynn war der schlimmste Drachen des Ausschusses für Blumenschmuck in der Kirche, die Frau, deren feuriger Atem jeden traf, der es wagte, ihre Ansichten oder ihren Status in Frage zu stellen. Sie war vierundachtzig. Der Posten war ihr einziger verbliebener Lebenszweck, und sie klammerte sich zäh daran.

Selbst jetzt waren Constances Ohren heiß, als hätte sie eine ordentliche Ohrfeige bekommen. Sie nahm sich vor, sie im Badezimmerspiegel auf Rötungen zu überprüfen, sobald sie wieder im Pfarrhaus war.

Hinter dem normannischen Turm von St Michael's ging die Sonne unter, und die Luft wurde frisch.

Constance holte noch ein paarmal tief Luft, um die Gedanken an Mrs Flynn loszuwerden, und bat den Herrgott um Vergebung für die Lüge, sie hätte noch eine Predigt zu schreiben. Die Wahrheit war, dass sie einen Termin mit zwei Leuten hatte, die mit ihr über die Möglichkeit einer kirchlichen Trauung sprechen wollten, dass sie aber nicht gewagt hatte, das Mrs Flynn zu sagen. Trotz ihrer schmerzenden Knie wäre dann nämlich das alte Mädchen in persönlicher Höchstgeschwindigkeit zur Kirche gehumpelt, wild entschlossen, den beiden zeternd zu erläutern, dass ihr Ausschuss den Blumenschmuck der Kirche zu übernehmen hätte und nicht irgendeine Freiberuflerin, die das alte Gemäuer nicht so gut kannte wie sie.

Ihr liefen bei dem Gedanken Schauer über den Rücken. Mrs Flynns Forderungen anhören zu müssen, das würde reichen, um das Brautpaar ganz von einer kirchlichen Trauung abzubringen, zumindest von einer in St Michael's and All Angels.

Was das Schreiben von Predigten anging, das war mal was, das sie wirklich gut konnte. Es war einer der Gründe, warum man ihr diese Gemeinde zugewiesen hatte, wenn auch nicht der einzige. Nach dem Tod ihres Mannes, der auch Pfarrer gewesen war, hatten die Oberen, nämlich die Leute, die die Traumposten in den Kirchengemeinden verteilten, Mitleid mit ihr gehabt. »Der Herr sei gelobt und gepriesen«, murmelte sie oft, wenn sie die schönen alten Gebäude anschaute und tatsächlich spürte, was für ein Gefühl der Ewigkeit einem eine Kirche vermitteln konnte, die an die achthundert Jahre alt war.

Donalds Tod war natürlich nicht der einzige Grund, warum sie diesen Posten bekommen hatte, aber sie wollte sich gar nicht mit den anderen Dingen beschäftigen, die den Ausschlag für sie gegeben hatten. Sie war einfach dankbar, dass sie hier war, und damit Schluss.

Ehe sie sich zum Pfarrhaus aufmachte, bog sie in die Gasse ein, die von der Kirche zu einem unbefestigten Parkplatz führte, der manchmal nur aus Schlamm und Steinen zu bestehen schien. Die Gasse war auf der einen Seite von den Mauern des Gemeindehauses und auf der anderen von denen einer alten Zehntscheune begrenzt.

Die Hochzeitsautos konnten sich meist gerade eben hier hindurchquetschen, bis sie schließlich auf dem freien Platz vor dem überdachten Friedhofstor ankamen.

Weder diese enge Zufahrt noch der holprige Wendeplatz für die Hochzeitskarossen war ideal, und wenn es regnete, verschmierte der Schmutz vom Weg die Brautkleider und klebte an den Schuhen, die ihn dann durch den ganzen Mittelgang verteilten.

Seit langem drängte sie darauf, dass man dem Parkplatz eine ordentliche, feste Oberfläche verpassen sollte, aber es gab Probleme mit einem der Nachbarn.

Harold Clinker lebte in einem Haus aus roten Ziegeln hinter ebenfalls roten Ziegelmauern, und die Torpfosten aus roten Ziegeln waren mit Steinkugeln gekrönt. Das Haus trug den klingenden Namen Belvedere House.

Es stammte aus der Regierungszeit von Königin Anna. Es stand auf einem Grundstück, das im Mittelalter der Kirche gehört hatte, aber zurzeit Heinrichs VIII. für treue Dienste an einen gewissen Bertrand Hicks übergegangen war. Niemand wusste genau, welchen Gefallen er dem König getan hatte, die landläufige Meinung tippte auf Sex, Geld oder Mord.

In den Archiven der Kirche war nichts weiter über diese Eigentumsübertragung verzeichnet, dort konnte man nur lesen, dass das Land, auf dem das Haus stand, von Hicks recht schnell an den nächsten Besitzer von Belvedere House, einen gewissen Thomas Fortune, übertragen wurde, und zwar für eine Summe von zehn Guineas, was sogar damals nicht viel war.

Die Kirche und Belvedere House hatten ein paar hundert Jahre mehr oder weniger friedlich Seite an Seite gestanden – bis jetzt.

Im ersten halben Jahr nach seiner Ankunft im Dorf hatten alle Harold Clinker für den idealen Nachbarn gehalten. Diese Meinung änderte sich schlagartig, als er behauptete, das Land vor der Kirche, also der Parkplatz, gehörte auch zu seinem Haus, Belvedere House.

Er hatte die Pfarrerin eines Morgens nach der Mutter-Kind-Gruppe abgepasst, die sich jeden Dienstag im Gemeindehaus traf.

»Es steht alles hier geschrieben, in der Übertragungsurkunde«, hatte er gebrüllt und dabei mit der einen Hand ein offiziell aussehendes Dokument geschwenkt und mit der anderen auf das Papier geklatscht. »Ich habe mir extra einen Tag vom Büro frei genommen, um Ihnen das klarzumachen. Durch diese Gasse werden ab jetzt keine Hochzeitskarossen mehr fahren. Sie ist zu schmal, und ich werde Sie für jeden Schaden an meiner vorderen Grundstücksmauer haftbar machen.«

Constance hatte ihn gefragt, ob er das nicht ein wenig unfair fände. »Und was ist mit den Bräuten? Die müssten dann zu Fuß durch die Gasse und über den Platz und würden sich unter Umständen dabei die Kleider ruinieren.«

Das hatte er lustig gefunden. »Sollen sie doch zu Fuß gehen. Es ist ja schließlich nicht weit.«

Trotz seines Reichtums und seiner feinen Kleidung hatte Mr Clinker ungehobelte Manieren und einen Nordlondoner Akzent. Er war eindeutig ein Mann, der gern ein Gentleman wäre, es aber nicht ganz schaffte.

Man hatte die Angelegenheit den Rechtsanwälten übergeben, einer teuren Kanzlei in Bath, die Clinker vertrat, und der in London ansässigen Kanzlei, die in allen weltlichen Angelegenheiten für die Kirche tätig wurde.

Trotz aller Werte, für die sie als Pfarrerin stand, schaute Constance Paxton mit gehässigem Blick auf die hohe Mauer, das schöne schmiedeeiserne Tor und den Lichtschein, den die Lampe unter dem Vordach verbreitete.

Obwohl Clinker selbst aus London stammte, war er entfernt mit der Familie verwandt, in deren Besitz sich Belvedere House seit Generationen befand.

Zunächst hatte Constance die Sache ignoriert und gehofft, sie würde sich entweder von allein erledigen oder die Rechtsanwälte würden einen Kompromiss aushandeln. Dann hatte jemand eine verblasste Liegenschaftskarte an das Friedhofstor genagelt, auf der die angeblichen Grundstücksgrenzen in Rot eingetragen waren.

Constance hasste Konfrontationen, aber Clinker brachte ihre schlimmsten Charaktereigenschaften zum Vorschein. Nicht dass ihr das irgendwie geholfen hätte. Kein Argument, kein freundlicher Appell an sein Verständnis war zu ihm durchgedrungen. Er wollte, dass der gesamte Platz asphaltiert würde und außer seinem Super-Mercedes und dem Range Rover seiner Frau Marietta keine anderen Autos mehr auf den Vorplatz der Kirche fahren dürften. Nach langem Hin und Her hatte er sich doch auf einen Kompromiss eingelassen. Hochzeitskarossen durften als Einzige weiter hier vorfahren, und er behielt sich das Recht vor, den Platz ordentlicher zu gestalten.

Der Kirchenvorstand, angeführt von der ehrfurchtgebietenden Mrs Gertrude Acton und ihrer Stellvertreterin, der ebenso ehrfurchtgebietenden Mrs Gladys Flynn, und unterstützt von der Pfarrerin, hatte sich im Prinzip damit einverstanden erklärt. Nur mit dem von Clinker für die Oberfläche gewählten Material war man nicht einverstanden. Asphalt, hatte man argumentiert, würde nicht zum historischen Ambiente der Kirche passen. Kies würde man akzeptieren, allerdings wäre ein Kopfsteinpflaster die bevorzugte Lösung. Doch ein Steinpflaster war teuer, und Harold Clinker erklärte außerdem, sein Pferdeanhänger würde bei einer Fahrt über die Katzenköpfe zu sehr holpern.

Zudem verkündete er, es sei ihm scheißegal, was sie dächten, weil das Stück Land ohnehin ihm gehöre und er das Recht hätte, es mit allem Drum und Dran für sich zu beanspruchen. Nur seiner Großzügigkeit sei es zu verdanken, dass er es nicht vollständig einzäunte.

»Und dazu hätte ich das Recht. Wenn ich wollte, verdammt noch mal, dann könnte ich das tun«, hatte er gebrüllt.

In einem letzten verzweifelten Versuch hatte Constance vorgebracht, es könnte doch möglich sein, dass die von ihm vorgelegte Übertragungsurkunde später in einer anderslautenden schriftlichen Vereinbarung zwischen den Besitzern von Belvedere House und der Kirche St Michael's abgeändert worden sei.

»Beweisen Sie das«, hatte er mit vorgerecktem Kinn und triumphierend blitzenden Augen gesagt.

Dann hatte er noch verkündet, die Arbeiten würden in einem Zeitraum von elf Tagen erledigt, der zwei Wochenenden einschließen sollte.

Constance war entsetzt.

»Das können Sie doch nicht machen! An den Wochenenden sind Hochzeiten gebucht. Denken Sie nur an all die enttäuschten Paare, die in den heiligen Stand der Ehe treten wollen!«

Er hatte nur böse gegrinst.

»Sagen Sie denen, sie sollen in Sünde leben. Ist heute sowieso sinnvoller. Da brauchen sie keine Scheidung! Denken Sie an das viele Geld, das die sparen würden.«

Constance war entsetzt gewesen und nun noch mehr entschlossen, die Sache endlich zu klären, zumindest der Kirche ein Mitspracherecht über das umstrittene Grundstück zu erkämpfen. Sie schob die Hände in die Taschen ihrer ärmellosen Weste und trottete weiter, war nahe daran, ihren widerspenstigen Nachbarn zu verfluchen.

Eine Parkmöglichkeit vor dem wunderschönen überdachten alten Friedhofstor war für die Kirche wichtig, besonders für Hochzeitskarossen. Aber es ging um mehr als nur die Beschaffenheit des Oberflächenbelags. Man musste damit rechnen, dass Clinker alles ganz an sich riss. Constance stellte sich vor, er würde seine Drohung wahrmachen und das Grundstück einzäunen, so dass nur noch ein schmaler Fußweg zur Kirche übrig blieb. Hochzeitskarossen, die Freude aller Brautpaare und die Existenzgrundlage von St Michael's, müssten dann am anderen Ende der Gasse parken. Und was würde mit Beerdigungen werden? Allein die Vorstellung, dass der Sarg durch die Gasse und über den unebenen Platz gehievt werden musste, ehe er überhaupt auf den Kirchengrund gelangte! Was da alles passieren konnte!

»Der reinste Horrorfilm«, murmelte sie.

Wie um diese Aussage zu unterstreichen, kam ihr unter dem Friedhofstor eine Fledermaus entgegengeflogen. Constance blieb stehen und folgte ihr mit den Augen auf ihrem Flug zum Kirchturm. Da oben wohnte eine ganze Kolonie. Schon seit Jahren.

Constance mochte Fledermäuse und hatte nichts dagegen, dass sie im Kirchturm hausten. Sie hegte die vage Hoffnung, eine davon könnte sich als Vampir entpuppen und Clinker beißen, der daraufhin tot umfallen würde.

Das Problem war nur, dass er dann ein Untoter wäre und selbst Vampir würde. Sie verzog das Gesicht. Doch plötzlich hellte sich ihre Miene wieder auf, weil sie sich vorstellte, wie sie einen Holzpfahl durch Clinkers Herz rammte. Wenn sie sich recht erinnerte, musste man dem Vampir als Nächstes noch den Kopf abtrennen, damit er nicht wieder zum Leben erwachte. Dann würde er wenigstens nicht mehr herumbrüllen.

Sie hatte sich in letzter Zeit angewöhnt, die Kirchentür zuzusperren. Früher war die Tür tagsüber stets unverschlossen gewesen, aber ein Einbruch zu Beginn ihrer Amtszeit hatte Constance vorsichtiger gemacht. Nun wurde die Tür verriegelt, zumindest bis man den Schuldigen geschnappt hatte.

Es war allerdings nichts gestohlen worden, nicht einmal die Sammelbüchse, eine grob behauene Holzkiste, die auf dem Tisch beim Eingang neben den kostenlosen Infoblättern über die Geschichte von St Michael's stand. Man hoffte, dass Besucher, die sich eines der Blätter nahmen, hier eine kleine Spende einlegten. Doch die größte Summe, die Constance je in der Büchse gefunden hatte, war ein Zwanzig-Pence-Stück gewesen.

Der große alte Eisenschlüssel drehte sich im Schloss, und sie trat ein. Einen Augenblick lang stand sie still da und genoss die Atmosphäre, die viele Jahrhunderte der Frömmigkeit geschaffen hatten.

Die Kirche war ein Ort des Schattens, nur an einigen wenigen Stellen fielen die letzten Strahlen der untergehenden Sonne wie orangefarbene Scheinwerfer durch das Westfenster.

Constance beugte ehrfürchtig das Knie vor dem Altar und verspürte sofort große Erleichterung. Sie murmelte ein kleines Dankgebet.

»Danke, dass Du mir die Kraft gegeben hast, Mrs Flynn, ihren Früchtekuchen und ihren Sherry tapfer zu ertragen. Ich verspreche, Herr, ich habe nur einen getrunken. Ehrlich!«

In ihrer Phantasie stellte sie sich vor, dass Gott lächelte und sehr zufrieden war, weil sie die schwere Prüfung überstanden hatte, ohne der alten Frau eins über den Kopf zu ziehen. Mrs Flynn war wahrhaftig nicht einfach. Sie lebte seit ewigen Zeiten im Dorf, kam schon jahrelang in jeden Gottesdienst, hatte sich früher in jeden Ausschuss eingeschlichen, gab bis heute bei jeder Entscheidung der Laien ihren Senf dazu und versuchte selbst die Geistlichen zu beeinflussen. Auch Constances Vorgänger, der in den Ruhestand gegangen war, hatte diese Prüfungen durchlitten.

»Sie hat sich furchtbar über mich geärgert, als ich bei den älteren Gräbern unten in der Südwestecke des Friedhofs aufräumen wollte. Sie hat sogar gedroht, sie würde an den Bischof schreiben, wenn ich es wagte, diese Gräber zu stören.«

Mrs Flynn wollte, dass alles beim Alten blieb. Ihre größte – und inzwischen einzige – Freude war es, den Blumenschmuck für die Kirche zu organisieren, besonders für Hochzeiten.

»Eine gute Ehe sollte ein Leben lang halten. Deswegen sollte sie auch in einer Kirche geschlossen werden. Die Leute brechen ihre Treueschwüre nicht so leicht, wenn sie vor Gottes Angesicht geheiratet haben.«

Constance war sich nicht sicher, ob der verstorbene Mr Flynn der gleichen Meinung gewesen war. Er wurde nie erwähnt. Kinder auch nicht, obwohl sie mal gehört hatte, dass es wohl eine Tochter gab. Als sie sich nach der erkundigt hatte, hatte Mrs Flynn sie wütend angefunkelt, als hätte sie vorgeschlagen, in der Sakristei eine Orgie zu veranstalten.

»Meine Tochter ist für mich gestorben.«

Während die orangen Strahlen der Sonne vergingen, erinnerte sich Constance an die letzte Aufgabe, die ihr Mrs Flynn mit auf den Weg gegeben hatte. Sie sollte überprüfen, ob die alte Truhe einen Wasserschaden erlitten hatte.

Constance bezweifelte das sehr, wollte aber trotzdem nachsehen, um sicher zu sein.

Die Eiche, aus deren Holz die Truhe gemacht worden war, hatte bestimmt schon mehr als hundert Sommer überstanden, ehe sie gefällt wurde. Das Holz war nicht poliert, und es wies auch keine Schnitzereien oder Verzierungen irgendeiner Art auf. Es war einfach eine sehr alte Truhe, etwa zwei Meter lang und einen Meter breit und hoch. Sie war groß genug, um als Sarg gedient zu haben, wenn es darauf auch keine Hinweise gab.

Constance fuhr mit den Fingern über die unebene Oberfläche. Sie konnte keine Anzeichen eines Wasserschadens entdecken. Rein gar nichts.

»Wieder mal eine von Mrs Flynns Wahnvorstellungen«, murmelte sie und ging zu der Tür, die zum Glockenturm führte. Mrs Flynn hielt andere Leute gern auf Trab, und das schloss natürlich auch die Pfarrerin ein.

Im Turm hingen drei Glocken, und im Dorf gab es eine Reihe begeisterter Glockenläuter. Man hatte, als die Kirche Elektrizität bekam, die Stromkabel nur bis ins Hauptschiff der Kirche, nicht bis in den Turm verlegt. Allerdings befanden sich die Lichtschalter alle hinter der Tür zum Glockenturm. Deswegen musste Constance jedes Mal, wenn sie irgendwo in der Kirche das Licht einschalten wollte, in den

Turm gehen. Was sich die Elektriker in den fünfziger Jahren dabei gedacht hatten, konnte man heute nur vermuten. Allerdings munkelte man, sie wären mittags immer im Angel Inn eingekehrt.

Constance wollte gerade die Tür aufmachen, als ihr Blick auf einen Gegenstand auf dem Boden fiel. Es war ein Meißel, der aus dem Boden ragte, als hätte jemand versucht, damit eine der Steinplatten hochzuhebeln.

Sie beugte sich hinunter, um die Sache näher in Augenschein zu nehmen. Ein plötzliches Rascheln ließ sie auffahren, aber da sie von gedrungener Gestalt war und ein tapferes Herz besaß, wich sie nicht von der Stelle.

»Hallo? Ist da wer?« Ihre Stimme hallte von den nackten Steinmauern wider.

»Blöde Frage«, dachte sie. Wenn jemand da war, der hier nichts zu suchen hatte, würde der wohl kaum antworten. Eindringlinge hatten vielleicht finstere Absichten, aber dumm waren sie nicht.

Hätte sie nur das Licht schon früher eingeschaltet! Es wurde langsam dunkel. Die Schatten verlängerten sich. Die Sonne war untergangen und die Luft plötzlich sehr kühl geworden.

Nervös ging sie rückwärts auf die Tür zum Glockenturm zu, und ihre Augen huschten suchend über die Schatten, die die Säulen im Hauptschiff warfen.

»Ich bin nicht allein«, rief sie laut.

Der Beobachter im Schatten blieb völlig reglos. Die Pfarrerin zog sich aus dem Licht zurück und trat ins Dunkel. Näher und immer näher …

Pfarrerin Constance Paxton sah den Schlag nicht kommen, doch selbst dann hätte sie sich nicht dagegen wehren können.

Kapitel 5

Doherty hielt Honey die Kirchentür auf. »Ziemlich dunkel hier drin. Haben die kein Licht? Ich dachte, Kirchen hätten heutzutage Elektrizität. Ganz schön gruselig, der alte Kasten, findest du nicht?«

Honey schnitt eine Grimasse. Vielleicht würde es doch nicht auf eine kirchliche Trauung hinauslaufen, aber sie wollte nichts unversucht lassen.

»Das klingt so, als wärst du nervös«, erwiderte sie.

Seine Augen huschten ruhelos von einer Seite zur anderen, von den Steinplatten zum Dachgebälk hinauf.

»Kirchen machen mich einfach nervös. Ich war nur zu einer einzigen Zeremonie in einer Kirche, und an der habe ich gezwungenermaßen teilgenommen. Da hatte ich keine Wahl.«

»Bei deiner ersten Hochzeit natürlich.«

»Nein, ich habe dir doch schon mal erzählt, dass ich nur standesamtlich geheiratet habe. Ich habe meine Taufe gemeint. Ich hatte eigentlich erwartet, dass ich erst wieder zu meiner Beerdigung in eine Kirche kommen würde.«

»Das ist mal ein heiterer Gedanke!«

Honeys sarkastischer Tonfall entging ihm nicht. Er hatte sich nicht so lässig über eine kirchliche Trauung äußern wollen, gab sich also große Mühe, das wiedergutzumachen.

»Es ist schon in Ordnung. Ich tue, was immer du möchtest. Ich habe nichts dagegen, in einer Kirche zu heiraten. Es macht mir auch nichts aus, mich für den Anlass schick in Schale zu werfen.«

»Keine Sorge. Das Kleid trage ich.«

»Das freut mich.«

Sie hatten sich noch nicht festgelegt, wo sie heiraten wollten. Sie wollten erst alle Möglichkeiten ausloten, ehe sie tatsächlich den Schritt in die Ehe machten. Sie wollten sich gemeinsam überlegen, ob es eine kirchliche Trauung ganz in Weiß werden sollte oder eine Trauung nur mit ihnen beiden auf einer Karibikinsel oder eine Blitzhochzeit in Gretna Green, wo man sich allerdings inzwischen auch im Voraus anmelden musste.

Beide waren ja schon einmal verheiratet gewesen und wollten genau bedenken, was ihnen am besten zusagte.

Doherty kam hinter Honey her und stand nun im Mittelgang auf einer Höhe mit ihr.

»Und wo ist die Pfarrerin?«

Honey schaute sich um, Doherty ebenfalls, wenn auch effizienter, mit hellwachen Augen und hocherhobener Nase, als schnüffelte er nach Problemen.

»Bist du sicher, dass wir uns das richtige Datum aufgeschrieben haben?«, fragte er sie.

Honey verlangsamte ihre Schritte, um in die Bänke schauen zu können. Wer weiß, vielleicht war die Pfarrerin zu Scherzen aufgelegt und spielte jetzt mit ihnen Verstecken. Ein paar Schritte noch, und sie würde auftauchen und »Buh!« rufen.

Honey hielt ihren privaten Terminkalender nicht sonderlich gut auf dem Laufenden, trug manchmal nicht einmal Geburtstage oder andere besondere Ereignisse ein. Dohertys Bemerkung hatte Zweifel in ihr aufkommen lassen. Sie runzelte die Stirn und wühlte in ihrer Handtasche, einer großen rosafarbenen, die erst kürzlich die große braune ersetzt hatte. Wieder eine Art Büro in Taschenform.

»Moment. Ich schau noch mal im Kalender nach. Ich hab's mir wirklich aufgeschrieben.«

Nach ein bisschen Jonglieren mit Tasche und Kalender schaffte sie es, das kleine Buch aufzuschlagen. Das nützte ihr aber nichts. Denn sie sah rein gar nichts.

»Es ist heute Abend. Da bin ich mir sicher. Vielleicht hat die Pfarrerin es vergessen.«

Sie schaute hoch. Wohin war Doherty verschwunden? Keine Spur von ihm.

»Steve?«

»Die Pfarrerin ist hier«, hörte sie ihn rufen.

Sie marschierte rasch den Mittelgang hinunter. Doherty war über eine schwarzgekleidete Gestalt gebeugt, die ausgestreckt am Boden lag. Das zu einem Bob geschnittene glatte Haar verbarg ihr Gesicht. Honey machte sich auf das Schlimmste gefasst.

»O Gott! Ist sie tot?«

»Nein. Aber sie hat einen heftigen Schlag auf den Kopf bekommen. Ruf einen Krankenwagen.«

Das Haar fiel der Pfarrerin aus dem Gesicht, als sie sich bewegte, blinzelte und die Augen öffnete.

»Nein! Nein! Es geht mir gut. Ich bin nur in Ohnmacht gefallen. Das ist alles. Bitte. Helfen Sie mir hoch, ja?«

Die Pfarrerin stützte sich auf die Ellbogen, ehe Honey und Doherty sie bei den Armen packten und sie auf die Beine zogen.

Doherty fragte sie, wo die Lichtschalter wären.

»Da drinnen«, sagte sie und deutete auf die Tür hinter ihr, die einen Spalt offen stand.

Sobald sich die Pfarrerin hingesetzt hatte, ging Doherty dorthin und schaltete das Licht an.

»Sind Sie sicher, dass Sie nicht zum Arzt wollen?«, fragte Honey Constance. »Sie sind ganz rot im Gesicht.«

Constance schüttelte den Kopf. »Nein, es geht mir gut,

danke. Nur ein Schwindelanfall. Ich komme wohl in die Jahre.«

Sie stieß ein nervöses Lachen hervor, das Honey gar nicht gefiel. Es klang darin nicht so sehr Nervosität als nackte Angst mit.

Sobald sich die Pfarrerin gesammelt hatte, schaute sie Honey und Steve an, als wäre rein gar nichts passiert.

»Sie müssen Mr Doherty und Mrs Driver sein, die kommen wollten, um mit mir über die Möglichkeit einer kirchlichen Trauung in dieser Kirche zu sprechen.«

»Das hatten wir vor«, antwortete Honey, die einen raschen Blick mit Doherty wechselte. »Wir wollten uns mal umschauen und nach den Möglichkeiten erkundigen – wir waren beide schon einmal verheiratet.«

»Beide geschieden?«

Honey schüttelte den Kopf. »Nein, ich bin Witwe.«

»Tut mir leid.«

»Mir nicht. Mein Gatte hat sich mit einer ganzen Mannschaft von jungen Damen vergnügt.«

»Mehr als nur Techtelmechtel?«, erkundigte sich die Pfarrerin, die offensichtlich gern Näheres hören wollte.

»Die jungen Damen waren die Crew auf seiner Rennyacht, wenn ich auch vermute, dass ihre Aufgaben an Bord nicht nur mit dem Segeln zu tun hatten.«

»Ah, verstehe.« Die Pfarrerin fand das Nicken wohl doch ein wenig zu anstrengend. Sie sah aus, als würde sie gleich wieder in Ohnmacht fallen.

»Ich glaube, wir sollten das auf ein andermal verschieben«, schlug Honey vor.

»O nein, kommt gar nicht in Frage. Wo Sie doch eigens hergekommen sind.«

»Das ist kein Problem. Wir können einen Termin für einen anderen Tag ausmachen, wenn es Ihnen wieder besser geht.«

»Wie ist der Pub im Dorf so?«, erkundigte sich Doherty.

Honey warf ihm einen vernichtenden Blick zu, ehe sie sich wieder der Pfarrerin zuwandte.

»Ich glaube, am besten trinken Sie jetzt etwas Heißes und gehen früh zu Bett. Wir bringen Sie nach Hause.«

»Das ist sehr freundlich von Ihnen«, sagte Constance und stand auf. »Aber ich finde schon allein hin …« Plötzlich hielt sie inne, als wäre ihr gerade etwas Wichtiges eingefallen.

»Es hat mich jemand geschlagen.«

Damit hatte sie Dohertys Aufmerksamkeit erregt. Er beugte sich näher. »Jemand hat Sie geschlagen?«

»Ja.«

»Haben Sie gesehen, wer es war?«

Sie schüttelte den Kopf, kam davon ein wenig ins Wanken. »Nein. Er … ich nehme mal an, es war ein Mann … kam von hinten.« Sie hob die Hand und fasste sich an den Nacken. »Aua. Ich glaube, ich habe eine Mordsbeule.«

»Dann sollten Sie auf jeden Fall zum Arzt.« Honey blieb eisern.

Die Pfarrerin Paxton weigerte sich, ins Krankenhaus zu fahren, erklärte sich aber mit einem Hausbesuch des ortsansässigen Arztes einverstanden.

»Ich kann es mir nicht leisten, ins Krankenhaus zu gehen. Ich habe zu viel zu tun. Morgen haben wir eine Trauung. Die sollte wunderschön werden.« Sie lächelte die beiden tapfer an. »Kommen Sie doch, wenn Sie können. Dann haben Sie gleich eine Vorstellung davon, wie Ihre Hochzeit sein könnte.«

Das Pfarrhaus war ein Steingebäude und grenzte mit dem Garten an den Parkplatz und das Gebüsch an, von dem das Gemeindehaus umgeben war.

Honey und Doherty stützten Constance auf beiden Seiten. Ehe sie es zur Haustür geschafft hatten, kamen ihnen drei

Leute sehr unterschiedlicher Größe in heller Aufregung entgegengerannt.

»Der Kirchenvorstand«, erklärte die Pfarrerin. »Nun, drei davon jedenfalls.«

Als Erster war da ein Mann, der so breit wie hoch war. Er sah aus wie ein altmodischer Bankdirektor.

»Was ist denn hier los?«, wollte er wissen und schaute gleich zu Doherty, der ihm unverzüglich erklärte, was geschehen war. Alle drei Mitglieder des Kirchenvorstands der Gemeinde Wainswicke folgten ihnen zur Tür des Pfarrhauses und ins Gebäude.

Auf dem Steinfußboden lagen verblichene Teppiche, waren aber wohl eher schäbiger Schick als Flohmarktware.

Ein kleiner Hund kam ihnen entgegengeflitzt und bellte in ohrenbetäubendem Staccato, während er wie wild mit dem Schwanz wedelte.

Die Pfarrerin hielt sich immer noch den Kopf; sie wies ihren kleinen Liebling an, ruhig zu sein. Dann half ihr eine der Dorfbewohnerinnen auf einen Stuhl.

»Sie Ärmste«, gurrte die Frau. »Wir haben uns schon gefragt, wo Sie stecken. Es war doch nicht dieser schreckliche Mr Clinker, oder? Er ist in unsere Besprechung reingeplatzt. Er hat uns angebrüllt, der Parkplatz dürfte nur noch bei Hochzeiten benutzt werden, aber er ist nicht lange geblieben. Das war doch nicht er, Constance, oder? Er ist ja wirklich ein Gangster, absolut nicht der Menschenschlag, den wir hier im Dorf haben wollen.«

Honey war ganz Ohr. Sie bemerkte auch, dass der Mann aus dem Kirchenvorstand, der sich ihr als Mr Masters vorgestellt hatte, den Hund geschickt mit dem Fuß zur Seite bugsiert hatte. Honey fragte sich, ob dieser Tritt vielleicht ein wenig unsanfter ausgefallen wäre, wenn er sich unbeobachtet gefühlt hätte.

»Holen Sie der Pfarrerin eine Tasse Tee«, bellte Mr Masters.

Eine der beiden Frauen aus dem Kirchenvorstand huschte in die Küche und setzte das Wasser auf. Mr Masters und die andere Frau wichen der Pfarrerin nicht von der Seite. Dann richtete sich Mr Masters auf und schaute zur Tür.

»Ist Mrs Flynn nicht da? Kann jemand draußen nachsehen, wo sie bleibt?«

»Er war früher beim Militär«, flüsterte die Pfarrerin Honey zu. »Manchmal vergisst er, dass er pensioniert ist.«

»Wer ist dieser Mr Clinker?«, fragte Honey.

»Ein ungehobelter Mann, der aus London hierher gezogen ist und alles ändern will«, sagte Mr Masters beleidigt. »Und jetzt machen Sie gefälligst, dass Sie rauskommen und schauen, wo Mrs Flynn bleibt.«

Honey hatte zwar nicht den blassesten Schimmer, wie Mrs Flynn aussah, begriff aber, dass ihr keine andere Wahl blieb.

»Der Abend entwickelt sich ja prächtig«, grummelte sie vor sich hin, als sie sich im Garten umschaute und in Richtung Gemeindehaus blickte.

Keine Menschenseele war zu sehen, aber sie hörte, dass ein Auto fortfuhr – das war kurz, bevor der Arzt eintraf.

Der wies erst einmal alle an, die Pfarrerin eine Weile in Ruhe zu lassen und nach Hause zu gehen. Es würde schon alles Nötige für sie getan. Der Pfarrerin ginge es den Umständen entsprechend gut.

Honey und Doherty verzogen sich nur zu gern, und Doherty erwähnte erneut den Pub.

»Nur um herauszufinden, ob das Bier da einer genauen Überprüfung standhält.«

Der Himmel war mit Sternen übersät, und ein heller

Vollmond leuchtete. Es wäre ziemlich romantisch gewesen, hätte man nicht das Jaulen einer Polizeisirene gehört.

Doherty trat durch das Friedhofstor, und Honey folgte ihm auf dem Fuß.

»Ich wusste gar nicht, dass jemand die Streife angerufen hat«, meinte Honey.

»Selbst wenn, würde das doch keine kreischende Sirene rechtfertigen«, murmelte Doherty stirnrunzelnd.

Das Polizeiauto kam über die unebene Straße gerast, hielt schließlich knapp vor dem Doppeltor von Belvedere House an.

Der Fahrer erkannte Doherty.

»Sir? Ich dachte, wir würden die Ersten sein. Wir waren nur ein paar Meilen entfernt. Ihr Auto muss ja ein ganz schöner Flitzer sein.«

»Teleportieren«, antwortete Doherty ohne einen Anflug von einem Lächeln. »Die neue Geheimwaffe der schnellen Einsatztruppe. Wir testen das schon eine ganze Zeitlang.«

Einen Augenblick lang sah es so aus, als würde der Fahrer das schlucken. Sein Partner blickte etwas skeptischer, wollte aber weder einen möglichen Witz noch seine Chancen auf Beförderung ruinieren. Seiner Meinung nach lohnte es sich, wenn man sich mit den Vorgesetzten gut stellte. Und dazu gehörte, dass man ihre Scherze nicht sabotierte.

Genau in dem Augenblick ging das Tor automatisch auf.

»Wir sollten wohl besser los«, sagte der Fahrer.

»Was hat man Ihnen gesagt?«, fragte Doherty, der nur ungern zugab, dass er keinen Schimmer hatte, was hier vorging.

»Familiendrama. Notruf von einer gewissen Miss Marietta Hopkins, eine Bedrohung durch ihren Partner Mr Harold Clinker betreffend.«

Honey erkannte den Namen wieder, den Mr Masters

vom Kirchenvorstand erwähnt hatte. Und sie kannte auch den Namen Marietta Hopkins.

»Dann gehen Sie wohl mal besser rein«, sagte Doherty.

»Möchten Sie …«

Doherty schüttelte den Kopf. »Nein. Ich bin im Pub, wenn Sie mich brauchen.«

Honey gab ihm einen Rippenstoß. »Dieser Mr Masters vom Kirchenvorstand, der hat doch einen Mann namens Clinker erwähnt.«

»Was hat der gemacht?«

»Keine Ahnung, aber ich habe den Eindruck, dass es da Streitigkeiten gibt.«

»Hm.«

Diese Reaktion genügte Honey auf keinen Fall, also stupste sie ihn noch mal an. »Und ich kannte mal ein Mädchen namens Marietta Hopkins. Die hieß früher Mary. Ich glaube, sie ist eine alte Schulfreundin von mir.«

Wieder dieses unverbindliche Knurren.

»Solltest du dich nicht vielleicht aufraffen und dich ein bisschen eingehender informieren? Schließlich hat es heute Abend schon einen Zwischenfall gegeben …«

Doherty sah aus, als kaute er auf einer Distel, hatte aber den Blick eines Windhundes, der beim Rennen jeden Augenblick aus der Startbox losflitzen wird. Seine Augen wanderten zur Hauptstraße und dem Holzschild, das vor dem Pub hin- und herschwang.

Dort lockte ein großes Bier, aber Honey hatte ihn an seine Pflicht erinnert. Sie hatte ja recht, und bis zur Sperrstunde war es noch eine Weile …

»Mary Hopkins hat immer davon gesprochen, dass sie ihren Namen in sowas wie Marianna oder Marietta umändern wollte. Sie war sehr glamourös und hat sich Hoffnungen auf eine Karriere als Model oder beim Film gemacht.

Sie hatte schon damals eine Vorliebe für diesen Hollywood-stil, so mit großen weißen Telefonen und Eisbärfellen. Ich habe ihr gesagt, die würden aber gar nicht in die Doppel-haushälfte passen, in der sie wahrscheinlich landen würde.«

»Hat sie auf dich gehört?«

»Keine Ahnung. Wir haben uns aus den Augen verloren.«

Kapitel 6

Von außen sah Belvedere House wie das typische, sündhaft teure historische Anwesen aus. Doch kaum waren sie zur Tür herein, da wusste Honey, dass aus Mary Hopkins Marietta geworden war.

Das Hausmädchen, das ihnen die Tür öffnete, verlangte tatsächlich, sie sollten die Schuhe ausziehen. Doherty weigerte sich und zückte seinen Dienstausweis.

Der Raum, in den man sie führte, war völlig weiß. Weiße Wände, weiße Teppiche, weiße Möbel. Sollte es in Belvedere House je Farben gegeben haben, jetzt gab es jedenfalls keine mehr. Selbst die Details, die dem Haus einmal ein interessantes Aussehen verliehen hatten und die zu seiner Bauzeit gehörten, waren völlig überdeckt. Man hatte die Geschichte übertüncht, zugunsten von indirekter Beleuchtung und dem Dekor eines Penthauses. Es war beinahe wie eine Nahtoderfahrung, nur strahlte das weiße Licht hier schon ringsum, leuchtete nicht erst am Ende eines Tunnels.

Miss Marietta Hopkins hatte ein blaues Auge, und das Blut rann ihr an der Nase entlang. Eine dunkelhäutige Frau machte sich mit einem Stück Mullbinde und einem Beutel Tiefkühlerbsen an ihr zu schaffen.

Man hatte den beiden uniformierten Polizisten gesagt, sie sollten draußen warten.

Marietta schob den Beutel mit den Erbsen von sich weg. »Ich will, dass er verhaftet wird«, schrie sie, dann runzelte sie die Stirn, als sie Honey sah. »Kenn ich dich nicht?«

»Ja. Aus der Zeit, als du noch Mary warst.«

Nun jaulte Marietta los. »Als wäre mein ramponiertes

Gesicht nicht genug! Bitte nenne mich nicht so. Nenn mich Marietta. Ich heiße jetzt Marietta.«

Zu Leggings im Leopardenmuster hatte sie ein langes schwarzes Top angezogen. Ihr Haar war blond und schulterlang, und sie trug sehr viel Goldschmuck, der mit blitzenden Juwelen besetzt war. Honey bezweifelte, dass es echte Diamanten waren. Christian Dior hatte ja auch eine tolle Modeschmuck-Kollektion.

»War das Ihr Ehemann?«, fragte Doherty.

»Hab ich doch gerade gesagt«, lispelte Marietta, und aus einem Nasenloch rann blutiger Schleim.

»Wo ist er jetzt?«

»Weg, um anderswo Ärger zu machen. Diesmal ist er zu weit gegangen.«

»Wann ist es passiert?«

»Vor einer Stunde.«

Die Antworten blaffte sie nur so, während sie den Kopf nach hinten geneigt hatte und die andere Frau, die man ihnen bisher nicht vorgestellt hatte, weiter mit Mullbinden und Tiefkühlerbsen hantierte.

»Hat es Zeugen für diesen Übergriff gegeben?«

»Ich war oben und habe mich gerade angezogen«, sagte die dunkelhäutige Frau mit den Erbsen.

»Sie wohnen hier?«, fragte Doherty.

»Nein, ich war zu Besuch.«

Honey fiel auf, dass die dunkle Frau und Marietta einen seltsamen Blick miteinander gewechselt hatten. Sie war sich nicht sicher, ob Doherty das auch mitbekommen hatte.

»Sie heißen?«, fragte er und machte sich Notizen.

»Carolina Sherise.«

»Wie schreibt man das?«

Sie buchstabierte es ihm.

»Das ist ein ungewöhnlicher Name.«

»Das ist der Name, den ich in meinem Beruf verwende.«

Doherty nickte. »Und Ihr Beruf?«

»Exotische Tänzerin. Ich bin bei Mr Clinker angestellt.«

»Oh, dann kennen Sie ihn also gut.«

»Vielleicht ein bisschen besser als manche und nicht so gut wie andere«, antwortete sie mit einem Schmunzeln.

»Sie haben also gesehen, wie Mr Clinker Miss Hopkins geschlagen hat?«

»Ja. Unmittelbar nachdem sie ihn geschlagen hatte. Wir kamen beide gerade die Treppe herunter, als wir sie hereinkommen hörten.«

Doherty blickte von seinem Notizbuch auf. Wie Honey war er davon ausgegangen, dass es sich hier um ganz gewöhnliche häusliche Gewalt handelte, einen Streit zwischen Lebenspartnern, der aus dem Ruder gelaufen war.

Honey las an Dohertys Miene ab, dass seine Gedanken den ihren nicht ganz unähnlich waren, und vermutete, dass er bald mit seiner Annahme herausplatzen würde.

»Sie beide?«

»Mr Clinker und ich. Wir hatten gerade oben im Schlafzimmer 'ne Nummer geschoben, da kommt Marietta total unerwartet angetanzt.«

»Sind Sie aus Liverpool?«

»Da war ich mal. Jetzt nicht mehr.«

»Sie hat Harold gevögelt«, kreischte Marietta zwischen Schniefen und Schluchzen. »Und ehe Sie was sagen, Harold und ich führen eine offene Ehe.«

»Sie sind verheiratet?«

»Ich habe meinen Mädchennamen behalten. Wir sind schon seit fünf Jahren verheiratet.«

Honey versuchte nicht überrascht auszusehen, aber ihre Gesichtsmuskeln weigerten sich einfach, auf »ungerührt« umzuschalten.

Marietta schaute sie böse aus dem einen Auge an, das nicht mit gefrorenem Gemüse gekühlt wurde.

»Eine Online-Umfrage hat ergeben, dass eine Ehe immer ein Kompromiss ist. Deswegen scheitern manche und andere eben nicht. Meine hat gehalten, weil wir beide kompromissbereit waren«, verkündete sie trotzig.

»Sie haben sich also auf Kompromiss und Konfrontation verlegt, oder war das hier eine einmalige Ausnahme? Ich meine, sind Sie schon vorher mal handgreiflich geworden?«

Marietta spitzte die Lippen. »Er hatte ja vorher noch nie eine Wildfremde in unser Bett mitgebracht!«

Dohertys Notizblock war schon halb zugeklappt. Er kapierte gar nichts mehr.

»Sie haben sich gestritten, weil er diese junge Dame mit nach Hause gebracht hat.« Er deutete kurz mit dem Kopf auf Carolina.

»Er hat unsere Abmachung gebrochen. Er hat sie mit in unser Bett gebracht.«

»Also haben Sie ihn geschlagen?«

»Ich habe rot gesehen. Außerdem …«

Sie schluckte herunter, was immer sie hatte sagen wollen.

»Hatten Sie noch andere Probleme?«

»Die haben wir alle von Zeit zu Zeit.«

Das kannst du laut sagen, dachte Honey, obwohl Prügel, wie die beiden sie einander verabreichten, in ihrer Erfahrung nicht vorkamen.

Es gehörte nicht zu Honeys Aufgaben als Verbindungsfrau des Hotelfachverbands zur Kripo, sich um Fälle häuslicher Gewalt zu kümmern, doch das betraf nur die berufliche Ebene. Diese Sache wurde von Minute zu Minute pikanter, bot auf jeden Fall jede Menge guten Klatsch. Außerdem kannte sie Marietta noch aus ihrer Schulzeit. Sie war so eine Art Freundin gewesen.

Honey fragte sich, was für ein Typ Harold Clinker wohl war. Da Marietta ein echtes Glamour-Kätzchen war, musste er ein reicher Mann sein, zumindest reich genug, um sich Belvedere House leisten zu können. War er alt oder jung, attraktiv oder hässlich?

Ihre Neugier war geweckt. Aber unter den gegebenen Umständen konnte sie Marietta kaum nach ihm fragen. Ein heimlicher Rundblick im Zimmer brachte auch keine Erkenntnisse; es standen keine in Silber gerahmten Fotografien des glücklichen Paars am Hochzeitstag oder im Urlaub da. An der Wand war ein großes Gemälde mit vier verschlungenen Kreisen in verschiedenen Weißschattierungen zu sehen. Genau gegenüber hingen drei kleinere Bilder in einer Reihe, die alle ziemlich ähnlich aussahen. So viel zum Thema Einrichtung im Stil des historischen Hauses! Hier nicht. Keine Spur.

»Möchten Sie Anzeige erstatten?«, fragte Doherty und versuchte sich auf seine Notizen und nicht auf Mariettas tiefen Ausschnitt zu konzentrieren.

Marietta zuckte die Achseln. »Wenn Sie den Kerl finden können.«

»Einen Versuch ist es wert. Wohin geht er gewöhnlich, wenn Sie eine Meinungsverschiedenheit hatten?«

Über diese Formulierung musste Honey beinahe lächeln. Keine Meinungsverschiedenheit, die sie je gehabt hatte, hatte ihr ein solches Veilchen beschert, wie es auf Mariettas Gesicht prangte.

»Wenn er nicht das Auto genommen hat, dann macht er wahrscheinlich einen Spaziergang.«

»Nicht zufällig zum Pub?«, erkundigte sich Doherty hoffnungsvoll. Von all der Fragerei hatte er einen ganz trockenen Hals bekommen.

»Er trinkt nie in Pubs. Normalerweise geht er auch nicht

spazieren, aber wenn er das Auto nicht genommen hat, dann bleibt ihm ja kaum was anderes übrig, als zu Fuß zu gehen, nicht?«

»Okay«, sagte Doherty, nachdem er seinen Notizblock weggepackt und die Hände in die Hosentaschen gesteckt hatte. »Ich nehme Ihre Beschwerde auf, obwohl Sie immer noch offiziell Anzeige gegen Ihren Mann erstatten müssen. Ich schau mich draußen mal um, aber wenn Sie ihn vor mir sehen, sagen Sie mir Bescheid. Er soll aufs Revier kommen, damit wir ihn über die Vorwürfe informieren können.«

»Mehr ist nicht zu machen«, sagte Doherty zu Honey, sobald sie das Haus verlassen und sich an dem Polizeiauto vorbeigequetscht hatten.

»Alles erledigt?«, fragte der Fahrer.

»In bester Ordnung«, antwortete Doherty. Er klatschte mit der Hand aufs Autodach und sagte den beiden, sie sollten nach Hause fahren. »Und schön sparsam mit der Sirene. Ihr seid doch nicht bei *Miami Vice*!«

Das Auto fuhr fort, diesmal ohne Gejaule.

Typisch Mann, dass Polizisten den Klang der Sirene so liebten, dachte Honey. Es war ein bisschen wie beim Angriff der Leichten Brigade ordentlich Schlachtengebrüll ausstoßen, damit jeder weiß, dass man angreifen wird.

»Unter den gegebenen Umständen glaube ich nicht, dass diese beiden kirchlich getraut worden sind«, meinte Doherty.

»Aber natürlich! Mary – oder Marietta, wie sie sich jetzt nennt – hat immer liebend gern im Mittelpunkt gestanden. Ich wette, sie hatte ein weißes Brautkleid, drei Brautjungfern und eine Hochzeitstorte mit vier Etagen.«

Vor ihnen im Herzen des Dorfes schimmerte in den Fenstern des Angel Inn bernsteinfarbenes Licht. Ein halbes Dutzend Autos parkte auf dem Platz vor dem Pub. Gelächter und das Geräusch einer zuschlagenden Autotür wehten durch die Nachtluft zu ihnen herüber.

Doherty schaute traurig auf den Pub. »Schade, dass unser Mr Clinker nichts trinkt.«

Während er das sagte, öffnete sich die Tür des Pubs und schloss sich wieder. Ein Mann mit tief zwischen die Schultern gezogenem Kopf war herausgetreten.

Er schien schneller zu gehen, je näher er ihnen kam. Als er auf gleicher Höhe mit ihnen war, konnten sie seine erbitterte Miene sehen. Seine Glatze glänzte im Licht einer einsamen Straßenlaterne.

»Haben Sie was mit den Bullen zu tun?«

Doherty bejahte das.

»Wie schrecklich, dass so was passiert. Aber heutzutage ist man ja nirgends mehr sicher, oder?« Er saugte zischend die Luft zwischen den Zähnen ein.

»Im eigenen Zuhause sollte man schon in Sicherheit sein«, meinte Doherty.

Der Mann runzelte die Stirn und meinte: »Na ja, es ist ja nicht ihr Zuhause. Sie wohnt doch nicht da, oder? Ich meine, es ist eigentlich Gottes Haus, nicht?« Wieder dieses Zischen und ein Lächeln, das schon beinahe ein fieses Grinsen war.

»Ach so! Die Pfarrerin«, sagte Honey in einem Augenblick plötzlicher Erleuchtung. »Jemand hat ihr eins über den Schädel gezogen, aber es geht ihr schon wieder besser.«

Die Frage nach dem möglichen Aufenthaltsort von Harold Clinker lag ihr auf den Lippen, aber Doherty kam ihr zuvor.

»Sind Sie Mr Harold Clinker?«

Der glatzköpfige Mann, der aussah, als sei er in den späten Fünfzigern, schaute beleidigt.

»Wohl kaum. Ich bin Alan Price.«

»Wo wohnen Sie?«

»Diese Gasse entlang. Drittes Haus links.«

Er deutete auf eine schmale Gasse zwischen zwei Gebäuden, kaum so breit wie ein Auto.

»Sie haben nicht zufällig Mr Clinker hier vorbeikommen sehen?«

»Clinker? Allein in diesem Dorf unterwegs? Wohl kaum!«

Sein Ton war alles andere als freundlich.

Honey mischte sich ein. »Anscheinend nicht einer Ihrer liebsten Nachbarn?«

»Der ist der liebste Nachbar von niemandem, besonders nicht von der Pfarrerin. Glauben Sie mir, die Frau ist eine Heilige, dass sie ihn aushält. Ich möchte mit dem nichts zu tun haben, das ist mal sicher.«

»Kennen Sie seine Ehefrau?«

»Nur vom Sehen.«

»Nie mit ihr gesprochen? Das kann ich kaum glauben. Also, *ich* würde mit ihr sprechen«, meinte Doherty.

»Was wollen Sie damit sagen?«

Diesmal kein Zischen, nur ein misstrauischer Blick.

Doherty zuckte die Achseln. »Ich habe eine vollkommen normale Frage gestellt, Sir. Ich wollte wissen, ob Sie seine Ehefrau kennen, und habe darauf hingewiesen, dass es kein Verbrechen ist, mir ihr zu reden.«

Mr Price dachte darüber nach und nickte. »Nur im Vorübergehen, wissen Sie. Sieht gut aus, die Frau, und ist freundlicher als dieser Sturkopf. Ich sag's Ihnen, der würde hier im Dorf nicht die Medaille für Beliebtheit kriegen. Die meisten Leute, die aufs Land ziehen, versuchen sich ein bisschen anzupassen, aber der doch nicht. Der erwartet, dass sich das Dorf ändert, wie er es gern hätte.«

Als Mr Price weitergegangen war, standen Honey und Doherty da und schauten einander schweigend an.

Doherty verzog das Gesicht. »Wie stehst du zu einer offenen Ehe?«

Sie wusste, was er wirklich fragen wollte: Konnte man Marietta Hopkins für voll nehmen?

»Schau mal, wenn dir eine Hochzeit in Weiß zu teuer ist, musst du es nur sagen.«

In seinem Grinsen lag ein winziger Hauch Nervosität. Er schüttelte den Kopf. »Das habe ich eigentlich nicht gemeint.«

Sie gingen weiter, und Honey sagte: »Ich habe diesen Mr Clinker noch gar nicht kennengelernt, aber ich kann ihn schon jetzt nicht leiden. Sollen sie doch zusammenleben, wenn es sein muss, aber wozu heiraten, wenn man sich nicht an die Regeln halten will … insbesondere die, die da lautet: einander weder in Freud noch in Leid zu verlassen und den Bund der Ehe heilig zu halten, bis dass der Tod euch scheidet.«

»Und sie hat ihren Mädchennamen behalten.«

Honey runzelte die Stirn. »Jaaaa. Ich weiß, das tun viele Frauen, besonders berufstätige.«

»Behältst du deinen?«

Sie blieben stehen und wandten sich einander zu.

Honey machte ein undurchdringliches Gesicht. »Darüber habe ich mir bisher keine Gedanken gemacht.«

»Sieht ganz so aus, als könnten sie ihn im Dorf auch nicht besonders leiden. Was hältst du davon, wenn wir uns mal ein bisschen nach Mr Clinker umhören?«, fragte Doherty, und seine Stimme klang so fröhlich, wie bisher am ganzen restlichen Tag nicht. »Fragen wir mal ein bisschen rum. Lassen uns von den Leuten im Ort was erzählen. Einverstanden? Irgendwelche Vorschläge?«

»Ja. Du holst die Drinks. Ich nehme einen Wodka Tonic.«

Kapitel 7

Im Angel Inn hingen Teller, Servierplatten und alte Gemälde an der Wand, um den rauen Putz zu verdecken. Von dunklen Balken baumelten Zinnkrüge, und in die wenigen Zwischenräume waren Emailschilder gequetscht, die für alles Mögliche von Sunlicht-Seife bis Colemans Senf warben.

So wie es aussah, sammelte hier jemand leidenschaftlich. Auch Möbel. Stühle im jakobinischen Stil mit doppelt gedrechselten Beinen und Sitzflächen aus Bastgeflecht standen neben viktorianischen Ballonrückenstühlen, gerundeten Bugholzstühlen und Sitzgelegenheiten im Stil von Chippendale mit der Lyra in der Lehne und Kabriolbeinen.

Die Tische waren genauso verschiedenartig, manche im Stil eines Refektoriums, andere kleiner, rund und eher gedrungen.

Die Speisegäste machten sich begeistert über das angebotene Essen her. Die Portionen waren großzügig, und einige der Gäste waren so gedrungen wie die Tische.

Wie immer hockten die Stammgäste auf den Barhockern am Tresen. Wer keinen ergattert hatte, stand eben. Die Bierhumpen, die über dem Tresen an Haken hingen, waren nur ein paar Zentimeter von den Köpfen entfernt.

Die Gespräche verstummten, sobald man die Fremden bemerkt hatte. Man wandte sich zu ihnen um, Augen musterten sie kritisch. Es war, als leuchteten jede Menge Blitzlichter auf. Honey war versucht, eine Model-Pose einzunehmen.

»Guten Abend«, sagte Doherty und hielt tapfer den neugierigen Blicken stand, während er ein paar Dorfbewohner ein wenig zur Seite schob, um für sich und Honey einen Platz an der Theke frei zu machen.

Der Mann am Ausschank war mindestens eins neunzig groß, hatte dunkles Haar und kleine Augen. Er stand vorgebeugt da, die Hände auf die Arbeitsfläche gestützt, und selbst dann noch streifte sein Kopf beinahe die hängenden Bierhumpen.

Der Pub war bestimmt vierhundert Jahre alt, zu einer Zeit erbaut, als die Leute noch nicht so groß waren. Der Mann hinter dem Tresen hätte schon mindestens fünfundzwanzig Zentimeter kleiner sein müssen, um bequem stehen zu können. Er war hinter dem falschen Schanktisch gelandet. Honey fand, dass er besser in ein Gasthaus aus der Periode des Regency oder der viktorianischen Zeit gepasst hätte. Dort waren die Decken entschieden höher, und es wäre nicht sein halber Kopf hinter einem Deckenbalken verborgen geblieben.

Der Mann hatte ein unechtes Lächeln aufgesetzt. »Sie wohnen im Dorf?«, fragte er, während er die bestellten Drinks fertigmachte.

»Es scheint ja ein verschlafener kleiner Ort zu sein«, meinte Doherty, ohne die Frage zu beantworten. Er probierte sein Ruddles-County-Bier, und es war zu seiner Zufriedenheit. Honey bemerkte, dass keine Zitrone in ihrem Drink war. Auch kein Eis. Er war so warm wie das Bier.

»Gewöhnlich schon«, sagte einer der Gäste, der bereits leicht schwankte. »Ganz genau, verschlafen. Meistens jedenfalls.«

Er hatte sich wohl auf Dohertys Frage zum Dorf bezogen.

»Tatsächlich?«, sagte Honey und registrierte graues Haar, schlaffe Wangen und farblose Augen. Selbst ohne einen

Blick auf die bernsteinfarbene Flüssigkeit in seinem Glas verriet die rubinrote Nase den Cidre-Trinker.

»Aber heute war hier schwer was los!«, rief der Mann, ehe er wieder einen Schluck aus seinem Glas nahm.

Honey warf ihm ein ermutigendes Lächeln zu, bemerkte aber im selben Augenblick, dass der Mann hinter dem Tresen den Gast warnend anschaute.

»Haben Sie selbst was beobachtet?«, fragte sie den Gast.

Der Wirt mischte sich ein. »Ich glaube, es ist Zeit, dass Sie nach Hause gehen, Abe. Sie haben für heute genug.«

Der betrunkene Gast – es war ziemlich offensichtlich, dass er ordentlich einen in der Krone hatte – warf ihm einen missmutigen Blick zu. Der Wirt beugte sich mit geballten Fäusten und geblähten Nasenflügeln recht bedrohlich weiter vor und gab eine ziemlich gute Imitation von King Kong ab, fand Honey.

»Nun, wenn ich hier nichts mehr kriege …«, sagte der Gast und knallte sein Glas so hart auf den Tresen, dass es beinahe zerbrochen wäre.

»Ganz bestimmt nicht!«

Der Mann hinter der Theke schnappte sich das Glas.

Der Betrunkene schwankte.

»Gut. Ich bleib aber einfach noch ein bisschen hier und rede mit diesen netten Leutchen. Zu Besuch, was?«

»Geschäftlich«, antwortete Doherty.

Der Betrunkene grinste Honey anzüglich an und starrte auf ihren Busen.

»Dann sind Sie wohl das Geschäft?«

»Könnten Sie vielleicht aufhören, in meinen Ausschnitt zu glotzen?«

»He!« Er schaute ihr wieder ins Gesicht. »Was für Geschäfte sind das denn sonst? Mehr habe ich nicht wissen wollen. Was für Geschäfte Sie so treiben?«

Honey wusste, was jetzt geschehen würde – und sie hatte recht.

Doherty zückte seinen Dienstausweis.

»Die Pfarrerin ist heute Abend in der Kirche überfallen worden. Hat jemand was gesehen?«

Eine ganze Reihe von Köpfen wandten sich ihnen zu. Die Leute lauschten aufmerksam. Die Frage wurde wiederholt, ein Gast murmelte sie dem anderen zu.

»Wir haben davon gehört«, antwortete der Wirt in gemessenen Worten. Er schüttelte den Kopf. »Ich habe gesehen, wie die Pfarrerin hier vorbeigegangen ist. Mehr nicht.«

»Wann war das?«

»Etwa um sechs Uhr.«

»Sie war bei Mrs Flynn. Ich hab gesehen, wie sie da aus dem Haus kam«, sagte ein anderer Gast.

Jemand lachte. »Ein Wunder, dass sie danach nicht auf einen Drink hier reingeschaut hat. Jeder braucht 'nen Schnaps, wenn er mit Mrs Flynn zu tun hatte!«

»Genau«, stimmte ihm ein Dorfbewohner am Tresen zu. »Die alte Schachtel würde jeden in den Suff treiben.«

Doherty hörte höflich zu. Er hatte es nicht für angebracht gehalten, den Notruf wegen häuslicher Gewalt zu erwähnen. Er wusste, wie Dorfbewohner sind. Der Streit zwischen dem Paar, das im Belvedere House wohnte, war Wasser auf die Mühlen des Dorfklatsches. Trotzdem hatte es hier körperliche Gewalt gegeben. Marietta Hopkins hatte ein blaues Auge und eine blutige Nase, die aber wohl nicht gebrochen war. Diesmal noch nicht.

»Ich suche auch Mr Harold Clinker. Hat den jemand heute Abend gesehen?«

»Clinker!«

Der Name löste jede Menge Rufe und wütendes Grummeln aus.

Doherty schaute alle kühl an. Er würde sich nicht in lokale Streitereien hineinziehen lassen, aber zuhören würde er.

Honey schwieg, doch ihre Augen waren überall, suchten nach verdächtigen Anzeichen oder Reaktionen. Sie bemerkte, dass drei Leute, ein Paar, das wohl zu Abend gegessen und gerade den Kaffee ausgetrunken hatte, und eine Frau, die am entfernten Ende der Bar gelehnt hatte, sich anschickten, das Gasthaus zu verlassen.

Honey ging durch den Kopf, dass die beiden Speisegäste unter Umständen die Zeche prellten. Die dritte Person, eine rothaarige Frau, die so gekleidet war, als wäre sie nur mal mit dem Hund vor die Tür gegangen, war bei der Erwähnung des Namens Harold Clinker fast vollkommen erstarrt.

Da alle drei entspannt zugehört und den Lauf der Dinge gelassen verfolgt hatten, bis Clinker erwähnt wurde, hielt Honey es für eine gute Idee, ihnen nach draußen zu folgen. Es konnte nicht schaden, diesen Leuten ein paar Fragen zu stellen.

Nachdem die drei den Pub verlassen hatten, verschwanden sie um die Ecke des Gebäudes. Honey erinnerte sich, dass sie dort einen Weg gesehen hatte, der zum Biergarten führte, wo man eine Lichterkette mit ein paar einsamen Glühbirnen zwischen die Bäumen gehängt hatte.

Nichts ist verdächtiger, dachte Honey, als sich im Biergarten eines Pubs zu versammeln, wenn die Sonne nicht scheint. Dort hielt man sich nur tagsüber auf, nicht spät am Abend – nicht einmal zu einem Abendessen mitten im Sommer. Schließlich war man ja in England.

Auf Zehenspitzen schlich sich Honey an der Hauswand entlang und tastete sich voran. Sie war allein. Doherty würde vermuten, dass sie mal für kleine Mädchen war. Zumindest bis ihm klar wurde, dass sie noch gar nicht genug getrunken hatte, um dort hinzumüssen.

Helles Licht fiel durch die Milchglasscheiben der Küchenfenster auf den Weg. Das vertraute Klappern von Pfannen und Geschirr mischte sich mit fröhlichen Gesprächen und lautem Gelächter. Dem Koch und seiner Mannschaft ging es offensichtlich gut – das war ganz normal, denn gegen Ende der Schicht heiterten sich die Gemüter immer auf, weil sich alle auf einen schnellen Drink an der Theke freuten, ehe sie nach Hause und ins Bett gingen.

Zunächst unterhielten sich die drei im Garten mit leiser Stimme. Wegen der bunten Lampen der Lichterkette war von ihnen ein bisschen mehr als nur die Silhouetten zu erkennen. Allmählich schienen sie sich für ihr Thema zu erwärmen – was immer es war. Sie redeten hitziger und lauter.

Zuerst hörte Honey eine tiefe Frauenstimme sagen: »Darum haben wir uns noch nie geschert.«

Dann eine Männerstimme: »Ach, komm schon, wir konnten uns doch nicht einfach zurücklehnen und gar nichts machen.«

»Du denkst wieder unterhalb der Gürtellinie. Das ist dein Problem.« Honey ächzte. Die dritte Stimme gehörte auch einer Frau.

»Jemand musste sich doch für sie einsetzen. Mir scheint, hier im Dorf wird zu viel geklatscht und getratscht. Und wir wissen alle, wo das herkommt!«

Honey trat aus dem Schatten ins Licht. »Ähem! Entschuldigen Sie, dass ich mich so einmische, aber ich finde Ihr Gespräch sehr interessant. Ich würde gern mehr über diese Sache erfahren, von der Sie sprechen. Könnten Sie mir bitte Ihre Namen sagen?«

Das kleine Buch, in dem sie sich Notizen über ihren ersten Eindruck von der Kirche und der Pfarrerin hatte machen wollen, kam nun zum Zug. Sie hatte jede Menge Platz, um darin Namen festzuhalten.

Drei überraschte Gesichter wandten sich ihr zu. Man hätte sie bitten können, ihren Dienstausweis zu zeigen, und das wäre dann das Ende ihres Plans gewesen. Sie hatte die drei jedoch wohl auf dem falschen Fuß erwischt und ihnen keine Zeit zum Nachdenken gegeben.

Der Mann seufzte. Honey schnupperte ein Wölkchen von einem teuren Aftershave. Er war auch gut angezogen.

»Ich bin Nicholas Thompson. Das ist meine Frau Hermione. Wir leben in The Laurels. Das ist das große Haus mit den Backsteinschornsteinen. Es ist Ihnen bestimmt bei der Anfahrt aufgefallen«, sagte er in angeberischem Tonfall.

Honey dankte ihm und erwiderte dann, sie hätte bei der Anfahrt viele Schornsteine gesehen, könne aber nicht mit Sicherheit sagen, ob sie seine bemerkt hätte.

Die andere Frau, die Rothaarige, hatte ein eckiges Kinn und machte ein finsteres Gesicht. Die war eine härtere Nuss, dachte Honey, aber da sie mal angefangen hatte, musste sie jetzt wohl weitermachen.

»Und Ihr Name, Madam?«

Rings um die gespitzten Lippen der Frau breiteten sich tiefe Fältchen aus wie Sonnenstrahlen. Honey erkannte sofort den Rauchermund. Selbst wenn man das Rauchen aufgegeben hat, die Fältchen bleiben.

»Janet Glencannon.«

»Mrs oder Miss?«

»Mssssss!«

Es klang wie das Brummen einer Hummel.

»Und wo wohnen Sie?«

»Bobby's Bottom. Und ehe Sie Ihren Kommentar zu dem Namen abgeben, ich leite dort ein Tierasyl. Früher hieß es Brindley's Bottom. Ich habe den Namen geändert. Bobby war mein Hund. Der ist jetzt tot. Ich fand es angemessen, das Tierasyl nach meinem Hund zu nennen.«

»Ihr Haus, Ihre Entscheidung«, meinte Honey, während sie noch wie verrückt etwas in ihr Notizbuch kritzelte.

»Warum befragen Sie uns?«, wollte der Mann wissen, der sich als Nicholas Thompson vorgestellt hatte. Er runzelte die Stirn, ein sicheres Zeichen dafür, dass er sie schon bald bitten würde, sich auszuweisen. Das konnte sie gar nicht gebrauchen, weil sie schlicht und ergreifend keinen Dienstausweis hatte.

»Ich habe Sie nicht befragt, sondern lediglich um Ihre Namen und Adressen gebeten«, antwortete sie rasch. »Ich möchte Sie nur bitten, bei den Untersuchungen zu helfen.«

Das klang sogar für ihre Ohren reichlich selbstsicher. »Es ist mir aufgefallen, dass sie den Pub ziemlich rasch verlassen haben, nachdem mein Kollege seinen Dienstausweis gezückt und Mr Clinker erwähnt hatte. Wissen Sie, wo Mr Clinker ist?«

Hermione Thompson drängte sich vor. »Hoffentlich tot!« Sie spuckte Honey die Worte beinahe ins Gesicht.

»Möchten Sie mir das näher erläutern?«

Hermione Thompson holte tief Luft, und ihr Kopf schien sich mehrere Zentimeter weiter aus dem Kragen ihrer adretten weißen Bluse zu recken.

»Als Harold Clinker hier im Dorf ankam, hat er nichts als Charme und Sonnenschein verbreitet. Er hat drauf bestanden, sich in alles einzubringen, was hier so vorging, ist auch in die Kirche gegangen, in den Kirchenvorstand gewählt worden, in den Gartenverein eingetreten. Alles, was man sich denken kann, Harold war dabei. Er war sogar zunächst Vorsitzender des Festausschusses. Das ist er aber jetzt nicht mehr. Die Schicht seines Anstands war nur so dünn«, sagte sie und zeigte einen winzigen Abstand zwischen Zeigefinger und Daumen. »Plötzlich ging's steil bergab. Er fing an, sich über uns lustig zu machen, erklärte uns, wie oberflächlich wir doch alle wären, dass wir nicht wüssten, wie wir das Beste aus uns und unserem Dorf machen könnten. Nannte uns einen Haufen Narren. Die Gelegenheiten wären da, wenn wir nur mal richtig hinsehen würden. Aber das täten wir ja nicht, er sei der Einzige, der das für uns übernehmen musste, der genau hinschaute, Leute verärgerte und erpresste, Lügen erzählte …«

Mrs Thompson zitterte, und ihre Unterlippe bebte.

»Hermione …« Nicholas Thompson legte sanft eine Hand auf den Arm seiner Frau, was einen heftigen Tränenstrom auslöste.

»Er hat versucht, alles zu verändern«, sagte Ms Janet Glencannon. »Er hat es sich zur Aufgabe gemacht, nach alten Besitzurkunden zu suchen und Anspruch auf Grundstücke zu erheben, die andere Leute schon seit Jahren nutzen. Das schloss auch die Kirche ein. Auf die hatte er es speziell abgesehen. Die Pfarrerin war außer sich, besonders nachdem er ihr eine gerichtliche Anordnung bezüglich des Zustands des Platzes vor der Kirche hatte zustellen lassen.«

»Ich nehme mal an, Ms Glencannon, dass Ihr Tierasyl ein recht großes Grundstück hat. Hat er auch versucht, darauf Ansprüche zu erheben?«

Janet schnitt eine Grimasse. »Er hat versucht, mir eine Anordnung zustellen zu lassen. Ich habe den Hund auf ihn gehetzt. Nicht Bobby, das war ein Terrier. Ich habe Gertrude auf ihn losgelassen. Gertrude ist eine dänische Dogge und verteidigt ihr Territorium sehr entschlossen. Wenn Sie mich jetzt bitte entschuldigen wollen.«

Janet Glencannon sagte ihnen mit gepresster Stimme gute Nacht, und ihre Gummistiefel schrammten schmatzend an ihren strammen Waden, als sie fortmarschierte.

»Wir müssen auch los«, meinte Nicholas Thompson.

»Noch eine Frage. Mr Clinker und Miss Hopkins sind verheiratet, aber sie hat seinen Namen nicht angenommen. Führen die beiden Ihrer Meinung nach eine gute Ehe?«

»Woher soll ich das wissen?«, blaffte Mr Thompson und wandte sich zum Gehen.

Honey folgte ihm ein paar Schritte. »Es gibt Gerüchte, es sei eine offene Ehe. Würden Sie ...«

Er fuhr herum. Vielleicht lag es ja am Schein der Lichterkette, aber sein Gesicht sah auf einmal ziemlich rot und wütend aus.

»Ich habe es Ihnen schon gesagt. Ich mische mich gewöhnlich nicht in anderer Leute Angelegenheiten ein. Und wenn Sie mich jetzt bitte entschuldigen. Komm, Hermione.«

Nicholas Thompson legte seiner Frau einen Arm um die Schulter. Mrs Thompson schüttelte ihn ab und drehte ihr bleiches Gesicht abrupt nach vorn.

Honey verstaute ihr Notizbuch in ihrer geräumigen Handtasche. Als es nach unten rutschte, vernahm sie das Geräusch knisternder Zellophantüten. Essen! Sie erinnerte sich an die Toffee-Eclairs, die sie als Notration eingepackt hatte – nur falls sie es nicht mehr zum Abendessen nach Hause schafften, was jetzt ziemlich wahrscheinlich schien. Ihre tastenden Finger fanden, was sie suchte. Sobald die Verpackung aufgerissen war, stopfte sie sich ein Eclair in den Mund.

Dohertys langer dunkler Schatten fiel auf den Weg, ehe seine schlanke Gestalt, wie immer in schwarzer Lederjacke und Jeans, in ihrem Blickfeld auftauchte.

Sie drehte sich zu ihm um. Er legte ihr beide Hände auf die Schultern, zog sie an sich, schlang die Arme um sie und küsste sie.

»Du schmeckst nach Toffee. Was isst du da?«

»Ein Toffee-Eclair.«

»Ich will auch eins.«

»Dann müssen wir es uns teilen.«

Da sie nur zwei hatte, hoffte sie nicht, dass er ein ganzes haben wollte. Das erste hatte sie ja schon verputzt.

»Füttere mich«, sagte er.

Nachdem das Zellophan ab war, nahm sie das Toffee-Eclair zwischen die Zähne, näherte sich Doherty und roch seinen frischen, erdigen Duft. Da berührte seine Nase die ihre, und er schloss seine Lippen um seine Hälfte des Gebäcks.

Ihr ganzer Körper kribbelte, als er die Hände über ihren Rücken nach unten gleiten ließ, und sie japste leise, als er ihr Hinterteil drückte.

Und schon hatte er ihr das ganze Toffee-Eclair weggeschnappt!

»Das war unfair!«

»In der Liebe und im Krieg ist alles erlaubt. Jetzt weiter«, sagte er, sobald er das Eclair heruntergeschluckt hatte. Mit den Händen hielt er noch immer ihr Hinterteil umfangen. »Sag mir, was du rausgefunden hast.«

»Wieso denkst du, dass ich was rausgefunden habe?«

»Drei Leute sind im Eiltempo aus dem Pub aufgebrochen. Du bist ihnen hinterher.«

»Mir war nicht klar, dass du das bemerkt hattest.«

»Mir entgeht nichts«, sagte und drückte ihr Hinterteil noch mal sanft. »Du hast ja keinen Slip an.«

»Doch. So was Ähnliches.«

Sie hatte erst kürzlich einmal probiert, Tangas zu tragen, weil Lindsey ihr gesagt hatte, dass die einen knackigeren Hintern machten.

»Versprich mir, dass du so was auch unter dem Brautkleid trägst.«

»Natürlich«, sagte sie und presste ihre Lippen auf seine, um einen Hauch Toffee-Geschmack und einen Kuss zu erhaschen.

Auf dem Weg zum Auto wiederholte sie, was die Thompsons und Ms Glencannon ihr erzählt hatten.

»Clinker ist nicht der beliebteste Mann im Dorf, aber ich habe den Eindruck, dass auch zwischen Mr und Mrs Thompson nicht alles eitel Sonnenschein ist.«

»Geht das nicht allen Leuten so? Eheleben eben.«

»Er ist ganz wütend geworden, als ich gefragt habe, ob er was über die Ehe der Clinkers wüsste. Ich habe zu erwähnen gewagt, dass es vielleicht eine offene Ehe wäre. Das hat ihm gar nicht gefallen. Plötzlich hat er bei seiner Frau den Beschützer spielen müssen.«

»Es ist ein Dorf. Bath ist ja schon manchmal eng, aber verglichen mit einem Dorf ist das gar nichts. In Dörfern herrscht die reinste Inzucht. Das meine ich ernst.«

»Die Frau mit den Gummistiefeln habe ich nicht nach der Ehe der Clinkers gefragt. Die sah nicht so aus, als wüsste sie so was – oder als würde es sie interessieren.«

»Das weiß man nie.«

»Erste Eindrücke zählen. Ms Glencannon ist eher der beherzte Typ. Sie leitet das Tierasyl vor Ort.«

»Wir könnten jetzt Spürhunde durchaus brauchen – falls Clinker noch in der Nähe ist. Der könnte überall sein.«

Honey schaute sich um. Das Dorf lag ziemlich im Dunklen, aber wie sollte es anders sein. Es gab nur wenige Straßenlaternen, und ein Dorfanger trennte die Häuser auf der einen Straßenseite von denen auf der anderen.

Honey wollte gerade sagen, dass man vielleicht auf dem Dorfanger Kricket spielte oder um den Maibaum tanzte, als sie etwas Durchscheinendes, Weißes sah, das sich über den Platz bewegte.

»Mit Kricket hat das nichts zu tun«, murmelte sie.

»Kricket?«

Doherty, der die Angaben zu Mr Clinker telefonisch ans Revier weitergegeben hatte, schaute hin.

»Nein. Es sieht aus, als wäre eine Braut auf der Flucht«, meinte er. »Hast du den Film gesehen, den von der Braut, die sich nicht traut?«

»Wie bitte?«

»Na ja, diese Braut mochte Hochzeiten, wollte aber eigentlich nicht verheiratet sein. Sie hat sich gern verkleidet, doch am ehelichen Glück war ihr nicht so viel gelegen – oder an der ehelichen Plackerei, je nachdem, wie man's nimmt.«

»Das war doch nur ein Film«, sagte Honey, spitzte die Lippen und dachte nach. »Das ist vielleicht eine lokale Tradition, eine Besonderheit dieses Dorfes. Du weißt schon, so was wie Maibäume und Morris-Tänzer.«

Doherty schüttelte den Kopf, als er an die Männer dachte, die sich Glöckchen um die Fußgelenke banden und, mit Blumen geschmückt, herumsprangen und eine Schafsblase am Ende eines Stocks schwenkten.

»So sind Dörfer eben«, meinte er salomonisch. »Man muss nur genau genug hinschauen, dann sind sie alle ein bisschen seltsam.«

Kapitel 8

Es hätte ein ganz gewöhnlicher Tag im Green River Hotel sein sollen. Das Frühstück war serviert, und die ersten Gäste checkten aus.

Ein reizendes chinesisches Paar war gerade gegangen. Ein Franzose mit hochrotem Kopf näherte sich dem Empfang. Ein Blick, und Honey wusste, dass es Probleme gab.

»In meinem Porridge war ein Wurm.«

Da Honey ziemlich gute Laune hatte, hätte sie ihm am liebsten gesagt, dass sie dieses zusätzliche Eiweiß extra berechnen müsste. Doch so wie er mit den Zähnen knirschte, würde der Mann das vermutlich nicht komisch finden.

Eine der Voraussetzungen, wenn man im Gastgewerbe überleben will, ist, dass man auf Knopfdruck eine Miene aufsetzen kann, die eine Mischung aus Entschuldigung und Überraschung widerspiegelt. So etwas wird einem nach einer Weile zur zweiten Natur.

»Entschuldigung? Könnten Sie das bitte noch einmal wiederholen?«

Diesmal sprach er betont langsam und übertrieben deutlich, als wäre sie begriffsstutzig oder Englisch eine Fremdsprache für sie.

»Ein Wurm. Er lag in meinem Porridge.«

Sie verkniff sich jede Frage und schaltete von entschuldigender auf schockierte Miene um.

»Sind Sie sich absolut sicher?«

Der Mann schaute beleidigt. Seine gallischen Gesichtszüge, die sie eigentlich recht attraktiv gefunden hatte, wirkten nun eher wie aus Stein gemeißelt.

»Natürlich bin ich sicher. Er hat sich gewunden. Würmer winden sich doch, oder nicht?«

Wie sie solche Augenblicke hasste! Aber sie konnte nichts dagegen sagen, weil sie den Wurm ja nicht gesehen hatte. Sie würde nachfragen müssen – bei der Kellnerin und der Küchenkraft, die heute Morgen das Frühstück gemacht hatte.

»Monsieur, es tut mir leid, es tut mir wirklich sehr leid. Könnten Sie bitte einen Augenblick warten, bis ich mich mit einer Mitarbeiterin besprochen habe.«

Sie bot ihm eine Tasse Kaffee an. Die lehnte er schaudernd ab, als hätte sie verlangt, er sollte glitschigen Schleim trinken.

Maria, eine spanische Kellnerin, die noch nicht lange bei ihnen arbeitete, bestätigte, dass sich tatsächlich etwas Rotes im Porridge gewunden hatte.

Dumpy Doris hatte das Frühstück gemacht. Sie bestätigte, dass das Porridge des Herrn frisch zubereitet worden war, und war entsetzt, von dem Wurm zu hören.

»Ausgerechnet heute, noch so eine Sache, nach dem Frosch im Bett.«

»Dem Frosch?«

»Der schottische Herr hat gemeldet, dass er einen Frosch in seinem Bett gefunden hat.«

Honey lief es kalt über den Rücken. Erst ein Wurm. Jetzt ein Frosch.

»Was hier alles passiert«, meinte Doris und verzog ihr rundes Gesicht in traurige Falten. »Würmer, Frösche und Zeug im Punsch, das nicht hätte drin sein sollen. Da hat uns jemand mit einem Fluch belegt, das ist meine Meinung. Aller schlimmen Dinge sind drei. Drei unerklärliche Begebenheiten. Das ist doch nicht normal. Es ist einfach nicht normal.«

Plötzlich wurde Honey klar, dass Doris recht hatte, nicht so sehr mit dem Fluch, aber damit, dass tatsächlich drei unangenehme Dinge vorgefallen waren. Nun gut, nicht alle Betroffenen waren entrüstet gewesen. Wegen der Zauberpilze oder was immer im Punsch war, hatte es keinerlei Beschwerden gegeben, nur einige Anfragen nach dem Rezept.

»Ich bin mir nicht sicher, ob wir unter einem Fluch stehen«, antwortete Honey und schüttelte den Kopf.

»Glaubst du nicht, dass es jemand auf uns abgesehen hat?« Doris stand da, hatte die fleischigen Hände in die ebenso fleischigen Hüften gestützt.

Honey schüttelte den Kopf. »Das kann ich mir nicht vorstellen, Doris.«

»Ich schon. Es geschehen seltsame Dinge, lass es dir gesagt sein.«

Honey schüttelte noch einmal den Kopf, wenn auch diesmal ein wenig energischer.

»Nein! Wenn wir so denken, dann dauert es nicht mehr lange, und wir haben Wahnvorstellungen. Und überhaupt: Stimmt es denn nicht, dass aller guten und schlechten Dinge drei sind? Drei unangenehme Vorkommnisse haben wir ja jetzt hinter uns, das sollte es also gewesen sein. Und nun kümmere ich mich besser um Monsieur Parmentier.«

Es tat ihr weh, ihm eine Entschädigung zu zahlen, aber sie hatte keine Wahl.

»Ihre Rechnung geht aufs Haus«, sagte sie lieblich lächelnd zu dem Franzosen mit dem roten Kopf. Damit war er verdammt gut weggekommen, denn er hatte zweimal übernachtet und musste nicht einmal was für sein Essen bezahlen. Damit war der Gewinn für diese Woche futsch. Aber es ging nicht anders. Das Allerletzte, was sie jetzt brauchte, war ein Besuch von der Gewerbeaufsicht.

Nachdem Monsieur sein Gepäck genommen hatte, verließ er rasch das Hotel, murmelte vor sich hin, dass er einen Flug von Bristol nach Paris erwischen wollte und hoffte, ein Upgrade zu bekommen, um sich von diesem Schock zu erholen.

Mr McDonald, der liebenswerte Schotte, der vor nicht allzu langer Zeit eine Begegnung mit einem Frosch gehabt hatte, kam mit großen Schritten vom Fuß der Treppe zu ihr herüber und strahlte von einem Ohr zum anderen.

Honey verströmte aus allen Poren Zerknirschung. »Mr McDonald, es tut mir so leid.«

»Das erste Mal seit langer Zeit habe ich mein Bett mit einem Wesen geteilt, das mich irgendwie beeindruckt hat«, sagte er und lachte, als er den Frosch auf den Empfangstresen legte. »Das war er – oder sie –, mitten in meinem Bett.«

»Sie haben nicht gesehen, dass ihn da jemand hingetan hat?«

Er schüttelte den Kopf. »Nein. Ich habe ihn gestern Nacht nicht bemerkt. Ich habe ihn eigentlich erst heute Morgen entdeckt. Ich war gestern nicht in der Verfassung dazu, sagen wir mal so. Sie müssen wissen, meine Frau und ich hatten am Nachmittag einen Riesenstreit, nachdem ich es mittags an der Bar mit dem zwölf Jahre alten Malt Whisky etwas übertrieben hatte. Ich muss sagen, Sie haben da wirklich eine tolle Auswahl.«

Honey nickte zustimmend. Das Green River war bestens mit Malt Whiskys bestückt.

»Hat Ihre Frau den Frosch gesehen?«

»O nein. Die ist rausgerannt, nachdem sie mich als versoffenes Schwein bezeichnet und gesagt hat, sie würde sich mit einer Anwaltskanzlei wegen einer Blitzscheidung in Verbindung setzen. Nicht dass mir das was ausmacht. Wahrscheinlich hat sie den Frosch in mein Bett gelegt oder jemand dazu angestiftet. Mir macht das auch nichts aus. Ehrlich gesagt, der Frosch war im Bett lebendiger, als sie das je war!«

Honey würgte. Ihr blieb bei der Vorstellung von dem rothaarigen Schotten, der mit einem Frosch das Bett teilte, der Mund offen stehen. Der Frosch war inzwischen tot, und es gab also keinerlei Zeugen für das, was sich in dieser Nacht ereignet hatte.

Sobald jemand anders den Empfang übernehmen konnte, floh Honey in Begleitung eines Croissants und einer Tasse Kaffee in ihr Büro. Doch heute reichte ein einziges Croissant nicht aus, um ihren Blutzuckerspiegel wieder ins Lot zu bringen. Sie bestellte noch eines.

Als sie diese zweite Portion Trostessen in Angriff nehmen wollte und sich schon auf die Mascarponefüllung freute, klingelte das Telefon.

»Frühstückst du etwa gerade?«

Es war Doherty. Honey wäre fast der Bissen im Halse steckengeblieben.

»Nein! Natürlich nicht! Du weißt doch, dass ich mich auf Diät gesetzt habe. Ich muss schließlich an unserem großen Tag so gut aussehen, wie es nur geht.« Hastig versteckte sie das angebissene Croissant unter einem Blatt Papier, und schon kam ihr die Lüge viel glatter über die Lippen.

»Ich bin draußen in Lower Wainswicke. Es gibt eine Leiche. Kannst du schnell herkommen?«

Honey runzelte die Stirn. Sonst lud Doherty sie doch nicht freiwillig ein, an einen Tatort zu kommen, noch dazu in dem Dorf, wo sie vielleicht heiraten wollten. Mit der Pfarrerin, die sich nach dem Schlag auf den Kopf gestern Abend wieder prächtig erholt zu haben schien, hatten sie gleich noch einen Termin in ungefähr zwei Wochen ausgemacht. Und jetzt so was! Ob etwa die Pfarrerin das Mordopfer war?

»Ich verstehe dich nicht ganz. Hat es was mit unserer Hochzeit zu tun? Ist es die Pfarrerin? Oder dieser Mr Clinker?«, fragte sie.

»Nein. Die Pfarrerin ist quicklebendig und könnte uns sofort trauen. Es ist eine gewisse Mrs Flynn. Die hast du möglicherweise gestern auf dem Dorfanger gesehen. Als man sie fand, saß sie in der vierten Kirchenbank, in einem Brautkleid.«

Über achtzig und im Brautkleid – wo hatte sie das schon mal gehört? Oder vielmehr gelesen?

»War es neu? Das Brautkleid? War es neu oder verblasst und ein bisschen verschlissen?«

Stille am anderen Ende. Doherty vermutete wohl, dass sie den Verstand verloren hatte.

»Was soll das denn heißen?«

»War das Kleid neu?«, wiederholte Honey.

»Nein. Es sah ein bisschen vergilbt und altmodisch aus. Hat das was zu bedeuten?«

»Miss Havisham.«

»Wer zum Teufel ist Miss Havisham?«

»Ach egal. Ich erkläre dir das, wenn ich da bin.«

»Übrigens haben wir Harold Clinker gefunden. Der hielt sich im hohen Gras auf dem Friedhof versteckt, hatte einen Sack über dem Kopf und die Hände hinter dem Rücken gefesselt.«

»Der hielt sich versteckt?«

»Na ja, wir haben ihn gefunden. Meiner Meinung nach hat er sich versteckt. Seine Beine waren nicht gefesselt. Er hätte jederzeit abhauen können. Hat er aber nicht gemacht. Er meinte, er hätte die Polizeisirenen nicht gehört. Hätte Angst gehabt, dass sein Angreifer noch in der Nähe herumlungerte.«

Honey schnalzte missbilligend mit der Zunge. »Der

Fundort passt ja, denn seine Frau hat ihn sicherlich ins Jenseits gewünscht. Er will die Sirenen nicht gehört haben! Dass ich nicht lache!«

»Na ja, er hatte einen Sack über dem Kopf und einen Knebel im Mund, aber trotzdem würde ich dir recht geben. Höchstwahrscheinlich hatte er andere Gründe dafür, erstmal im Verborgenen zu bleiben.«

»Trotzdem«, meinte Honey nachdenklich, »er war gefesselt und hat vielleicht ziemliche Angst gehabt.«

»Aber er wollte doch sicher aus seiner misslichen Lage befreit werden?«

Honey murmelte eine Antwort und fügte hinzu: »Wer hat ihn denn gefesselt?«

»Seine bessere Hälfte. Vermutet er jedenfalls.«

»Marietta!«, rief Honey, und ihre Miene spiegelte tiefste Ungläubigkeit. »Das glaube ich nicht. Die ist erstens ein Hohlkopf und zweitens nicht gerade eine Anwärterin für den Weltmeistertitel im Ringen! Du hast sie doch gesehen. Sie ist so mädchenhaft zart. Ist nie anders gewesen.«

»Ja, ich habe sie gesehen.«

»Na, dann weißt du's doch.«

»Verdammte Kacke. Bath hat ja seine Probleme, aber dieses Scheißdorf schlägt alles um Längen.«

»Bitte mäßige deine Ausdrucksweise«, flüsterte Honey. »Du befindest dich auf geheiligtem Boden, und wenn wir uns entschließen, da zu heiraten, sollten wir ein bisschen Respekt zeigen.«

Kapitel 9

Honey mochte kaum glauben, was alles passiert war. Dazu noch im Juni. Und in einem so herrlichen Juni, dem perfekten Monat für Sommerbräute.

Als sie über die High Street zur Kirche fuhr, kam sie an einem Polizeiauto vorbei, das neben einem Häuschen aus rotem Backstein mit grüngerahmten Fenstern geparkt stand – dem Zuhause des Opfers. Die Polizei hatte das Haus versiegelt, und die Leute im Polizeiauto sollten wohl alle Gaffer fernhalten und jeden daran hindern, im Haus irgendwas zu verändern.

Zwei weitere Polizeiautos und ein weißer Lieferwagen standen dicht nebeneinander auf dem Platz vor der Kirche. In Belvedere House war kein Lebenszeichen auszumachen, ganz gewiss keine Spur von Mr Clinker.

Die Tatortteams hatten ihre Absperrbänder angebracht und ihre Zelte aufgebaut und zogen ihre komischen blendendweißen Overalls an. Meine Güte, dachte Honey mit einem Grinsen, ob die wohl wussten, dass so was inzwischen in manchen Kreisen der letzte Schrei war?

Doherty winkte sie von der anderen Seite des überdachten Friedhofstors zu sich.

Sie gingen zusammen in die Kirche. Dort war es kühl und roch nach Möbelpolitur und Staub, aber es lag auch ein sehr schwerer Duft im Raum. Blumen, dachte sie, als sie die atemberaubend schönen Gestecke in den Nischen und auf den schmiedeeisernen Ständern zu beiden Seiten des Altars sah. Ein weiteres großes Arrangement lag auf einem länglichen Kasten – einer Art uralter Wäschetruhe, dachte

Honey – aus grobbehauenen Brettern, die aussahen, als taugten sie höchstens noch als Anmachholz.

Mrs Flynn saß in der vierten Reihe, mit dem Rücken an die Chorschranke gelehnt. Von hinten konnte man nur den oberen Teil ihres Kopfes sehen.

Honey schaute sich das totenbleiche Gesicht von Mrs Flynn an, während sie Doherty eine kurze Zusammenfassung von Dickens' Roman *Große Erwartungen* gab: Frau, vor dem Traualtar verlassen, rächt sich auf dem Umweg über ihre wunderschöne junge Adoptivtochter und den glücklosen Pip.

»Dann dürfte Mrs Flynn allerdings nicht verheiratet gewesen sein. Miss Havisham hat das Kleid, in dem sie hätte heiraten sollen, nie wieder ausgezogen. Wenn ich mich recht erinnere, hat sie es jeden Tag getragen, nachdem man sie am Altar sitzengelassen hatte. Sogar das Hochzeitsfrühstück, komplett mit Hochzeitstorte, stand noch auf dem Tisch. Das Essen war verdorben und voller Maden, und alles war mit Staub und Spinnweben bedeckt, auch Miss Havisham selbst.«

»Ach wirklich?«

Doherty teilte ihr im Gegenzug die wichtigsten Fakten dieses Falls mit. »Mrs Flynn hat das Brautkleid sonst nie getragen. Sie war stets so gekleidet, wie es für eine Frau über achtzig normal ist.«

»War sie verheiratet?«

»Wir glauben schon. Sie hat gelegentlich erwähnt, ihr Mann wäre vor Jahren gestorben. Wir können also davon ausgehen, aber ich lasse es überprüfen.«

»Kinder?«

»Das überprüfen wir auch.« Er legte eine Pause ein und deutete mit gerümpfter Nase auf das Kleid. »Hat diese Miss Havisham ihr Brautkleid wirklich tagein, tagaus getragen?«

»Hm.« Honey nickte. Es war schlimm genug, in das tote Gesicht zu schauen, aber der Anblick des Kleides war noch mal was ganz anderes. Irgendwie war Honey so, als wäre Miss Havisham wiedergekehrt, um sie heimzusuchen. Das Buch war für sie immer ein Alptraum gewesen. Die vielen, vielen endlos langen Englischstunden, in denen sie sich Tag für Tag in einem staubigen Klassenzimmer durch dieses Buch hatten quälen müssen. So wurde aus dem spannendsten Roman ein grässlicher Alptraum.

Die Angst, die sie als Kind empfunden hatte, drohte sie jetzt wieder zu überwältigen. »Ich habe *Große Erwartungen* wirklich gehasst.«

Doherty war sich nicht sicher, welche Relevanz das hatte, versprach aber, diese Geschichte im Hinterkopf zu behalten. Er hatte sich um einen fragwürdigen Todesfall zu kümmern. Er würde jetzt aber erst einmal ganz nüchtern vorgehen, als würde ihn die körperlose Stimme eines Navis führen: an dieser Abzweigung links, rechts bis zu dieser hier, alles auswerten und dann geradeaus weiter bis in die Morgenstunden. Falls die Todesumstände sich als verdächtig erweisen sollten, würde es wirklich bis in die frühen Morgenstunden so weitergehen, denn die ersten vierundzwanzig Stunden nach einem Todesfall waren ausschlaggebend. Danach erkalteten die Spuren schnell. Falls es überhaupt ein Mord ist, brachte er sich in Erinnerung, obwohl er eigentlich vermutete, dass es einer war.

Doherty legte die Hände auf die Knie und beugte sich vor, um näher hinzusehen.

»Das Kleid sieht nicht so aus, als hätte sie es ständig getragen. Es ist ein bisschen vergilbt, aber es riecht nicht schmutzig.«

Honey musste zustimmen, dass das Kleid für sein Alter in einem recht guten Zustand war.

»Es ist also alt. Ich bin ja kein Modeexperte, aber ich habe doch recht, wenn ich annehme, dass dieses Brautkleid mit der Arche Noah gekommen ist, wie meine Mutter gesagt hätte. Stimmt's?«

Honey schob die Unterlippe vor und nickte. »Volle Punktzahl für Modekenntnisse.«

Das Kleid hatte ein sehr enges miederartiges Oberteil, lange Spitzenärmel und einen gerade geschnittenen Rock. Honey überlegte, dass es nicht aus den fünfziger Jahren, sondern eher vom Ende der sechziger, vielleicht sogar dem Anfang der siebziger Jahre stammte. Der Schleier war kurz und wurde von einem Haarschmuck gehalten, den eine Schwanenfeder zierte.

Er war sicherlich einmal strahlendweiß gewesen, wie es sich für eine jungfräuliche Braut geziemt. Nun war er ziemlich vergilbt, die Spitze hing schlaff und müde herab, und die Feder war welk und zerrupft.

»Was meinst du?«, fragte Doherty.

»Ich frage mich, ob sie dieses Kleid aus einem ähnlichen Grund wie Miss Havisham trägt.«

»Im Dorf sagen sie, dass sie verheiratet war. Aber wir haben noch nicht in den offiziellen Aufzeichnungen nachgesehen.«

»Vielleicht hat sie ja jemand am Altar sitzenlassen? Andererseits könnte sie es auch zur Erinnerung an ihren verstorbenen Ehemann getragen haben. Trauernde Leute machen die seltsamsten Dinge.«

»Was ist denn mit der Braut, die du gestern über den Dorfanger hast laufen sehen?«

Honey schüttelte energisch den Kopf. »Das kann sie nicht gewesen sein! Die Braut, die ich gesehen habe, ist gerannt, und das Kleid war auch anders …«

»Wirklich?« Dohertys Miene verriet, dass er ihr nicht

recht glaubte. »Konntest du denn aus dieser Entfernung ein Kleid vom anderen unterscheiden?«

»Glaub mir! Eine Frau kann so was.«

Doherty würde sich hüten, die Fähigkeit einer Frau anzuzweifeln, ein Kleid vom anderen zu unterscheiden. Er jedenfalls besaß diese Fähigkeit gewiss nicht.

»Okay. Ich nehme mal an, die Frau, die du gesehen hast, war nicht Mrs Flynn.«

»Hatte sie Verwandte?«, fragte Honey.

»Ich bin mir nicht sicher. Wie gesagt, wir überprüfen die Akten.« Er schaute sie von der Seite an und schüttelte den Kopf. »Ich kann es einfach nicht glauben. Ich hätte gedacht, du würdest neugieriger sein.«

»Worauf?«

»Du hast mich nicht gefragt, wie sie gestorben ist.«

»Soll ich raten?«

»Wenn du willst.«

»Kriege ich einen Preis, wenn ich die richtige Antwort weiß?«

»Ich will mal großzügig sein. Du kriegst deinen Preis, ob du es rausbekommst oder nicht.«

»Sag bloß.«

»Du bist eben ein Glückspilz.«

Er streichelte ihr langsam über den Rücken, vom Nacken bis hinunter zu ihrem Hinterteil.

»Okay.« Sie biss sich auf die Lippe und tat ihr Möglichstes, um sich zu konzentrieren. Einfach war es nicht.

»Dann wollen wir mal sehen.« Ihr Blick wanderte über die Vorderseite der Leiche. Mrs Flynns Kopf war zur Seite geneigt. Ihre Miene drückte Überraschung aus.

Honey kaute auf ihrer Unterlippe herum, während sie nachdachte. Sie lehnte sich vor.

»Nicht anfassen«, warnte Doherty sie.

»Keine Sorge. Ich werde mich hüten, den Tatort zu kontaminieren.«

Es gelang ihr, den Kopf so zu verrenken, dass sie auf Mrs Flynns Hinterkopf schauen konnte.

»Da ist eine Mordsbeule. Aber das bedeutet doch noch lange nicht, dass sie ermordet wurde. Sie könnte ja auch hingefallen sein und sich den Kopf angeschlagen haben. Alten Leuten passiert so was.«

»Manchen jungen Leuten auch, wenn ich das mal anmerken darf«, wandte Doherty ein. »Da musst du dich nur an einem Freitagabend im Stadtzentrum umschauen. Aber ich weiß, was du meinst. Der Arzt am Tatort hat sie für tot erklärt. Jetzt muss der Mann mit dem weißen Kittel und der Säge ran und die Todesursache rausfinden.«

Honey wusste, dass er damit auf den Pathologen anspielte. Die Säge war ein todsicheres Indiz dafür.

»Aber seltsam.«

»Sehr seltsam.«

»Ich meine, dieses Kleid.« Sie legte die Stirn in Falten. »Vielleicht hat sie ja erst geheiratet, als sie schon älter war.«

»Das kannst du an dem Kleid sehen?«

»Also, hör mal! Sie ist über achtzig. Die meisten Frauen ihrer Generation haben geheiratet, als sie um die zwanzig waren, vielleicht sogar noch Teenager. Das war damals so. Aber dieses Kleid, wenn es überhaupt ihr Brautkleid war, stammt aus den späten Sechzigern oder vom Anfang der siebziger Jahre.«

»Vielleicht hat sie sich einfach gern verkleidet.«

Honey seufzte. »Ja, vielleicht, die Ärmste.«

»Da fragt man sich wirklich …« Seine Stimme verstummte.

»Wegen des Kleides?«

»Wegen des Verkleidens. Ich meine, wenn man es recht

bedenkt, ist die Hochzeit ja nur ein einziger Tag. Eine Ehe soll aber länger halten.«

»Da könntest du recht haben. Vielleicht hat sie diesen Tag immer wieder gern in Gedanken neu durchlebt. Einige meiner Freundinnen haben sogar nur so oft geheiratet, weil sie Hochzeitskleider so toll fanden, den Rest der Ehe dagegen eher nicht so prickelnd.«

»Echt?« Doherty schaute überrascht, dann verzog er seinen Mund zu einem kleinen schiefen Lächeln.

»Ich dachte immer, das Beste käme erst, wenn man die Kleider auszieht und sich mit dem beschäftigt, worum es wirklich geht.«

Honey versuchte, ihn wütend anzublitzen, hielt die Empörung aber nicht lange durch. Schließlich musste sie auch grinsen.

»Je nachdem, was einem den meisten Spaß macht.«

Der Blick, den sie wechselten, bestätigte, dass sie in Sachen Spaß so ziemlich auf der gleichen Wellenlänge lagen.

»Wir müssen also auf den Autopsiebericht warten, ehe wir sicher sein können«, meinte Steve. »Ich gebe allerdings zu, dass mein Bauchgefühl mir sagt, dass sie ermordet wurde. Diese Beule am Hinterkopf kann eigentlich nicht von einem Sturz herrühren, und doch …«

»Du bist nicht Hercule Poirot. Dein Bauchgefühl und deine kleinen grauen Zellen fallen vor Gericht nicht ins Gewicht. Doch ich weiß, was du meinst. Wie hätte sich aber jemand von hinten an sie anschleichen und ihr eins über den Kopf ziehen können? Da war doch die Chorschranke im Weg.«

»Notiert.«

»Sie könnte also auch eines natürlichen Todes gestorben sein.«

»Uns wurde telefonisch ein Mord gemeldet.«

Honey drehte sich zu ihm um und musste sein markantes Profil bewundern, das sich dunkel vor dem Buntglas des Rundbogenfensters abzeichnete. Sie kannte dieses Profil in ähnlichem Licht, dann aber eingerahmt vom Fenster ihres Schlafzimmers.

»Wieso hat der Anrufer geglaubt, dass die Frau ermordet wurde?«

Er zuckte die Achseln. »Wir wissen es nicht. Wir hatten noch keine Gelegenheit, Fragen zu stellen. Wer immer die Sache gemeldet hat, hat aufgelegt, ohne seinen Namen zu nennen.«

»Mann oder Frau?«

»Die Mitarbeiterin in unserer Telefonzentrale war sich nicht sicher. Sie meinte, der Stimme nach hätte es beides sein können.«

Honey seufzte. »Das ist also einer der Gründe, warum man dies hier für einen Mord halten könnte – der Mörder hat ihn vielleicht telefonisch selbst gemeldet?«

»Möglich. Wir wissen nicht mit Bestimmtheit, dass es der Mörder war. Und bis dahin sind wir gezwungen, einen Schritt zurückzutreten und die Entwicklungen abzuwarten.«

»Wie langweilig.«

»Entschuldigung, sind Sie jetzt hier fertig?«, ließ sich eine sehr deutliche Stimme vernehmen. Eine Frau stand unter dem Torbogen der Kirchentür. Das helle Licht des Tages umströmte sie, bis sie in die Kirche trat und es um sie ein wenig dunkler wurde.

Das glatte braune Haar der Pfarrerin rahmte ihr Gesicht ein wie die Blütenblätter einer Tulpe. Ihre tiefliegenden Augen wanderten zwischen Honey und Steve hin und her.

»Ich störe nur ungern. Ich weiß, dass Sie Ihre Arbeit tun müssen.«

»Es tut mir leid, dass wir Ihren Zeitplan durcheinanderbringen, Frau Pfarrerin. Ich versichere Ihnen, wir beeilen uns, so gut wir können. Ich schicke Ihnen einen unserer Polizisten, um Ihnen Bescheid zu sagen, sobald wir hier fertig sind.«

»Das ist sehr nett von Ihnen, Inspector …?«

»Doherty. Chief Detective Inspector Doherty.«

»Constance. Pfarrerin Constance Paxton. Angenehm.«

»Und das ist Hannah Driver. Sie erinnern sich vielleicht, dass wir gestern Abend hier waren, nachdem Sie eins auf den Kopf bekommen hatten. Wir hatten erwogen, hier zu heiraten. Wissen Sie das nicht mehr?«

»Oh, natürlich, natürlich! Tut mir leid, ich bin immer noch ein bisschen angeschlagen.« Wie um das zu unterstreichen, fasste sich die Pfarrerin an die Nasenwurzel und schloss die Augen. »Diese Erfahrung möchte ich nicht so schnell wiederholen. Ich bin einfach noch nicht wieder voll da. Ganz im Gegenteil.«

»Das verstehen wir. Wären Sie in der Lage, uns einige Fragen zu beantworten, oder wollen Sie lieber warten, bis Sie sich besser fühlen?«

»Ich glaube, Sie würden mir wohl lieber jetzt gleich Ihre Fragen stellen. Ich weiß, dass die Zeit drängt, zumindest ist das in den Fernsehkrimis immer so.«

Doherty bedankte sich bei ihr.

»Können Sie mir sagen, wann Sie Mrs Flynn zuletzt gesehen haben?«

»Ja.« Die Pfarrerin faltete die Hände vor sich, als wollte sie beten, und ruckte mit dem ganzen Körper nach vorn, um bestätigend zu nicken. »Gestern Abend. Ich bin um sechs Uhr dort weggegangen, um mich, wie verabredet, mit Ihnen beiden zu treffen. Sie hatte mich zu sich zitiert, damit ich mir ihre Meinung über auswärtige Floristen anhöre, die die

Kirche für Hochzeiten mit Blumen schmücken. Sie war davon überzeugt, dass dieses Vorrecht allein unser eigener Ausschuss für Blumenschmuck haben sollte, niemand sonst.«

»Und Sie haben nur darüber gesprochen?«

»Ja. Ich wusste bereits, bevor ich zu ihr ging, was sie mir vorhalten würde. Aber so war Mrs Flynn eben. Das höflichste Wort dafür ist vielleicht zielstrebig, weniger freundliche Menschen würden es wohl anmaßend nennen.«

»Schien sie aufgeregt zu sein?«

»Nein.«

»Besorgt wegen irgendwas?«

Die Pfarrerin lächelte. »Nein. Allenfalls erzürnt über die Vorstellung, dass irgendwelche Floristinnen ihre heilige Routine durcheinanderbringen würden.«

»Wie schlecht war sie zu Fuß?«

»Sie hatte gute und weniger gute Tage. Sie hatte mitunter Probleme mit den Knien. Manchmal war sie auch ziemlich agil.«

Als Honey das hörte, tauchte vor ihrem inneren Augen wieder das Bild der Gestalt auf, die sie über den Dorfanger hatte laufen sehen. Konnte es doch Mrs Flynn gewesen sein?

»Und Mrs Flynn schien ganz zufrieden, als sie Sie zur Tür begleitete?«

»Ich habe allein rausgefunden.«

»Hat Mrs Flynn je von ihrer Familie erzählt?«

»Nicht, wenn es sich vermeiden ließ. Sie wurde meistens ziemlich wütend, wenn die Sprache auf ihre Tochter kam.«

»Kennen Sie den Grund dafür?«

Die Pfarrerin schmiegte die rechte Wange in eine Hand, als schmerzte sie plötzlich. »Sie hatten sich wohl zerstritten. Aber ich weiß nicht, worüber.«

»Und ihr Ehemann ist tot?«

»Schon seit Jahren. Ich habe immer gedacht, dass er hier auf dem Friedhof von St Michael's begraben ist, aber wenn das stimmt, dann ist sein Grab gut versteckt. Allerdings hat mir Mrs Flynn neulich gehörig die Leviten gelesen, als ich vorgeschlagen habe, eine verwilderte Wiese bei der Ostmauer zu mähen, damit man die Grabsteine besser sehen kann.«

»Wann sind Sie heute in die Kirche gekommen?«

»Etwa um vier Uhr. Wegen der Sache von gestern Abend war ich den ganzen Tag nicht hier. Ich bin immer noch ein bisschen matschig im Kopf, aber ich dachte, ich sollte lieber mal vorbeischauen.«

Doherty dankte der Pfarrerin für ihre Hilfe und schüttelte ihr die Hand.

Honey tat dasselbe. »Wenn sich alles beruhigt hat, machen wir weiter, wo wir aufgehört haben. Wir denken immer noch daran, uns in Ihrer Kirche trauen zu lassen.«

»Ah ja. Rufen Sie mich kurz vor dem Termin, den wir vereinbart haben, einfach an.«

»Und ich schicke Ihnen jemanden, um Bescheid zu sagen, wenn wir hier fertig sind«, wiederholte Doherty.

Die Pfarrerin winkte ihm kurz zum Abschied zu, und dann verschwand ihre adrette Gestalt in der Sakristei, wo sie die Talare für den Gottesdienst aufbewahrte.

Als die Männer in den weißen Plastikoveralls kamen, um die Leiche zu holen, klingelte Dohertys Telefon.

»Okay«, sagte er, nachdem er eine Weile zugehört hatte.

»Mrs Flynn hat eine Tochter. Sie heißt Alice. Wir versuchen sie ausfindig zu machen«, berichtete er Honey. »Also gut, dann machen wir uns mal wieder an die Arbeit. Als Nächstes sollten wir zum Haus der Verstorbenen gehen.« Er packte Honey bei der Schulter und drehte sie von sich weg. »Das ist zu Fuß zu erreichen. Unterwegs können wir beim

Dorfanger einen kleinen Zwischenhalt einlegen, und du kannst ihn dir vielleicht noch mal ansehen und darüber nachdenken, wen oder was du gestern Nacht im Brautkleid über das Gras hast laufen sehen.«

Honey blieb unter dem Dach des Friedhofstors stehen. »Mir ist gerade ein Gedanke gekommen.«

»Und der wäre?«

»Die Pfarrerin hat überhaupt nicht gefragt, wer umgebracht worden ist und ob es überhaupt ein Mord war. Seltsam, oder?«

Kapitel 10

Auf dem Weg zu Mrs Flynns Haus blieben sie stehen, um sich den Dorfanger näher anzuschauen.

»Also gut, lass mich nachdenken. Ich mach mal den Trick mit dem Kamerablick.« Honey schloss und öffnete die Augen mehrere Male sehr schnell hintereinander. Es gab nämlich eine Theorie, die behauptete, dann würde das Gehirn diese Schnappschüsse der Szene mit den Erinnerungen der vergangenen Nacht überlagern.

Es passierte nichts. Ihr Gedächtnis war auch nicht mehr das, was es einmal war. Sie sah nichts vor ihrem inneren Auge, nur das verschwommene Bild einer Gestalt, die in einem weißen Kleid durch das Dorf flitzte. Das mit den Schnappschüssen hatte wohl nicht funktioniert.

»Also, gerannt ist sie. Das war das Auffälligste. Sie ist spätabends in einem Brautkleid über den Dorfanger gelaufen. Mehr weiß ich nicht.« Sie zuckte die Achseln. »Aber gerannt ist sie. Und zwar nicht wie eine alte Dame mit kaputten Knien, sondern schnell wie eine jüngere Person. Einfach … nur gelaufen.«

Sie spürte Dohertys intensiven Blick auf sich ruhen, und seine durchdringenden Augen schauten sie an, als hätte sie etwas sehr Wichtiges gesagt. Plötzlich wusste sie es.

»Sie ist *gerannt*!«

Doherty blickte sie kühl, beinahe gebieterisch an. Herrgott, sah der heiß aus, wenn er so schaute!

»In welche Richtung?«

Honey wedelte mit der rechten Hand. »Von rechts nach links. Auf die Kirche zu.«

»Ist sie vor jemandem weggerannt?«

Honey zuckte die Achseln. »Keine Ahnung. Ich habe niemanden gesehen. Vielleicht ist sie ja auf jemanden zugerannt.«

»Komm schon, Honey. Das ist doch ziemlich unwahrscheinlich. Sie ist in Richtung Kirche gelaufen.«

»Vielleicht waren Mrs Flynns Knie nicht so kaputt, wie sie immer behauptet hat.«

»Vielleicht. Oder sie war in einem früheren Leben olympiareife Leichtathletin?«

»Da seid ihr wieder am Zug und müsst in den Archiven wühlen.«

»Stimmt, aber mein Instinkt …«

»Wieder ein Poirot-Augenblick …«

»… sagt mir, dass sie gestern nicht olympiareif war und auch sonst nie. Jedenfalls haben wir von einigen, die sie gut kannten, gehört, dass sie Probleme mit den Knien hatte, dass sie sogar auf der Warteliste für eine OP stand – für beide Knie, wenn ich mich recht erinnere.«

»Okay, also wurde sie wohl eher verfolgt, als dass sie selbst jemanden verfolgte.«

»Du hast sie längere Zeit gesehen, ich nur ganz kurz«, meinte Doherty.

»Es war schwer, sie nicht zu bemerken, wie sie da in ihrem langen weißen Kleid durch die Nacht flitzte.«

»Überleg doch mal. Ist da wirklich niemand hinter ihr hergerannt?«

Da mochte er sie noch so durchdringend anschauen, das brachte ihre grauen Zellen auch nicht in Schwung. Sosehr sie sich bemühte, sie erinnerte sich nur an das weiße Kleid, die rennende Frau und die Lichter in den Fenstern der Häuser im Hintergrund.

»Ich habe mich gestern nicht darauf konzentriert«, sagte

sie mit einem Seufzer. »Ich habe immer nur an Marietta denken müssen und an den Widerling, den sie geheiratet hat.«

Doherty stopfte die Hände tiefer in die Taschen, und sie wusste, wie enttäuscht er war.

»Na gut. Dann auf zum Rockery Cottage. Schaun wir mal, was wir im trauten Heim der alten Dame so alles entdecken.«

Mrs Flynns Zuhause machte seinem Namen alle Ehre. Vor dem Haus gab es keinen Rasen, sondern nur Steingartengewächse mit fiesen spitzen Blättern, die zwischen Kieseln und Feldsteinen aller möglichen Formen und Größen wuchsen.

Das Haus und der Garten dahinter wirkten vernachlässigt und altmodisch, die Pflanzen waren ein wirrer Wust, und es roch nach Lavendel und staubigen grünen Blättern.

Honey bildete sich sofort eine Meinung. Wenn es draußen schon so aussah, dann würde es wohl drinnen ziemlich ähnlich sein.

Stimmt, dachte sie, als sie Doherty in einen quadratischen Raum folgte, den Porzellanhunde, eine hellbeige Tapete mit braunem Blättermuster und ein gekachelter offener Kamin zierten, der wahrscheinlich einmal der Stolz der Ideal-Home-Ausstellung gewesen war, als Bill Haley and the Comets gerade »Rock Around the Clock« schmetterten.

Eine hochglanzlackierte Musiktruhe – Jahrgang 1960 oder so – stand auf schrägen schwarzen Metallbeinen unter einem Regal mit drei Brettern. Das war vollgestopft mit Langspielplatten, keine CD weit und breit. Es gab alles von Jim Reeves bis zurück in die fünfziger Jahre mit Schnulzensängern wie Johnnie Rae, Harry Belafonte und Frank Sinatra.

Honey ließ die Finger über die am leichtesten zu erreichende Reihe gleiten. Diese Sänger waren in Mrs Flynns Jugendzeit heiße Nummern gewesen. Jim Reeves, dessen Album das neueste im Regal war, hatte seine Aufnahmen lange eingespielt, ehe jemand das Brautkleid geschneidert hatte, das die tote Mrs Flynn trug.

Honey kam in Gedanken immer wieder auf dieses Kleid zurück. Es war ganz bestimmt kein Modell aus den fünfziger Jahren, also hatte Mrs Flynn entweder später als die meisten Frauen ihrer Generation geheiratet oder es zumindest geplant.

Das Piepsen von Dohertys Handy störte ihre Gedanken. Sie hörte, wie er kommentierte, was sein Gesprächspartner ihm berichtete.

»Sie sind ein Schatz!« Er legte auf. Honey fragte sich, wer dieser »Schatz« wohl war.

Er steckte das Telefon wieder in die Innentasche seiner Jacke.

»Das Archiv hat unsere Vermutung bestätigt. Mrs Flynn war mit einem gewissen Thomas Flynn verheiratet. Er ist vor etwa dreißig Jahren gestorben. Es gab eine Tochter, aber die ist vor einiger Zeit von der Bildfläche verschwunden. Wahrscheinlich hat sie geheiratet, aber niemand scheint zu wissen, wen und wann. Es ist auch nicht bekannt, was Mrs Flynn davon gehalten hat.«

»Oh, ich denke schon«, meinte Honey. »Sie hat sich vielleicht jemandem anvertraut. Höchstwahrscheinlich einer anderen Frau. Frauen vertrauen gewöhnlich anderen Frauen ihre Geheimnisse an. Möglicherweise war sie Mitglied im Women's Institute. Ich würde das beinahe wetten.«

Sie schwiegen, während sie überlegten, welcher Frau Mrs Flynn wohl ihr Vertrauen geschenkt hatte. Sie kamen beide zum gleichen Ergebnis.

»Ich kann nicht glauben, dass Sie beide meinen, ich wäre die Person, der Mrs Flynn ihr Herz ausgeschüttet hat«, sagte Constance Paxton.

»Niemand sonst scheint sie besonders zu mögen.«

»Ich habe sie auch nicht gemocht – obwohl mir mein Beruf eigentlich verbieten sollte, so etwas zu sagen.«

»Gibt es im Dorf ein Women's Institute?«

»Früher gab es das schon, aber nachdem so viele neue Leute hergezogen sind, die nach Bath und London pendeln, ist es eingegangen.«

»Wie traurig«, meinte Honey.

»Ein Zeichen der Zeit.«

»Wie lange ist dieses Haus schon das Pfarrhaus?«, fragte Honey.

»Eine ganze Weile. Es ist zweckdienlich und nicht teuer im Unterhalt, aber sicherlich kein Palast. Das alte Pfarrhaus hatte fünf Schlafzimmer, noch ein paar Zimmer unter dem Dach und sogar ein Kinderzimmer. Weder ich noch der Pfarrer vor mir brauchte ein so großes Zuhause. Das Dorfschulhaus hatte man damals gerade auch verkauft. Daher die Schuhschachtel, in der ich jetzt wohne. Noch Tee?«

Die Pfarrerin hatte die Kanne bereits in der Hand. Honey und Doherty lehnten dankend ab, aber beide konnten der Versuchung nicht widerstehen, sich noch eine dritte Makrone zu nehmen, während die Pfarrerin – »Ach, nennen Sie mich doch einfach Constance« – ihnen die Geschichte des Pfarrhauses erzählte. Das alte Pfarrhaus war ein neogotischer Kasten aus dem neunzehnten Jahrhundert, und die gedrehten Schornsteinköpfe und das Fachwerk in den Obergeschossen sollten wohl an die ferne Tudorzeit erinnern. Der massive Unterbau aus grauem Stein war eher ein Erbe der robusteren Viktorianer.

Die Schuhschachtel, wie Constance Paxton das neue

Pfarrhaus nannte, war dagegen ein modernes, freistehendes Haus aus den achtziger Jahren. Mit seinem großflächigen, sehr schrägen Dach erinnerte es ein wenig an ein Schweizer Chalet. Der umgebende Garten war von normaler Größe.

»Ehe die Schule geschlossen wurde, fanden die Sportfeste im Garten des alten Pfarrhauses statt«, sagte die Pfarrerin traurig. »Eigentlich schade, aber so ist es nun mal, das ist der Fortschritt, wie mir die Leute unermüdlich versichern.«

Es war sonnenklar, dass Constance lieber in gotischer Pracht gelebt hätte, dachte Honey, als sie ihren Teller auf einen kleinen Tisch stellte. Wie die restlichen Möbel war das Tischchen eine Antiquität und hätte besser in ein altes Cottage als in dieses moderne Haus gepasst.

Während Honey den Blick durch den Raum schweifen ließ, erkundigte sich Doherty bei der Pfarrerin ganz allgemein nach ihrem Befinden und nach Mr Clinker. Sie erzählte ihnen noch einmal alles über den Streit um das Grundstück vor der Kirche.

»Er ist wirklich unausstehlich«, sagte sie abschließend.

»Welche Meinung hatten Sie von Mrs Flynn?«, fragte Doherty.

Die Pfarrerin stellte die Teetasse klirrend auf die Untertasse zurück.

»Sie war wohl kaum das pflegeleichteste Gemeindeglied, besonders wenn es um den Blumenschmuck für die Kirche ging.« Constance Paxton atmete tief durch, als versuchte sie, ihre Frustration in den Griff zu bekommen. »Wenn man sie hörte, hätte man meinen können, sie wäre als Einzige für die Kirche verantwortlich, besonders wenn es darum ging, sie für Hochzeiten auszuschmücken. Manche Paare bringen eben lieber ihre eigene Floristin mit und möchten, dass der Blumenschmuck der Kirche zum Brautstrauß oder den

Kleidern der Brautjungfern passt. Das kann ich verstehen, aber Mrs Flynn hat die Sache nicht so gesehen.«

»Wie lange wohnte sie schon im Dorf?«, fragte Doherty.

»Nicht so lange, wie sie einen immer glauben machen wollte«, erwiderte die Pfarrerin. Ein halbes Lächeln lag auf ihren Lippen, wie es Leuten über das Gesicht huscht, die in ein Geheimnis eingeweiht sind. »Sie ist hier geboren, aber weggezogen, als sie etwa zehn war. Dann ist ihre Mutter gestorben, und sie wurde von einer Tante im Forest of Dean großgezogen. Erst vor etwa fünfzehn Jahren ist sie wieder hergekommen, obwohl man, wenn man sie so reden hörte, meinen könnte, sie wäre schon ewig hier. Ihre Mutter liegt auf dem Friedhof begraben.«

»Und die Tochter?«

»Ich weiß nur sehr wenig über sie, aber ich habe den Eindruck, dass sie sie entweder zur Adoption freigegeben hat oder dass sie völlig zerstritten waren. Wie auch immer, sie hat ihre Existenz beinahe geleugnet. Das ist eigentlich traurig. Sich nicht zu seinem eigenen Fleisch und Blut zu bekennen. Ich persönlich könnte das nicht.«

»Also war sie schon Witwe, ehe sie hierherkam – oder hierher zurückkam«, konstatierte Doherty.

»Stimmt. Es hat Gerüchte gegeben, dass sie nie verheiratet war, trotz des goldenen Rings am Finger. Den kann schließlich jeder tragen.«

»Sie hat tatsächlich geheiratet«, erklärte Honey. »In Bristol.«

Doherty warf ihr einen warnenden Blick zu. Das hätte sie offenbar noch nicht weitererzählen sollen. Obwohl es eigentlich nichts schadete, wenn die Pfarrerin es wusste. Aber Doherty war wohl nicht in mitteilsamer Stimmung. Manchmal war er so. Er ließ sich nicht in die Karten schauen, bis er genau wusste, womit er es zu tun hatte: mit einem natürlichen

Tod oder mit einem Mord. Und sie warteten zudem noch auf die Bestätigung der Geburt von Mrs Flynns Tochter.

Doherty stützte die Ellbogen auf die Knie und faltete die Hände. Er warf der Pfarrerin einen seiner forschenden Blicke Marke »Ich muss es unbedingt wissen« zu.

»Frau Pfarrerin …«

»Constance. Nennen Sie mich Constance.«

»Constance«, sagte er mit einem warmen Lächeln, als wäre alles auf der Welt ganz wunderbar.

Honey merkte, wie sich ihr der Magen zusammenkrampfte. Diesen Blick kannte sie.

»Eines wundert mich: Sie haben mich noch nicht gefragt, wie Mrs Flynn gestorben ist. Sie haben mich nicht einmal gefragt, wer gestorben ist. Können Sie mir das erklären?«

Bisher hatte man den Gesichtsausdruck der Pfarrerin als offen bezeichnen können, doch plötzlich änderte sich alles. Ihre Lider flatterten, und Röte stieg ihr in die Wangen.

»Ich … ich … habe nicht ganz …« Sie gab sich große Mühe, nicht zu stammeln, und holte tief Luft, ehe sie weiterredete.

»Die Wahrheit ist die, ich hatte Angst. Ich habe sie da gesehen, wissen Sie. Sie saß im Dunkeln in der ersten Bankreihe. Ich bin ganz schön erschrocken, als ich sie entdeckt habe. Ich dachte, dass derjenige, der mich überfallen hat, nun sie angegriffen und umgebracht hätte. Das habe ich vermutet.«

»Und deswegen haben Sie bei der Polizei angerufen und einen Mord gemeldet?«

»Ja, ich hatte mein Handy dabei. Ich habe schnell telefoniert und bin dann rausgerannt. Sie müssen wissen, ich habe geglaubt, dass der Mörder eigentlich mich im Auge hatte, aber stattdessen sie erwischt hat. Man hatte mich mit der Nachricht dorthin gelockt, auf dem Friedhof gehe es nicht mit rechten Dingen zu. Es war noch nicht richtig hell draußen, denn die Sonne war noch nicht ganz aufgegangen. Vor der Kirche habe ich niemanden gesehen. Ich hatte zwar eine Taschenlampe, aber mir gefiel die Vorstellung nicht, da im Dunkeln allein herumzuspazieren. Also habe ich Mr Jenkins, einen unserer Diakone, angerufen und ihn gebeten, mich zu begleiten. Er wollte gleich kommen, aber er ist auch nicht mehr der Jüngste. Ich wusste, dass es eine Weile dauern würde.«

»Hat Mr Jenkins Mrs Flynn am Altar gesehen?«

Die Pfarrerin zuckte die Achseln. »Ich denke, nicht. Sie müssen wissen, er ist gar nicht bis zur Kirche gekommen, sondern unterwegs auf dem Gartenpfad bei seinem Cottage über eine hochstehende Steinplatte gestolpert. Das hat ihn ziemlich mitgenommen. Seine Frau hat ihn dann wieder ins Haus geholt und mich angerufen, um mir zu erzählen, was passiert war. Da war ich bereits wieder zu Hause.«

Die Pfarrerin kaute auf der Unterlippe herum und schaute zu Boden, ihre Finger glitten unruhig auf den Stuhllehnen hin und her.

»Das hätten Sie uns früher erzählen sollen.«

Sie nickte. »Natürlich. Es war nur … na ja … nach gestern Abend … Meine Nerven und mein Verstand funktionieren wohl noch nicht wieder ganz richtig.«

Doherty sprang auf. Honey fühlte sich ziemlich klein, bis sie auch auf den Beinen war. Zeit zum Gehen.

»Trotzdem wäre es hilfreich gewesen, wenn Sie früher etwas gesagt hätten«, wiederholte Doherty.

»Natürlich.« Tief geneigter Kopf. »Tut mir leid.«

»Danke für den Tee. Die Makronen waren köstlich. Entschuldigen Sie, dass ich so viele verputzt habe«, meinte Honey. »Die sind mein Lieblingsgebäck.«

Makronen waren zwar nicht Honeys absolutes Lieblingsgebäck, aber das lag hauptsächlich daran, dass sie so viele Gebäcksorten liebte. Doch es konnte nichts schaden, wenn sie der Pfarrerin ein wenig aus der Verlegenheit half.

»So! Wo geht es jetzt hin?«, fragte sie, als sie zu Dohertys tiefergelegtem Sportwagen unterwegs waren.

»Ich fahre ins Revier, um mich nach der Todesursache von Mrs Flynn zu erkundigen. Du kommst ja mit deinem Wagen nach Hause, oder?«

»Okay, und was dann?«

»Ich hole dich morgen so gegen vier ab, und dann reden wir mal mit Clinker.«

»Du meinst, ich kann weiter als deine Assistentin arbeiten? Obwohl ich keine Polizistin bin?«

»Du bist eine Freundin seiner Frau. Du kennst sie aus der Schule. Mal sehen, was du von ihm hältst.«

Sein Plan schien sinnvoll. Noch wussten sie nicht, ob Mrs Flynn eines natürlichen Todes gestorben war oder nicht, doch für den Augenblick konnte dieser Fall auf Sparflamme köcheln. Jetzt wollten sie sich erst mal Harold Clinker vorknöpfen.

Kapitel 11

Im Green River Hotel war es ungewöhnlich ruhig. Honey war kaum durch die Tür getreten, die den Empfangsbereich vom Foyer trennte, als sie das Gefühl überkam, dass hier irgendwas nicht stimmte. Es konnte ja auch zu ruhig sein. Zu ruhig, das passte einfach nicht zum Green River. Sie wusste doch, was sie normalerweise empfand, wenn sie herkam. Erstens Stolz. Sie hatte dieses Haus gekauft und selbst als Hotel aufgebaut. Zweitens hatte sie Angestellte, die echte Originale waren, sie hatte Freunde, die echte Originale waren, und auch in ihrer Familie wimmelte es nur so vor echten Originalen. Lauter ausgeprägte Persönlichkeiten, die manch einer als ein wenig verrückt bezeichnet hätte.

Lindsey saß hinter dem Empfangstresen, hatte ihrer Mutter den Rücken zugewandt und war anscheinend in etwas versunken, was sie auf dem Monitor las.

»Jemand zu Hause?«

Lindsey fuhr hoch, als sie die Stimme ihrer Mutter hörte. Honey war sich nicht ganz sicher, aber sie meinte gesehen zu haben, dass das Bild auf dem Bildschirm eine Art Rolle rückwärts gemacht hatte. Wo immer Lindsey im Internet gewesen war, jetzt war sie nicht mehr da. Im Augenblick hatte Lindsey die Aufgabe, den Internet-Auftritt des Hotels aufzupeppen, und hatte bereits damit angefangen.

EINEN DRAUFMACHEN IM GREEN RIVER HOTEL, MITTEN IN BATH.

Einen draufmachen, diesen Ausdruck hätte Honey nicht gewählt, aber Lindsey experimentierte noch mit der neuen

Startseite, und ihre Mutter wusste, wie schwierig so was sein konnte. Da musste man genau den richtigen Ton treffen.

»Einen draufmachen?«, sagte sie und nagte an der Unterlippe. Sie wollte ihre leise Kritik so deutlich und doch so vorsichtig wie möglich anbringen, ohne ihre Tochter zu verärgern. »Ich glaube nicht, dass wir hier einen draufmachen, oder? Ich finde, wir sind … irgendwie gediegener.«

»Altmodisch.«

»Sind wir das?«

Es tat weh, gesagt zu bekommen, dass das Hotel altmodisch wäre. Sie fand das nicht, aber stimmte das tatsächlich? Sie fand das Hotel weder veraltet noch altmodisch, denn es passte prächtig zu ihr. Mit anderen Worten: vielleicht war sie so altmodisch wie ihr Hotel!

»Wir wollen keine Pärchen ansprechen, die nur herkommen, um ein Wochenende mit nichts als Saufen und Sex zu verbringen.«

»Die wollen doch nur ihren Spaß.«

»Aber ich will keine jungen Leute anlocken, die nur auf so was aus sind.«

»Natürlich willst du das nicht.« Lindsey schaute sie sehr direkt an. »Man muss auf der gleichen Wellenlänge sein wie die Leute, die das Hotel besuchen. Das gilt ebenso für das Gebäude, die Bilder an den Wänden und die umfangreiche Auswahl an Fernsehkanälen zum Thema Sex und Schmusen.«

»Meinst du?« Honey zog die Augenbrauen in die Höhe.

»Ja, das meine ich.«

»Und diese Kanäle bringen den Leuten was zu Sex und Schmusen bei?«

Lindsey zog einen Mundwinkel in die Höhe. Ob sie lächelte oder eine Grimasse zog, das war nicht auszumachen.

»Das könnte man so sagen.«

Honey dachte eine Nanosekunde darüber nach und schüttelte dann den Kopf.

»Ich glaube, das will ich nicht. Meinen anderen Gästen würde das nicht gefallen. Ich meine, überleg dir doch mal, was Mary Jane sagen würde …«

Genau da ging eine mit »Privat« markierte Tür auf, und Mary Jane stand vor ihr, dünn wie ein Schilfrohr und so hoch wie der Eiffelturm.

»Ach, da bist du ja. Ich warte hinter dem Haus auf dich …«

Honey war klar, dass es rein gar nichts bringen würde, wenn sie Mary Jane dafür ausschimpfte, dass sie den Mitarbeitereingang hinten im Hotel und die mit »Privat« markierte Tür benutzt hatte. Die Amerikanerin würde ohnehin keine Notiz davon nehmen.

Mary Jane gehörte hier zum Inventar, beinahe wie eine Topfpflanze, an die man sich gewöhnt hatte und die man manchmal zu gießen vergaß.

Mary Jane, Professorin für das Paranormale, war Dauergast im Green River Hotel, fuhr mit chaotischem Fahrstil in einem rosa Cadillac-Cabriolet durch die Stadt, war etwas über eins achtzig groß und hatte ihren siebzigsten Geburtstag schon eine geraume Zeit hinter sich.

Ihre eisblauen Augen schienen einem manchmal geradewegs in die Seele zu schauen, blickten aber zu anderen Zeiten meilenweit über jedes Gegenüber und die reale Welt hinweg auf Dinge, die nur Leute ihres Schlags erfassen konnten.

Mary Jane liebte schrille Farben; was nicht bunt war, trug sie nicht. Heute hatte sie zu ihrem Outfit eine violette Jacke mit Reißverschluss und Epauletten gewählt. Die sah aus, als wäre sie aus weichem Wildleder. Am Halsausschnitt schaute der übergroße Kragen einer gelben Bluse aus der Jacke hervor, und ein wenig vom Saum der Bluse lugte unten heraus. Mary Janes Jeans waren marineblau und an den Seiten mit Pailletten bestickt, die Schuhe rot, passend zur Handtasche. Das Rot biss sich heftig mit den anderen Farben, aber das war ja gerade das Gute an Farben, meinte Mary Jane: Wenn sie sich nicht bissen, funktionierte es für sie nicht.

Honey lächelte, machte Mary Jane ein Kompliment zu ihrem Outfit und meinte: »Du hast also hinter dem Hotel auf mich gewartet.«

»Klar doch. Du hast gesagt, ich soll mit dem Auto hinten warten, dann würdest du mit deinem Auto hinter mir her zu Ahmed fahren.«

»Ja! Natürlich!«, rief Honey, als sie endlich wieder wusste, worum es ging. »Dein Auto ist zur Wartung angemeldet, und ich habe versprochen, hinter dir her zu Ahmed zu fahren und dich dann, nachdem du das Auto dort abgegeben hast, wieder herzubringen.«

»Genau, Honey. Aber sonst geht's dir gut?«

Honey gab eine oscarreife Vorstellung als die Managerin, die absolut am Ball ist, die weiß, wo sie steht und wo sie hinwill. Zu Ahmeds Werkstatt nämlich. In Wahrheit hatte sie die Verabredung völlig verschwitzt.

Lindsey winkte ihrer Mutter lässig zu und beschäftigte sich wieder mit der Internetseite, auf der sie beim Surfen gelandet war. Honey stieß einen tiefen Seufzer aus, versicherte sich noch schnell, dass in allen Bereichen – einschließlich der Küche – die Dinge reibungslos liefen, und folgte dann Mary Jane durch die mit »Privat« markierte Tür auf den Parkplatz.

Da die Stadt Bath gebaut worden war, als auf den Straßen höchstens Sänften unterwegs waren, hatte sie heute Verkehrsprobleme. Mit Bussen, schweren Fahrzeugen oder zu vielen Autos kam die Stadt überhaupt nicht zurecht. Das

Problem mit den Schwertransportern hatte man teilweise durch eine neue Umgehungsstraße gelöst. Leider hörte die jedoch im Osten der Stadt abrupt auf, weil betroffene – und wohlhabende – Anwohner protestiert hatten. Lastwagen mussten sich daher über die Ringstraße quälen. Mit PKWs war das eine ganz andere Sache. Nach wie vor schlängelten sich zu viele davon durch das Stadtzentrum, schwärmten wie Bienen um Ampeln, die stets rot zu sein schienen. Einmal geblinzelt, und die Grünphase war vorbei.

Heute war der Verkehr dichter denn je, und Honey war außerordentlich dankbar dafür. Das bedeutete nämlich, dass Mary Jane langsamer fahren und dem Auto vor ihr folgen musste, was wiederum bedeutete, dass sie ausnahmsweise auf der richtigen Straßenseite fuhr. Nämlich der linken!

Honey wurde lockerer, sobald sie in ihr Auto eingestiegen war und Mary Jane in sicherem Abstand folgte. Es war zwei Uhr nachmittags.

Ahmed Clifford tauchte aus dem großen, einstöckigen Gebäude auf, in dem er seine Werkstatt betrieb, und wischte sich die dunkelbraunen Hände an einem öligen Lappen ab. Ein grüner VW Käfer schwankte ein wenig, als Mary Jane hinter ihm zum Stehen kam. Sie hatte ihn mit der Stoßstange ihres Cadillac leicht berührt.

Zunächst zuckte Ahmed zusammen, dann atmete er erleichtert auf, nachdem er überprüft hatte, dass kein Schaden entstanden war.

»Hi«, sagte Honey und winkte ihm zu.

Ahmed winkte zurück, und obwohl er lächelte, war es ein Lächeln mit geschlossenem Mund, kein halbes Lachen, bei dem seine strahlendweißen Zähne blitzten. Er wirkte irgendwie anders als sonst und hatte einen gehetzten Gesichtsausdruck, den man gewöhnlich an ihm sah, wenn seine Mutter wieder einmal versuchte, ihn in eine arrangierte Ehe zu drängen. Vielleicht war es ihm diesmal nicht gelungen, sich vor dem Treffen mit einer potenziellen Braut zu drücken.

Mary Jane wollte Ahmed gerade ihre Autoschlüssel reichen, als sie innehielt und ihm in die Augen schaute.

»He, Ahmed. Ihre Lebensgeister singen und tanzen heute ja gar nicht. Ich sehe sie im Kreis sitzen und die Zähne fletschen.«

Mary Jane, das musste man sagen, hatte direkten Zugang zur Geisterwelt. Anders ausgedrückt: sie hatte bemerkt, dass Ahmed ziemlich angesäuert war.

Er versuchte noch einmal sein übliches Lächeln, aber es erstarrte ihm auf dem Gesicht, als weigerten sich seine Lippen, sich weiter zu dehnen.

»Das sind die Gefahren des Lebens«, antwortete er. »Und dann das Glück. Wenn das Glück nicht auf deiner Seite ist …« Er zuckte die Achseln. »Das Glück hat mich verlassen.«

»Nicht schon wieder eine Heiratskandidatin?«, fragte Honey. Ahmeds Mutter wollte für ihren Lieblingssohn unbedingt eine traditionelle Ehe arrangieren. Ahmed war so gar nicht scharf auf diese Idee, hatte aber im Allgemeinen nichts dagegen, die potenziellen Bräute kennenzulernen. Er tat nun schon eine ganze Weile so, als fügte er sich in die Pläne seiner Mutter, hatte mit den jungen Frauen Beziehungen angefangen, aber mit keiner den Weg bis zum Traualtar zurückgelegt. Er gab offen und ehrlich zu, dass es für ihn viel mit Sex zu tun hatte. Manche von den jungen Frauen hatten mehr als nur einen Koffer wieder mit nach Hause zurückgenommen.

»Manche waren Schreckschrauben, andere echte Schönheiten«, hatte er Honey mit schimmernden Augen und einem anzüglichen Grinsen auf den sinnlichen Lippen berichtet. Diesmal war es wohl was anderes.

Er schüttelte den Kopf. »Nein. Ich habe es meiner Mutter auf den Kopf zugesagt, dass ich noch nicht bereit bin zum Heiraten und dass ich mir, wenn es einmal so weit ist, meine Frau selbst aussuchen will. Schließlich muss ja ich mit dem Ergebnis leben, nicht sie. Jedenfalls«, fügte er mit immer noch nachdenklicher Miene hinzu, »wollte ich gern mit Ihnen reden, Mrs Driver. Wenn es Ihnen nichts ausmacht. Es geht um mein Auto. Meine Hochzeitskarosse. Die ist gestohlen worden.«

»Eine Hochzeitskarosse?«

Er nickte. »Ein weißer Rolls Royce. Ich habe ihn vor zwei Jahren von einem Typen in Keynsham gekauft und habe mich als Hochzeitsfahrer etabliert. Es ist ziemlich gut gelaufen. Schöner Kontrast, mein Teint und der weiße Rolls Royce. Manchmal habe ich einen Turban und volle Montur getragen, so Marke Reise nach Indien oder Kipling oder so. Den Leuten hat das total gefallen. Ich hatte was für jeden Geschmack. Manchmal habe ich auch einen Abendanzug angehabt. Kam ganz drauf an, was die Leute wollten. Persönliche Vorlieben, wissen Sie. Dieses Raj-Outfit, das mochten die Bräute besonders gern, die sich für einen Tag wie eine Prinzessin fühlen wollten. Sie wissen schon? Alle Verheißungen des Orients!«

Seine Miene hellte sich bei diesen Erinnerungen auf, ehe er wieder betrübt schaute.

Honey brachte ihre Überraschung zum Ausdruck. Sie hatte nicht gewusst, dass er ins Geschäft mit Hochzeitskarossen eingestiegen war.

»Das hätten Sie mir sagen sollen. Wir hätten zusammen ein ganzes Hochzeitspaket anbieten können: Auto, Hochzeitsfrühstück, Luxuszimmer im Green River Hotel mit Champagner und Himmelbett …«

»Das können wir immer noch machen«, antwortete er,

und sein Gesicht wurde kurz wieder heiterer. »Aber nicht jetzt. Schade. Verdammt schade. Ich musste schon Reservierungen absagen.« Er schüttelte den Kopf.

»Haben Sie den Diebstahl angezeigt?«

Er nickte. »Ja, aber Sie wissen doch, wie das ist. Es ist nur ein Auto. Wie viele Autos gehen in diesem Land jeden Tag verloren.«

»Aber doch bestimmt nicht viele Hochzeitskarossen«, mischte sich Mary Jane ein, die ganz Ohr gewesen war.

Er zuckte die Achseln. »Wahrscheinlich nicht.« Er wandte sich an Honey. »Darüber wollte ich mit Ihnen reden. Meinen Sie, Sie könnten versuchen, den Rolls zu finden?«

Der Gedanke, auch noch die Suche nach einem weißen Rolls Royce in ihrem ohnehin schon vollen Terminkalender unterzubringen, war wenig verlockend. Ganz ehrlich, sie machte sich da eigentlich keine Hoffnungen auf ein positives Ergebnis. Aber Ahmed war ein Schatz. Er war auch ausgesprochen nett anzuschauen, die Idealbesetzung für die Rolle des Punjabi Rajpoot am Steuer eines Rolls Royce.

»Ist es ein Oldtimer?«

»Aus den sechziger Jahren, also alt genug.«

Gegen ihr besseres Wissen hörte sie, wie sie Ahmed versprach, ihr Möglichstes zu tun, obwohl sie keinen Schimmer hatte, wo sie anfangen und wie sie diese Aufgabe noch in ihren Terminkalender hineinbekommen sollte.

»Ich werd's versuchen. Wann haben Sie den Wagen zuletzt gesehen?«

»Letzten Samstag. Ich hatte gerade eine Hochzeit drüben in Larkhall gefahren und habe den Wagen noch gewaschen, ehe ich ihn abgestellt habe. Ich habe da eine Garage in Keynsham angemietet. Leider habe ich, als ich zur Werkstatt kam und aufschließen wollte, gemerkt, dass ich den Schlüssel … zu Hause … vergessen hatte.«

»Bei einer Freundin?«

Er grinste, und obwohl seine Haut die Schattierung eines Cappuccinos ohne Schaum hatte, bemerkte Honey, dass er rot wurde.

»Ja. Sie hat eine Wohnung in der Walcot Street.«

»Ah ja«, sagte Mary Jane mit halbgeschlossenen Augen, wie sie das manchmal machte, wenn sie in Trance fiel. »Sie ist blond, hat einen knackigen Busen und trägt einen Rock, der kaum ihr Hinterteil bedeckt.«

Ahmed schaute sie verdutzt an. »Wow! Ich weiß ja, dass Sie es mit dem Übersinnlichen und so haben, aber Sie sind ja gut. Richtig gut. Können Sie sie jetzt sehen?«

Mary Jane schlug die Augen auf. »Nein. Aber ich habe Sie beide neulich beobachtet, wie Sie bei McDonald's rausgekommen sind. Und Sie haben Händchen gehalten.«

»Oh!« Ahmed schaute enttäuscht.

»Also, dieses Auto. Es ist über Nacht verschwunden. Sie sind am nächsten Morgen mit den Schlüsseln hingegangen, und da war es weg.«

Ahmed nickte. »Genau.«

»Keine Wegfahrsperre?«

»Es ist ein altes Auto.«

Mary Jane fügte noch gute Ratschläge hinzu.

»Kein Peilsender? Wissen Sie, ich habe mir sagen lassen, die sind richtig gut. Sie lassen sich so was einbauen, und dann können Sie den Wagen auf dem Computer verfolgen, mit irgendeinem Programm, das man online kaufen kann.«

Honey schaute sie mit offenem Mund an. »Jetzt bin ich aber beeindruckt, Mary Jane. Ich wusste gar nicht, dass du dich mit so was auskennst.«

»Ich nicht. Das hat mir Lindsey erzählt. Die ist ja gerade dabei, sich von all dem technischen Zeug zu lösen. Sie meint, sie trete nun in eine spirituellere Lebensphase ein.«

Das überraschte Honey noch mehr. Zu ihrer Schande konnte sie nicht behaupten, das bemerkt zu haben, und Lindsey hatte sich ihr auch nicht anvertraut.

»Mir hat sie nichts davon erzählt, und ich bin ihre Mutter.«

Mary Jane machte ein undurchdringliches Gesicht. »Du weißt doch, wie das ist. Manchmal mischen sich Mütter ein, wo sie nicht erwünscht sind.«

Und ob sie das wusste. Honey dachte an ihre eigene Mutter. Ja, genau das machte die, mischte sich ein, wenn ihre Meinung nicht gefragt war.

Honey wandte ihre Aufmerksamkeit von der neuen Lebensphase ihrer Tochter ab und Ahmed und seinem vermissten Auto zu. Sie nickten einander ernst zu, wollten sich wohl gegenseitig Mut zusprechen. »Das müssen irgendwelche Leute sein, die sich den Wagen nur für eine Vergnügungsfahrt geklaut haben. Das ist's!«

Mary Jane pflichtete ihr bei. »Junge Leute, die mal schnell und wild durch die Gegend fahren wollen.«

Das überzeugte Ahmed nicht. »Das ist ein Rolls Royce. Mit dem kann man keine Rennen fahren. Es ist ein gediegenes Auto für gediegene Leute.«

»Klar«, sagte Mary Jane. Honey nickte, und nun nickte auch Mary Jane. »Aber manche von den Kids hier in der Gegend wollen hoch hinaus, müssen Sie wissen. Die kommen aus ziemlich gutbetuchten Familien und wissen Qualität zu schätzen.«

Man konnte Ahmed an der Nasenspitze ablesen, dass ihn auch das nicht umstimmte. Möglicherweise dachte er daran, in welchem Zustand geklaute Autos waren, sobald diese Kids mit ihnen fertig waren. Nicht selten waren sie um einen Laternenmast gewickelt oder wurden in einem letzten Akt von Vandalismus in Brand gesteckt.

»Schauen Sie mal«, sagte Honey und versuchte ihre Aussage so positiv wie möglich zu formulieren. »Sie haben ja recht, Ahmed. Ein Rolls Royce ist kein Auto, für das sich junge Leute normalerweise interessieren. Manche Oldtimer sind eher Sammlerstücke. Vielleicht können wir dem Wagen mit Hilfe von spezialisierten Händlern und bekannten Sammlern auf die Spur kommen. Diese Leute wissen solche Autos zu schätzen. Mal sehen, was ich herausfinden kann. Okay?«

Er nickte zögerlich.

»Und Sie rufen mich an, wenn mein Wagen fertig ist«, sagte Mary Jane und legte ihm aufmunternd eine Hand auf die Schulter. »Es ist wohl nicht viel zu reparieren.«

»Bremsbeläge. Bremsscheiben. Kupplung«, verkündete Ahmed.

Honey versuchte das Grinsen zu verbergen, das ihr schon um den Mund zuckte. Mary Jane war für ihren Fahrstil berüchtigt. Ahmed wusste also ganz genau, welche Teile verschlissen sein würden.

Kapitel 12

Harold Clinker hatte die Notaufnahme im Royal United Hospital von Bath voll im Griff.

Wie die Mehrheit der modernen Krankenhäuser erstreckte sich das RUH, wie es meist genannt wurde, über eine große Fläche. Es lag im Osten der Stadt hinter hochaufragenden Villen aus der Zeit König Eduards und der oberen Straße in Richtung Bristol.

Die Notaufnahme war relativ geräumig, allerdings kleiner als die im Royal Infirmary im nahegelegenen Bristol. Aber Bristol war ja auch größer, und das Krankenhaus befand sich mitten im Zentrum. Das RUH in einer ruhigen Vorstadt von Bath hatte eindeutig die bessere Lage, und seine modernen Anbauten wurden ein wenig durch den alten Baumbestand von Buchen, Tannen und Ulmen abgemildert.

Harold Clinker hatte ein unfreundliches Gesicht und kleine, stets ein bisschen gemein schauende Augen.

Honey fragte sich, was wohl in Marietta gefahren war, dass sie sich auf ein Rendezvous, geschweige denn eine Ehe mit diesem Kerl eingelassen hatte. Wenn sie es recht bedachte, dann hatte ihre alte Schulfreundin stets lebhaftes Interesse an schnellen Autos, Magnumflaschen Bollinger und allem gezeigt, was über neun Karat hatte und glitzerte. Harold Clinker war untersetzt und ziemlich athletisch gebaut, trug aber Gucci und Armani, hatte also wahrscheinlich gut in ihre Pläne gepasst.

Es sah nicht aus, als wäre er schwer verletzt, wenn man von seinem Stolz absah. Seine Kleidung war unordentlich und hatte hier und da Schmutzflecken, sein Gesicht glänzte vor Schweiß, und sein Haar – leuchtend rot und schon recht schütter – stand ihm in kleinen, wütenden Büscheln vom Kopf ab.

Doherty hatte sich am Fußende seiner Liege vor Clinker aufgebaut, der noch auf seinen Arzt wartete, und schaute auf ihn hinunter. Honey hielt sich ein wenig abseits und war eigentlich nur Marietta zuliebe hier.

»Mr Clinker, würden Sie mir bitte erzählen, was geschehen ist?«

»Haben Sie hier das Sagen?«, blaffte Clinker. Er starrte Doherty angewidert an, als wäre der ein ekliges Insekt.

Doherty war es gewohnt, dass Leute vor ihm eine wichtigtuerische Fassade aufbauten. Er ließ sich nicht aus der Ruhe bringen.

»Ich bin Chief Detective Inspector Doherty. Könnten Sie mir bitte berichten, was geschehen ist?«

Clinker musterte ihn vom Scheitel bis zur Sohle.

»Chief Detective Inspector. Höher geht's wohl nicht?«

»Unter den gegebenen Umständen, da der Polizeipräsident im Augenblick mit seiner Frau auf Teneriffa Urlaub macht und wahrscheinlich am Strand liegt, bin ich der Ranghöchste vor Ort, ja.«

Clinker akzeptierte das mit einem Grunzen. »Ich bin gerade aus meinem Auto ausgestiegen …«

»Um welche Uhrzeit war das?«

»Etwa um zehn.«

»Wo waren Sie gewesen?«

»Ich bin einfach rumgefahren. Meine Frau und ich hatten einen kleinen Streit gehabt …, ich dachte, ich fahre ein bisschen durch die Gegend, bis wir uns beide wieder beruhigt haben.«

»Sie sind also herumgefahren und um etwa zehn Uhr zurückgekommen. Wir haben bemerkt, dass Ihr Auto in der Gasse hinter der Kirche geparkt ist. Gibt es einen bestimmten Grund dafür, dass Sie den Wagen nicht in Ihrer eigenen Einfahrt abgestellt haben?«

»Ich hatte den Sicherheitscode für das Tor vergessen. Ich ändere den jeden Tag an einem Gerät im Haus. Marietta und ich, wir bekommen die neue Nummer per SMS zugeschickt. Ich habe das gestern Abend um sechs gemacht, aber nach dem Streit habe ich mein Telefon zu Hause gelassen und konnte mich um alles in der Welt nicht mehr an die Zahlenkombination erinnern.«

»Möchten Sie mir erklären, worum es bei dem Streit ging?«

»Nein, das möchte ich nicht.«

Mr Clinker reckte empört das Kinn vor und funkelte Doherty wütend an, der so lange zurückstarrte, bis Mr Clinker blinzelte und sein Kinn wieder zwischen die schlaffen Wangen zurücksackte.

Honey dachte an Mariettas ramponiertes Gesicht. Was dem einen recht ist, ist dem anderen billig. Man konnte seiner Frau wirklich keinen Vorwurf machen, wenn sie ihm das heimgezahlt hatte.

»Okay. Wenn Sie Ihre Sichtweise der Angelegenheit nicht darlegen möchten, dann müssen wir die Version Ihrer Frau akzeptieren. Sie hat zu Protokoll gegeben, dass Sie sie geschlagen haben, und sie wird Anzeige erstatten. Möchten Sie dazu etwas sagen?«

Harold gab den großen, bösen Wolf, der schnaufte und keuchte, aber wirklich niemanden fressen würde. Und schon kamen die Entschuldigungen.

»Sie war selbst schuld daran. Es war nur ein kleines Missverständnis.«

»Anscheinend hatte das Missverständnis mit Miss Sherise

und der Benutzung des Ehebetts zu tun. Mr Clinker, es geht mich nichts an, dass Sie die Regeln gebrochen haben, auf die Sie und Ihre Frau sich geeinigt hatten. Uns interessiert nur die Körperverletzung. Das ist ein Vergehen, falls Ihnen das noch nicht bekannt war.«

»Nun, sie hat sich ja gerächt, nicht? Schauen Sie sich doch nur meine Kleidung an! Und meine Nerven …« Er hielt eine zitternde Hand in die Höhe. »Sehen Sie sich das an! Es war furchterregend, kann ich Ihnen sagen, verdammt furchterregend! Aber wenn sie darauf verzichtet, mich anzuzeigen, dann zeige ich sie auch nicht an. Damit müssen Sie sich wohl abfinden, ob es Ihnen passt oder nicht!«

Bisher hatte Honey den Mund gehalten, denn schließlich war sie Dohertys Verlobte, nicht seine Arbeitskollegin. Aber das konnte sie so nicht stehenlassen.

»Wieso sind Sie so sicher, dass es Marietta war, die Sie gefesselt und dort liegenlassen hat?«, fragte sie. »Als wir bei ihr waren, war sie nicht in der Verfassung, irgendjemandem so was anzutun.«

»Ich habe aber ihr Parfüm gerochen. Sie ist von hinten gekommen und hat mir eins über den Kopf gehauen. Als ich wieder zu mir kam, hatte ich keine Ahnung, wo ich war, und hatte einen Sack über dem Kopf. Es hat eine ganze Weile gedauert, bis ich begriffen habe, dass meine Hände gefesselt waren.«

Honey kniff die Augen zusammen, um sich daran zu erinnern, wie Marietta gestern Abend bei ihrem Besuch ausgesehen hatte. Als wäre sie unter die Räuber gefallen, würde ihre Mutter wohl sagen. Blaues Auge, blutige Nase und ziemlich unter Schock. Nein, dachte sie. Ich glaube ihm nicht. Und seiner Miene nach zu urteilen, glaubte Doherty ihm auch nicht.

Auf dem Weg nach draußen erhielt Doherty einen Anruf. Man teilte ihm mit, dass Marietta alle Beschuldigungen zurückgenommen hatte.

Honey war wütend. »Das würde ich nicht tun!«

»Das würde ganz davon abhängen.«

»Wovon?«

»Ob du dich schon gerächt hast.«

Sie sah, wie seine Lippen zuckten, als würde er gleich lächeln. Doch dann hatte er sich wieder im Griff. Honey stutzte. Irgendwas ging hier vor.

»Okay. Was kriege ich hier nicht mit? Was hast du mir nicht erzählt?«

»Hast du bemerkt, was für Sachen Mr Clinker trug?«

»Kleidungsstücke von ziemlich guter Qualität.«

»Und?«

»Schmutzig.«

»Richtig. Weil sie über den ganzen Friedhof verteilt waren.«

Honey blieb verblüfft stehen. »Du machst wohl Witze!«

»Nein. Mr Harold Clinker hatte einen Sack über dem Kopf, die Hände hinter dem Rücken gefesselt. Und er war splitterfasernackt.«

Honey reckte triumphierend eine Faust in die Luft. »Wow! Prima gemacht, Marietta!«

Das gutgeölte Türschloss öffnete sich mit einem sanften Klicken, als Doherty seinen Wagen aufsperrte. Er schaute sie mit amüsierter Neugier an, ehe er ihr die Tür aufmachte.

»Vor dir bin ich aber doch sicher?«

Sie grinste. »Wie sicher möchtest du denn sein?«

»Fesselspielchen brauche ich nicht so dringend, und ich möchte auch nicht nackt auf dem Friedhof liegen, wenn's geht.«

Auf dem Rückweg zum Hotel erzählte Honey Doherty

noch von dem aufgepeppten Punsch, dem Frosch und dem Wurm.

»Ich hoffe, das ist jetzt alles vorbei und es war nur eine Pechsträhne. Aber eine Weile hatte ich das Gefühl, dass jemand versucht, mich zu ruinieren. Ich frage mich, warum und wer, aber es fällt mir niemand ein.« Sie zuckte die Achseln. »Wenn es ein Rachefeldzug sein sollte, dann wünschte ich, der- oder diejenige würde sich zeigen, obwohl ich, ehrlich gesagt, keine Ahnung habe, warum mich jemand so hassen sollte.«

Doherty schwieg, als konzentrierte er sich darauf, den Wagen in den Verkehr auf der M4 zurückzulenken. Dabei tat er so, als wäre das schwieriger als gewöhnlich. Er überlegte, ob er Honey jetzt von den Drohbriefen berichten sollte. Am Morgen hatte er einen zweiten erhalten, in dem ungefähr das Gleiche wie im ersten stand. Er hatte sich geschworen, ihr nur davon zu erzählen, wenn er einen dritten erhielte. Das ist nichts weiter als ein Scherzbold, dachte er, irgendjemand, den ich verhaftet habe, der seine Strafe abgesessen hat und immer noch einen Groll gegen mich hegt.

Heute nicht, entschied er. Heute erzähle ich ihr noch nichts davon. Deswegen war er froh, dass er viel zu tun hatte, ging nicht noch auf einen Kaffee mit ins Hotel, versprach ihr aber, sich wie geplant am Abend mit ihr zu treffen.

Im Zodiak herrschte Hochbetrieb. Wie immer duftete es nach gegrilltem Steak und Knoblauchgarnelen. Gläser klirrten, es wurde gelacht, und raubeinige Rugbyspieler erzählten schmutzige Witze.

Doherty kam eine halbe Stunde später als verabredet herein, aber das kannte Honey nun schon. Er sah auch nicht aus, als wäre er in der Laune, einen draufzumachen. Im Gegenteil: er hatte eine ernste Miene aufgesetzt, und sie wusste nur zu gut, was das bedeutete.

Sein doppelter Jack Daniels wartete schon auf ihn, neben dem Wodka, den Honey für sich bestellt hatte, beide mit Tonic.

Dohertys Miene war leicht zu deuten. »Mrs Flynn ist umgebracht worden?«

Er nickte, während er das halbe Glas mit einem Schluck runterkippte.

»Lass mich raten. Es war nicht der Schlag auf den Kopf, der sie getötet hat.«

Er rieb sich mit Daumen und Zeigefinger über die gedankenvoll gefurchte Stirn.

»Wie bist du denn darauf gekommen?«

»Die Chorschranke war im Weg. Es sei denn …«

Sie sah die Belustigung in seinen Augen und wusste, dass sie sich geirrt hatte.

»Los. Sag schon.«

»Wir haben einen Neuen in der Pathologie, einen sehr eifrigen jungen Mann namens David Chan. Der hat ein paar Tests gemacht und erhöhte Insulinwerte im Körper der Verstorbenen festgestellt. Es waren keine Einstichstellen von Spritzen zu sehen, und Mrs Flynn hatte auch keine Vorgeschichte von Diabetes oder irgendeiner anderen Krankheit, die mit Insulin was zu tun hat. Aber er hat eine Theorie. Er weiß, dass Insulin, wenn man es unter der Zunge injiziert, praktisch nicht nachweisbar ist. Das perfekte Verbrechen, wenn du so willst. Man braucht da nur eine sehr kleine Menge zu spritzen, um das gewünschte Ergebnis zu erzielen. Wer immer das bei Mrs Flynn gemacht hat, hat die Dosis viel zu hoch gewählt, und so konnte Chan das Insulin nachweisen. Trotzdem hätte man in dem

Alter leicht Diabetes als Todesursache annehmen können, wäre unser sehr wachsamer Mr Chan nicht gewesen.«

Honey sah ihn zweifelnd an. »Aber warum ihr erst eins über den Kopf hauen und ihr dann Insulin spritzen?«

Doherty trank den Rest seines Jack Daniels aus, wollte schon das Glas absetzen, legte dann aber den Kopf zurück und schluckte auch noch die Eiswürfel.

»So ist es nicht gewesen. Es war genau andersrum.«

»Sie war schon tot?«

Er nickte. »Es sieht ganz so aus, als gäbe es zwei Leute, die sie umbringen wollten. Eine Person, die ihr die Spritze verpasst hat, und eine, die ihr einen harten Gegenstand auf den Kopf geschlagen hat. Ich nehme an, der eigentliche Mörder, der ihr das Insulin gespritzt hat, hat sie auch in der Kirchenbank sitzen lassen. Angreifer Nummer zwei muss dann die günstige Gelegenheit genutzt haben.«

»Mrs Flynn hatte also mehr als nur einen Feind.«

»Wahrhaftig. Wer ihr das Insulin gespritzt hat, wollte, dass ihr Tod so natürlich wie möglich aussah. Nur die Sache mit dem Brautkleid kapiere ich noch nicht so ganz. Daran möchte ich mich eigentlich auch nicht abarbeiten. Ich dachte, das überlasse ich dir.«

»Ich müsste jemanden finden, der bei ihrer Hochzeit dabei war. Falls sie überhaupt geheiratet hat natürlich. Vielleicht hat sie jemand vor dem Altar sitzenlassen, ehe sie Mr Flynns Ehefrau wurde.«

»Möglich.«

»Da saß sie also in ihrem Brautkleid, über die Bank gebeugt, als betete sie … und da war es ein Leichtes, ihr von hinten eins überzuziehen.«

Doherty nickte.

»Und wer immer das getan hat, hat sie anschließend aufgerichtet und an die Chorschranke gelehnt, damit man die Wunde nicht gleich sah – falls jemand in die Kirche kam.«

Doherty überlegte einen Augenblick. Ohne ein Wort zu sagen, zog er dann sein Telefon hervor und rief bei Pfarrerin Constance Paxton an.

»Entschuldigen Sie die Störung, Pfarrerin Paxton, aber könnten Sie mir sagen, ob die Kirche nachts immer abgeschlossen wird?«

Honey sah ihn nicken.

»Verstehe. Immer abgesperrt.«

Er beendete das Gespräch.

»Es war abgeschlossen.«

Honey schüttelte den Kopf. »Das glaube ich nicht. Das war doch der Abend, an dem die Pfarrerin überfallen wurde. Es musste also schon vor ihr jemand in der Kirche gewesen sein, und dieser Jemand hat vielleicht einen Schlüssel. Die Kirche war an diesem Abend nicht abgeschlossen. Das kann nicht sein.«

Doherty stimmte ihr zu und bestellte eine neue Runde Drinks.

Honey nippte an ihrem Glas und verzog das Gesicht. »Gin. Ich trinke nie Gin.«

»Scheiße.«

»Keine Sorge. Diesmal würge ich ihn runter.«

Sie lächelte, als sie das sagte, und überlegte, dass er sonst doch nicht so zerstreut war. Irgendwas daran, wie er ihrem Blick auswich, machte sie stutzig. Der ist völlig übermüdet, entschied sie. Schau dir nur seine Augen an. Bleierne Augenlider. Dunkelgraue Ringe, die gestern noch nicht da waren.

»Du brauchst ein paar Streicheleinheiten«, sagte sie zu ihm.

»Ich brauche was?«, murmelte er.

»Armer lieber süßer Doherty«, gurrte sie, während sie ihm mit geschickten Fingern die angespannten Nackenmuskeln massierte. »Zeit fürs Bett?«

Er reckte den Hals und reagierte auf den stetigen Druck ihrer Finger. Honey war zwar keine Masseuse, aber selbst sie wusste, dass man Spannung lindern kann, wenn man jemandem den Nacken streichelt.

Er schloss die Augen und seufzte aus tiefstem Herzen, als fügte er sich in alles, was sie mit ihm vorhatte. »Ja«, sagte er. »Gute Idee.«

Die Lichter der Stadt und die Sichel des Mondes spiegelten sich unterhalb der Pulteney Bridge im Fluss. Die Gestalt mit der Kapuze, die sich mit den Ellbogen auf die Sandsteinbrüstung stützte und das Gesicht in feste, kantige Hände geschmiegt hatte, schaute zu, wie das bewegte Wasser die Lichter in kleine Fragmente zerriss. So war auch das Leben der Person im Kapuzenshirt: in viele Teile zerrissen. Was für ein trauriges Leben! Alles hätte so perfekt sein können, wenn diese verdammte Frau nicht wäre! Herrgott noch mal, wusste diese Frau nicht, dass sie viel zu alt für eine Hochzeit ganz in Weiß war? Schämte die sich überhaupt nicht? In ihrem Alter zu heiraten! Aber es würde ja nur wirklich widerlich werden, wenn die Hochzeit tatsächlich stattfand. Wenn alles so weiterging wie bisher, würde es vielleicht gar nicht dazu kommen. Ehen funktionierten einfach nicht. Die beiden waren doch schon verheiratet gewesen und sollten das besser wissen.

Kapitel 13

Das Tageslicht sickerte vor sechs Uhr am Morgen in Dohertys Schlafzimmer, einmal weil Mittsommer war, zum anderen weil Camden Crescent hoch über der Stadt lag. Das
Erste, was man aus dem Fenster sah, war der Himmel, nicht
von irgendwelchen Gebäuden verstellt, die alle weiter unten am Lansdown Hill aufragten.

Honey räkelte sich, weil sie ein Geräusch gehört hatte,
das dem Summen einer wütenden Biene nicht unähnlich
war. Selbst bevor sie die Augen öffnete, spürte sie, dass sich
die allgemeine Lage im Bett verändert hatte. Doherty war
schon auf.

Schläfrig ließ sie die Hand über die warme Kuhle gleiten,
wo sein Kopf gelegen hatte. Sie wollte sich überzeugen, dass
sie wirklich allein war, ehe sie auch nur die Augen auf-
schlug.

Wo war diese Biene?

Honeys Augen wanderten suchend durch den Raum.
Keine Biene. Aber jetzt hörte sie jemanden reden.

Es war keine Biene, sondern das herrische Summen von
Dohertys Mobiltelefon gewesen.

Honey fügte sich ins Unvermeidliche. Der Morgen war
unausweichlich angebrochen. Sie schaute auf ihre Armbanduhr. Jawohl! Sechs Uhr. Zeit zum Aufstehen. Aber
vielleicht noch nicht gleich?

Sie rollte an die Stelle, die Doherty gerade verlassen hatte.
Ein paar Minuten mehr würden nicht schaden. Sie schloss
die Augen und atmete den schwachen Duft ein, den er auf
dem Laken und dem Kopfkissen hinterlassen hatte. Lange

würde dieser Augenblick nicht anhalten. Es hatte jemand angerufen. Etwas war passiert.

»Omelette oder Porridge?«

Sie schlug die Augen auf. »Porridge«, antwortete sie und hob den Kopf. »Es sei denn, du willst lieber was anderes.«

Sie drehte sich so, dass sie ihn über ihre nackte Schulter hinweg anschaute. Es war eine unverfrorene Einladung, wieder ins Bett zu kommen. Allerdings ahnte sie, dass ihre Chancen schlecht standen. Seine Bewegungen waren zielstrebig, seine Augen nahmen sie zwar wahr, waren aber dunkler als sonst. Es ging also um was Ernstes.

»Mit Rosinen und Honig«, rief sie ihm noch hinterher.

Er war schon aus der Tür, aber sie hörte noch ein gedämpftes: »Ja, ist gebongt«, ehe er sich auf den Weg in die Küche machte.

Als sie gerade halb angezogen war, hörte sie das »Ping« der Mikrowelle. Bei ihrer Ankunft in der Küche stand bereits eine Schüssel mit köstlich duftendem warmem Porridge samt allen Extras, einschließlich Rosinen und Honig, dampfend auf dem Tisch.

Doherty zog sich gerade ein schwarzes T-Shirt über, während er an einer Scheibe Toast kaute und Kaffee trank. Es war ein ziemlicher Balanceakt, aber bei ihm sah es kinderleicht aus.

»Ich bring dich erst ins Hotel zurück.«

»Ich kann auch zu Fuß gehen.«

»Du hasst doch Bewegung.«

Da hatte er recht. »Ja, Bewegung wie im Fitness-Studio. Oder Joggen für Fortgeschrittene nur auf den Fußballen. Dafür sind meine Füße nicht geschaffen.«

»Du willst also lieber laufen?«

»Nein, ich nehme die Mitfahrgelegenheit gern an.«

Sie schaute zu, wie er das Geschirr in die Spülmaschine

räumte und seine Sachen zusammenpackte. Letzte Nacht war toll gewesen, aber sie hatte immer noch das Gefühl, dass er ihr irgendwas nicht gesagt hatte.

»Du hast es dir doch nicht anders überlegt, oder?«, fragte sie. Sie sagte das ganz nebenbei, während sie ihre Tasche und ihre Jacke von der Lehne des Küchenstuhls nahm. Der Stuhl war wie die übrigen Möbel aus dunklem Holz. Die Küche brauchte dringend eine Generalsanierung. Aber das konnte bis nach der Hochzeit warten – und bis sie sich entschieden hatten, wo sie wohnen wollten, was bisher noch nicht gelungen war.

»Anders überlegt, was denn?«

»Dass wir heiraten und …«

»Und?«

»Die Wohnung hier verkaufen.«

»Nein. Du etwa?«

»Es ist nicht die richtige Zeit, um das Hotel zum Verkauf auszuschreiben. Im nächsten Frühjahr würde es besser dastehen. Jetzt muss ich die Sommerbuchungen noch abarbeiten und habe keine Zeit; und im Winter sieht jedes Hotel trist und trübselig aus, so dass ich nicht den höchsten Preis dafür bekommen würde. Falls ich überhaupt verkaufen will.«

»Das ist allein deine Entscheidung.«

»Das Hotel würde uns ein dauerhaftes Einkommen sichern, solltest du dich zu einer vorzeitigen Pensionierung entschließen.«

»Wie gesagt, es ist deine Entscheidung. Mir ist es egal. Allerdings ist es sinnvoll, sich mehr als eine Option offenzuhalten.«

Honey plapperte weiter, als hätte sie nicht bemerkt, dass irgendwas nicht stimmte, obwohl es wohl anscheinend doch nichts mit der Hochzeit zu tun hatte.

»Du hast es dir noch mal überlegt«, mutmaßte sie, »und willst in der nächsten Zeit lieber nicht ins Kutscherhäuschen ziehen, oder?«

Sie hatten vor, so lange im Kutscherhäuschen zusammenzuleben, bis sie gemeinsam ein kleines Haus oder eine Wohnung kaufen konnten, die ihnen und nur ihnen allein gehörte. Das Kutscherhäuschen war nicht ideal, weil ja auch Lindsey dort wohnte. Für zwei ging es, aber zu dritt würde man sich schon ein bisschen auf den Zehen stehen. Honey hatte angeboten, das Hotel zu verkaufen, falls sie heiraten würden, aber Doherty wusste, dass ihr das außerordentlich schwerfallen würde. Es gab da einige Hinderungsgründe. Einer war Mary Jane. Honey verspürte Beschützerinstinkte gegenüber dieser seltsamen Frau mit den durchdringenden Augen, die fest daran glaubte, dass sie ihr Zimmer mit einem längst verstorbenen Ahnherren teilte. Sie hatte sich an sie gewöhnt. Es war, als lebte eine uralte und ein wenig verwirrte Tante bei einem im Dachgeschoss – obwohl Mary Jane natürlich nicht in einer Mansarde wohnte. Sie hatte vielmehr ein sehr schönes Zimmer mit Bad, das vorn im Hotel lag und auf die Straße hinausging. Sie glaubte nämlich nicht nur an den längst verblichenen Ahnen, sie behauptete auch, dass der alte Mann, der in der Dämmerung die Gaslaternen anzündete, ihr immer fröhlich zuwinkte. In Bath hatte man die Gaslaternen zwar bereits in den fünfziger Jahren durch elektrische ersetzt, aber Honey verstand Mary Jane. Sie sah eben Dinge, die andere Leute nicht sahen.

»Was wird eigentlich aus Mary Jane, wenn du das Hotel verkaufst?«

Es war, als hätte Doherty ihre Gedanken gelesen.

»Das macht mir Sorgen.«

Er legte die Arme um sie, drückte sie fest an sich und küsste sie aufs Haar.

»Dann tu's nicht. Pendle. Das kann doch nicht so schwierig sein, oder? Und nur für die Akten, ich bin noch zu jung für eine Pensionierung. Okay?«

Sie musste zugeben, dass es nicht schwierig sein würde, von ihrem Zuhause zum Hotel zu pendeln, schon gar nicht, wenn sie eine Wohnung kauften, von der aus man das Hotel zu Fuß erreichen konnte.

»Wenn man es positiv sieht«, meinte Doherty, als sie aus der Haustür traten und zu seinem Auto gingen, »dann bräuchtest du, wenn Mary Jane nicht mehr hier wäre, diese nervenzerrüttenden Fahrten im rosa Cadillac nicht mehr zu durchleiden. Ausgerechnet rosa!«

Das Gespräch über Autos erinnerte sie wieder an Ahmed Clifford. »Da fällt mir was ein: Ahmed vermisst einen weißen Rolls Royce.«

Doherty schaute sie an und wünschte sich, sie hätten kuschelig im Bett bleiben können. Er war heute noch nicht ganz munter. Seine Gedanken waren beim warmen Bett und den darin liegenden warmen Körpern. Selbst der frühmorgendliche Anruf hatte ihn nicht auf Arbeitstemperatur gebracht. Man hatte ihm mitgeteilt, dass es eine Besprechung geben würde.

Er mochte Besprechungen nicht besonders. Er saß überhaupt nicht gern auf dem Revier fest, wenn es nicht einen triftigen Grund dafür gab – zum Beispiel, dass er all die kleinen Teile eines Mordfalls zusammensortierte wie ein Puzzle.

Die Erwähnung des Rolls Royce rief ihn mit einem Ruck wieder in die Wirklichkeit und zum aktuellen Fall.

»Was zum Teufel macht Ahmed mit einem weißen Rolls Royce?«

»Es ist eine neue Geschäftsidee von ihm. Er hat sich als Hochzeitsfahrer etabliert, macht das schon etwa ein Jahr.«

Sie musste plötzlich lachen. »Manchmal verkleidet er sich wie der Chauffeur eines Maharadschas aus alten Zeiten. Er trägt einen Turban und einen Seidenanzug. Vielleicht könnten wir ihn für unsere Hochzeit engagieren?«

Doherty wäre beinahe in einen weißen Lieferwagen gerasselt, der über die Bodenschwellen am Ende der Straße gebrettert kam, als wären sie eine Herausforderung und nicht ein Hindernis, mit dem man die Geschwindigkeit der durchfahrenden Autos verringern wollte.

»Ich hoffe, das sollte ein Scherz sein?«

Sie zuckte die Achseln. »Ich weiß nicht. Ich denke, ich könnte im Sari ziemlich niedlich aussehen.«

Kapitel 14

Nachdem Honey wieder im Green River Hotel eingetroffen war, sprach sie zunächst mit Smudger, dem Chefkoch, und hörte sich die begeisterten Schwärmereien von Dumpy Doris an, die sich über den riesigen Braten ausließ, den sie am Abend zu essen gedachte. Sie sprach auch mit ihrer Tochter.

Ausnahmsweise saß Lindsey mal nicht vor dem Computer, sondern hatte sich eine Auszeit genommen und las einen historischen Liebesroman. Sie lag lang ausgestreckt auf einem Sofa im Wintergarten. Da die Sonne das Glas und den Raum drinnen aufwärmte, trug sie eine dunkelblaue Leinentunika und kniekurze Leggings.

»Was liest du gerade?«

Der Umschlag sah interessant aus. »Das Seuchenschiff.«

»Was aus dem Mittelalter?«

»Ja. Es geht um die Schwarze Pest, die sich ums ganze Mittelmeer ausbreitet. Ziemlich makaber. Und ziemlich aufschlussreich.«

Sie legte das Buch hin und warf ihrer Mutter einen wissenden Blick zu.

»Anstrengende Nacht?«

Honey merkte, dass sie rot wurde. »Nicht anstrengender als sonst …«

»Na gut. Mach das Beste draus, solange du noch kannst.«

»Was soll das denn heißen?«

»Im Grunde wollte ich sagen, dass du kürzertreten solltest. Dich weniger um körperliche und mehr um spirituelle Dinge kümmern solltest.«

Honey musterte ihre Tochter misstrauisch. »Hast du wieder mit Mary Jane über Geister und Seraphim geredet?«

Lindsey schaute ohne jede Spur von Entrüstung zurück. »Sie redet. Ich höre zu. Ich rede. Sie hört zu.«

Honey verspürte einen schmerzlichen Stich. »Du meinst, ich mache das nicht?«

Lindsey seufzte. »Du führst ein hektisches Leben.«

»Ich weiß, aber …«

»Schau mal! Es macht mir nichts aus. Du bist eine ganz andere Person als ich. Genauso wie du ganz anders bist als deine Mutter. Also brauche ich an deiner statt manchmal jemand anders zum Reden, jemand, der weiß, wovon ich spreche. Und Mary Jane weiß das. Wir reden über Spiritualität und Religion. Die Leute im Mittelalter haben ihre Religion jeden Tag gelebt. Wusstest du das?«

»Das war vor meiner Zeit.«

»Ein bisschen. Jedenfalls haben die täglich Gebete gesprochen oder sind in die Kirche gegangen oder haben gebeichtet oder was auch immer. Ich finde, dass der Klerus damals ein gutes Leben hatte, mir gefällt so was, weißt du. Es war so friedlich. Und man hatte Zeit zum Nachdenken.«

»Dann bin ich keine schreckliche Mutter?«

Lindsey lachte. »Natürlich nicht. Du bist meine Mutter, und du bist supernett, quicklebendig und lustig. Aber du bist weder religiös noch spirituell. Und Mary Jane ist das.«

Lindseys Lächeln, ihre Worte und die Tatsache, dass sie plötzlich aufsprang und ihrer Mutter einen Kuss auf die Wange drückte, all das beruhigte Honey ein wenig.

Sie seufzte erleichtert. »Schau mal, ich hatte einen hektischen Abend. Ich gehe kurz rüber ins Kutscherhaus und dusche, trinke einen Kaffee und schau mir meine E-Mails an.«

»Gut. Ab mit dir. Ich gebe inzwischen die Preisliste für nächstes Jahr ein. Danach mache ich weiter mit meinen Recherchen zum Leben der Mönche und Nonnen. Mir scheint, das ist eine sehr friedliche Existenz.«

Erst als sich Honey mit einer Tasse Kaffee und dem einzigen an sie persönlich adressierten Brief hinsetzte, der heute Morgen zugestellt worden war, kam ihr ein besorgniserregender Gedanke.

Sie saß sehr still da, beide Hände um den Henkelbecher mit dem Kaffee gelegt. Nonne? Ihre Tochter? Doch gewiss nicht!

Sie hätte weiter über dieses Thema gebrütet und wäre schließlich zum Empfang getrottet und hätte verlangt, dass sie das miteinander besprechen sollten, ehe sich Lindsey zu irgendwas verpflichtete, hätte sie nicht den Umschlag geöffnet und den darin enthaltenen Brief auseinandergefaltet, der in schönster gestochener Handschrift geschrieben war. Sobald sie den gelesen hatte, war alles andere aus ihren Gedanken verbannt. Sie holte tief Luft, las das Schreiben noch einmal. Nein, dachte sie und schüttelte den Kopf. Das musste ein Scherz sein. Ein Verrückter. Jemand aus der Verwandtschaft, der nicht will, dass ich Doherty heirate? Doch welcher Verrückte? Welcher Verwandte? Ihr kam da besonders eine Person aus der Verwandtschaft in den Sinn.

»Einen Polizisten! Du willst einen Polizisten heiraten?«

Das konnte doch nicht sein! Aber wenn es kein Witz war, wenn es todernst gemeint war …?

Doherty ging schon nach dem ersten Klingeln ans Telefon.

»Ah. Meine Anverlobte.«

»Deine Anverlobte hat einen Drohbrief bekommen, in dem jemand meint, dass sie dir nicht anverlobt sein sollte«, erklärte ihm Honey, deren Knie ziemlich weich geworden waren. »Er droht mir sogar an, dass ich vielleicht um die

143

Ecke gebracht werde, wenn ich den Plan nicht aufgebe. Und behauptet, dass du ein korrupter Bulle bist und ein Lügner.«

»Ah!«

In diesem Laut lag beliebig viel Bedeutung.

Honey runzelte die Stirn. »Was soll das denn heißen? Ah?«

»Das ist jetzt der dritte. Ich meine, ich habe zwei bekommen. Und du einen.«

»Wann hast du diese Briefe erhalten?«

Er druckste ein bisschen herum. »In den letzten paar Tagen.«

»Du hast mir gar nichts davon erzählt.«

»Ich wollte dich nicht erschrecken.«

»So leicht erschrecke ich nicht.«

»Hast du jetzt Angst?«

»Hör's dir mal an.«

Sie hielt sich den Brief so nah vor die Augen, dass sie nicht nach ihrer Brille suchen musste, und las ihn laut vor, betonte dabei absichtlich die Stelle mit dem korrupten Bullen und Lügner.

»Ich denke, Sie sollten wissen, dass Ihr Freund, der Polizist, ein typischer korrupter Bulle ist, und nicht nur das, auch noch ein Lügner. Sind Sie so blöd, dass Sie das noch nicht bemerkt haben?

Wenn Sie es wirklich wagen und die blödsinnige Idee nicht aufgeben, einen korrupten Bullen zu heiraten, dann mache ich persönlich Ihnen das Leben zur Hölle, vielleicht beende ich es auch ganz.«

»Unterschrift?«

»Keine.«

»Wie bei meinen beiden. Das ist gewöhnlich so.«

»Warum hast du mir nichts davon erzählt?«

Sie hörte am anderen Ende ein schweres Ausatmen; Doherty war entnervt.

»Ich habe mir geschworen, es dir zu sagen, sobald ein dritter Brief eingetroffen wäre.«

»Nun, das ist jetzt passiert. Es ist ein dritter Brief eingetroffen.«

Sie sagte das mit einer gewissen Endgültigkeit, mit der sie ihn aufforderte, ihr eine Erklärung dafür zu geben, warum er die Sache nicht weiterverfolgt hatte.

»Hast du schon nachgesehen, wo er abgeschickt worden ist?«

Diese Frage brachte sie aus dem Gleichgewicht. Sie hielt inne, nahm den Umschlag zur Hand und schaute sich den Poststempel an. Er war ein bisschen verschmiert, aber sie konnte gerade eben noch das Wort Edinburgh ausmachen. Sie sagte es Doherty.

Er war einen Augenblick ganz still, dann sagte er schließlich: »Überlass das mir.«

Es geschah nicht oft, dass eine so exotische Erscheinung wie Carolina Sherise sich in den Dorfladen verirrte. Alle Köpfe fuhren herum, als die alte Messingglocke bimmelte. Zwei Bauarbeiter, die an der Renovierung eines historischen Backsteinhauses mit Fachwerk mitwirkten, warteten darauf, dass die Pastetchen, die sie gekauft hatten, aufgewärmt wurden. Als sie Carolina erblickten, stand ihnen der Mund weit offen, und jeder Gedanke an Pastetchen war vergessen.

Mrs Jenkins, die Frau hinter dem Teil des Ladentisches, der für Postsachen reserviert war, blickte kurz auf, während sie für eine Kundin einen Streifen Briefmarken abriss.

Die Kundin war Janet Glencannon, die das Tierasyl leitete.

Carolina Sherise schaute gerade die Auswahl an Zeitschriften im Regal durch und bemerkte den Schrecken nicht, der in Janets Augen getreten war. Sie machte sich auch nicht die Mühe, sich umzudrehen, als Janet Mrs Jenkins mitteilte, ihr wäre gerade eben wieder eingefallen, dass sie was im Ofen hatte. Sie würde später wiederkommen.

Hermione Thompson, die nach Mrs Flynns Ableben sofort deren Amt übernommen hatte, war unterwegs zur Kirche. Aus ihrem großen Weidenkorb lugte ein riesiger Blumenstrauß hervor.

»Janet«, rief sie und winkte.

Janet ignorierte sie, stieg in ihren Land Rover, knallte die Tür hinter sich zu und war fort.

»Oh!«

Hermione, die aus der Großstadt hergezogen war, vertrat die Meinung, dass sich alle im Dorf Mühe geben sollten, freundlich zueinander zu sein. Janet hatte sie absichtlich übersehen, und das mochte sie gar nicht. Ihr gefiel es, wenn alles höflich und nett zuging und die Leute lächelten. Als sie mit dem Blumenschmuck fertig war und sich wieder auf den Weg zu dem Zuckerbäckerhäuschen machte, in dem sie mit ihrem Mann lebte, schniefte sie und war einem Tränenausbruch nah.

»Stimmt was nicht, Schatz?«, fragte ihr Mann Nicholas, der gerade mit ihrem Labrador Quincy spazieren ging. Der Hund zerrte an der Leine und wurde mit einem kleinen Klaps auf das Hinterteil ermahnt.

Hermione lächelte schwach. »Ach, eigentlich nicht, Herzchen, außer dass ich gerade darüber nachgedacht habe, wie kindisch manche Leute sein können.«

Die Thompsons konnten keinen Satz zueinander sagen, ohne irgendwelche Kosenamen hinzuzufügen.

»Oh. Sie ist immer noch eingeschnappt, was, Liebling?«

»Ich glaube schon, Lieber.«

»Ihr Problem. Lass dich nicht ärgern. Nicht wütend werden, zurückzahlen. Das ist mein Motto, Süße.«

»Hm. Ja, Liebling«, sagte seine Frau, während aus ihrem Lächeln ein finsterer Blick wurde und in ihre Augen ein Glitzern trat, als sie sich an Janet Glencannons wegfahrendes Auto erinnerte.

Kapitel 15

Im Green River Hotel war es heute ungewöhnlich ruhig, und das hatte nichts mit flauen Geschäften zu tun.

Honey konnte sich an kaum einen Tag erinnern, an dem sie nicht besonders von zwei Kandidaten gestört worden wäre. Der eine war Casper, der in Sachen Verbrechen lästig wie eine Stechmücke war, ihr ständig mit Fragen zum Fortgang der Ermittlungen in den Ohren lag – als müsste man nur aus einer bestimmten Anzahl von Verdächtigen, die ordentlich im Kreis saßen, mit einfachen, logischen Schritten den Schuldigen heraussuchen.

Leider gab es diese Art von logischem Vorgehen nur in Büchern. Inzwischen waren an die Stelle von Vermutungen und schlauen Schlussfolgerungen naturwissenschaftliche Techniken getreten, vom Fingerabdruck bis zum DNA-Test, und man wühlte auch nicht mehr mühselig Berge von Papieren durch, sondern durchsuchte blitzschnell die elektronischen Aufzeichnungen in Datenbanken.

Warum Casper sich nicht meldete, war kein großes Geheimnis. Er war mit Freunden in Urlaub gefahren, segelte auf einem 30-Meter-Katamaran von Mauritius nach Ceylon. Es gab zwar ein Satellitentelefon an Bord, aber das war ihm offensichtlich ziemlich egal, und im Internet schauten sie sich nur den Wetterbericht an und klärten Navigationsfragen. Honey meinte zudem, der Mord an Gladys Flynn würde Casper St John Gervais nicht allzu sehr aufregen, da er in einem Dorf in der näheren Umgebung von Bath und nicht in Bath selbst begangen worden war. Darüber wäre Casper sicher erfreut – soweit man über einen Mord erfreut sein konnte.

Casper war also nicht da. Zumindest wusste sie jedoch, wo er sich aufhielt. Wo ihre Mutter war, entzog sich dagegen ihrer Kenntnis.

Lindsey hatte auch nichts gehört. Es hatte keinen Besuch, keine Anrufe, keine E-Mails gegeben. Gloria Cross hatte sich einen schicken Tablet-Computer geleistet und sich von ihrer Enkelin zeigen lassen, wie man ihn bediente. Lindsey hatte ihr gern geholfen. Nun hatten sie fünf Tage nichts von ihr gehört, seit einer E-Mail vor vier Tagen, in der sie geschrieben hatte, sie schwebe auf Wolke sieben. Lindsey hatte gemeint, dass ihre Großmutter wahrscheinlich die Cloud meinte, jenes metaphysische Archiv, das sämtliche Informationen der Welt verschlang. Honey war sich da nicht so sicher und fragte sich, was ihre Mutter wohl gerade wieder anstellte. Es sah ihr überhaupt nicht ähnlich, dass sie sich so lange nicht meldete. Dass sie so gar nicht auftauchte, war ein wenig beunruhigend, und obwohl Honey es wirklich nicht mochte, wenn sich Gloria ständig in ihr Leben einmischte, war es doch besorgniserregend, wenn sie so lange kein Lebenszeichen von sich gab. Es war beinahe so, als wäre die Hintergrundmusik, an die man sich gewöhnt hatte, plötzlich ausgeschaltet worden.

Sie hätte vielleicht kurz bei ihrer Mutter vorbeigeschaut, wäre nicht dieser anonyme Brief gewesen. Doherty hatte ihr verschwiegen, dass auch er solche Schreiben bekommen hatte. Honey fragte sich, ob sich da vielleicht ihre Mutter aus der Ferne einmischte. Aber die würde doch sicherlich nicht mit Gewalt drohen?

Honey beschloss, Doherty zu gegebener Zeit weiter auszufragen, sobald er nicht so viel zu tun hatte. Hoffentlich würde man den Mörder von Mrs Flynn bald finden.

Die Kinder waren als Piraten verkleidet. Das gehörte alles zu der Geburtstagsfeier von Luke Simpson, einem kleinen rothaarigen Jungen mit einer Hornbrille und der unendlichen Energie eines batteriebetriebenen Kastenteufels.

Nachdem sie gegessen hatten und Luke die Geschenke ausgepackt hatte, rannten das Geburtstagskind und seine Gäste, Mädchen und Jungen, über die Wiese und schrien so laut sie konnten.

Sie flitzten den Hang hinunter in Richtung Badger's Bottom und zu dem verlassenen Wasserwerk dort. Die Fenster und Türen der Backsteingebäude waren mit Brettern vernagelt, und das Staubecken, in dem einmal Wasser geglitzert hatte, war inzwischen leer. Sparmaßnahmen hatten zur Schließung des Wasserwerks geführt. Jetzt war aus dem schönen See ein leeres Loch mit Schlamm am Boden geworden.

Ein steiler Abhang fiel von der schmalen Straße ab, die einst die Zufahrt für die Fahrzeuge des Wasserversorgers gewesen war. Das gesamte Terrain war von einem zwei Meter hohen Maschendrahtzaun umgeben, aber das Vorhängeschloss, mit dem das Tor früher einmal fest versperrt gewesen war, hing nun offen da, und eine Hälfte des Tors war nur angelehnt.

Das eingezäunte Gebiet grenzte hinten an das Grundstück von Belvedere House an, und über die Bäume hinweg konnte man die Spitze des Kirchturms von Lower Wainswicke sehen.

Juchzend rannte der Piratentrupp zu dem trockengelegten See hinunter. Vielleicht hofften die Kinder, dort ein versunkenes Schiff mit einem Schatz im Laderaum zu finden. Es war leider keines da, aber an der Stelle, wo einmal das Ufer eines kleinen, sehr hübschen Sees gewesen war, stand ein weißer Rolls Royce.

Zunächst wollten die Kinder nicht näher herangehen. Sie hatten ihre erwachsenen Aufpasser längst hinter sich gelassen und bisher alle Ermahnungen ignoriert, sich ja nicht außer deren Sichtweite zu begeben. Nun zögerten sie allerdings doch ein wenig – nur Luke nicht.

»Kommt schon«, rief er und wischte sich seine Rotznase am Ärmel ab. Ihm schien völlig egal zu sein, was die Folgen seiner Handlungen sein würden. »Wir retten die wunderschöne Prinzessin. Sie ist gefangen und wird in einem großen weißen Schloss festgehalten.«

Na gut, Erwachsene hätten vielleicht nur mit Mühe eine Ähnlichkeit zwischen dem Rolls Royce und einem weißen Schloss entdeckt. Aber hier hatte sich ja eine Räuberbande von Fünf- und Sechsjährigen mit lebhafter Phantasie versammelt.

Luke rannte unbeirrt weiter, und seine kleinen Freunde schwankten zwischen offener Begeisterung und einem zögernden Traben. Ein paar hielten sich ganz zurück.

Lukes Mutter war die erste Erwachsene, die auf der Szene auftauchte. Das leichte Sommerkleid wehte ihr um die dünnen Beine. Sie hatte erwartet, dass die Kinder immer noch munter spielen würden. Nun standen die Kleinen aber still um ein weißes Auto herum.

Sie blieb stehen, um wieder zu Puste zu kommen, ehe sie mit schwingenden Armen weiterschritt. Sie war groß und schlank und hatte eine gebieterische Art, die ihr nicht nur den Posten der Vorsitzenden des Elternbeirats eingebracht hatte, sondern auch alle möglichen anderen, die mit Kindern, Bildung und dem Schutz von Seehunden, Hummern und gewöhnlichen Wiesenmakis zu tun hatten.

Ihre hohe Stimme schrillte zu den Kindern herüber. »Jetzt kommt da weg. Alle. Kommt da sofort weg.«

Keiner bewegte sich. Dass die Kleinen alle dastanden und auf wen auch immer im Auto starrten, brachte Lukes Mutter auf hundertachtzig.

»Diese verdammten Liebespärchen! Können die nicht warten, bis es dunkel ist, Herrgott noch mal!«

»Los. Alle. Kommt weg da, zurück zum Haus ...«

Sie breitete die Arme weit aus und scheuchte die Kinder von dem Auto fort, in dem sie zwei spärlich oder gar nicht bekleidete Menschen vermutete, die taten, was eben zwei Leute tun, wenn sie an einem ruhigen Ort sind und die Vögel singen und die Lust ins Unermessliche steigt.

Schön für die beiden, dachte sie, aufgescheucht und wütend. Die haben wahrscheinlich keinen Nachwuchs. Für so was ist man bald zu müde, wenn man Kinder hat.

Als sie sich vergewissert hatte, dass alle Kinder in sicherer Entfernung waren, wandte sich Paulette Simpson zielstrebig dem Auto zu. Sie war wild entschlossen, dem Pärchen die Leviten für ihr unzüchtiges Verhalten am helllichten Tag zu lesen.

Pauline verlangsamte ihre Schritte, als sie ein weißes Band flattern sah. Es war rechts und links an den Außenspiegeln und vorn an der berühmten Rolls-Royce-Lady befestigt. Die Dame hieß doch »The Spirit of Ecstasy«, oder?

Ein Hochzeitsauto? Sex am helllichten Tag, und auch noch in einem Hochzeitsauto? Was für ein Frevel! Pauline fand, dass ein Hochzeitsauto beinahe so etwas Feierliches und Heiliges war wie der Traugottesdienst selbst. Sie war verheiratet. Von wilder Ehe hielt sie nichts.

»Also gut«, sagte sie und rollte ihre Ärmel hoch, als müsste sie sich auf einen kleinen Boxkampf mit Lennox Lewis* vorbereiten. »Ihr kriegt was von mir zu hören, meine lieben Freunde. Wartet nur ab. Wie könnt ihr es wagen ...«

Sie lehnte sich näher zum Auto, eine Hand auf die Kühlerhaube, eine auf das Dach gestützt. Plötzlich wurde ihr

* Ehemaliger britischer Schwergewichtsboxer.

langes, völlig ungeschminktes Gesicht noch länger und blasser. Die leicht vorstehenden Augen fielen ihr beinahe aus dem Kopf.

Sie hatte zwei Menschen in lüsterner Umarmung erwartet. Stattdessen saß da nur eine Person. Eine Braut.

Einen Augenblick lang erstarrte Paulette. Der Schleier der Braut war mit winzigen Perlen übersät, und ihr Gesicht war so weiß wie das Kleid, das sie trug. Durch den Schleier erblickte Lukes Mutter halbgeschlossene Lider, als würde die Frau gleich einschlafen. Sie schlief aber nicht ein. Sie war tot. Mausetot.

Kapitel 16

Beim Klang der Polizeisirene verrenkten sich alle Dorfbewohner den Hals, in den Cottages wie im Herrenhaus.

Über die Gartenzäune hinweg steckten sie die Köpfe zusammen und besprachen, was nun wieder los war. Die Leute, die im Dorfladen eingekauft oder einfach nur die High Street überquert hatten, standen in Grüppchen zusammen.

Zwei Mütter, deren Kinder auf Luke Simpsons Geburtstagsparty gewesen waren, verbreiteten die Nachricht.

»Eine Tote in einem Auto. In einem Hochzeitsauto. Und im Brautkleid! Stellen Sie sich das mal vor.«

Die Kinder, die alles gesehen hatten, bestätigten nüchtern die Einzelheiten.

»Eine Dame, und sie ist tot.«

»Eine Braut. Das war eine Braut«, fügte eines der altklügeren Mädchen hinzu.

»Woher weißt du das denn?« Natürlich fragte das ein Junge.

»Die hatte ein Brautkleid an, du Blödian. Und sie hatte einen Schleier.«

»Warum?«

Das kleine Mädchen, das ohnehin keine sonderlich hohe Meinung von kleinen Jungen hatte, verdrehte die Augen. So blöd konnte wirklich nur ein Junge sein, zu fragen, warum eine Frau ein Brautkleid trug und in einem mit weißen Bändern geschmückten Auto saß.

»Sie war auf dem Weg in die Kirche, um zu heiraten, aber sie hat es sich noch mal anders überlegt.«

Die Kinder schienen das Ableben der Braut als eine zusätzliche Unterhaltung bei einer ansonsten ziemlich faden Geburtstagsfeier zu betrachten. Die Erwachsenen waren wesentlich verstörter, aber auch neugieriger auf jede pikante Einzelheit.

Unzählige Gerüchte machten die Runde. Die Hauptperson in allen Geschichten war Paulette Simpson, die die Leiche gefunden und die Polizei alarmiert hatte.

Verschiedene Vermutungen über die Identität des Opfers kursierten. Paulette Simpson erklärte, sie hätte sich die Tote nicht genauer angeschaut. »Außerdem war ihr Gesicht ja mit einem Schleier verhüllt. Übrigens mit einem sehr schönen – soweit ich das sehen konnte. Jedenfalls war das nichts Billiges.«

Doherty hatte sich einen der Tatortbeamten geschnappt und sich nach Paulette erkundigt. Les Partridge, ein erfahrener Polizist, hatte auf die sportliche Frau mit dem mausblonden Haar und dem unscheinbaren Gesicht gedeutet. Sie überragte die anderen Frauen um Kopfeslänge und hatte die Arme vor der Brust verschränkt, was Doherty gleich als Verteidigungshaltung deutete.

»Das ist Mrs Simpson«, erklärte Les. »Es war ein Kindergeburtstag, die Art von Feier, wo am Schluss alle auf Schatzsuche gehen und ihre überschüssige Energie abreagieren.«

»Und die Eltern können verschnaufen«, fügte Doherty hinzu, während er registrierte, welches Interesse die Ankunft der Polizei auf der High Street von Lower Wainswicke erregt hatte.

Und wir haben tatsächlich ernsthaft in Betracht gezogen, in diesem Dorf zu heiraten, sinnierte er. Und erinnerte sich daran, wie angetan Honey und er von diesem hübschen und friedlichen Ort gewesen waren, als sie vor einiger Zeit einmal auf einen Drink im Pub hier eingekehrt waren.

»Also gut«, sagte er und wappnete sich für das Unvermeidliche. »Immer schön der Reihe nach. Schauen wir uns mal das Opfer an.«

Um zum Tatort zu gelangen, musste man durch die Gasse zwischen der Kirche und Belvedere House gehen. Doherty fragte sich, ob Clinker schon wieder zu Hause war und sich mit seiner Frau versöhnt hatte. Dann fiel ihm ein, dass sie ja ihre Beschwerde zurückgezogen hatte, dass die beiden also wohl ihr normales Eheleben wieder aufgenommen hatten – na ja, was bei ihnen als normales Eheleben galt.

Auf einer Seite der schmalen Straße hingen die Zweige einer Trauerweide über die Friedhofsmauer. Zu Dohertys Linker ragte die Mauer von Belvedere House auf. Der Boden war matschig, was seltsam war, denn es hatte mindestens eine Woche lang höchstens genieselt.

Ein kleiner Anstieg von nur ein paar Metern brachte ihn zum Maschendrahtzaun, der das stillgelegte Wasserwerk umgab. Dahinter fiel der Grund steil zum ehemaligen Stausee ab.

Der Rolls Royce war auf der asphaltierten Straße geparkt, die zum Tor des alten Wasserwerks führte, mit der Kühlerhaube in Richtung Zaun. Die Kinder waren aus der anderen Richtung gekommen, wo der Zaun längst niedergetrampelt war und ein gut ausgetretener Pfad in ein Wäldchen führte. Die Kleinen hatten wohl zuerst das Heck des Autos gesehen.

Doherty trat näher und schaute ins Wageninnere. Die Kinder hatten nichts allzu Schreckliches zu sehen bekommen. Kein Blut. Keine Verstümmelung. Nicht die geschwollene Zunge einer Erwürgten.

Die Braut lehnte zusammengesackt auf dem Rücksitz. Doherty registrierte, in welchem Winkel ihr Kopf hing, wie die Hände auf dem Schoß gefaltet waren und dass sie einen rosaweißen Brautstrauß hielten.

Es ging ihm durch den Kopf, dass die Frau, säße sie nicht wie eine schlaffe Puppe da, sehr wohl auf dem Weg zu ihrer Hochzeit sein könnte.

»Todesursache?« Er richtete seine Frage an niemand Bestimmten. Er bekam trotzdem eine Antwort.

»Wie in der Kirche. Schlag von hinten auf den Kopf.«

Er quittierte das mit einem Nicken. »Hat man sie genau so gefunden? War alles genau so wie jetzt?«

»Ja, Sir. Der Schleier war übers Gesicht gezogen. Wir haben ihn etwas zur Seite bewegt, um nach Anzeichen für die Todesursache zu schauen, haben ihn aber wieder zurückgezogen – natürlich sehr vorsichtig und mit Handschuhen.«

Doherty nickte und deutete mit dem Kinn auf die Leiche. »Wir wollen uns mal ihr Gesicht ansehen, ja? Wenn Sie so freundlich wären?«

Der Tatortbeamte beugte sich vor und hob den Schleier hoch. »Hübsches Mädchen«, merkte er an. »Sehr viel jünger als die andere.«

Doherty antwortete nicht. Seine Gedanken überschlugen sich. Es war Marietta Hopkins – Harold Clinkers Frau.

»Sieht ganz so aus, als würden Sie sie kennen, Sir.«

»Sie wohnt im Dorf. Genaugenommen in dem Haus da drüben. Vor kurzem wurde ich wegen häuslicher Gewalt dahin gerufen.«

»Ah! Dann könnte das ja ein klarer Fall sein, Sir. Der Täter ist gewöhnlich der Ehemann, nicht?«

Doherty grunzte irgendwas Unverständliches. Harold Clinker stand eindeutig ganz oben auf der Liste der Verdächtigen. Aber auch als Mörder von Mrs Flynn? Dass er seine Frau um die Ecke brachte, konnte Doherty ja noch verstehen, aber wie passte Mrs Flynn ins Bild?

Mrs Flynns Todesursache war nicht so eindeutig gewesen, wie sie anfänglich vermutet hatten. »Lassen Sie bitte überprüfen, ob die Tote einen Einstich unter der Zunge und erhöhte Insulinwerte im Blut hat.«

»Jawohl, Sir.«

»Und schicken Sie jemanden in das schicke Haus neben der Kirche. Da hat sie gewohnt. Ihr Ehemann ist Mr Harold Clinker.«

»Wir behandeln den Herrn mit Samthandschuhen, wenn wir ihm die Nachricht überbringen, und dann laden wir ihn zur Befragung vor?«

»Darauf können Sie wetten!«

Doherty wandte sich ab und ging zur High Street zurück. Er hatte darum gebeten, Pauline Simpson so lange aufzuhalten, bis er zurück war und mit ihr sprechen konnte. Sie zog sich gerade eine Jeansjacke über, die einen seltsamen Kontrast zu dem leichten Baumwollkleid bildete, das sie trug.

»Ich kann wirklich nicht mehr lange bleiben«, blaffte sie ungeduldig, und ihre Glubschaugen blinzelten heftig. Sie fasste sich von unten mit beiden Händen ins Haar und schob es nach oben, so dass es ordentlicher über dem Jackenkragen lag.

»Ich habe Luke bei Nick und Hermione gelassen, aber da kann er nicht lange bleiben. Er ist hyperaktiv, müssen Sie wissen.«

Doherty seufzte. Er hatte auch noch anderswo ein paar Dinge zu regeln. Das erklärte er Mrs Simpson und fügte hinzu, dass sie am nächsten Tag aufs Revier kommen und eine Aussage machen könnte.

»Das müsste dann aber morgens sein. Ich hole Luke kurz nach dem Mittagessen ab. Er ist gerade erst in die Schule gekommen. Er muss im Augenblick noch nicht den ganzen Tag hin, erst in zwei Wochen.«

Doherty spürte von Mrs Simpsons Seite eine gewisse

Feindseligkeit und vereinbarte mit ihr, dass sie am Morgen auf der Polizeiwache erscheinen sollte. Das versprach sie. Irgendwann war Mrs Simpson wohl mal mit dem Gesetz in Konflikt geraten, vermutete Doherty. Er fragte sich, aus welchem Grund. Protestkundgebungen? Das schien ihm am wahrscheinlichsten. Er konnte sich gut vorstellen, dass sie in jüngeren Jahren an Protestmärschen teilgenommen hatte. Wogegen, das war ihm eigentlich egal. Er wollte nur, dass sie jetzt mit ihnen zusammenarbeitete. Schluss mit der üblichen Motzerei gegen die Polizei und die Gesellschaft. Hier war schließlich eine Frau ermordet worden.

»Bis dann«, sagte er. Als er sich für ihre Bereitschaft zur Zusammenarbeit bedankte, schaute sie ihn überrascht an.

Auf dem Rückweg zu Dohertys Auto machte einer seiner Mitarbeiter eine Bemerkung über den Schmuck des Rolls Royce.

»Es war wohl auf der Kühlerhaube außer dem Band noch ein Blumenarrangement. Das ist runtergefallen. Wir haben es auf dem Boden gefunden. Schönes Auto. So was aber auch«, fügte er hinzu und schüttelte traurig den Kopf. »Macht die letzte Reise in der Hochzeitskarosse, die sie zu ihrer Trauung bringen sollte.«

»Nicht ganz ihre letzte Reise«, berichtigte ihn Doherty. »Die wird ganz anders sein.«

Die beiden Polizeibeamten – ein Mann und eine Frau –, die ins Belvedere House gegangen waren, kamen zurück und berichteten, Mr Harold Clinker wäre nicht zu Hause.

»Das Hausmädchen hat gesagt, er wäre gestern Abend fortgefahren.«

»Wohin?«

»Nach Spanien.«

»Mit wem?«

»Mit einer Freundin. Einer Miss Carolina Sherise.«

Kapitel 17

Juni, herrlicher Juni!

Honey summte vor sich hin, als sie Mary Jane durch Bath kutschierte und sich am prächtigen Wetter und den vor Touristen wimmelnden Straßen freute.

Das Leben war schön, wenn sie nicht zu lange nachdachte – über Morde, die Abwesenheit ihrer Mutter, die Drohbriefe, die Anschuldigungen, dass Doherty ein Lügner und vielleicht sogar korrupt war, wie es zumindest der anonyme Schreiber behauptete.

Nein! Doherty doch nicht! Das würde sie niemals von ihm glauben. Er legte eine gewisse lakonische Verachtung für Leute an den Tag, die versuchten, ihm einen braunen Umschlag mit Fünfzigpfundscheinen zuzustecken. Nicht dass man ihm viele angeboten hätte. Zudem hätten in solchen Fällen die Anbieter meist so kurz vor der Verhaftung gestanden, dass er nicht einmal in Versuchung geraten wäre. Er würde natürlich so einer Versuchung nie nachgeben, kannte aber Kollegen, denen das nicht gelungen war. Er hatte ihr erzählt, dass es diesen Männern leichtgefallen war, das Geld anzunehmen. Danach ständig mit den Schuldgefühlen zu leben, das war schon eine ganz andere Sache.

»Was meinst du, warum so viele zu saufen anfangen oder dem Glücksspiel verfallen oder ihre Ehe ruinieren?«

Sie hatte ihn nicht darauf hingewiesen, dass seine Ehe auch vor Jahren in die Brüche gegangen war. Er sprach kaum darüber, und wenn das Thema mal aufs Tapet kam, tat er es rasch mit der Bemerkung ab, sie wären eben beide zu jung gewesen, und die Ehe hätte nie eine Chance gehabt.

Darüber wurde also nicht gesprochen, genauso wenig wie über seine Tochter, zu der er kaum Kontakt hatte. Das letzte Lebenszeichen von ihr war eine Postkarte aus Venice Beach in Kalifornien gewesen. Manchmal schickte sie ihm von ihrer Wanderschaft eine SMS, aber nicht sehr oft.

»Deine Mutter sagt, du sollst dir keine Sorgen machen«, sagte Mary Jane plötzlich und störte ihre Gedanken.

»Wie bitte?«

»Sie sagt, du sollst dir keine Sorgen machen. Sie amüsiert sich prächtig.«

Honey schaute sie fragend an. »Sie hat mir gar nicht erzählt, dass sie irgendwohin fahren wollte. Wieso hat sie dir davon erzählt?«

»Hat sie nicht«, antwortete Mary Jane und zuckte die knochigen Schultern. »Sie ist mir gestern Abend im Schlaf erschienen.«

»Du meinst, meine Mutter ist tot?!«

Sofort war Honey sehr beunruhigt. Mary Jane erhielt mehr Botschaften von Toten als Honey über Friends Reuinted von ehemaligen Schulkameradinnen. Das war allerdings auch nicht schwer, Honey hatte alle, die sich mit ihr auf diesem Weg in Verbindung gesetzt hatten, völlig ignoriert. So eng war sie mit ihnen zu Schulzeiten nun auch wieder nicht befreundet gewesen.

Mary Jane brachte sie gleich wieder von diesen finsteren Gedanken ab.

»O nein! Sie ist nicht von diesem Leben ins nächste übergegangen. Sie hat verdammt aufgeregt geklungen, sage ich dir. Ein bisschen geheimnistuerisch. Was immer sie vorhat, sie meinte, es würde eine Riesenüberraschung für uns werden. Es ist etwas, das sie unbedingt machen und sich von dir nicht ausreden lassen wollte. So hat sie es formuliert.«

Honey riskierte einen Blick auf Mary Janes Profil, das

von einer Adlernase und einem spitzen Kinn beherrscht wurde. Mary Jane hatte hohe Wangenknochen, ihr Gesicht war schmal, die Augen durchdringend und blitzblau. Diese Woche hatte ihr Haar eine bezaubernde Lilatönung. Nächste Woche strahlte es vielleicht in vielen bunten Farben, wie ein Strauß vollerblühter Wicken. Mary Jane hatte eine typisch kalifornische Lebenseinstellung: Immer so aussehen, wie es dir gefällt, und bloß nie langweilig werden.

Mary Jane schaute geradeaus, den Kopf in die Höhe gereckt, die Augen hinter einer riesigen Ray-Ban-Sonnenbrille verborgen. Eigentlich brauchte Honey nicht anzuzweifeln, was Mary Jane soeben verkündet hatte. Wenn Mary Jane sagte, dass Gloria Cross mit ihr Kontakt aufgenommen hatte – wenn auch auf der parapsychologischen Ebene –, dann war es eben so.

Honey seufzte. »Ein Unglück kommt selten allein.«

Sie hatte zwar sehr leise gesprochen, aber Mary Jane hatte das hervorragende Gehör einer Fledermaus.

»Was für ein Unglück meinst du? Möchtest du drüber reden? Wir können ja eine kleine Séance abhalten, wenn wir wieder zu Hause sind. Wie wäre das?«

»Nein, ich hab was im Fernsehen gesehen. Sie haben was von einem Unglück auf der Autobahn gesagt.«

Sie spürte, wie Mary Jane sie musterte, wich aber ihrem Blick aus. Denn der alten Dame entging nichts, und im Augenblick wollte Honey nicht über Morde, Hochzeiten oder Drohbriefe sprechen. Sie wollte auch nicht über Lindsey reden, bis sie genauer wusste, was da vor sich ging. Andererseits war Mary Jane genau die richtige Adresse für Honeys Fragen.

»Lindsey scheint sich ziemlich intensiv mit Spiritualität und Religion und so zu beschäftigen. Ich habe gehört, ihr diskutiert öfter darüber. Sie wird doch nicht weglaufen und sich einer dieser seltsamen Kommunen anschließen, von denen man so viel liest?«

»Lindsey? Nein. Die ist viel zu vernünftig. Und irgendwie auf ihre ganz eigene Art konservativ. Und dann begeistert sie sich ja auch so für das Leben im Mittelalter. Es würde mich gar nicht wundern, wenn sie den traditionellen Weg einschlagen und Nonne werden würde. Ich denke, das würde gut zu ihr passen.«

»Nonne? Meine Tochter als Nonne!«

»Klar. Warum nicht?«

Honey ging durch den Kopf, dass Lindsey, was Männer anging, keine Kostverächterin war. Sie wusste es ja nicht genau, aber Nonnen mussten doch sicherlich Jungfrauen sein. Oder nicht?

Die Frage blieb unausgesprochen. Honey hatte auch so schon genug um die Ohren. Sie würde sich mit Lindsey über ihre Zukunftspläne unterhalten, wenn sie mal einen ruhigen Augenblick zu zweit hatten.

Nachdem sie sich durch den Verkehr gekämpft hatten, waren sie bei Ahmeds Werkstatt angekommen. Als sie auf den Platz vor der Werkstatt einbogen, war Honey überrascht, bei einem Blick in den Rückspiegel zu sehen, wie Dohertys Auto hinter ihr einscherte.

»Hi.« Sie hob die Hand und lächelte, erwartete, dass er zurücklächeln würde. Er hob auch die Hand, aber seine Miene blieb ernst.

»Doherty sieht aber verdrießlich aus«, merkte Mary Jane an.

»Ich glaube, er ist in einer Polizeiangelegenheit hier«, flüsterte ihr Honey zu.

»Hölle und Teufel! Meinst du, es hat was mit meinen vielen Strafzetteln für Falschparken zu tun?«

Die Augen immer noch auf Doherty gerichtet, schüttelte Honey den Kopf. »Nein, auf keinen Fall.«

Honey lächelte Doherty an. Er lächelte nicht zurück. »Stimmt was nicht?«, fragte sie.

»Das kannst du wohl sagen.«

Doherty ging nicht ins Fitness-Studio, er hatte nichts für schicke Anzüge übrig, und er ließ sich nicht allzu oft die Haare schneiden, aber Charisma hatte er. Jeder Filmstar, der einen gewieften, taffen Macho-Detektiv zu geben hatte, wäre nicht schlecht beraten, sich vorher mal mit Chief Detective Inspector Steve Doherty zu treffen. Der war das Original.

Dynamisch und zielgerichtet wandte er sich sofort an Ahmed. »Ich habe gehört, Sie vermissen ein Hochzeitsauto.«

Ahmed stellte den Henkelbecher mit den gelben Tupfen ab, aus dem er gerade getrunken hatte, und nickte.

»Können Sie drauf wetten. Haben Sie's gefunden? Ist es völlig zu Schrott gefahren? Dann wäre ich echt fertig. Sagen Sie es mir nicht. Oder nein, sagen Sie's mir. Ich habe einen Haufen Geld in die Karre gesteckt.«

Doherty ließ sich nicht aus der Ruhe bringen. »Können Sie mir das polizeiliche Kennzeichen sagen?«

Das machte Ahmed. »Wo haben Sie den Wagen gefunden? Sie haben ihn doch gefunden?«

Doherty nickte. Honey las ihm von der Nasenspitze ab, dass es nicht nur um ein gestohlenes Auto ging.

»Wir haben ihn in Lower Wainswicke gefunden, bei der Pumpstation des alten Wasserwerks. Es ist kein Kratzer dran.«

Ahmed strahlte von einem Ohr zum anderen. Seine Zähne blitzten hell im braunen Gesicht. Honey freute sich für ihn.

»Toll«, meinte Ahmed. »Dann kann ich ja wieder Reservierungen annehmen. Es haben schon Leute für dieses Wochenende angefragt, weil irgendein Trottel sie im Stich gelassen hat. Ich rufe gleich bei denen an, wenn alles mit Ihnen geklärt ist. Wann kann ich den Wagen abholen?«

Dohertys Miene blieb finster. »Immer schön langsam. Telefonieren Sie noch nicht. Leider geht es um ein schwereres Vergehen als nur einen schlichten Diebstahl. Es hat einen Mord gegeben.«

Ahmeds Lächeln fror ein. »Und mein Auto hat was damit zu tun?«

»Es wurde eine Tote auf dem Rücksitz gefunden.«

»Eine Tote?« Ahmed war schockiert. »Was hat die denn da gemacht?«

»Das wüssten wir auch gern. Sagen Sie uns bitte, wo Sie in der Nacht waren, als Ihr Auto gestohlen wurde. Sobald wir den Todeszeitpunkt ermittelt haben, müssen wir Sie auch bitten, uns mitzuteilen, wo Sie sich zu diesem Zeitpunkt aufgehalten haben.«

»Eine Tote?«

Ahmed konnte es anscheinend einfach nicht fassen, dass man in seinem Auto eine Tote gefunden hatte. So wie sie Ahmed und seine Vorliebe für die Überprüfung der von seiner Mutter angeschleppten Bräute kannte, hätte es Honey nicht überrascht, wenn er sich mit mehr als einer von ihnen auf dem Rücksitz dieses Autos vergnügt hätte. Der Rolls Royce hatte eine große Rückbank. Ideal für ein kleines voreheliches Techtelmechtel, und Ahmed mochte Frauen. Er mochte auch Autos, aber er war kein Mörder. Ahmed Clifford, Sohn eines englischen Installateurs und einer Näherin aus dem Punjab, war ein hart arbeitender und lebenslustiger Bursche.

Doherty blieb förmlich, obwohl er mit Ahmed gut bekannt war, mindestens so gut wie Honey und Mary Jane.

»Ich fürchte, wir müssen Sie bitten, aufs Revier mitzukommen und eine Aussage zu machen.«

»Jetzt gleich?«

»Nein. Sehen Sie erst zu, dass Sie die Ölschmiere loswerden. Und dann kommen Sie auf die Wache.«

Während Mary Jane ihre Rechnung beglich, erzählte Doherty Honey genauer, was passiert war.

Honey war wie vor den Kopf geschlagen. »Marietta! Habt ihr ihren Ehemann verhaftet?«

»Das hätten wir gern getan, aber der liebe Mr Harold Clinker ist mit unserer Freundin Carolina, der exotischen Tänzerin, nach Spanien gereist.«

»Mit Carolina Sherise?«

»Genau.«

»Dann hat er es getan.«

Noch nie war Honey über einen Mord so wütend gewesen wie über diesen. Sie hatte Marietta persönlich gekannt und die Blutergüsse in ihrem Gesicht gesehen. Marietta hatte es nicht verdient, von einem gewalttätigen Ehemann ermordet zu werden. Im Nachhinein wünschte Honey, sie hätte mehr Kontakt zu ihrer Schulfreundin gehabt, als die noch Mary hieß und ihr alle Möglichkeiten offenzustehen schienen. Vielleicht wären die Dinge dann anders gelaufen.

»Sie hatte ein Brautkleid an«, erinnerte Doherty sie. »Wir gehen erst mal davon aus, dass es ihres war.«

Honey begriff, worauf er hinauswollte. »Aber du glaubst, es könnte auch jemand anderem gehören.«

Er zuckte die Achseln. »Wie ich schon sagte, ich bin kein Modeexperte.« Plötzlich erhellte ein Grinsen sein Gesicht. »Also frag nicht nach meiner Meinung, wenn du deins aussuchst.«

»Das hatte ich gar nicht vor. Es bringt nämlich Unglück, wenn der Bräutigam das Kleid vor der Hochzeit sieht.«

»Ah ja, natürlich«, sagte er und nickte weise, erleichtert, dass er um eine strapaziöse Einkaufstour herumgekommen war. »Carole meint, dass das Kleid etwa zehn Jahre alt ist. Marietta hat vor ungefähr fünf Jahren auf Barbados geheiratet, also ist es wahrscheinlich nicht ihr eigenes Brautkleid. Aber was weiß ich schon?«

»Wer ist denn Carole?«

»Unsere Neue. Frisch von der Polizeiakademie in Hendon eingetroffen. Davor hat sie einen Abschluss in Mode-Design gemacht.«

»Welche Fertigkeiten bringt sie denn sonst noch aus der Modewelt in ihre Polizeiarbeit ein?«

Sie konnte es Doherty an der Nasenspitze ablesen, dass er ihre Eifersucht genoss.

»Sie kann sehr gut Tee kochen. Und ist bestens informiert über Brautkleider.«

Das Lächeln verging ihm, als er Honeys unbewegte Miene sah. Er wusste, dass ihr eine Bemerkung auf der Zunge lag.

»Da kann ich eins draufsetzen. Ich war Gast auf Mariettas erster Hochzeit.«

Kapitel 18

Sie trug hautenge Jeans in einem sehr attraktiven Korallenrot, eine auf Figur geschnittene weiße Bluse, die eng an der
Taille anlag, und einen Blazer in vielen Farben, vor allem
Jadegrün und Korallenrot. Der Blazer war hervorragend gearbeitet, seine Qualität war nicht zu übersehen, und er
schmeichelte ihrer Figur. Tasche und Schuhe waren aus weichem Wildleder in drei verschiedenen Farben, die auch zum
Blazer passten. Ihre Ohrringe waren groß und klotzig, und
ihre Armreifen klirrten wie eine Hosentasche voller Geld.

Und nur um Geld ging es Carolina Sherise. Im Gegensatz zu ihrer Freundin Marietta war sie ein unabhängiges
Geschöpf und genoss die Gesellschaft von Männern, ohne
sich in ihren Beziehungen länger festzulegen.

Obwohl man in Bath durchaus exklusive Mode gewöhnt
war, drehten alle die Köpfe nach ihr um, als sie auf dem Revier in der Manvers Street auftauchte.

»Ich möchte einen Diebstahl zur Anzeige bringen«, sagte
sie zum Sergeant vom Dienst.

Sobald der Mann sich wieder im Griff hatte und sie nicht
mehr fassungslos anstarrte, räusperte er sich und leckte an
der Spitze seines Bleistiftes, bis ihm einfiel, dass sich ja einiges geändert hatte. Er legte den Bleistift weg und drehte
sich zu seinem Computermonitor.

»Sehr gut, Madam. Wenn Sie mir bitte genau sagen würden, worum es geht?«

Weder Honey noch Doherty ahnten, dass die Frau, die
Marietta vor ein paar Tagen mit ihrem Mann im Bett erwischt hatte, gerade eine Straftat anzeigte.

Sie waren in der Asservatenkammer, einem kühlen Raum voller Schränke, Aktenregale und Kühlschränke, in denen man wichtige Beweismittel sicher aufbewahrte.

Honey juckte es in den Fingern, den Stoff des Brautkleids zu berühren. Sie riss sich jedoch zusammen, denn sie wusste, dass sie damit möglicherweise ein wichtiges Beweismittel kontaminieren könnte.

»Schönes Kleid«, murmelte sie.

»Kann man so sagen. Hast du sie in dem Kleid heiraten sehen?«

Honey schüttelte den Kopf. »Nein. Aber ganz ehrlich, das hier ist ein bisschen zu sehr überladen, die reinste Sahnetorte. Marietta hatte eine Traumfigur und hat auf ihrer ersten Hochzeit, gleich nach dem Schulabschluss, ein Kleid getragen, das die voll zur Geltung brachte, ein Etuikleid, du weißt schon, eines, das an genau den richtigen Stellen eng anlag. Und ihr Schleier war kurz, überhaupt nicht wie dieser hier.«

Sobald Honey ein Zeichen gab, dass sie fertig war, grunzte Doherty Carole zu, sie sollte dafür sorgen, dass das Kleid wieder dahin zurückkam, wo sie es hergeholt hatte.

Er ging mit Honey in sein Büro zurück und schloss die Tür hinter sich. Früher hatte er dieses Büro mal mit einem Kollegen geteilt, aber dann war jemand vom Arbeitsschutz aufgetaucht und hatte verkündet, der Raum wäre zu klein für zwei Personen. Ehrlich gesagt, der Arbeitsschützer hatte recht. Ein Schreibtisch, und das Zimmer wirkte vollgestopft. Zwei Schreibtische, und es passten nur noch ganz dünne Leute hier rein.

»War Ahmed schon auf der Wache?«

»Ja. Sehr bald nach unserem Besuch. Er war immer noch ziemlich erschüttert, dass die Leiche ausgerechnet in seinem Auto saß. Wir können es ihm erst zurückgeben, wenn die

Spurensicherung es gründlich untersucht hat. Er würde natürlich gern bald wieder Brautleute kutschieren. Er hat sich von einem Verwandten Geld geliehen, um das Auto zu kaufen, und dem einen Anteil am Gewinn in Aussicht gestellt.«

»Da wird Ahmed erst mal einen Verdienstausfall haben. Er hat ja gesagt, dass er Reservierungen absagen musste.«

»Ja. Aber deine Freundin Marietta hatte ihn nicht gebucht. Wir haben ihm ihr Foto gezeigt, und er hat sie nicht erkannt. Nicht dass wir das erwartet hätten. Seine Aussage ist mehrfach bestätigt. In der Nähe der Garage, wo er den Wagen unterstellt, ist eine Siedlung mit ehemaligen Sozialwohnungen. Es war ein warmer Abend, und die Leute aus dem letzten Haus haben im Vorgarten gegrillt. Sie haben ihm zugewinkt, als er weggegangen ist. Er hat ihnen erzählt, dass er den Garagenschlüssel vergessen hatte, und die haben ihm versprochen, sie würden das Auto im Blick behalten. Von wegen! Ein paar Burger und Biere später war alles vergessen.«

»Wahrscheinlich wurde der Wagen in den frühen Morgenstunden geklaut?«

»Mehr als wahrscheinlich.«

»Aber warum sollte jemand ein Hochzeitsauto stehlen, zwei Frauen mit Brautkleidern ausstaffieren und sie dann umbringen? Das muss doch was zu bedeuten haben.«

»Nur begreifen wir es nicht.«

»Jedenfalls noch nicht.«

Sie betrachtete ihn nachdenklich.

»Sag, was dir auf der Zunge liegt«, forderte er sie auf und schaute ihr tief in die Augen.

»Meinst du nicht, all das – die toten Bräute und so – könnte irgendwie was mit dem Verrückten zu tun haben, der uns vor unserer Hochzeit warnt?«

»Da könntest du recht haben.«

»Hat er recht?«

»Wer? Der Briefschreiber?«

Sie nagte auf der Unterlippe herum, während sie sorgfältig darüber nachdachte, was sie sagen wollte.

»Ich meine, wer immer uns per Brief davor warnt, zu heiraten, der könnte seine Drohung in die Tat umsetzen. Man kann ja eine Braut kaum wirksamer vom Gang zum Altar abhalten, als indem man ihr droht, ihr den Schädel einzuschlagen, wenn sie es tut.«

»Nicht von der Hand zu weisen. Oh, und übrigens, beim zweiten Mord ist keine Spur von Insulin im Spiel. Da gab es nur einen Schlag auf den Kopf.«

Doherty hatte Rücksicht auf ihre Gefühle genommen, als er Mariettas Tod als den zweiten Mord bezeichnet hatte, anstatt den Namen der Toten zu nennen. Das half ihr. Besser noch, man wechselte das Thema.

»Hm. Ich glaube, ich entscheide mich doch gegen eine Hochzeit ganz in Weiß. Was meinst du?«, fragte Honey.

Doherty grinste. Er glitt mit der Hand unter ihr Haar.

»Und wie wäre es, wenn wir einfach nur in die Flitterwochen fahren?«

»Du hast mir einen Heiratsantrag gemacht, da erwarte ich etwas mehr Einsatz als nur zwei Wochen heißen Sex in der Tropensonne.«

»Ach was«, sagte er und schmiegte seine Hand an ihre Wange, ehe er seine Lippen auf die ihren drückte. »Wir können Mann und Frau spielen, so tun als ob, wie in meiner Kinderzeit.«

Honey waren die Knie weich geworden. Mannomann, Doherty konnte aber auch verdammt gut küssen!

Ein Klopfen an der Tür verhinderte, dass sich die Dinge weiterentwickelten.

Wizard steckte den Kopf zur Tür herein. Er lächelte und begrüßte Honey.

»Hallo, Mrs Driver. Schön wie immer, Sie hier zu sehen. Wie geht's Ihrer Mutter?«

»Hat sich unerlaubt von der Truppe entfernt.«

Wizard lachte leise. »Na, wenn sie in ihrem Alter nicht tun und lassen kann, was sie will, wann dann?«

»Wie kommt es, dass alle mehr Ahnung haben als ich, was meine Mutter gerade machen könnte?«

»Sie ist die Erwachsene, und Sie sind in ihren Augen noch das Kind – ohne Ihnen zu nahe treten zu wollen. Es hat was mit dem Alter zu tun. Je näher man altersmäßig einer Person ist, desto besser kann man sie verstehen. Äh …« Ihm fiel ein, dass er aus einem ganz anderen Grund ins Zimmer gekommen war. Er räusperte sich und schaute seinen Vorgesetzten an.

»Draußen ist eine Frau, die zu Ihnen möchte, Sir. Eine Miss Carolina Sherise. Eine sehr hübsche Frau.«

Honey schaute zu Doherty. Ein Muskel zuckte in seiner Wange. Sollte Carolina Sherise doch nicht mit Harold Clinker in Spanien sein?

»Das ist alles, danke«, sagte Doherty knapp. Nicht dass Wizard davon viel Notiz genommen hätte.

»Ich bin sicher, ich habe die schon mal irgendwo gesehen«, meinte er, runzelte die Stirn und kratzte sich mit einem Finger in seinem stacheligen grauen Haar.

»Ich hab's! Die ist Model!«

»Nicht dass ich wüsste«, murmelte Doherty, der sich deutlich daran erinnerte, dass sich Carolina Sherise als exotische Tänzerin vorgestellt hatte.

»Ich bin mir sicher. Nicht eine von diesen klapperdürren Schnepfen, die bei den Modeschauen und so Kleider vorführen. Eher der Littlewoods-Typ: Sie wissen schon. Versandhauskataloge, Unterwäschemodel und so.«

Doherty linste ihn an. »Gut. Jetzt wissen wir also alle,

welche Seiten Sie sich in den Katalogen anschauen. Unterwäsche, obwohl Sie eigentlich die Seiten nur durchblättern, weil sie Schraubenzieher und Rasenmäher suchen.«

Das konnte Wizard nicht erschüttern. »So ähnlich.«

»Raus mit Ihnen, Potter, und bringen Sie die junge Dame rein.«

Doherty setzte sich und deutete mit einer Handbewegung an, dass Honey auch Platz nehmen sollte. Es gab aber nur zwei Stühle, und einen würde Carolina brauchen. Also hockte sich Honey auf die Schreibtischkante.

Es schien sinnvoll, dass sie blieb. Sie hatte ja Marietta gekannt.

Carolina, von einer Parfümwolke umschwebt, betrat das Zimmer, als gehörte es ihr. Wenn es vorher schon beengt gewesen war, war es das jetzt erst recht. Carolina war mindestens eins achtzig groß und vom eleganten Scheitel bis zu den lackierten Fußnägeln makellos zurechtgemacht. Ihre Kleidung saß wie angegossen, und alles an ihr wirkte straff und knackig. Diese junge Frau trainierte im Fitness-Studio: Laufen, Gymnastik, Gewichte heben, das volle Programm. Honey wurde übel, wenn sie nur dran dachte.

Carolinas perfekte Zähne blitzten auf, als sie Honey und Steve ihr einnehmendes Lächeln zuwarf.

Doherty gab den charmanten Märchenprinzen, bat sie, Platz zu nehmen, erkundigte sich, ob sie etwas trinken wollte oder sonst irgendwas bräuchte … beinahe als meinte er es ernst.

Carolina lächelte mit der Selbstsicherheit einer Frau, die weiß, wie man die Phantasie eines Mannes auf Touren bringt – und einiges andere auch.

Doherty gab vor, völlig hingerissen zu sein, Wachs in ihren langen, schmalen Händen.

Honey wusste, dass er wirklich so tun konnte als ob. Entwaffnend charmant sein, um die Leute auf seine Seite zu ziehen.

Carolinas Ohrringe klirrten. Wenn sie lächelte, waren ihre Zähne so weiß und strahlend wie die eines Hais. Wahrscheinlich war ihr Biss genauso tödlich.

»Man hat mir mitgeteilt, dass Sie einen Diebstahl gemeldet haben«, fing Doherty an, die Ellbogen auf den Schreibtisch gestützt, die Hände unter dem Kinn gefaltet. Er sah wie ein kleiner Junge aus. Verletzlich. Leichte Beute für jemanden wie die langbeinige exotische Tänzerin, die ihm gegenübersaß. »Vielleicht können Sie mir sagen, was gestohlen wurde.«

»Ein Brautkleid. Ich hatte es hinten in meinem Auto, und als ich danach geschaut habe, war es weg.«

»Ach, Sie heiraten?«, fragte Honey und fing sich einen warnenden Blick von Doherty ein. Sie hatte hier keine Fragen zu stellen, aber eine Heirat schien ihr doch ein ziemlich starkes Stück zu sein, wenn man bedachte, dass Carolina vor nicht allzu langer Zeit mit dem Mann einer anderen im Bett gewesen war.

»Das Brautkleid war für die Fotostrecke, die ich kürzlich gemacht habe. Der Kunde hat mir das Kleid geschenkt, als wir fertig waren.« Sie zuckte die kantigen Schultern. »Man weiß ja nie. Vielleicht begegne ich mal dem Richtigen.«

Wieder blitzte das Lächeln auf. Doherty verriet mit keiner Miene, dass er es überhaupt bemerkt hatte.

Da fiel Honey ein, dass Carolina höchstwahrscheinlich noch nicht wusste, wer das Mordopfer im Auto war. Die Polizei hatte in einer knappen Pressemitteilung lediglich verlautbaren lassen, dass man eine Leiche im Brautkleid gefunden hatte.

Ehe sie weiter auf dieses Thema eingehen konnten, klopfte es schon wieder an der Tür. Diesmal war es Carole, die junge Frau, die sich ursprünglich für die Modewelt interessiert hatte und jetzt bei der Polizei Tee kochte.

»Entschuldigung, Sir, aber es sind eine Menge Journalisten draußen und fordern eine Pressekonferenz.«

Doherty schaute sie überrascht an. »Das ist aber schnell gegangen. Wir haben doch noch gar keine Einzelheiten rausgegeben.«

»Darum geht es nicht, Sir«, antwortete sie und schaute rasch von Doherty weg und zu der glamourösen Frau, die Klamotten trug, von denen Carole nur träumen konnte. »Es geht um Miss Sherise. Man hat der Presse die Nachricht zugespielt, dass ihr Brautkleid gestohlen wurde und dass man dann ein Mordopfer in diesem Kleid gefunden hat. Außerdem wartet ein gewisser Manuel Glipp am Empfang auf Miss Sherise. Er ist von dieser Reality-Fernsehsendung. Sie wissen schon, wo Promis mitten in der Pampa meilenweit von allem kampieren. Anscheinend soll das nächste Camp in der Toskana sein ...« Carole warf Carolina ein rasches Lächeln zu. »Ich glaube, die sind Ihnen auf der Spur, Miss Sherise.«

Carolina setzte sich in Pose wie eine Rassekatze, die bei einer Leistungsschau prämiert worden war. Langsam und absichtsvoll schlug sie ihre langen Beine übereinander und hatte ihr Zahnpastalächeln fest auf Doherty gerichtet.

»Mein Agent, fürchte ich. Der arbeitet getreu dem Motto, dass man nichts anbrennen lassen soll ...«

Dann wollte sie aufstehen, hatte ihre lange Gestalt schon beinahe vom Sitzen bis zum Stand entfaltet.

»Sie bleiben, wo Sie sind!«, donnerte Doherty.

»Guter Mann«, erwiderte Sherise, die sich nicht darüber im Klaren war, dass ihre süßliche Herablassung Doherty nur noch wütender machen würde. »Es war mein Kleid. Es ist gestohlen worden, also habe ich wohl das Recht ...«

»Setzen Sie sich hin.«

»Aber ich …« Endlich war es wohl in ihr Hirn durchgesickert, dass Doherty alles andere als erfreut war. Immer noch lächelnd, gab sie nach. »Nun gut«, sagte sie mit einem Seufzer, als sie sich wieder auf den Stuhl sinken ließ. »Wie Sie wünschen.«

»Wo ist Harold Clinker?«

Sie schaute ihn völlig verblüfft an. »Was hat der denn damit zu tun? Der hat mein Kleid nicht gestohlen.«

»Woher wissen Sie das?«

Sie kicherte. »Es würde ihm nicht passen.«

Dohertys Blick war eisig.

»Miss Sherise. Im Dorf Lower Wainswicke ist eine Frau ermordet aufgefunden worden.«

»Das habe ich auch schon gehört, aber ich begreife nicht, was das mit …«

»Es ist Marietta Hopkins!«

Carolinas glatte Selbstsicherheit schwand. »Marietta«, flüsterte sie. »Es war Marietta?«

»Mrs Driver hat die tot aufgefundene Person als Marietta Hopkins, früher Mary Hopkins, Mr Clinkers Ehefrau identifiziert. Wie Sie sich erinnern werden, sind wir uns kürzlich in Belvedere House begegnet, und zwar wegen eines Notrufs, den Marietta Hopkins getätigt hat. Mr Clinker hatte seine Frau körperlich misshandelt. Erinnern Sie sich daran, Miss Sherise?«

Obwohl Carolina einen ziemlich dunklen Teint hatte, war sie sichtlich blass geworden. Ihre Augen waren weit aufgerissen. Sie strahlten in einem bemerkenswerten Grau, das einen tollen Kontrast zu ihrer Hautfarbe bildete.

»Warum?« Bis jetzt hatte Honey den Mund gehalten, aber nun war die Zeit zum Reden gekommen, Verlobte hin oder her. »Ich kannte Marietta noch aus der Schule. Na gut, sie

liebte die guten Dinge im Leben, glitzernde Steine, Scham-
pus, Leute mit einem gutgepolsterten Bankkonto. Wie ihre
Ehemänner eben. Aber niemand verdient es, unter so bizar-
ren Umständen zu sterben. Sie trug ein Brautkleid, und ich
weiß genau, dass es nicht das Kleid ist, in dem sie geheiratet
hat. War es vielleicht Ihres?«

»Ich weiß nicht … ich weiß nicht …« Carolina ruckte
mit dem Kopf von einer Seite zur anderen, als könnte sie
damit die Wahrheit wegschütteln. Einfach fort damit, als
hätte es sie nie gegeben.

Doherty übernahm wieder. »Wo ist Harold Clinker?«

»Keine Ahnung … Er war doch im Krankenhaus …«

»Sie wissen also, dass er im Krankenhaus war? Haben Sie
dafür gesorgt, dass er dort hinmusste? Haben Sie ihn auf
dem Friedhof überfallen?«

»Nein! Natürlich nicht. Darüber kann ich Ihnen nichts
sagen.«

»Aber Sie wissen, dass er im Krankenhaus war. Hat Marietta Ihnen das erzählt?«

»Schauen Sie mal«, sagte Carolina und wirkte nun überhaupt nicht mehr wie ein Fernsehstar, sondern eher wie
eine Puppe mit übergroßen Augen. »Ich habe seit dem Vor-
fall, zu dem Sie gerufen wurden, weder Marietta noch Harold gesehen. Dann habe ich gehört, dass man diese Frau
im Brautkleid gefunden hat, und da habe ich gedacht …«

»Dass sie das für Ihre Publicity ausnutzen könnten«, er-
gänzte Honey, der es von Minute zu Minute übler wurde.
»Für Ihre Karriere. Sie haben nicht nur im Zuhause dieser
Frau mit ihrem Mann geschlafen, Sie sind insgesamt ein
völlig selbstsüchtiges Weibsstück!«

Doherty bestand darauf, dass Carolina sich das Kleid anschaute, ehe sie ging. »Da Sie ja glauben, es könnte Ihres
sein.«

Sie musterte es gründlich.

Honey trat ein wenig zurück, beobachtete Carolina und hörte zu, verkniff sich aber jeglichen Kommentar. Doherty hatte sie gewarnt.

»Ist das Ihr Kleid?«

Carolina schüttelte den Kopf.

»Sind Sie sicher?«, fragte Doherty.

Als sie Carolinas Gesichtsausdruck sah, konnte Honey schon erraten, was als Nächstes kommen würde.

Ein finsterer Blick in dem wunderschönen Gesicht. »In so einem Kleid würde ich mich nie im Leben sehen lassen.«

»Die Jungs im Büro lassen fragen, ob Sie Autogrammkarten haben«, sagte Doherty zu Honeys großer Überraschung. Er warf ihr erneut einen warnenden Blick zu, und sie wusste sofort, dass er wieder was im Schilde führte.

Carolinas Reaktion kam blitzschnell und war hochdramatisch. »Aber gewiss doch!«

Carolina Sherise zog aus ihrer Handtasche einen Umschlag hervor, der einige Fotos enthielt.

»Porträt oder ich von Kopf bis Fuß?« Sie lächelte Doherty bedeutungsvoll an. Es gereichte ihm zur Ehre, dass er bei der Vorstellung, mit »von Kopf bis Fuß« könnte vielleicht ein Nacktfoto gemeint sein, nicht erbleichte. Es stellte sich heraus, dass es keines war. Carolina erklärte, dass sie stets Fotos bei sich trug, falls sich ihr einmal die ganz große Chance bot.

»Haben Sie einen Stift?«

Doherty gab ihr einen. Carolina signierte bereitwillig einige Karten.

»Können Sie uns von jeder ein paar Exemplare hierlassen?«, fragte Doherty. Carolina tat ihm den Gefallen nur zu gern und rauschte aus dem Zimmer.

»Ich nehme ein Porträt und eins von Kopf bis Fuß«, sagte Honey, als Carolina weg war.

Doherty verengte die Augen, und ein Grinsen zuckte ihm um die Mundwinkel. »Du willst ja nur sehen, ob sie was anhat.«

Honey warf den Kopf in den Nacken. »Ist mir doch egal. Ich will nur wissen, wer Marietta umgebracht hat. Und die Frau gerade eben hat ja nicht unbedingt geweint, oder?«

Doherty lehnte sich vor und tippte ihr an die Nase. »Du weißt doch, was mit der Holzpuppe passiert ist, die nicht die Wahrheit gesagt hat …?«

»Ja. Pinocchios Nase ist immer länger geworden. Aber ich bin nicht eifersüchtig auf sie. Ehrlich nicht.«

Wie Honey erwartet hatte, sah Carolina auf beiden Fotos großartig aus.

Mit ihren ellenlangen Beinen war sie wirklich prächtig anzuschauen, besonders da sie nicht viel mehr am Leib hatte als ein paar Pailletten und eine Feder, von der man meinen könnte, sie wüchse zwischen ihren Pobacken hervor. Honey vermutete, dass das nur am Kamerawinkel lag.

»Von der Karte hier brauche ich mehr als eine. Das wollen einige der Leute, denen ich es zeigen will, bestimmt behalten! Stell dir vor, so zu posieren!«

Doherty lächelte. »Ja, stell dir vor.«

Honey sah seinen Blick und hörte die Hoffnung in seiner Stimme. Sie blieb bei der Tür stehen.

»Denk nicht mal drüber nach.«

Er zuckte die Achseln und gab sich größte Mühe, wie ein enttäuschter kleiner Junge dreinzuschauen.

»Was hast du denn gegen ein paar Pailletten und eine Feder, so privat?«, maulte er.

»Ich bin allergisch gegen den Kleber, mit dem sie die Pailletten festpappen, und von Federn muss ich niesen.«

Kapitel 19

»Was machst du?«

Lindsey hatte ihre Mutter überrumpelt. Honey gab sich redlich Mühe, unschuldig zu schauen und den Katalog mit italienischen Modekreationen zu verstecken, den sie als Inspirationsquelle benutzt hatte. Auf den Katalogseiten trugen klapperdürre Frauen mit makellos manikürten Händen die herrlichsten Kleider.

Als reflexartige Reaktion auf das Zusammentreffen mit der hinreißenden Carolina hatte Honey sich darangemacht, eine neue Garderobe anzuprobieren.

Carolina hatte sie mit ihrer Größe, ihren blitzenden weißen Zähnen und ihrem perfekten Teint ein wenig verunsichert. Sie war wirklich schön. Kein Wunder, dass Harold Clinker alle vereinbarten Regeln in seiner Ehe vergessen und sie ins Bett gezerrt hatte – in das Ehebett, das bis dahin ausschließlich ihm und seiner Frau vorbehalten gewesen war.

Honey seufzte. So viele Kleider waren nur für Frauen wie Carolina gemacht, die mit den langen Beinen und der völlig fettfreien Figur. Diese Mode wurde nicht für Frauen mit molligen Stellen entworfen, die feste, figurformende Unterwäsche brauchten.

Und bei Marks & Spencer gab es keine Kleider zu kaufen, wie Carolina und die Frauen im Katalog sie trugen.

Die Sachen auf den Abbildungen waren atemberaubend, dramatisch und wunderschön präsentiert, in Kombinationen, die Honey nie im Leben eingefallen wären. Aber heute hatte sie sich beim Einkaufen Mühe gegeben.

Sie hatte ihr Bestes versucht und Jadegrün mit geblümten Jacken gemixt, Korallenrot mit Violett. Als sie fand, dass sie schon recht nah an den Stil der Models auf den Modeseiten gekommen war, hatte sie das Endergebnis im Spiegel begutachtet.

Dabei hatte Lindsey sie überrascht.

»Meinst du, ich sollte mir Fett absaugen lassen?«, fragte Honey. Sie stupste mit einem Finger an ihre Hüfte. »Hier und hier.«

Lindsey nahm das Heft zur Hand und blätterte es durch. Nachdem sie ein, zwei Seiten angeschaut hatte, schüttelte sie den Kopf. »Nein. Pfunde musst du nicht verlieren. Eher Jahre.«

»Danke bestens!«

»Was hat dich denn auf so was gebracht?«

»Meine Hochzeit«, rief Honey, obwohl es eigentlich nicht stimmte. »Ich muss doch bei meiner Hochzeit gut aussehen.«

Genau in dem Augenblick rutschten natürlich die Glamour-Bilder von Carolina Sherise aus dem Katalog heraus, wo Honey sie als Lesezeichen verwendet hatte, und fielen auf den Boden. Lindsey hob sie auf.

»Ist das eins von den Models?«

»Nein.«

»Die sind da rausgefallen. Ich dachte, das ist so eine Beigabe.«

»Nein«, antwortete Honey in leicht gereiztem Ton, weil sie nun nicht mehr drum herumkommen würde, die Wahrheit zu sagen.

»Sie hat mit dem Mordfall zu tun.«

»Und sie ist gertenschlank und noch dazu wunderschön.«

»Kein Kommentar. Okay, sie ist ein richtiges Modepüppchen. Ich bin mir ziemlich sicher, dass sie ihre Kleider aus diesem Katalog bezieht. Italienische Kleider. Sehen die nicht einfach umwerfend aus?«

»Natürlich. Aber nur wenn du eine Figur wie eine Bohnenstange hast. Oh, und es hilft auch, wenn du ungefähr sechzehn bist. Weißt du eigentlich, dass einige von den Models, die man auf dem Laufsteg und in Modezeitschriften sieht, sogar erst dreizehn oder vierzehn sind?«

»Du willst mir also damit sagen, dass ich mir keine Sorgen zu machen brauche?«

»Wirklich gar keine. Du bist prima, so wie du bist«, antwortete Lindsey, umarmte ihre Mutter und gab ihr einen Kuss auf die Wange.

»Wie ist sie in den Fall verwickelt?«

Honey nahm eines der Fotos zur Hand, auf denen Carolina in die Kamera lächelte. Sie hatte auch heute Morgen gelächelt. Sogar nachdem sie mehr über den Mord erfahren hatte, hatte stets ein Lächeln um ihre sinnlichen Lippen gespielt.

»Sie war eine Freundin des Mordopfers und eine noch engere Freundin des Ehemanns der Toten.«

»Ist sie die Hauptverdächtige?«

Honey schüttelte den Kopf. »Nein. Bisher jedenfalls nicht. Diese Position nimmt der Ehemann ein. Der ist getürmt.«

»Na, das war ja klar.«

»Sie hatten sich gestritten – er und seine Frau. Sie führten eine offene Ehe.«

»Oje! Sexuell enthaltsam leben oder treu sein. Das ist meine Ansicht von der Ehe.«

Die Erwähnung der sexuellen Enthaltsamkeit erinnerte Honey an Lindseys jüngstes Interesse am keuschen Nonnenleben.

»Du denkst doch nicht allen Ernstes darüber nach, Nonne zu werden. Oder?«

Lindsey kuschelte sich in einen bequemen Sessel, den Katalog auf dem Schoß.

»Stell dir doch nur vor, wie viel Geld ich sparen würde, wenn ich nicht mehr jede allerneuste Mode mitmache.«

»Denk doch nur, wie wenig männliche Gesellschaft du hättest.«

Lindsey hörte auf zu blättern. Sie schien mit den Augen die Katalogseite zu studieren, aber Honey wusste es besser. Lindsey nagte auf der Unterlippe herum, und es wurden keine weiteren Seiten umgeblättert.

Dann hob sie ihr herzförmiges Gesicht, und ihre Augen glitzerten spitzbübisch.

»Ich muss meine Optionen abwägen.«

»Das glaube ich auch«, sagte Honey, die sich endlich für eine gelbe Hose und eine lockere schwarz-weiß gestreifte Bluse entschieden hatte, die ihr bis zum Oberschenkel reichte. Italienische Pumps komplettierten das Ensemble.

»Gut siehst du aus«, flüsterte sie ihrem Spiegelbild zu. Ihre Augen fielen auf ihre Lieblingshandtasche, die groß und braun war und in die alles passte, was sie brauchte, einschließlich einem Paar Slipper, das sie anziehen konnte, sobald ihr die Füße weh taten. Sie hatte überlegt, ob sie diese Tasche wegwerfen sollte, jetzt, da sie das neue rosa Modell gekauft hatte. Aber in die rosa Tasche würde kein Paar Schuhe passen. In die braune schon.

»Gut siehst du aus«, stimmte ihr Lindsey zu und fragte dann: »Du willst nicht versuchen, es mir auszureden?«

»Nein.«

Lindsey schaute überrascht. »Warum?«

Honey war schon halb aus der Tür. »Weil es gar nicht so weit kommt. Sexuelle Enthaltsamkeit ist in deinen Genen einfach nicht angelegt.«

Kapitel 20

Die Garage, in der Ahmed meistens seinen Rolls Royce abgestellt hatte, lag am Rand von Keynsham, einem Städtchen zwischen Bath und Bristol hinter einer Siedlung mit ehemaligen Sozialwohnungen, die inzwischen verkauft worden waren.

Als der Besitzer einiger dieser Wohnungen hörte, dass die Garagen zum Verkauf standen und wahrscheinlich eine ordentliche Miete einbringen würden, hatte er ein Angebot gemacht und den Zuschlag für alle bekommen. Man hatte den Leuten in der Siedlung die Möglichkeit gegeben, die Garagen einzeln zu erwerben, aber die meisten parkten ihre Autos entweder auf der Straße oder rissen die Hecke vor dem Haus heraus und legten im Vorgarten eine Einfahrt aus Beton an.

Honey parkte ihr Auto, stieg aus und schaute sich die Rückseiten der Häuser an. Nur drei Gärten gingen direkt auf die kleine Straße und hatten einen guten Blick auf die Garage, in der Ahmed sein Auto abstellte. Vielleicht hatte jemand von dort was gesehen. Die Polizei wollte einen Aufruf im Fernsehen senden, in dem erklärt wurde, man hätte eine Tote auf dem Rücksitz eines weißen Rolls Royce gefunden, und in dem auch gesagt wurde, wo das Auto gewöhnlich untergestellt war. Vielleicht würde sich dann irgendjemand an irgendwas erinnern. Aber Honey fand, dass sie ruhig schon einmal mit dem Fragen anfangen könnte. Sie wollte, dass der Fall so schnell wie möglich abgeschlossen wurde. Ihre Ansichten zum Thema Heirat wurden gerade auf eine ziemlich harte Probe gestellt!

Der erste Anwohner, den Honey ansprechen wollte, be-arbeitete gerade mit einer elektrischen Heckenschere eine gedrungene Hecke aus Koniferen, die bereits gekürzt war, nun aber noch säuberlich zurechtgestutzt wurde.

Da er einen Ohrenschutz trug, machte Honey mit Zei-chensprache auf sich aufmerksam. Endlich reagierte er und klappte den Ohrenschutz hoch.

Zunächst entschuldigte sich Honey für die Störung.

»Das geht schon in Ordnung, Mädel. Ich kann eine Pause brauchen.« Nachdem er auch die Schutzbrille hoch-geschoben hatte, schaute er zum Haus hinüber. »Die ver-dammte Hecke hätte wirklich noch ein, zwei Wochen war-ten können, dann hätte ich mich heute Nachmittag hinsetzen und mir das Kricket-Match anschauen können. Aber die Chefetage hat entschieden, dass es unbedingt heute sein muss!« Ein Büschel grauer Haare ragte aus dem Halsausschnitt seines Pullovers, als er die Achseln zuckte. »Aber was zählt meine Stimme schon? Ich bin ja nur der Mann fürs Grobe. Das bin ich, genau.«

»Sie machen das wirklich gut.«

Er schaute sie misstrauisch an. »Die hat Ihnen aber kein Geld dafür gezahlt, dass Sie das sagen, oder?«

»Nein. Die Hecke sieht echt sehr ordentlich aus.«

»Verdammte Koniferen. Ich hab der im Haus ja gesagt, sie soll die nicht nehmen, aber sie hat drauf bestanden. Das war vor fünfzehn Jahren. Und das Zeug ist gewachsen und gewachsen, bis wir hier nur noch Moos und keinen Rasen mehr hatten und das halbe Jahr kein Sonnenlicht gesehen haben.«

Honey nickte zustimmend. »Das ist das Problem mit die-sen Koniferen.«

Ein ganzer Wald von Haaren lugte unter der Achsel des Mannes hervor, als er eine Flasche Wasser an die durstigen

Lippen führte. Er trug ein offenes kariertes Hemd über einem Netzhemd. Seine Haut glänzte vor Schweiß.

»Sie scheinen ja was davon zu verstehen. Arbeiten Sie in einem Gartencenter?«

»Nein. Ich bin bei der Polizei.«

Er riss die Augen weit auf. »Großer Gott! Hat die aus Nummer zehn sich darüber beschwert, dass ich Lärm mache?«

»Nein. Es hat nichts mit Lärm zu tun. Es geht um den Diebstahl eines Fahrzeugs aus einer der Garagen. Eines weißen Rolls Royce. Wissen Sie was darüber?«

»Das Auto von dem jungen indischen Typen? Ich habe gehört, dass es gestohlen wurde, aber von hier war es keiner, das kann ich garantieren. Wenn die ein Auto klauen würden, dann eher was Sportlicheres, wenn Sie wissen, was ich meine. 'nen Wagen, mit dem man 'nem Polizeiauto davonfahren kann.«

»Haben Sie gesehen, wie jemand das Auto geklaut hat?«

Er schüttelte den Kopf. »Nein. Aber jetzt könnte ich was sehen, wo ich die verdammten Koniferen gestutzt habe.«

Honey wühlte in ihrer Tasche nach einem Bild von Marietta, das sie mitgenommen hatte, zog stattdessen aber das Porträt von Carolina Sherise hervor. »Darf ich Sie fragen, ob Ihnen diese Frau schon mal irgendwo begegnet ist?«

Mariettas Foto lag wahrscheinlich unter dem aufreizenden Foto von Carolina Sherise. Das kann bleiben, wo es ist. Wenn man ihnen nur das Gesicht zeigt, erinnern sich die Leute eher. Halbnackte Frauen mit Pailletten und Federn würden die Erinnerung eines Mannes nur umnebeln.

Der Mann zog mit schmutzigem Zeigefinger und Daumen eine Brille aus der Brusttasche seines Hemdes hervor. Eine rasche Bewegung, und schon hatte er sie auf der Nase.

Zunächst schaute er sich das Bild aus der Nähe an, dann

streckte er den Arm aus und musterte es aus größerer Distanz.

»Sieht gut aus, das Mädchen. Ein bisschen wie diese Naomi Campbell, Sie wissen schon, das Supermodel. Nichts als Zähne und endlos lange Beine, obwohl sie im Grunde für meinen Geschmack ein bisschen zu dünn ist. Ich mag ja lieber Frauen, die ein bisschen Fleisch auf den Knochen haben ...«

»Reginald! Was geht da vor?«

Als er das ohrenbetäubende Kreischen seiner Frau hörte, reichte Reginald Honey das Foto zurück. »Tut mir leid, meine Liebe. Ich kann Ihnen nicht helfen. Die wollüstige Vera«, fügte er missmutig hinzu, ehe sein Gesicht ein wenig freundlicher wurde und er zu seiner Frau hinschaute.

»Diese Dame ist bei der Polizei, mein Liebling. Hat was mit dem geklauten Auto zu tun.«

Vera hatte Arme und Beine wie Schinken und den Watschelgang eines Nilpferdes, das unterwegs war, um sich in einer schönen Schlammkuhle zu suhlen.

Ihr maisblondes Haar sah aus, als wäre sie gerade vom Frisör gekommen, und ihr Dreifachkinn bebte vor Anstrengung, als sie keuchend zum Stehen kam. Ihre Haut war rosa.

»Sieht die Hecke nicht schön aus, meine Liebe?«, fragte Reginald seine Frau. Doch Vera schien das egal zu sein, sie schaute sehr konzentriert auf Honey.

»Ich habe gerade gehört, dass dieses Auto was mit einem Mord zu tun hatte«, sprudelte sie begeistert hervor und schaute Honey mit strahlenden Augen interessiert an.

Honey bestätigte ihr das. »Ich weiß, dass man Sie bereits gefragt hat, ob Sie etwas gesehen haben. Aber vielleicht könnten Sie sich noch ein Foto anschauen?«

»Aber gern«, antwortete Vera. »Wir tun alles, damit man

den erwischt, der das arme Mädchen umgebracht hat. Und auch noch im Brautkleid. Tragischer geht's ja wohl nicht, was? Von wegen ›bis dass der Tod euch scheidet‹.«

»Wirklich schlimm«, meinte Reginald kopfschüttelnd. Honey fragte sich, ob er das ehrlich meinte oder nur seiner Frau zustimmte, obwohl sich seine Ansichten zur Ehe mit ihren vielleicht nicht deckten.

»Wenn Sie noch einen Blick auf dieses Bild werfen würden?«

Vera nahm die Brille ihres Mannes und betrachtete das Foto.

»Nein«, sagte sie, und ihr Dreifachkinn bebte, als sie den Kopf schüttelte. »Nie gesehen. Nie gesehen, nicht wahr, Reg?«

Auch Reg schüttelte den Kopf und bestätigte, Carolina nie gesehen zu haben.

In den beiden anderen Gärten, die an die Garagen angrenzten, trimmte niemand Hecken.

Honey dankte Reginald und Vera dafür, dass sie sich Zeit genommen hatten, und fragte, ob sie sich ihren Nachnamen und die Telefonnummer notieren dürfte, falls sie noch einmal mit ihnen reden müsste.

»Pludd«, sagte Vera. »Mr Reginald Leonard Pludd und Mrs Vera Elizabeth Pludd.«

»Glauben Sie, dass Ihre Nachbarn vielleicht was bemerkt haben?«, fragte Honey noch.

Mann und Frau tauschten einen schiefen Blick.

»Das weiß keiner so genau. Die von Nummer sechs arbeitet nur nachts. In einem Klub. Sagt sie jedenfalls.« Veras Dreifachkinn faltete sich zusammen, während ihre Augen ungläubig schauten. »Ist noch im Bett, würde ich mal vermuten. Nicht unbedingt allein. Und nicht unbedingt in ihrem eigenen.«

Honey nickte, um zu bestätigen, dass sie begriffen hatte. Ihr fiel dabei ein, dass sie gar nicht wusste, wo Carolina Sherise wohnte.

»Kennen Sie den Namen dieser Nachbarin?«

»Nur den Vornamen«, sagte Vera. »Geri. So heißt sie. Ich nehme an, das ist eine Kurzform für Geraldine. Den Nachnamen kenne ich nicht.«

»Evans. Sie heißt Evans«, mischte sich Reginald ein.

Seine Frau schaute überrascht zu ihm auf. »Woher weißt du das denn?« Es klang nicht gerade erfreut.

»Der Briefträger hat neulich ein Paket für sie hier abgegeben. Von Amazon, glaube ich. Da stand ihr Name drauf.«

»Und du hast es ihr dann zugestellt, nehme ich an. Sobald du wusstest, dass sie zu Hause war!«

Reginald lachte. »Also bitte, meine Liebe. Ich habe nur gemacht, was sich gehört.«

Seine Frau schaute weiterhin grimmig.

Honey fühlte sich bemüßigt, die Dinge ein wenig zu beschleunigen.

»Von dem Haus da scheint man auch einen guten Blick auf die Garagen zu haben.« Sie deutete auf das dritte in der Reihe, eine Doppelhaushälfte aus Ziegelstein, genau wie das Haus, in dem Reg und seine Frau wohnten. »Ob die Bewohner wohl da sind?«

Vera preschte vor. »O ja. Der in Nummer acht ist zu Hause. Der ist immer zu Hause. Aber von dem werden sie wohl keine vernünftige Antwort kriegen. Der ist ein bisschen plemplem, müssen Sie wissen. Hat sich nie ganz wieder davon erholt, dass seine Frau weg ist. Und damit meine ich nicht, dass er Witwer ist. Sie ist mit einem Gebrauchtwarenhändler von dieser Firma in der Temple Street durchgebrannt.«

»Aber er ist wahrscheinlich zu Hause?«

Reginald verzog traurig das Gesicht. »O ja. Nigel Brooks. Der wird höchst erfreut sein, Sie zu sehen, Sie vielleicht sogar ins Haus bitten. Lassen Sie sich eins raten: Gehen Sie nicht rein. Sonst kommen Sie vielleicht nie mehr raus.«

Kapitel 21

Honey schlug den Weg über die schmale Straße ein, die den Parkplatz mit der Straßenfront der in den dreißiger Jahren errichteten Doppelhäuser aus roten Backsteinen verband und musste darüber lächeln, wie Reginald Leonard Pludd sich bedeutungsvoll an die Nase getippt hatte. Sie interpretierte das als eine Warnung, dass sie als Frau, die das Haus eines alleinstehenden Mannes betrat, nicht sicher wäre.

Sie hatte aus der Rückansicht nicht sehr viel über die Häuser herausfinden können, die sie noch besuchen wollte. Also blieb ihr nichts anderes übrig, als an die Haustür zu klopfen. Nummer sechs und Nummer acht. Das waren die Hausnummern, wenn sie sich auch nicht mehr genau erinnerte, wer wo wohnte.

Das wird man sehen können, sagte sie sich. Das Haus des Junggesellen ist wahrscheinlich ziemlich verwahrlost, das von Geraldine Evans wohl eher sauber, ordentlich und aufgeräumt.

»Also dann«, murmelte Honey und stemmte die Hand gegen das, was vom vorderen Gartentor noch übrig war. Es gab keinen Riegel mehr, einige Latten und ein Scharnier fehlten, so dass das Tor ziemlich knarrte, als Honey es aufmachte.

Der Vorgarten verriet alles: eine einzige verwahrloste Fläche. Hier hauste ein Mann ohne Frau.

Ein Dschungel von Unkraut hatte ein ehemaliges Rosenbeet überwuchert. Die Eingangstür und die Fensterrahmen brauchten dringend einen neuen Anstrich. Die Farbe blätterte in großen Placken ab. Die Fenster im ganzen Haus waren nicht geputzt.

Honey konnte keine Klingel finden und ließ den Türklopfer auf die Holztür fallen. Das Geräusch hallte von innen wider, sonst passierte nichts. Man hörte keinen Fernseher, kein Radio, kein Piepsen einer Spielkonsole oder eines Computers.

»Mach schon, Nigel.«

Sie verlor allmählich die Geduld, und diesmal ließ sie den Türklopfer mit aller Macht auf das Holz sausen.

Sie steckte die Hände in die Taschen und starrte die Tür an, versuchte sie allein mit Willenskraft dazu zu bringen, endlich aufzugehen. Es sollte doch Leute geben, die mit ihren Gedanken Türen öffnen und Gegenstände bewegen konnten. Vielleicht schaffte sie das auch? Man konnte ja nie wissen, und einen Versuch war es wert. Und unter Umständen hatte sie diese Fähigkeit zur … Wie hieß das doch gleich?

Sie zermarterte sich das Hirn nach dem richtigen Wort. Ah ja, Telekinese! Das war's!

Noch ein, zwei Minuten verrannen.

Nach einem weiteren Klopfen an die Tür wusste sie, dass sie die Gabe der Telekinese bestimmt nicht besaß.

Sie drehte der Tür den Rücken zu und ging durch den verwahrlosten Vorgarten zurück zum rostigen Törchen.

Jetzt also zum nächsten Haus.

Das Tor war senfgelb gestrichen und quietschte oder knarrte nicht, als sie es öffnete. Im Rasen des Vorgartens war weder Moos noch Unkraut zu sehen, dafür war er von Rabatten voller duftender Sommerblumen eingerahmt: alles vom Rittersporn bis zu Bartnelken, von Kornblumen bis zu Glockenblumen. All diese Pflanzen wuchsen um unzählige Rosenbüsche herum.

Eine blassrosa Rose kletterte neben der Tür ordentlich an

einem Rankgerüst in die Höhe. Die Plastikfensterrahmen und die Haustür sahen neu aus. Die Fenster waren sauber und poliert.

Unterschiedlicher konnten benachbarte Häuser nicht sein. Dieses ordentliche Haus bestätigte Honey wieder einmal in ihrem Glauben, dass Frauen, ob sie nun alleinstehend waren oder einen Mann im Schlepp hatten, einfach ein Haus besser in Schuss hielten.

Die Klingel war aus Messing und spielte den Glockenschlag von Big Ben. Das war ein bisschen übertrieben, aber besser als das einsame Donnern des Türklopfers nebenan.

Honey schaute noch einmal auf den sonnigen Garten, atmete den Duft der Rosen ein und lehnte sich ein wenig zur Seite, um in einem Fenster ihr Spiegelbild zu bewundern. Sie musste nicht lange warten.

Der Mann, der die Tür öffnete, begrüßte sie nicht gerade wie eine lange verschollene Freundin, aber er war sehr freundlich. Er war etwa eins achtzig groß und blond; das war vielleicht einmal seine natürliche Haarfarbe gewesen, doch jetzt war sein Haar bestimmt gefärbt. Er war um die fünfzig und hatte ein tiefes Grübchen im eckigen Kinn.

Honey war so von diesem Kinn fasziniert, dass sie alles andere vergaß.

»Oh, der sehnlichst erwartete Besuch!«

»Sie haben mich erwartet?« Unwillkürlich schwang Überraschung in Honeys Stimme mit. Woher hatte er gewusst, dass sie ihn besuchen würde? Dann begriff sie. Reg und Vera hatten bestimmt bei ihm angerufen. »Sie wissen also, worum es geht.«

Er öffnete einladend die Tür. »Ja. In dieser Gegend gibt es keine Geheimnisse. Treten Sie ein. Ich mache Ihnen eine Tasse Tee.«

Da sie es für selbstverständlich hielt, fragte sie gar nicht erst, ob Reg und Vera ihren Nachbarn verständigt hatten, dass Honey kommen würde. Sie ging auch davon aus, dass Geraldine Evans – Geri – noch schlief und es ihrem Freund überlassen hatte, sich um den Besuch zu kümmern.

Der Duft eines sauberen Hauses begrüßte sie. Nun, das war mal eine ganz andere Sache. Sie dankte dem Mann und schritt über die Schwelle.

»Nehmen Sie Platz«, sagte er und machte die Tür zum Wohnzimmer auf. »Das Wasser hat gerade gekocht. Die Teekanne ist angewärmt, und ich habe Scones gebacken. Nehmen Sie auch Marmelade und Cornish Cream?«

Natürlich! Der Duft frischgebackener Scones wehte von der Küche herein und stieg ihr in die Nase. Honey antwortete dem Mann, das wäre wunderbar, während ihr das Wasser im Mund zusammenlief.

»Ich vermute, Miss Evans schläft noch. Das ist ja verständlich, wenn sie nachts arbeitet.«

Er schaute einen Augenblick verständnislos und sagte dann, ja sie arbeitete nachts und schliefe also meistens tagsüber.

Sie bemerkte, dass seine Augen blau waren, und obwohl sein Lächeln aufrichtig schien, wanderte Honeys Blick doch immer wieder zu dem Kinn mit dem tiefen Grübchen.

Während sie darauf wartete, dass er mit den Erfrischungen zurückkommen würde, schaute sie sich im Zimmer um und war beinahe geblendet von der Helligkeit. Alles im Zimmer war im Farbton Magnolie, Elfenbein oder Hellbeige gehalten, mit Ausnahme einer Reihe von kleinen Kissen, auf denen Rosensträuße zu sehen waren. Die Kissen waren in regelmäßigen Abständen auf dem Sofa verteilt, dazu eines auf jedem Sessel. Es sah beinahe so aus, als hätte jemand sorgfältig die Abstände zwischen ihnen mit dem Zollstock gemessen. Möglicherweise. Manche Leute waren ja so pingelig.

Ein Flachbildfernseher stand in einer Nische beim Fenster. Auf einem Tischchen davor lag ein Strauß aus Rosen und anderen Blumen, den eine kremweiße Satinschleife zusammenhielt.

An der dem Fenster gegenüberliegenden Wand hing ein Gemälde im viktorianischen Stil, das eine Braut zeigte, die die Heiratsurkunde unterschreibt, während der aufmerksame Bräutigam ihr über die Schulter schaut. Im Glas des Bildes spiegelte sich die Straßenkulisse vor dem Fenster: Ligusterhecken, rote Backsteine und geparkte Autos.

Ihr Gastgeber kehrte mit einem Silbertablett zurück, auf dem Tassen und Untertassen mit Rosenmuster standen.

Honey versuchte sich das Urteilsvermögen nicht durch den Duft der Scones trüben zu lassen, aber alles in allem kam sie zu dem Schluss, dass dieser Mann – der ihr noch immer nicht seinen Namen verraten hatte – wusste, wie man sich ins Herz einer Frau einschlich. Er war ausgesucht höflich, und er konnte Scones backen.

Er stellte das Tablett auf einen Beistelltisch mit Glasplatte.

»Das sieht ja wunderbar aus«, sagte Honey aufrichtig. Ein Mann, der kochen und backen konnte, das war ein echter Gewinn für eine Frau, die nachts arbeiten musste.

Sie wollte sich hinsetzen.

»Halt!«

Honey hielt inne, das Hinterteil über dem Sofa in der Luft.

»Das Kissen. Bitte nicht ans Kissen lehnen. Dann bringen Sie alles durcheinander. Setzen Sie sich bitte vorn hin. Ich möchte nicht, dass da was verändert wird.«

Aha. Die Dame des Hauses war also pingelig, und er befolgte strikt ihre Anweisungen.

Sie setzte sich, wie er sie gebeten hatte, vorn auf die Sofa-kante.

»Die Milch zuerst«, sagte er, ehe er den Tee einschenkte. »Zucker.«

Honey schüttelte den Kopf. »Nein, danke. Selbst süß genug.«

Ein lahmer Witz, aber er schien ihn lustig zu finden.

»Aber natürlich sind Sie das. Niemand hat je das Gegenteil behauptet.«

In Honeys Kopf schrillten Alarmglocken. Der Mann tat gerade so, als würde er sie gut kennen. Hatte er sie vielleicht mit jemandem verwechselt?

Sie fragte sich, wie Geraldine – Geri – wohl aussah. Es gab nirgends Fotos, nur schlichte Möblierung, lediglich durch den Rosenstrauß, das viktorianische Gemälde von der Braut und ihrem schnurrbärtigen Bräutigam ein wenig aufgelockert. Doch trotz dieser Details wirkte das Zimmer immer noch irgendwie zu fade, zu weiß. Honey sammelte ihre Gedanken und versuchte sie zu ordnen. Jetzt war es an der Zeit, die Dinge ein wenig voranzubringen.

Doch erst musste sie die Scones, die Marmelade und die cremig goldene Sahne aus Cornwall probieren. Das Problem war, dass sie nach einem Scone einfach noch nicht genug hatte. Sie konnte nicht widerstehen, als der Mann ihr ein weiteres und eine zweite Tasse Tee anbot. Sie machte eine lobende Bemerkung, die Marmelade und der Tee wären hervorragend.

Er genoss das Kompliment und schien es darauf anzulegen, noch weiter gepriesen zu werden.

»Bitte beachten Sie, dass ich Würfelzucker reiche. Würfelzucker. Nicht diesen granulierten Mist. Ein Stück oder zwei?«

»Ich nehme keinen Zucker.«

Er schaute sie an, als hätte sie gerade etwas Unanständiges gesagt. Zum Beispiel eine Runde Strip-Poker vorgeschlagen.

Sie warf ihm ihr strahlendstes Lächeln zu. »Ich muss auf meine Figur achten. Ich heirate bald. Da muss ich ins Brautkleid passen.«

»Natürlich!« Er klatschte sich mit der Handfläche an die Stirn, als hätte er das bereits gewusst. »Tut mir leid, Darling. Habe ich vergessen. An dem Tag wollen Sie natürlich so wunderbar wie möglich aussehen. Weißes Kleid, Bouquet aus süß duftenden Rosen.« Seine Stimme klang verträumt. Sein Blick wanderte zu dem Strauß aus Rosen in weichen Rosatönen, Blüten in hellem Blau und weißem Schleierkraut, und er begann den Hochzeitsmarsch zu summen.

Auf einmal krampfte sich in Honey alles zusammen. Sie klammerte sich an ihre Teetasse und wünschte, sie hätte das zweite Scone nicht gegessen. So viel Gebäck konnte ganz schön hinderlich sein, wenn man irgendwo schnell wegrennen wollte. Und das wollte sie plötzlich!

Was war denn hier los? Der Mann redete ja ganz so, als wäre er Teil ihrer Hochzeitspläne – die, wie sie sich ins Gedächtnis rief, alles andere als endgültig entschieden waren.

Der Typ konnte doch gar nicht wissen, wie und wo sie heiraten wollte. Sie hatte ihn noch nie zuvor gesehen!

Und sie hatte auch den Nachbarn nichts von ihrer geplanten Hochzeit erzählt.

Was tun? Sie musste irgendwie klarkommen. Es gab keine andere Möglichkeit.

»Entschuldigung, wie, sagten Sie, war Ihr Name?«

Er schaute beleidigt. »Das verletzt mich jetzt aber sehr. Sie wissen ganz genau, wer ich bin.«

Honey schluckte. Den Mann bei Laune halten, wies sie sich an. Halte ihn einfach bei Laune.

»Das ist ein sehr schöner Raum.« Ihre Teetasse klirrte, als sie sie wieder auf die Untertasse stellte.

»Nicht so schön wie Sie.«

Er rutschte auf seinem Stuhl vor, so dass seine Knie beinahe ihre berührten.

»Was das Hochzeitsauto angeht …«, begann Honey.

»Ich glaube, da geht nur ein weißer Rolls Royce. Alle Bräute sollten einen weißen Rolls Royce haben. Da lasse ich keine Gegenrede gelten. Es muss ein weißer Rolls Royce sein.«

»Sie haben ihn gesehen, ja? Den weißen Rolls Royce, den Mr Clifford immer in der Garage hinter Ihrem Garten untergestellt hat?«

»O ja. Gefällt er Ihnen?«

»Ich habe ihn noch nie gesehen, und außerdem bin ich hier, weil er gestohlen wurde.«

Das Gesicht ihres Gastgeber versteinerte.

»Wer sagt das?«

Honey fand, dass das eine sehr seltsame Bemerkung war. »Mr Clifford hat den Diebstahl angezeigt. Er hat den Wagen vor der Garage stehenlassen, weil er den Schlüssel vergessen hatte, und als er wieder herkam, um das Auto zu holen, war es fort. Einen Augenblick noch, bitte«, sagte sie und kramte in ihrer Handtasche. »Kennen Sie diese Frau?«

Diesmal hatte sie das richtige Foto rausgezogen. Der Mann, der ihr die besten Scones serviert hatte, die sie je gekostet hatte, schaute genau hin und schüttelte dann den Kopf. »Nein.«

»Hören Sie, ist Miss Evans hier?«

Er blickte sie entgeistert an und zog dann sein Kinn an die Brust wie ein Pelikan, der den Kropf leeren will.

»Wie bitte?«

»Geri Evans. Das hier ist doch ihr Haus, oder nicht?«

»Sieht es hier so aus, als könnte es ihr Haus sein? Das Haus dieser widerlichen Frau, die den ganzen Tag schläft und sich nachts wer weiß wie lange rumtreibt?«

»Ich weiß nicht, wie ihr Haus aussieht.«

»Natürlich wissen Sie das! Jeder weiß, dass sie nie die Fenster putzt und ganz bestimmt noch nie den Maler im Haus hatte. Und was den Garten angeht …, der ist eine Schande.«

Die Wahrheit traf sie wie ein heftiger Schlag in die Magengrube. Sie war im falschen Haus!

»Tut mir leid. Sie meinen, das hier ist Nummer acht?«

»Nummer acht. Das ist allerdings die Nummer meines lieben alten Häuschens! Eine schöne gerade und ausgewogene Zahl.«

»Nummer sechs ist das ja auch – eine gerade Zahl, meine ich.«

Nach seinem schmerzverzerrten Gesicht zu urteilen, würde er ihr da sofort widersprechen.

»Es ist doch für jeden halbwegs vernünftigen Menschen nur zu offensichtlich, dass die Sechs nicht so gerade und ausgewogen ist wie die Acht. Die Sechs hat nur einen Kreis. Die Acht hat einen oben und einen unten. Deswegen betrachten die Chinesen sie als eine Glückszahl. Zwei Kreise, die einander berühren. Das bedeutet, dass man gar nicht verlieren kann.«

Honey starrte ihn mit weit offenem Mund an. Reg und Vera hatten sie gewarnt, bloß nicht in das Haus Nummer acht hineinzugehen, weil die Gefahr bestand, dass sie es nicht mehr verlassen würde – jedenfalls in nächster Zeit nicht.

Honey sprang auf. »Dürfte ich mal Ihre Toilette benutzen?«

Sie stellte klirrend die Tasse auf die Untertasse, die wiederum auf den Kuchenteller und das ganze Gedeck aufs Tablett zurück.

»Die Treppe hoch, erste Tür links«, sagte er. »Inzwischen hole ich schon mal meinen Hochzeitsplaner, und wir können dann die letzten Einzelheiten festlegen. Also, wo habe ich den nur hingetan?«

Noch bevor er auf den Beinen war und in einem auf Hochglanz polierten Sekretär wühlte, war Honey schon aus dem Zimmer und rannte die Treppe hinauf, nahm zwei Stufen auf einmal.

Als sie endlich die Tür hinter sich abschloss, war sie außer Atem.

Denk nach! Denk nach!, drängte sie sich.

Das Badezimmer war weiß. Schon wieder weiß! Dieses Weiß blendete sie.

Honey spürte, wie Panik in ihr aufstieg, schloss die Augen und versuchte es mit ein paar Atemübungen, die sie im Erste-Hilfe-Kurs gelernt hatte. Damit sollte man in Notfällen ruhig und gelassen bleiben.

Und das *ist* ein Notfall, sagte sie sich. Trotzdem schien das tiefe Atmen nicht viel zu bewirken.

Was hatte Vera noch mal gesagt? Wie hieß der Mann? Ihr Hirn funktionierte einfach nicht.

Denk nach! Denk nach! Denk nach!

Irgendwas stimmte hier nicht. Vielmehr stimmte hier irgendwas ganz und gar nicht. Der Mann unten war ihr doch zunächst ziemlich höflich vorgekommen. Der Mann! Wie zum Teufel hieß er? Sie war, von ihren eigenen Vorurteilen geblendet, ins falsche Haus gestolpert! Sie war davon ausgegangen, dass der Bewohner des verwahrlosten Hauses ein Mann war, während in dem ordentlich gepflegten eine Frau wohnte. Da hatte sie sich aber gründlich geirrt. Jetzt war sie im Haus Nummer acht, das hatte ihr der Mann selbst gesagt. Und vor diesem Mann hatten Reg und Vera sie gewarnt.

Sie konnte Dohertys Stimme in ihren Ohren klingen hören: »Schlampige Recherche, Driver.«

Dagegen konnte sie nichts einwenden. Sie hatte den Mann nicht nach seinem Namen gefragt, und sie hatte nicht nach der Hausnummer an der Tür geschaut.

Es wurde ihr noch beklommener zumute, als ihr klar wurde, dass sie sich auch selbst nicht mit Namen vorgestellt hatte. Was sollte also all das Gerede von Brautkleidern und Hochzeiten? Es ließ sich nicht leugnen, dass die Inneneinrichtung des Hauses durchaus Ähnlichkeit mit einem Geschäft für Brautmoden hatte, alles in Weiß und mit rosa Rosen. Und der Herr bevorzugte für die Braut einen weißen Rolls Royce …

»Scheiße!«

Ihr war, als hätte ihr jemand einen Eimer kaltes Wasser über den Kopf gekippt. Außerdem konnte sie, dank der zwei Tassen Tee, die Zeit im Bad sinnvoll nutzen.

Sie zog dankbar ihr Handy aus der Tasche. Normalerweise befand es sich in ihrer Riesenhandtasche, aber heute hatte sie es in die Rocktasche gesteckt – und so hatte sie es jetzt griffbereit.

Dohertys Nummer war gespeichert, aber … was sollte sie ihm denn sagen? Dass ein Mann, dessen Namen sie nicht kannte, sie zu Tee und Scones in sein Haus eingeladen hatte? Dass sie sich auch nicht nach dem Namen erkundigt hatte?

Sie konnte sich schon lebhaft vorstellen, was er antworten würde. »Sehr unprofessionell.«

Es war ihr überaus wichtig, bei Doherty gut angeschrieben zu sein, zumindest was korrektes, professionelles Verhalten anging.

Sie konnte ihn erst anrufen, wenn sie das getan hatte, was

der vernünftige nächste Schritt war, wenn sie nämlich dem Mann mutig gegenübergetreten war, der sie so gut bewirtet hatte. Da! Nigel Brooks! Der Name war ihr wieder eingefallen. Ob er der Mörder sein konnte? Das musste nicht sie beweisen. Das würde sie besser der Polizei überlassen.

Sie versuchte noch einmal die Tiefenatmung, die sie an einem kalten Winterabend in einem zugigen Gemeindesaal beim Erste-Hilfe-Kurs gelernt hatte.

Es schien ihr eine gute Idee, erst die Spülung zu betätigen, nachdem sie sich gründlich umgeschaut hatte. Sie ließ die Badezimmertür angelehnt und ging über den Flur. Der Teppich war hellbeige – wie Porridge, ehe man den braunen Zucker draufstreute. Der gleiche Teppich bedeckte auch den Boden im Hauptschlafzimmer, das völlig von einem Himmelbett aus Messing beherrscht wurde. Über das Bett war eine Tagesdecke mit Blumenmuster gebreitet. Selbst die Vorhänge des Himmelbetts waren mit Blumen bedeckt. Rosen. Keine große Überraschung.

Wenn er der Mörder war, dann war es ziemlich blöd, sich hier länger als nötig aufzuhalten, aber Mary Hopkins war ihre Schulfreundin gewesen. Sie musste was tun.

Sie warf einen Blick in das kleinere, vorn im Haus gelegene Schlafzimmer. Der Teppich hatte die Farbe von Sahne aus Cornwall, die Wände ebenso, die Vorhänge …

Da war noch was.

Die Tür stand nur ein klein wenig offen – noch ein, zwei Schritte, gut, vielleicht drei – und sie konnte besser hineinschauen. Da war noch was, etwas Verschwommenes, Weißes, das ihre Neugier erregte.

Wenn Nigel Brooks, der Mann im Erdgeschoss, sie hören sollte, dann war das nicht so schlimm: Die Tür zu diesem Zimmer befand sich unmittelbar neben der Treppe, und sie wäre in kürzester Zeit unten.

Ein Schritt, zwei Schritte, drei Schritte. Sie war angekommen, aber irgendwie stimmte der Blickwinkel nicht. Sie musste die Tür noch ein kleines bisschen weiter aufmachen, damit sie *genau* sehen konnte ...

Mit nur zwei Fingern schob sie die Tür vorsichtig auf, und dann blinzelte sie einmal und blinzelte noch einmal.

Das Brautkleid war die größte Sahnetorte von einem Kleid, die sie je gesehen hatte. Es war eindeutig ein Brautkleid. Es gehörte auch ein Schleier dazu und eine große, schwere, mit Perlen übersäte Schleppe.

Was hatte das Kleid hier zu suchen? Handelte dieser Mann, wer immer er war, mit Brautmoden?

Nein! Dann würden ja hier viele Kleider auf einer langen Stange hängen, die den ganzen Raum einnahm. Vielleicht gab es ja anderswo im Haus noch weitere Brautkleider, überlegte sie. Jede Menge mehr, für Bräute aller Altersgruppen, Größen und Formen.

Das Blut gefror ihr in den Adern. Doherty musste das erfahren. Und jetzt raus hier, wieder die Treppe runter und aus dem Haus, so schnell die Füße sie trugen. Zum Glück hatte sie heute flache Pumps an. In High Heels wäre Wegrennen keine Option gewesen.

Aber erst die Spuren verwischen. Sie flitzte ins Bad zurück, betätigte die Spülung und schloss geräuschvoll die Tür hinter sich – damit er wusste, dass sie gleich kommen würde.

Der Mann, an dessen Namen, Nigel Brooks, sie sich nun wieder erinnerte, wartete unten und stand an der Tür zu dem milchweißen Wohnzimmer.

»Ich mache zum Abendessen Lammkoteletts. Es sei denn, Sie wollen lieber in einem Restaurant essen gehen?«

Lammkoteletts! War der Mann verrückt?

Höchstwahrscheinlich. Sie betete nur, dass die Haustür

nicht abgeschlossen war und sie hier als seine Gefangene bleiben müsste. Lammkoteletts und selbstgebackene Scones waren kein Ersatz für die Freiheit, schlampig zu sein, wann immer man wollte.

Es war schade, dass sie ihm mit ihrer Antwort diese hoffnungsvolle Miene vom Gesicht zaubern würde, aber für sie wuchs sich diese Situation allmählich zu einem Alptraum aus. Sie kam sich vor wie Alice, die in den Brunnen gefallen war. Nur hatte Honey stattdessen ein Haus betreten, vor dem man sie gewarnt hatte.

»Mr Brooks, nicht wahr?«

»Das wissen Sie doch!«

Er schaute ein wenig verwirrt.

»Ja, ich weiß, dass Sie Nigel Brooks sind. Ihre Nachbarn haben es mir gesagt. Ich bin hier im Namen der Polizei und möchte Sie fragen, ob Sie in der vorletzten Nacht hinter Ihrem Haus etwas Verdächtiges gesehen haben. Genauer gesagt, ob Sie gesehen haben, wie jemand Mr Cliffords weißen Rolls Royce gestohlen hat?« Auf gar keinen Fall durfte sie das Brautkleid im ersten Stock oder die Tatsache erwähnen, dass die zwei ermordeten Frauen Brautkleider getragen hatten. Das würde nur zu Schwierigkeiten führen – vielleicht sogar zu ihrem eigenen Ableben.

Plötzlich verschwand aus dem Gesicht des Mannes, der vor ihr stand, der weiche, ein wenig kränkliche Ausdruck. Er wirkte nun keineswegs mehr zuvorkommend. Das Grübchen in seinem Kinn bebte.

»Was haben Sie in meinem Haus zu suchen?«

Honey brauchte eine Menge Courage, um ruhig zu bleiben und selbstsicher zu antworten. »Ich habe es Ihnen gesagt, Mr Brooks. Ich stelle in der Gegend Fragen nach dem Rolls Royce, den Mr Clifford in der Garage hinter Ihrem Garten untergestellt hat. Neulich hatte er die Garagen-

schlüssel nicht dabei und musste ihn auf der Straße stehenlassen. Und am nächsten Morgen war das Auto weg.«

Sie verkniff es sich, ihm zu berichten, unter welchen Umständen man den Wagen wiedergefunden hatte.

»Wollen Sie etwa mich beschuldigen?«

Nun war sein Ton alles andere als jovial.

»Nein, ich frage nur …«

»Sie hat sie geschickt, nicht? Die Nutte von nebenan.
Deswegen haben Sie nach ihr gefragt. *Geraldine!*« Er sprach
den Namen aus, als hätte er auf eine Zitrone gebissen.

»Nein. Ich habe Ihnen doch gesagt, dass ich im Namen
der Polizei hier bin …«

»Ich weiß nichts. Erzählen Sie der Polizei, dass ich AB-
SOLUT GAR NICHTS weiß!«

»Vielen Dank für den Tee.«

Honey flitzte zur Haustür und erwartete beinahe, dass er
über sie hinweggreifen, die Tür zuschlagen, sie bei der
Schulter packen und wieder ins Haus zerren würde. Dann
würde er sie vielleicht zwingen, ihre Kleider abzulegen und
dieses Brautkleid überzuziehen. Ein grässlicher Gedanke!
Weite lange Röcke wie bei dieser Zuckertorte von einem
Kleid standen ihr gar nicht!

Die Scharniere der Haustür waren so gut geschmiert wie
die des Gartentörchens. Die Haustür ging ganz leicht auf,
und schon flitzte Honey wie ein geölter Blitz davon.

Kaum saß sie atemlos in ihrem Auto, da hatte sie auch
schon ihr Handy am Ohr.

Nachdem Doherty sich alles angehört hatte, sagte er:
»Bleib, wo du bist. Es ist ein Wagen unterwegs. Stehst du
mit dem Auto vor dem Haus von dem Kerl?«

»Nein, ein paar Häuser weiter weg. Aber kommt schnell.
Ich habe Angst.«

Kapitel 22

Nigel Brooks stand mit verkrampftem Kiefer und glitzernden Augen an der Tür. Jede Frau wollte ein weißes Brautkleid tragen, oder nicht? Sogar noch nach der Hochzeit, wenn alles vollkommen gewesen war, das Kleid vollkommen weiß, das Bouquet ein Traum aus wunderschönen Blüten, dann hieß das doch nicht, dass man dieses Kleid niemals wieder tragen könnte – oder sollte. Es war sogar egal, ob das Kleid, das eine Frau an diesem besonderen Tag angehabt hatte, inzwischen längst vergilbt war oder ihr nicht mehr passte. Sie konnte ja ein anderes weißes Kleid anziehen; daran konnte sie doch nichts und niemand hindern. Und diesen Frauen konnte er helfen. Er hatte jede Menge weiße Kleider, nicht nur das eine, das *sie* getragen hatte. Seine Frau. Oben auf dem Speicher lagerten unzählige andere Kleider. Natürlich ließ er nicht jede Frau, der er begegnete, eines seiner Kleider tragen. Sie mussten schon was Besonderes sein. Sie mussten wie Audrey aussehen.

Audrey war eine wunderschöne Braut gewesen, aber dann war sie fortgelaufen. Sie hatte ihm mitgeteilt, die Ehe sei nichts für sie. Sie hatte gesagt, ihre Ehe wäre eine Farce, und schon die Hochzeit sei eine Farce gewesen. Er hatte die Zeremonie als eine Wonne und etwas Heiliges empfunden, sie dagegen wohl nicht. Sie keineswegs. Sie hatte ihm ihren Labrador vorgezogen, ein großes, übelriechendes Vieh, das Roberto hieß.

Ihm war schwindlig, als er sich von der Tür abwandte. Der kalte Schweiß stand ihm auf der Stirn und rann ihm den Nacken hinunter. Seine Schritte auf dem Teppich klangen gedämpft, weil er keine Schuhe trug. Im Haus trug er nie Schuhe.

Erst als er wieder in seinem wunderschönen Wohnzimmer war, in dem Schrein für seine geliebte Audrey, beschwor die weiße, sahnige Weichheit seiner Umgebung Erinnerungen an diesen ganz besonderen Tag herauf, als sie ein Brautkleid trug und der Stoff um sie zu schweben schien, so wie auch sie schwebte. Und der Brautstrauß! Rosen und Kornblumen und dieses duftige Zeug, dessen Namen er nicht mehr wusste.

Er hatte geglaubt, diese Folter, diese Wut und die Rachgier so gut wie überwunden zu haben. Anscheinend nicht.

Die Frau eben, die sich nach dem Auto erkundigte, hatte ihn aus der Fassung gebracht. Alles war glatt gelaufen, und da kam die und fragte nach dem Wagen! Er musste sich jetzt dringend beruhigen. Aus sich herausgehen, jemand anderer werden, und wenn es nur für eine Stunde war. Also tat er, was er immer tat, wenn er glücklich sein wollte. Er ging nach oben in das kleine Schlafzimmer.

Kapitel 23

Im Zodiac Club war wieder viel los, aber nicht alle Gäste waren in blendender Feierabendlaune und sahen glücklich aus. Doherty zum Beispiel war stocksauer. Er saß an der Bar, hatte das Kinn auf die Hand gestützt und starrte ins Leere. Er hätte eigentlich gar nicht hier sein sollen, aber er hatte einen beschissenen Tag hinter sich. Einen atemberaubenden Augenblick lang hatte es ganz so ausgesehen, als wäre der Fall der ermordeten Bräute aufgeklärt. Nigel Brooks war es gewesen. Kinderleicht, so schien es jedenfalls.

Das erste Anzeichen dafür, dass die Sache vielleicht nicht ganz so problemlos ablaufen würde, war schlicht und ergreifend, dass Nigel Brooks, als man ihn verhaftete, als hold errötende Braut gekleidet war. Sie hatten riesige Probleme gehabt, ihn mit den ausladenden Röcken überhaupt hinten ins Polizeiauto zu verfrachten.

Einmal ganz abgesehen vom Brautkleid hätte Dohertys Tag trotzdem strahlend schön weitergehen können, hätte nicht Nigel Brooks, der Mann, der Brautkleider sammelte, ein wasserdichtes Alibi gehabt. Zu der Zeit, die der Gerichtsmediziner als die wahrscheinliche Todesstunde von Marietta angegeben hatte, war Nigel bei einer Veranstaltung für Transvestiten gewesen. Alle Besucher waren sich einig, dass sein Auftritt der Höhepunkt des Abends gewesen war, in diesem total überladenen Brautkleid, das er in seinem Gästezimmer aufbewahrte. Nigel wäre einfach unvergesslich gewesen, schwärmte ein Augenzeuge.

Also alles wieder auf Anfang. Das war schon schlimm genug. Doch zu allem Überfluss hatte ihm Lindsey noch eine an Honey gerichtete E-Mail weitergeleitet.

Ich habe deine Mutter. Heirate den Bullen, und die alte Dame springt über die Klinge.

Kurz darauf hatte ihn Honey angerufen.

»Kannst du das glauben?«

Doherty hatte gestöhnt. Die ganze Sache mit den Hochzeiten und den Bräuten verursachte ihm Kopfschmerzen. Der anfänglich reibungslose Weg zur Trauung mit Honey erschien ihm immer mehr zur Kletterpartie auf eine stachelige Araukarie zu werden.

Doherty hatte Lindseys Nachricht zunächst einigermaßen ungläubig angesehen, insbesondere da die entführte Person angeblich ihre Großmutter war. Wer würde denn Gloria Cross kidnappen? Und mehr noch, wie hielten die Entführer das aus?

Honeys Mutter war eine Landplage. Sie war schon immer eine gewesen. Ihm taten die Leute, die sie entführt hatten, beinahe leid.

Honey selbst hatte am Telefon ein wenig ungläubig gewirkt, als könnte sie es sich auch nicht vorstellen. Kidnapper entführten doch lieber ruhige, fügsame Leute, die ein kleines Vermögen wert waren.

Gloria war gutsituiert, aber bei weitem keine Millionärin. Außerdem war sie zickig, mischte sich ständig in alles ein, schlicht eine Nervensäge. Dass sie sich im Falle einer Entführung wenig kooperativ zeigen würde, war eine gelinde Untertreibung. Sie war immer für einen Wutanfall gut. Es gab nur eine Sichtweise, nämlich ihre, und wer immer blöd genug gewesen war, sie zu kidnappen, würde alle Hände voll zu tun haben.

»Ich kann es einfach nicht glauben«, murmelte er vor sich hin.

Am anderen Ende der Leitung dachte Honey mehr oder weniger dasselbe. Lindsey hatte die Vermutung geäußert, dass Gloria nur Aufmerksamkeit erregen wollte. »Na ja, schon allein wegen deiner Hochzeitspläne. Du weißt doch, dass sie nicht gerade erfreut war, als du es ihr erzählt hast.«

Na gut, er kam nicht gerade blendend mit Honeys Mutter aus. Sie war anmaßend, steckte ihre Nase zu gern ins Privatleben ihrer Tochter. Wenn es nach Gloria gegangen wäre, dann wäre Honey jetzt mit irgendjemand verheiratet, der ein großes Auto, ein großes Haus und ein *sehr* großes Bankkonto hatte.

Und dann war Gloria Cross auch noch so aktiv! Herrgott noch mal, die Frau war weit über siebzig und weigerte sich, das zur Kenntnis zu nehmen. Sie gab nicht einmal zu, dass sie Großmutter war, und bestand darauf, dass ihre Enkelin Lindsey sie mit ihrem Vornamen Gloria und nicht mit Oma anredete.

Wer immer Gloria Cross entführt hatte, hatte sich gehörig übernommen. Wenn sie überhaupt gekidnappt worden war. Sollte das der Fall sein, so brachte es seine Vermutungen über den Verfasser, bzw. die Verfasserin der Drohbriefe ziemlich durcheinander. Er hatte sich eine Theorie zurechtgelegt, die er Honey allerdings bisher nicht anvertraut hatte. Doch das Verfassen von Drohbriefen war eine Sache, eine Entführung etwas völlig anderes.

»Wir müssen ganz sicher sein«, hatte er am Telefon zu Honey gesagt. »Denn es könnte alles ein ziemlich übler Streich sein.«

»Das klingt nicht, als würdest du diese Sache sehr ernst nehmen.« Honeys Stimme klang verletzt. Wenn er ihr Gesicht hätte sehen können, sie würde verwirrt schauen, das wusste er.

»Instinkt«, hatte er erwidert, weil er nicht bereit war, den

nagenden Verdacht zu äußern, den er seit dem ersten Drohbrief im Hinterkopf hatte.

Wenn ein Tag einmal schlecht anfing, standen die Chancen
gut, dass er auch so weitergehen würde.

Zuerst hatte ein Hotelgast, eine Frau, die zum Frühstück
ins Restaurant gekommen war, darauf bestanden, den Karton zu sehen, in dem man ihre Frühstückseier geliefert
hatte.

»Ich esse nur Eier von glücklichen Hühnern«, hatte sie
mit sehr lauter Stimme verkündet.

Clare, eine Kunststudentin, die gelegentlich im Hotel das
Frühstück servierte, hatte der Dame versichert, dass die Eier
alle von freilaufenden Hühnern gelegt worden waren.

»Mr und Mrs Baker sind unsere Eierlieferanten. Die beiden halten Hühner und Gänse und alles mögliche andere
Geflügel freilaufend auf ihrem Land.«

Die Dame, eine Madame Brussard aus Rennes, war davon
nicht überzeugt.

»Ich kann mich unmöglich auf das Wort einer Kellnerin
verlassen. Zeigen Sie mir den Karton.«

Den Kopf der Dame krönte eine bienenkorbartige Hoch-
frisur. Als müsse sie die besonders balancieren, trug Madame Brussard ihr Haupt sehr hoch. Außerdem schien ihre
Stimme eher aus der Nase als aus dem Mund zu kommen,
was sie unangenehm näselnd und ein wenig undeutlich
machte.

Clare, der gute Schatz, wusste, dass die Eier zwar von einem kleinen Bauernhof am Stadtrand von Bath stammten,
aber die Kartons, in denen sie geliefert wurden, die üblichen mehrfach recycelten grauen Dinger waren, die jeder
Supermarkt in Bath und Umgebung benutzte.

Clare hatte ohnehin schon hektische rote Flecken im Gesicht, weil das Hotel voll belegt war und die meisten Gäste beinahe gleichzeitig im Speisesaal eingetroffen waren.

Zumindest eine Person im Raum bemerkte, dass die arme junge Frau alle Hände voll zu tun hatte. Mary Jane hatte auch mitbekommen, dass die Französin verlangt hatte, die Eierkartons zu inspizieren.

»Ich gehe einen holen, Schätzchen«, bot sie Clare an und tätschelte der Kellnerin beruhigend den Arm.

Erstaunlich energiegeladen für ihr Alter, marschierte Mary Jane aus dem Speisesaal und lief auf dem Weg zur Küche Honey über den Weg.

»So eine französische Schnepfe will nicht glauben, dass die Eier von freilaufenden Hühnern stammen. Sie will einen Karton sehen.«

Honey senkte das Kinn auf die Brust. »Einen Karton?«

»Die hat noch nie woanders als im Supermarkt eingekauft, und da steht auf den Eierkartons, ob die Eier von freilaufenden Hühnern stammen oder nicht.«

Honey erinnerte sich an einen ramponierten Karton, auf dem genau das gedruckt gewesen war. Sie musste ein bisschen wühlen, ehe sie in der Tonne eine passende Schachtel fand. Die Französin hätte diesen schäbigen grauen Karton beinahe vor Begeisterung an die Brust gedrückt. Honey brachte es nicht übers Herz, ihr zu erzählen, dass sie ihn aus derselben Tonne geholt hatte, in die man auch die Feuchttücher geworfen hatte, mit denen man dem Baby von Zimmer zwölf den Po gewischt hatte. Der Karton hatte zwischen den Tüchern und der Wegwerfwindel des Säuglings geklemmt, die sehr voll und sehr übelriechend war.

Als Nächstes hatte der Fleischer beschlossen, sein Gehirn auszuschalten, und für das Bratenbüfett am Sonntag einen Truthahn geliefert, der viel zu klein war. Smudger war gar nicht erfreut.

»Nehmen Sie den gleich wieder mit.«

Leider war der Fahrer neu und hatte noch nicht viel mit Chefköchen zu tun gehabt, glaubte also nicht, dass Smudger ernsthaft seine Drohung wahrmachen und ihm ein Hackebeil in den Schädel hauen würde.

Während Smudger losflitzte, um seine Lieblingswaffe zu holen, rettete Honey die Situation. Sie bat den Fahrer freundlich, den Truthahn wieder mitzunehmen und einen größeren zu liefern. Als Smudger auftauchte, war der Fahrer schon weg.

Dann beruhigte sich die Lage ein wenig, bis auf dem Parkplatz des Discounters eine Frau einen großen Einkaufswagen voller Kartons mit Getränken vor sich herschob, die Kontrolle über das Gefährt verlor und es in Honeys Auto rammte. Die Chinesin mit dem fröhlichen Gesicht entschuldigte sich wortreich, als sie die Delle sah, die sie in den Kotflügel von Honeys geliebtem alten Citroën gemacht hatte.

»Es tut mir ja so leid, so sehr leid. Sie bekommen gleich die Angaben zu meiner Versicherung.«

Honey meinte, das wäre nicht nötig. Was soll's? Es war doch nur eine Delle. Ein kleines Ärgernis, mehr nicht, sagte sie sich.

Nachdem sie der Chinesin klargemacht hatte, dass alles vergeben und vergessen war, hatte ihr Lindsey mitgeteilt, was sie über die E-Mail herausgefunden hatte, und ihr versichert, dass sie echt wäre.

»Kannst du sie irgendwie zurückverfolgen?«, hatte Honey gefragt.

»Ich kann zwar gut mit Computern umgehen, aber so gut nun auch wieder nicht. Ich versuch's trotzdem mal. Ich habe einen Freund, der beim CHQ* …«

* Government Communication Headquarter; britische Regierungsbehörde, die sich mit Kryptographie, Verfahren zur Datenübertragung und mit der Fernmeldeaufklärung befasst.

»Erspare mir weitere Einzelheiten. Ich habe schon genug Probleme, da brauche ich nicht auch noch eine Untersuchung durch den MI5*!«

Niemand wollte recht glauben, dass Gloria entführt worden war. Denn alle wussten, dass sie ziemlich sauer auf die Aussicht reagiert hatte, dass Doherty und Honey heiraten würden. Sie hatte diese Verbindung nicht geplant und war also überhaupt nicht einverstanden damit.

»Ich gehe in ihre Wohnung. Wenn da kein Lebenszeichen von ihr ist, besuche ich noch ein paar von ihren Freunden«, sagte Honey, als sie mit Doherty telefonierte.

Der äußerte die Meinung, dass sie sich keine Sorgen machen müssten. »Ein paar Tage mit ihr, und die bringen sie freiwillig wieder zurück.«

»Ich wusste, dass du das sagen würdest.«

»Ich kann mich nur des Gedankens nicht erwehren ... na ja ... du kennst doch deine Mutter.«

»Ich könnte Lindsey bitten, eine Antwort zu schicken. Sie könnte schreiben, okay, die Hochzeit wurde abgeblasen.«

Nach längerem Schweigen sagte Doherty: »Willst du das denn?«

»Nein«, sagte sie rasch. »Natürlich nicht. Ich denke nur, dann hört vielleicht all das auf. Ich habe dir doch von dem Frosch und so erzählt?«

»Und du meinst, das hängt alles zusammen?«

»Ich glaube schon.«

»Schreib uns noch nicht ab, Honey.«

Es hatte eine flapsige Bemerkung werden sollen, klang aber viel ernster.

* nach der historischen Bezeichnung: Military Intelligence, Section 5, britischer Inlandsgeheimdienst.

Honey war gerührt. Sie sorgte sich um ihre Mutter, war aber auch wütend. So war es immer gewesen. Sie traute Gloria durchaus zu, dass sie diesen ganzen Zirkus inszenierte, nur um Honey und Doherty Knüppel zwischen die Beine zu werfen.

»Erst das hier und dann noch Nigel der Wahnsinnige. Das Haus musst du gesehen haben. Alles in Weiß und Rosa, und dann dieses Brautkleid! Ich nehme an, es war das Kleid seiner Frau?«

Dohertys Schweigen war wie ein Doppelpunkt. Man wartete mit angehaltenem Atem auf den nächsten Satz, von dem man irgendwie ahnte, dass er einem laut und deutlich eine Wahrheit verkünden würde. »Leider passt bei dem alles. Wasserdichtes Alibi. Er hat bei der Gelegenheit eines seiner Kleider getragen. Ich seh dich später im Zodiac. Bis dann.«

Da saß er also im Zodiac und wartete auf sie, und sie schloss gerade die Tür zur Wohnung ihrer Mutter auf.

Kaum war sie eingetreten, da wehte ihr der Duft von Rosen und schwerem Parfüm entgegen.

»Hallo! Ist jemand zu Hause?«

Honeys Stimme hallte von den freien Flächen und weißen Wänden wider, wie man es in einem Zuhause im minimalistischen Stil erwartet hätte. Aber Honeys Mutter hatte nichts für Minimalismus übrig. Sie schwärmte für Tischlampen mit Porzellanfuß in orientalischen Mustern, deren kegelförmige Schirme groß genug gewesen wären, um einem Kuli im Reisfeld als Hut zu dienen. Bücherregale nahmen zwei Wände des Wohnzimmers ein, der Fernseher war in einem Schränkchen verborgen, das dem Stil Sheratons nachempfunden war, die Teppiche waren flauschig, und die gepolsterten Sofas und Sessel mit Seidenkissen übersät.

Die Vorhänge waren aus hell-senffarbener Shantung-Seide, und Schärpen, an deren Enden Quasten prangten, hielten den glänzenden Stoff zusammen.

Honey schaute sich gründlich um. Nichts war am falschen Platz, aber das hatte sie auch nicht anders erwartet. Ihre Mutter hatte dreimal in der Woche eine Zugehfrau, die dafür sorgte, dass alles stets perfekt war. Wenn die Zeitschrift »Home and Style« je eine Fotostrecke im Zuhause einer Seniorin mit erlesenem Geschmack machen wollte, war sich Honey sicher, dass man dafür die Wohnung ihrer Mutter auswählen würde.

Das Schlafzimmer war ein Ort der Ruhe in Rosa, Cremweiß und Blassgrün. Es fielen deutliche Ähnlichkeiten zum Schlafzimmer des närrischen Nigel ins Auge, obwohl Gloria Cross zumindest noch eine blassgrüne Schattierung hinzugefügt hatte, die allem etwas mehr Farbe verlieh. Es wurde auch kein Brautkleid mitten im Zimmer präsentiert.

Trotzdem überlief es Honey bei der Erinnerung an Nigels Haus noch einmal eiskalt.

Das Bett war gemacht, drei Lieblingsteddybären aus der Sammlung ihrer Mutter kuschelten sich in die Kissen mit den Satinbiesen und starrten mit Knopfaugen zur Decke.

Keine Spur einer tätlichen Auseinandersetzung war zu sehen. Keine Nachricht auf dem Kopfkissen, keinerlei Anzeichen eines Einbruchs.

Alles Schwindel!

Vielleicht hatte Doherty recht. Aber wo war ihre Mutter dann? Und warum hatte sie sich nicht gemeldet?

Der Schlüssel zum Problem, entschied Honey, war die überaus umfangreiche Garderobe ihrer Mutter, all die Kleider, Taschen, Schuhe und anderen Accessoires. Alles hing ordentlich auf Bügeln oder war in Schubladen oder auf Regalbrettern im begehbaren Kleiderschrank untergebracht.

Honey knipste das Licht an und ging hinein.

Auf den ersten Blick wirkte alles ordentlich und aufgeräumt. Auf den zweiten Blick waren einige offenkundige Lücken zu sehen. Außerdem waren die eleganten Koffer in verschiedenen Größen und die Reisetasche, die gewöhnlich auf dem obersten Regalbrett am Ende des Raumes aufbewahrt wurden, verschwunden. Das Gepäck-Set war nagelneu, und wenn sich Honey recht erinnerte, hatte ihre Mutter ihr erzählt, sie hätte es für einen besonderen Anlass gekauft. Honey hatte sich erkundigt, was das für ein Anlass sein könnte, aber keine Antwort bekommen. Sie nahm an, es wäre eine Kreuzfahrt. Ihre Mutter liebte Kreuzfahrten.

»Ich weiß es, verrate es aber nicht«, hatte ihre Mutter geantwortet. Der neckische Blick und die leicht geröteten Wangen waren Honey nicht entgangen. Irgendwas ging hier vor. Ein neuer Verehrer? Eine neue Geschäftsidee? Bitte, lieber Gott, nicht das Letztere. Ihre Mutter hatte mit allen möglichen Online-Geschäften herumgespielt. Bisher war sie noch nicht richtig in die Internet-Szene eingestiegen, mit Ausnahme ihrer Online-Partnervermittlung »Schnee auf dem Dach« für ältere Herrschaften. Aber da draußen gab es ja jede Menge Haie. Wenn ihre Mutter nicht aufpasste, könnte sie auf einen Betrüger hereinfallen und ihr beträchtliches Vermögen verlieren, das sie einigen Ehen zu verdanken hatte, die zwar nicht im Himmel geschlossen wurden, sie aber finanziell gut abgesichert hatten. Das wollte Honey vermeiden. Eine finanziell unabhängige Mutter konnte man sich vom Leib halten. Eine verarmte würde vielleicht wieder bei ihr einziehen wollen!

Honey stand mitten in dem schön aufgeteilten Schrankraum und betrachtete die dort aufgehängten Kleidungsstücke, den Frisiertisch, die Schuhregale mit den vielen Paaren, meist Kitten Heels, die nach Farben sortiert aufgereiht waren. Wie auf den Kleiderstangen gab es auch hier Lücken.

Und wo waren die Haarbürste ihrer Mutter mit dem silbernen Griff, ihre Toilettenartikel, ihr Make-up, ihr Schmuckkasten?

Weg!

Honey zog eine der sechs Schubladen des Frisiertischs auf. Keine Spur vom Schmuckkasten. Auch sehr wenig Unterwäsche. Würde ein Dieb auch Unterwäsche stehlen, nicht nur den Schmuck ihrer Mutter? Na gut, Gloria Cross bevorzugte seidene Dessous, aber würde ein Einbrecher das zu schätzen wissen? Jedenfalls konnte das noch lange nicht das fehlende Gepäck-Set und die Lücken auf den Kleiderstangen, im Schuhregal und in den Schubladen erklären. Ergo: man hatte ihre Mutter nicht entführt. Ihre Mutter war irgendwohin gefahren, ohne Honey etwas davon zu sagen. Aber wohin?

Kapitel 24

Als Honey im Zodiac Club eintraf, war dort die Luft schon wieder vom Duft der leckeren gegrillten Speisen erfüllt, die brutzelnd und mit Pommes frites und allen Extras auf Platten serviert wurden. Es musste einem einfach das Wasser im Mund zusammenlaufen, wenn ein Kellner sich mit solchen Köstlichkeiten zwischen den Metalltischen hindurchschlängelte.

Honey spürte, dass es Doherty einige Mühe kostete, sie mit einem Lächeln zu begrüßen. Er sah müde und enttäuscht aus. Nachdem sie ihn umarmt und geküsst und ihm ihr Mitleid darüber ausgedrückt hatte, dass die Spur zu Nigel Brooks sich als Sackgasse erwiesen hatte, erklärte sie ihm in kurzen Zügen, wie sie die Lage bezüglich ihrer Mutter beurteilte.

»Gepäck, Kleider, Schuhe und andere Dinge fehlen, aber alles wurde ordentlich und aufgeräumt hinterlassen. Kein Anzeichen einer tätlichen Auseinandersetzung. Das Gepäck-Set war brandneu.«

Er rang sich ein sarkastisches Grinsen ab. »Gewöhnlich bekommt ein Entführungsopfer keine Zeit zum Packen. Hast du mal bei ihren Freunden nachgefragt?«

Honey nickte und nippte an dem Drink, den er ihr bestellt hatte.

»Bei einigen. Bei denen, die zu Hause waren. Es ist Sommer. Die Leute fahren in Urlaub. Alte Leute reisen in die Sonne oder gehen auf Kreuzfahrten. Ich gebe ja den altmodischen Gesellschaftstänzen die Schuld daran.«

Doherty nickte. »Ich bin nicht sicher, wo das alles enden

wird, aber Walzer und Tango sind meiner Meinung nach daran wirklich nicht ganz unschuldig.«

Honey warf ihm einen trockenen Blick Marke »Du hast ja keine Ahnung« zu.

»Falsche Altersgruppe. Meine Mutter und ihre Freunde fahren auf *Saturday Night Fever* ab. Die alten Knacker auf diesen Kreuzfahrten zaubern gewöhnlich einen weißen Anzug im Stil von John Travolta aus dem Schrank.«

»Friede!«, sagte er und hob beschwichtigend die Hand. »Friede und allen Menschen ein Wohlgefallen, besonders mir. Ich gebe hiermit zu, dass ich deine Mutter entführt habe und sie gegenwärtig im Keller, in Ketten gelegt, gefangen halte.«

»Du hast gar keinen Keller. Und trotzdem ist es eine ernste Sache. Ich bin mir jetzt ziemlich sicher, dass sie nicht entführt wurde. Sie hat bestimmt irgendeinen heißen Typen ganz spontan auf eine Kreuzfahrt für Senioren begleitet. Einen, der nicht schon mit einem Fuß im Grab und mit dem anderen auf einem Stück Seife steht. Das«, schloss Honey, »ist jedenfalls meine Theorie.«

Doherty fiel eine Haarsträhne ins Gesicht und verdeckte seine tiefblauen Augen. Honey strich sie ihm zurück und lächelte ihn so aufmunternd an, wie sie nur konnte. Er war bitter enttäuscht, weil der Fall der toten Bräute noch nicht aufgeklärt war. Irgendwie hatte ihre Mutter ihnen mit ihrem Verschwinden geradezu einen Gefallen getan. Denn Doherty brauchte Ablenkung. Wenn Honey so tat, als nähme sie das Verschwinden ihrer Mutter auf die leichte Schulter und sähe es als einen einzigen Witz, so hatte das hauptsächlich damit zu tun, dass Doherty dringend Aufheiterung brauchte. Honey wusste zwar, dass ihre Mutter manchmal schrecklich heimlichtuerisch sein konnte, trotzdem sorgte sie sich. Das würde sie Doherty aber nicht verraten.

»Ich verstehe, was du meinst«, sagte Doherty. »Kein Entführer gibt seinem Opfer Zeit zum Packen. Ein paar Klamotten in einen Rucksack werfen, das ist gewöhnlich das höchste der Gefühle. Meiner Erfahrung nach wird normalerweise kein superelegantes Ledergepäck benutzt. Klar, deine Mutter ist mäkelig. Ich wette, die Sachen, die im Kleiderschrank fehlen, sind farblich aufeinander abgestimmt.«

»Ich denke, da hast du recht.«

Honey war selbst schon zu diesem Schluss gekommen.

»Ich kenne meine Mutter. Es wäre nicht das erste Mal, dass sie ins Blaue aufgebrochen ist, ohne mir oder sonst jemandem ein Sterbenswörtchen zu sagen. Dann nehmen wir mal an, sie ist in den Urlaub abgedüst. Kann ich ja verstehen. Sie mag Kreuzfahrten. Sie mag auch Heimlichtuerei, und das Einzige, was mir noch Sorgen macht, ist, dass der Absender der E-Mail über ihre Handlungen informiert ist. Die Mail ist angekommen, nachdem sie aufgebrochen war – wohin auch immer. Woher wusste diese Person, dass sie in die Ferien gefahren ist – wenn das überhaupt stimmt? Auf den ersten Blick musste ich doch glauben, was dieser Entführer geschrieben hat, weil ich mich mit meiner Mutter nicht in Verbindung setzen konnte. Wer immer diese Mail geschickt hat, muss das wissen. Was jetzt? Was sollen wir jetzt tun?«

Dohertys Antwort wurde vom durchdringenden Klingelton seines Handys abgewürgt.

»Ich bring dich nach Hause«, sagte er grimmig, nachdem er das Gespräch beendet hatte.

»Was ist?«

»Sagen wir mal, wir haben wieder eine Braut, mit der wir uns beschäftigen müssen.«

»Ach, hör doch auf! Sag schon. Was ist?«, flüsterte sie und

lehnte sich bewusst so an seine Schulter, dass ihr Busen seinen Arm streifte. »Schon wieder eine tote Braut? Eine tote
Frau im Brautkleid?«

Er richtete sich langsam auf, aber sie hatte den Eindruck,
dass er schon ein wenig fröhlicher war. Denn seine Augen
waren noch auf ihren Busen gesenkt.

»Nein. Ein lebendiger Mann im Brautkleid. Dein Freund
Nigel der Närrische. Man beschuldigt ihn, im Dorf Wainswicke öffentliches Ärgernis erregt zu haben. Angezeigt
wurde er von einer gewissen Janet Audrey Glencannon.«

Kapitel 24

Es war zu erwarten gewesen, dass Doherty eine Weile brauchen würde, bis er ihr von seinem Gespräch mit Nigel Brooks berichtete.

Aber sie hatte ja noch was wegen der Delle in ihrem Auto zu erledigen, fuhr also am nächsten Morgen erst mal zu Ahmed Clifford, um zu sehen, ob er Zeit dafür hätte, ihren Kotflügel auszubeulen.

Die erste Frage, die er ihr stellte, als er sie sah, betraf sein Hochzeitsauto.

»Wissen Sie, wann ich damit rechnen kann, es zurückzubekommen? Begreift die Polizei nicht, dass ich ein Geschäft zu führen habe?«

Seine samtbraunen Augen schauten so besorgt, dass sie beinahe erwartete, er würde in Tränen ausbrechen.

»Ahmed, Schätzchen, ich glaube nicht, dass es noch lange dauern wird«, sagte sie, und beinahe hätte sie ihn aufmunternd in den Arm genommen. »Nur noch einen Tag oder so, denke ich mal.«

Das war zwar nur geraten, aber sie war ziemlich gut im Raten. Das gehörte dazu, wenn man eine Aufgabe wie die ihre gut machen wollte – als Verbindungsfrau zur Kripo, nicht als Hotelbesitzerin. Das Hotelgewerbe war das reinste Minenfeld, jeden Tag anders, und da gab es ständig Neues zu lernen.

Ahmed fuhr mit der Hand über sein an den Kopf gegeltes schwarzes Haar. »Ich hoffe nur, das spricht sich nicht rum. Denn wenn die hören, dass man eine tote Braut auf dem Rücksitz gefunden hat, will bestimmt kein glückliches Paar meinen Wagen mehr für die Hochzeitsfahrt mieten.«

»Ich nehme an, die Polizei hat Sie schon zu der Frau befragt?«

»Ja, ich war noch am gleichen Tag da.« Sein Lächeln wurde breiter. »Steve ist ein toller Polizist. Der hat Vertrauen zu mir, denke ich mal. Dem hätte das auch nichts ausgemacht, wenn ich erst am nächsten Tag hingegangen wäre. Na ja, ich kann sowieso nirgends hin, nicht? Die haben ja noch mein Auto.«

Honey tat er leid. »Ich bringe Ihnen den Wagen erst in ein paar Tagen, wenn Sie jetzt zu viel um die Ohren haben. Dann bleibt die Delle eben noch eine Weile drin.«

Er schien nur wenig erleichtert. »Okay, ich bin noch nicht wieder richtig in Schwung, wenn Sie wissen, was ich meine. Na ja, nach all dem Theater mit dem Auto und so. Wie wäre es nächsten Dienstag?«

»Ich schau mal in meinem Kalender nach.«

Während sie in ihrer großen braunen Tasche wühlte, schoben sich die Fotos von Carolina Sherise nach oben und fielen heraus.

»He!«, rief Ahmed, als er sich bückte und sie aufhob. Das Ganzkörperbild mit den Pailletten und der Feder lag oben. »Wow! Sex auf Beinen!«

Honey schnappte sich die Fotos und ließ sie wieder in den Tiefen ihrer Tasche verschwinden. »Ja, Dienstag geht.«

»Also, die Braut da, die kann ihre langen Beine an jedem Wochentag um mich schlingen.« Ahmed kicherte. »Oder am Wochenende. Da bin ich flexibel. Die Röcke, die diese Frau trägt, sind einfach unglaublich. Da bleibt der Fantasie nicht mehr viel überlassen. Und was die anderen Vorzüge betrifft …« Er wölbte die Hände vielsagend vor der Brust.

Honey wollte gerade eine Anmerkung dazu machen, dass

diese Vorzüge so fantastisch nun auch wieder nicht wären, als ihr klar wurde, was er da gesagt hatte.

»Sie kennen die Frau?«

Er nickte. »Ja. Sie wollte wissen, was es kosten würde, den Rolls Royce zu mieten. Ich habe ihr einen Preis genannt, sie hat ihn aufgeschrieben und ist weggegangen.«

»Sie haben Carolina Sherise kennengelernt?«

Er nickte wieder. »Ja. Ich wusste allerdings nicht, dass sie so heißt. Wenn ich es mir recht überlege, kann ich mich nicht erinnern, ihr meinen Namen gesagt zu haben.«

Doherty hatte Honey auch ein Bild von Harold Clinkermitgegeben. »Und was ist mit diesem Mann?«, fragte sie und reichte Ahmed das Foto. Der schaute es sich an und schüttelte den Kopf. »Nein. Nie gesehen.«

Honey wischte den öligen Daumenabdruck ab, den Ahmed auf dem Foto hinterlassen hatte. »Was ist mit den Leuten, die in den Häusern bei der Garage wohnen, wo Sie Ihr Auto unterstellen? Kennen Sie einige von denen?«

»O ja! Ein paar jedenfalls. Da wären zunächst mal Reg und Vera. Denen entgeht nicht viel, und sie plaudern gern mal über den Gartenzaun hinweg. Und dann wäre da noch Geraldine, aber die kriegt man nur nachts zu sehen. Und Nigel der Närrische. Ich glaube ja nicht, dass der wirklich verrückt ist, nur ein bisschen einsam, seit ihm seine Frau durchgebrannt ist. Ich kann nicht verstehen, warum er sie so vermisst. Sie hat nicht besonders gut ausgesehen. Eine richtige Schreckraube mit einem Hundegesicht. Aber ich hab ja mal gehört, dass man irgendwann seinem Hund immer ähnlicher wird. Natürlich nur, wenn man einen hat.« Er lachte laut, bis er den missbilligenden Ausdruck auf Honeys Gesicht bemerkte.

Die hatte eigentlich nichts gegen seine Bemerkung einzuwenden, aber er hatte sie auf eine Idee gebracht. Wenn man einen Verdacht hatte, dann gingen die Gedanken gewissermaßen zunächst nur über die Hauptstraßen und prüften die vertrauten und oft getesteten Fragen. Nigel hatte doch erwähnt, dass seine Frau ihren Labrador mehr als ihn geliebt hätte?

»Sie meinen, seine Frau lebt noch?«

»O ja. Das hat er mir gesagt. Der hat viel mit mir geredet. Man konnte ihn kaum noch abstellen, und ich sag Ihnen eins, wenn der mich mit noch mehr selbstgebackenen Scones gefüttert hätte, wäre ich geplatzt. Wenn Sie ihn kennengelernt haben, wissen Sie ja, wie er ist. Er lädt einen auf eine Tasse Tee ins Haus ein. Da kann man nicht nein sagen, und dann kommt man kaum wieder weg. Und er redet nur über seine Hochzeit und wie wunderbar die war. Er hat sich sehr für mein Unternehmen mit dem Hochzeitsauto interessiert. Ist mal in die Garage gekommen, um sich das Auto genau anzuschauen. Dann war ich eines Tages bei ihm, wieder auf eine Tasse Tee, und da ist sie aufgetaucht. Sie hat gesagt, er sollte aufhören, sie zu belästigen. Ihre Ehe wäre vorbei und sie hätte nicht die geringste Absicht, zu ihm zurückzukommen. Er schien gar nicht zuzuhören. Er hat nur gelächelt und sie mit Hundeaugen angeglotzt. Es war aber ein seltsames Lächeln. Sie wissen schon – nur Zähne und ein geöffneter Mund, nicht mit den Augen. Er hat vorgeschlagen, sie sollten wieder heiraten, er hätte das Kleid schon und würde mit mir über das Anmieten eines weißen Rolls Royce verhandeln. Da ist sie völlig ausgerastet!«

Honey war, als zerrisse plötzlich ein dichter Nebel. Sie erinnerte sich daran, wie sich sich gefühlt hatte, als sie das Haus betrat. Gelinde gesagt, hatte Nigel sie verunsichert. Wer war die Ex-Frau? Sie tippte auf Marietta. Es war ja durchaus möglich, dass ihre alte Schulfreundin mehrfach geheiratet hatte und sich von diversen Ehemännern hatte scheiden lassen, ehe Harold mit seinem Athletenkörper und seinem flotten Hüftschwung aufgetaucht war. Ganz zu schweigen natürlich von seinen Bergen von Geld.

Sie drückte sich im Geiste die Daumen und stellte die Eine-Million-Pfund-Frage.

»Wie heißt sie denn, seine Exfrau?«

Ahmed kniff die Augen zusammen, warf den Kopf in den Nacken und begann mit den Fingern zu schnipsen, ging offensichtlich im Geiste einige Namen durch.

Schließlich kam die Antwort: »Janet. Sie hat ihren Mädchennamen wieder angenommen. Den kenne ich aber nicht.«

Diesen Namen hatte sie nicht erwartet. Janet? Janet und wie weiter?

Vielleicht konnte sie die Frau finden, wenn sie eine ungefähre Adresse hatte. Es war reine Spekulation, aber sie versuchte es.

»Wissen Sie zufällig, wo sie wohnt?«

»O ja. Nigel hat mir alles erzählt. Sie leitet ein Tierasyl, draußen in Wainswicke.«

Kapitel 26

Der Hund saß im Empfangsbereich und tat keinem was zuleide. Seine Leine war an einem Stuhlbein befestigt. Da er keinerlei Geräusch von sich gab, weder das Bein hob noch jemanden biss, schenkte ihm niemand viel Beachtung.

»Das ist ein sehr artiger Hund«, meinte Lindsey, als sie ihren Dienst antrat. Sie ging zu ihm hinüber und kraulte ihn unter dem Kinn. Der Hund wedelte dankbar mit dem Schwanz.

Linda, eine junge Frau, die am Empfang aushalf, stimmte Lindsey zu.

»Der ist schon beinahe den ganzen Morgen hier. Ein niedlicher kleiner Kerl, nicht?«

Lindsey schaute auf das weiße Fellbündel. Der Hund sah so ähnlich aus wie ein Pudel, aber sie tippte, dass er ein Bichon Frisé war – genauso wollig und weiß, aber mit schwarzen Knopfaugen und einer kürzeren Schnauze.

»Haben die Besitzer gesagt, wann sie zurückkommen?«, fragte Lindsey.

Linda schüttelte den Kopf, als sie sich ihre zartlila Strickjacke überzog und sich zum Gehen bereitmachte. Linda hatte zwei Jobs: den im Green River Hotel von acht bis zwölf und einen als Verkäuferin im Edinburgh Wool Shop am Nachmittag. Daher die zartlila Strickjacke. Sie war aus reiner Wolle, und Linda hatte sie im Ausverkauf günstig bekommen.

»Ich habe nicht gesehen, wer den Hund hiergelassen hat. Ich weiß nicht, wem er gehört.«

Lindsey konnte Linda keinen Vorwurf machen, dass sie

nicht bemerkt hatte, wer den Hund dort angebunden hatte. Heute Morgen war am Empfang sehr viel los gewesen, Leute checkten ein und aus, es kamen Lieferungen vom Fleischer und vom Bäcker, und außerdem hatte ihnen noch der Mann, der ab und an die Alarmanlage überprüfte, einen Besuch abgestattet. Lindsey wusste nur, dass kein Hotelgast den Hund mitgebracht hatte. Aber das wollte sie lieber noch mal überprüfen.

»Hat vielleicht einer von den Neuankömmlingen den Hund mit eingecheckt?«

Lindsey wartete auf Lindas Antwort, hatte aber ein ungutes Gefühl, als sie sah, dass die blonde junge Frau mit den rosigen Wangen auf der Unterlippe kaute.

»Niemand.«

»Und du bist sicher, dass du nicht gesehen hast, wer ihn da angebunden hat?« Sie wusste, dass Linda, ganz gleich wie viel am Empfang los war, eine Riesenschwäche für Lifestyle- und Klatschzeitschriften hatte und immer eine hinter dem Empfangstresen liegen hatte. Wenn sie sich unbeobachtet glaubte, tauchte sie darin ab.

Linda schüttelte den Kopf, ihr Gesicht ein Bild der Unschuld. »Tut mir leid.«

»Na ja«, meinte Lindsey, unmutiger, als es sonst ihre Art war. »Dann gehst du jetzt wohl besser im Edinburgh Wool Shop ein paar Wollgeschäfte tätigen.«

Linda murmelte etwas, das wohl eine Entschuldigung sein sollte, und verabschiedete sich, um ihren Nachmittag damit zu verbringen, amerikanischen und japanischen Touristen Strickjacken und karierte Röcke zu verkaufen.

Der Hund wedelte mit dem Schwanz, und seine schwarzen Knopfaugen schauten freundlich und interessiert in die Welt.

Lindsey beugte sich zu ihm hinunter und band seine

Leine los. »Na, Kleiner, da wollen wir mal sehen, ob wir herausfinden können, wem du gehörst.«

Sie runzelte die Stirn. Das arme Ding. Vielleicht vermisste er schon sein Herrchen oder Frauchen. Er hatte es nicht verdient, einfach so sitzengelassen zu werden. Er war niedlich. Wenn sie könnte, würde sie ihn behalten. Aber das ging nicht. Sie hatte keine Zeit, sich um einen Hund zu kümmern. Außerdem hatte sie Zukunftspläne, und da passten Hunde nicht hinein.

Als sie gerade überlegte, ob sie beim Tierschutzverein anrufen sollte, kam Honey die Treppe herunter, dicht gefolgt von Mary Jane. Ihre Mutter hatte einen Saugstopfer unter den Arm geklemmt, die rote Gummiglocke nach vorne gerichtet, als wäre sie ein Ritter auf dem Weg ins Turnier. Sie erklärte, dass wieder jemand die Dusche in Zimmer fünf verstopft hatte. Das gehörte bei diesem Zimmer beinahe dazu.

Mary Jane plapperte irgendwas über Sir Cedric, den längst verstorbenen Ahnen, der angeblich mit ihr das Zimmer teilte.

»Ich bin mir nicht sicher, ob er mir immer die volle Wahrheit über sein Leben und seine Eroberungen erzählt. Den Dokumenten zufolge war er zweimal verheiratet, aber mir scheint, er hatte ziemlich viele Nachkommen, zu viele, als dass sie alle von zwei Ehefrauen stammen könnten.«

Lindsey wies sie darauf hin, dass Sir Cedric zum Landadel gehört hatte und tun und lassen konnte, was er wollte.

»Ich gehe jetzt noch die Kirchenbücher durchsehen. Er hatte ein Landgut in Wainswicke, wisst ihr. Das ist das Tolle an der Church of England, die haben ihre Bücher sehr gewissenhaft geführt. Ich bin wirklich den Priestern und Mönchen total dankbar, dass sie alles aufgeschrieben haben, und das nur mit einem Federkiel! Kann ich mir gar nicht vorstellen, wie die das geschafft haben.«

Honey stellte den Gummisauger hinter dem Empfangstresen ab. Da gehörte er eigentlich nicht hin, aber sie hatte noch einen Berg Büroarbeit zu erledigen und wartete zudem gespannt darauf, von Doherty zu erfahren, was er über Nigel Brooks und diese Janet Glencannon rausgefunden hatte, die in Bobby's Bottom, früher Brindley's Bottom, ein Tierasyl leitete.

Mary Jane plapperte munter weiter über ihren Ahnherrn und überlegte immer noch laut, wo wohl all seine Nachkommen herstammten.

Honey schaltete auf Durchzug. Irgendwas an Lindsey erregte ihre Aufmerksamkeit. Sie hatte diesen Blick schon oft an ihr gesehen. So schaute sie, wenn etwas nicht ganz stimmte. Es war nicht direkt ein Stirnrunzeln, eher eine Art Grimasse, wie früher, wenn sie als kleines Kind in die Hose gemacht hatte. Das konnte es heute nicht mehr sein. Nachdem Honey in Gedanken einige Möglichkeiten durchgegangen war, versuchte sie es mit dem potenziellen Ärgernis Nummer eins.

»Meine Mutter hat einen vierundzwanzigjährigen Tunesier geheiratet, der Gebetsteppiche verkauft.«

»Nein. Wir haben einen Hund.«

»Oh«, sagte Honey, als sie das niedliche kleine Gesichtchen, die winzige schwarze Nase und die dazu passenden Knopfaugen sowie die großen flauschigen Ohren sah. »Wie süß. Wie heißt er?«

»Keine Ahnung.«

Lindsey machte sich nicht vor, dass ihre Mutter nicht kapiert hatte, was Sache war.

»Es hat ihn jemand ausgesetzt, einfach an ein Stuhlbein gebunden und ist weggegangen.«

»Oh«, sagte Honey wieder.

Lindsey wartete darauf, dass Honey schimpfen und fluchen oder den Kopf nach hinten werfen und sich wünschen würde, sie läge an einem Strand in der Karibik und hätte nicht auch noch einen ausgesetzten Hund am Bein – wenn er denn ausgesetzt war. Stattdessen wurde Honey Drivers Blick berechnend, beinahe hinterlistig. So sah sie aus, wenn sie etwas im Schilde führte. Es schien beinahe, als wäre der Hund die Antwort auf all ihre Gebete.

»Ich weiß genau, wo ich ihn hinbringen kann. Dort kümmert man sich um ausgesetzte Haustiere. Es ist nicht weit weg. Du kommst doch klar, bis ich wieder hier bin?«

Lindsey nickte.

Honey murmelte dem Hund freundliche Worte zu, als sie seine Leine nahm. Der Kleine wedelte begeistert mit dem Schwanz, legte ihr die Vorderpfoten aufs Knie und leckte ihr die Hände.

Mary Jane hatte bemerkt, dass sie nicht mehr im Zentrum der Aufmerksamkeit stand, und hatte aufgehört, über ihren Ahnherren zu plappern. Hier ging etwas vor, an dem sie keinen Anteil hatte.

»Hat dieses Tier irgendeine besondere Bedeutung?«

Da ihre Mutter nicht sofort antwortete, übernahm Lindsey es, Mary Jane darüber zu unterrichten, die der Meinung war, dass sie das Tier dem Besitzer übergeben mussten, der es hier hinterlassen hatte. »Wir müssen das Herrchen finden. Dann haben wir nichts mehr damit zu tun.«

»Wir können jemanden suchen, der sich in der Zwischenzeit um den Hund kümmert«, sagte Honey mit der gurrenden Stimme, die der Hund sehr zu mögen schien.

»Schau doch mal nach, ob am Halsband ein Anhänger mit dem Namen und der Adresse des Besitzers ist«, schlug Lindsey vor.

Honey nahm den Hund auf, klemmte ihn sich unter den

Arm, um besser nachschauen zu können, ob vielleicht ein kleiner Messingknochen an seinem Halsband hing, auf dem eine Adresse eingraviert war. Sie hatte in der Einkaufsarkade in dem Laden, der Taschen und Gürtel verkaufte, solche Anhänger gesehen. Es hing nichts dergleichen am Halsband. Als sie den Hund auf den Rücken drehte, fiel ihr auf, dass es ein Rüde war. Ein verdammt niedliches Kerlchen.

»Du und ich, mein hübsches Hundchen, wir machen jetzt eine schöne Spazierfahrt«, gurrte sie ihm ins flauschige Ohr, aber nur ganz kurz, denn das Ohr roch irgendwie nach Kerzenwachs und Gänseschmalz.

Lindsey langte nach dem Telefon. »Ich rufe bei einem Tierarzt an. Der kann überprüfen, ob der Hund gechipt ist.«

»Oh, ich weiß, was das ist«, erklärte Mary Jane, die bis dahin nur mildes Interesse an dem verlassenen Tier an den Tag gelegt hatte. »Ein Mikrochip, auf dem der Name und die Adresse des Besitzers stehen; ziemlich clever, was?«

»Sehr clever«, meinte Lindsey.

Honey packte den Hund ein wenig fester. »Das ist nicht nötig. Ich kenne eine Frau, die sich nur zu gern um dieses süße Kerlchen kümmert, bis wir sein Herrchen gefunden haben.«

»Aber es wäre so einfach, und …«

»Nein. Überlasst das ruhig mir. Ruft nirgends an. Ich habe alles im Griff.«

Lindsey gab klein bei. Hier ging was vor, aber sie wusste nicht, was es war. Ihre Mutter wirkte jedenfalls nicht, als wäre sie wahnsinnig geworden. Ganz im Gegenteil, sie war für ihr Alter sehr scharfsinnig und wach, und sie war zwar über vierzig, aber keine Vogelscheuche. Sie verdrehte immer noch den Männern den Kopf, wenn sie das auch nie bemerkte – außer wenn es Steve Dohertys Kopf war. Und dem hatte sie wesentlich mehr als nur den Kopf verdreht.

Lindsey bereitete allerdings Sorgen, dass sie nicht immer ausmachen konnte, was im Gehirn ihrer Mutter vorging. Vielleicht war das für die Männer in Honeys Leben so interessant, dass sie nie genau wussten, was sie dachte oder was sie als Nächstes tun würde. Das fanden Männer wahrscheinlich ziemlich anregend, beinahe so, als hätten sie jede Nacht eine andere Frau im Bett.

Die Vorlieben und Abneigungen ihrer Mutter veränderten sich je nach den Umständen. So wie jetzt mit diesem Hund!

Der letzte Hund, den Honey am Hals gehabt hatte, hatte einer älteren Dame gehört. Das wäre ja weiter nicht schlimm gewesen, nur war der Hund nie vollkommen stubenrein gewesen – zumindest schien es so. Honey hatte damals verzweifelt versucht, das Tier wieder loszuwerden, aber bei diesem hier …

»Wenn Doherty anruft, sag ihm, dass ich eine Frau wegen eines Hundes besuche – wegen dieses Hundes. So in der Art …«

Sie wusste, dass Doherty draußen in Wainswicke gewesen war und Janet Glencannon, die ehemalige Mrs Brooks, befragt hatte.

Man hatte Nigel Brooks wegen Erregung öffentlichen Ärgernisses verhaftet und auf die Wache in der Manvers Street gebracht.

Wenn sie jetzt nach Wainswicke fuhr und Janet Glencannon nach Brautkleidern fragte, war das schlicht Neugier, aber irgendwie hatte sie das Gefühl, es Marietta schuldig zu sein. Der Hund, unter welchen Umständen man ihn auch im Hotel ausgesetzt hatte, lieferte ihr einen passenden Vorwand für einen Besuch bei Janet Glencannon und vielleicht für ein paar Fragen. Schließlich leitete Ms Glencannon, ehemals Brooks, ein Tierasyl. Es war ihre Lebensaufgabe, sich um Heimatlose und Streuner zu kümmern. Honey fragte sich, ob Nigel Brooks wohl ihrer Meinung nach auch einmal in diese Kategorie gehört hatte.

Kapitel 27

Pfarrerin Constance Paxton ließ sich den Rücken von der Nachmittagssonne wärmen, die ins Hauptschiff von St Michael's and All Angels schien, und dankte den Damen, die für den Blumenschmuck zuständig waren, dafür, dass sie trotz der jüngsten Schwierigkeiten entschlossen weitergearbeitet und herrliche Blumengestecke arrangiert hatten. Sie war gerade erst vom Laufen zurückgekommen und trug eine graue Jogginghose, rosa Sportschuhe und ein langes, ebenfalls graues Oberteil, auf dem in großen rosa Buchstaben »Trainiere für die Wahrheit« stand.

»Die Kirche sieht herrlich aus. Wirklich herrlich. Und so sommerlich. Viele wunderbare Rosen, wie ich sehe. Und der Duft ist köstlich. Ich bin Ihnen so dankbar, dass Sie unermüdlich weitergearbeitet haben, trotz allem. Ich weiß nicht, wie Sie das immer schaffen, aber noch einmal meinen herzlichen Dank!«

»Mrs Flynn hätte es genauso gemacht, wenn eine von uns … dahingerafft worden wäre.« Die Sprecherin war Hermione Thompson, deren schulterlanges Haar die Sonne, die durch die Fenster strömte, von Mausblond beinahe zu Gold veredelte. Ihr Blümchenkleid wehte sanft um ihre schmalen Waden. Es war zartblau, eine blässliche Farbe, die sie oft trug.

Hermione Thompson wirkte recht zufrieden, als sie das sagte, und das war sie auch. Sie war froh, dass Mrs Flynn tot war. Die verhasste alte Frau hatte alles in ihren Kräften Stehende getan, um Hermione zu schikanieren, hatte kein gutes Haar an ihren Blumenarrangements gelassen, hatte einige sogar auf den Boden geworfen und war dann auf den Blüten herumgetrampelt, weil sie angeblich einen zu zarten Schmuck für eine Kirche abgaben. Mrs Flynn hatte Hermione danach gezwungen, die Schweinerei wieder zu beseitigen und den Boden zu wischen, nachdem alle anderen gegangen waren. Und Hermione hatte der Pfarrerin den Kirchenschlüssel zurückbringen müssen. Zumindest hatte sie dort eine Tasse Tee bekommen und etwas Sympathie verspürt. Nicht dass sie sich beklagt hätte oder auch nur jemandem erzählt hätte, wie Mrs Flynn sie behandelte. Das hätte sie vielleicht tun sollen. Vielleicht hätte die alte Frau dann aufgehört, sie so zu schikanieren.

Zwei der Frauen, die mit ihr in der Kirche waren, Mrs Maud Granger – siebenundsechzig Jahre, klare blaue Augen und von harter Arbeit gezeichnete Hände, nahm kein Blatt vor den Mund – und Ursula Pitt – pensioniert, unverheiratet und beinahe sechzig – hatten auch keinerlei Zuneigung für die Verstorbene empfunden, würden aber niemals schlecht über eine Tote reden. Die dritte war Janet Glencannon, die einzige Frau, der Mrs Flynn in großem Bogen aus dem Weg gegangen war.

Constance Paxton nickte und sagte, ja, Mrs Flynn hätte auch weitergemacht. Sie fügte nicht hinzu, dass das alte Miststück ohne Rücksicht auf Verluste weitergemacht hätte, selbst wenn sie alle miteinander tot umgefallen wären. Davon war die Pfarrerin fest überzeugt. Mrs Flynn hatte gern alles unter Kontrolle gehabt.

Der Ausschuss für den Blumenschmuck war ihr Leben gewesen, genau wie die Kirche und die Umgebung des Gotteshauses. Genaugenommen das ganze Dorf. In einer so engen Gemeinschaft vertraute man einander Geheimnisse an. Mrs Flynn hatte die Geheimnisse der Menschen gesammelt, wie andere Leute Fossilien oder Briefmarken sammeln. Sie hatte von Klatsch und Tratsch gelebt wie sonst niemand. Sie hatte der Pfarrerin sogar einmal gesagt, dass sie darüber Buch führte, was die Leute so redeten und taten.

Constance war entsetzt gewesen und hatte sie ermahnt, das sei aber nicht sehr gutnachbarlich. Mrs Flynn hatte sie daraufhin ausgelacht. »Was zerbrechen Sie sich den Kopf, Frau Pfarrerin? Sie haben wohl Angst, dass ich in meinem Notizbuch was über Sie aufgeschrieben habe?«

»Wann haben Sie das letzte Mal mit Mrs Flynn gesprochen, Frau Pfarrerin?« Das hatte die Polizei sie gefragt. Sie hatte geantwortet, es wäre an dem Nachmittag gewesen, als sie bei Mrs Flynn Sherry und Kuchen bekommen hatte. Die Polizei hatte nachgefragt, ob sie sich sicher wäre. Und sie hatte den Leuten daraufhin gesagt, dass Mrs Flynn sie am Vormittag eingeladen hatte, als sie die alte Dame zufällig in Bath getroffen hatte, wo sie in der Zentralbibliothek an einem Computer saß. Sie hatte ihnen auch erzählt, dass sie Mrs Flynn bei der Gelegenheit ein Kompliment gemacht hatte, weil sie in ihrem Alter einen Computer benutzen konnte. Sie hatte ihnen nicht verraten, was Mrs Flynn darauf geantwortet hatte, außer dass sie sie zu sich nach Hause eingeladen hatte. Sie hatte auch nicht erwähnt, was sie auf dem Monitor des Computers gesehen hatte. Aber danach hatte sie ja auch niemand gefragt.

»Ich bin so froh, dass es Ihnen gefällt«, sprudelte Hermione Thompson hervor, deren Gesicht noch vor Freude über das erhaltene Lob ganz rosig war.

Mrs Granger und Miss Pitt brachten ebenfalls ihren Dank zum Ausdruck. Janet Glencannon sagte nichts, nickte jedoch beinahe unmerklich. Die beiden anderen Frauen lächelten gezwungen. Janet war die Einzige gewesen, die Mrs Flynn nicht schikaniert hatte. Es schien oft, als sei sie ihr aus dem Weg gegangen. Miss Pitt war sogar fest davon überzeugt, dass es so gewesen war.

Eine Hälfte der massiven Kirchentür öffnete sich knarrend. »Tut mir leid. Ich hoffe, ich störe nicht?«

Helles Sonnenlicht strömte herein, als eine Frau eintrat, die enge Jeans und ein dunkles Baumwolloberteil trug. Ein zum Band geschlungenes grün-blaues Tuch bändigte ihr wirres dunkles Haar zumindest ansatzweise. Honey musste dringend zum Frisör, wartete damit aber noch. Irgendwann wollte sie ja heiraten. Da würde sie den Termin für die Haare irgendwo einschieben. Jetzt tat sie so, als wäre sie gerade erst in die Kirche gekommen, hatte also dafür gesorgt, dass die Tür ordentlich knarrte, als sie sie öffnete. Beim ersten Mal hatte sie das nicht getan, und so hatte niemand bemerkt, dass Honey eingetreten war.

Als die Pfarrerin Honey erkannte, lächelte sie strahlend und streckte ihr zum Willkommen die Hand entgegen. Ihre Augen zwinkerten freundlich.

»Ah, Mrs Driver. Sie sind früh dran. Ich dachte, wir hätten nächsten Dienstag um sieben vereinbart. Oder ist es ein geschäftlicher Besuch?«

Ihre Miene schwankte zwischen Fröhlichkeit und ernsthafter Sorge.

Honey fröstelte ein wenig, weil der Temperaturunterschied zwischen dem Sommertag draußen und der kühlen Kirche ziemlich groß war.

Ein Bogenfenster mit vorwiegend blauem Glas, das den heiligen Michael und seine Engel zeigte, strahlte über dem Altar, dem Kruzifix und zwei sehr schönen Kerzenleuchtern.

»Eigentlich suche ich Ms Glencannon. Ich habe nämlich ein Problem. Jemand hat einen Hund im Green River Hotel an ein Stuhlbein gebunden und sich dann aus dem Staub gemacht. Ich habe versucht, den Besitzer zu finden, aber dann habe ich mir gedacht, ob mir Ms Glencannon helfen könnte?« Honey schaute direkt zu Janet. »Ich bin zu Bobby's Bottom gefahren, und Ihre Zwingerbetreuerin hat mir gesagt, ich würde Sie hier in der Kirche finden.«

Bei der Erwähnung eines hilfebedürftigen Hundes verging Janet Glencannons mürrische Miene, und es erschien sofort ein Lächeln auf ihrem Gesicht.

»Verdammte Leute. Die sollten gar keine Tiere halten«, grummelte sie. »Die gehören ausgepeitscht! Denen sollte man ein Halsband umlegen und sie dann daran rumzerren. Sie hätten mit dem Hund zum Tierarzt gehen können, um herauszufinden, ob er gechipt ist. Das wissen Sie doch, oder?«

»Ja, das habe ich mir sagen lassen, aber … na ja … Sie sind die erste Person, die mir eingefallen ist. Ich meine, ich habe viel zu tun. Es ist zwar ein niedlicher kleiner Kerl, aber in einem Hotel darf man auf Dauer keinen Hund halten. Da würde die Gewerbeaufsicht einen Anfall kriegen.«

»Die sind auch völlig blöd! Wo ist denn der arme Kleine? Bringen Sie mich hin.«

Honey entschuldigte sich bei der Pfarrerin und den anderen Blumendamen, ehe sie mit Janet Glencannon im Eilschritt nach draußen ging.

Im Gegensatz zu Bobo, der Terrierhündin, die Honey einmal für eine Freundin ihrer Mutter gehütet hatte, erledigte dieser kleine Hund nicht sein Geschäft auf dem Rücksitz des Autos oder pinkelte auf Teppiche oder an den Saum teurer Vorhänge. Er schien genau zu wissen, was man zu tun hat und wo man es zu tun hatte. So weit, so gut.

»Da ist er«, rief Honey aus und machte die hintere Tür ihres Wagens auf.

Zu ihrer ungeheuren Verwunderung sprang der Hund

sofort aus dem Auto und in die Arme der höchst erstaunten Janet Glencannon.

Bis zu diesem Augenblick hatten Janets buschige Augenbrauen schwer über ihren Augen gehangen, und ihre Mundwinkel waren nach unten verzogen gewesen. Honey fragte sich, ob Janet je, vielleicht in ihrer Jugend, eine Schönheit gewesen sein konnte. Schwer zu sagen. Diese hängenden Mundwinkel forderten einen geradezu heraus, irgendwas zu machen, damit sie mal glücklich schaute. Honey vermutete, dass sie das nicht oft tat. Jetzt plötzlich hatte sich Janets Gesicht jedoch aufgehellt.

»Er scheint Sie zu mögen«, rief Honey ermutigend, als der Hund winselte und jaulte, vor Begeisterung mit dem Schwanz wedelte und mit seiner rosa Zunge Ms Glencannons gleichfalls rosa Gesicht ableckte.

Honey war überrascht, als sie auf ihren Kommentar keine vernünftige Antwort bekam, so im Stil von: Hunde wissen eben, wer sie mag und wer nicht.

Stattdessen funkelten Janets schwarze Augen vor Wut. Ihr weißes Haar, so lockig und flauschig wie das des Hundes, den sie in den Armen hielt, schien ihr wie elektrisiert in die Höhe zu stehen.

»Soll das ein Witz sein?«

Zunächst hatte Honey keine Ahnung, worauf die Frau anspielte. Doch dann dämmerte es ihr. Das weiße Haar – von Janet und ihrem Hund. Die schwarzen Augen. War es Ahmed gewesen, der sie wieder an den Satz erinnert hatte, dass Leute irgendwann ihren Hunden ähneln? Nigel hatte doch erwähnt, dass seine Frau einen Labrador gehabt hatte, dass sie ihm sogar den Hund vorgezogen hatte.

»Tut mir leid. Ich weiß nicht, was Sie meinen. Ich habe ihn gefunden …«

»Sie haben ihn gestohlen!«

»Sie wollen damit sagen, das ist Ihr Hund?«

»Natürlich! Sehen Sie das nicht?«

Es war mehr als deutlich. Der Hund war völlig aus dem Häuschen. Janet Glencannon musste seine Besitzerin sein.

Honey trat einen Schritt zurück. Das war mal eine Überraschung! Sie hatte den Hund eigentlich nur als Vorwand benutzen wollen, um mit Ms Glencannon über ihren Exmann Nigel Brooks ins Gespräch zu kommen.

»Ich kann Ihnen versichern …, und ich habe Zeugen. Schauen Sie mal, Ms Glencannon, ich glaube, wir müssen darüber reden«, sagte sie und machte mit ihrer Haltung und ihrem Tonfall klar, dass sie sich nicht mit einem Nein abspeisen lassen würde.

»Ich habe nichts zu sagen.«

Honey straffte ihre Haltung. Auf keinen Fall würde sie jetzt den Rückzug antreten. Welche Verbindung gab es zwischen den Brautkleidern und diesem Dorf? Und was hatten die Brautkleider mit Nigel, Janet, Marietta und Mrs Flynn zu tun?

»O doch, wir haben einiges zu bereden, Ms Glencannon – oder sollte ich sagen Mrs Brooks? Mrs Nigel Brooks?«, fügte sie hinzu und ließ mitschwingen, dass sie in offizieller Eigenschaft hier war, also das Recht hatte, Fragen zu stellen.

Der Hund leckte immer noch Janet Glencannons Hals und winselte vor Vergnügen. Die Frau, die mit Nigel Brooks verheiratet gewesen war, schaute nicht mehr mürrisch, sondern musterte Honey nun misstrauisch.

»Nigel! Den sollte man einsperren! Genau das sollte man tun! Ich hätte ihn niemals heiraten dürfen. Ich hätte wissen müssen, dass er nicht ganz dicht ist.«

Ihre Stimme klang hohl. Der kleine Hund schien die Änderung ihres Tonfalls und ihre plötzliche Anspannung zu merken und kuschelte sich in ihre Armbeuge.

»Das wussten Sie doch sicher schon, als Sie ihn geheiratet haben?«

Die anderen beiden Damen vom Ausschuss für Blumenschmuck kamen ausgerechnet in diesem Augenblick aus der Kirche, sahen aber nur kurz zu ihnen herüber, ehe sie in der schmalen Straße verschwanden, die sie wieder zur High Street brachte.

Als Nächste kam die Pfarrerin aus der Kirche. Sie schloss die Tür hinter sich ab, ehe sie durch das hohe Gras davonjoggte, wo man den nackten, gefesselten und geknebelten Mr Clinker mit einem Sack über dem Kopf gefunden hatte.

»Sie wissen offensichtlich auch schon, dass man Mrs Clinker – Marietta Hopkins – tot auf dem Rücksitz eines gestohlenen Autos gefunden hat. Der Besitzer hatte den Wagen am Vorabend vor einer Garage abgestellt, die hinter der Häuserzeile steht, in der Ihr Exmann wohnt. Wussten Sie das?«

Zunächst sah es so aus, als wollte Janet das glattweg leugnen. Da hatte sie aber keine Chance. Honey würde ihr das nicht durchgehen lassen.

»Der junge Mann, dem der Rolls Royce gehört, hat irgendwann einmal bei Ihrem Mann Tee getrunken. Und da hat er Sie gesehen.«

Honey erwähnte nicht, dass Ahmed Janet nicht offiziell als Nigels Exfrau identifiziert hatte, aber das war jetzt egal. Nigel hatte die Tatsache in Wainswicke lautstark und für alle hörbar verkündet.

Janet sah aus, als hätte sie sich geschlagen gegeben. Ihre Schultern, die straff und angespannt gewirkt hatten, sackten nun resigniert nach unten. Honey wusste, dass sie zu ihr durchgedrungen war.

»Na gut, ich gebe es zu. Ich habe den Wagen da gesehen, als ich zu ihm gegangen bin, um ihm zu sagen, dass er mich endlich in Ruhe lassen soll. Der blöde Idiot hat mich sogar dem Mann vorgestellt. Einem Inder oder so. Ahmed hieß der, glaube ich. Aber was soll's? Ich habe das verdammte Auto nicht geklaut.«

»Und Sie haben die Frau nicht umgebracht?«

»Pah! Ich hatte keinerlei Grund dafür. Ein Mörder braucht doch wohl ein Motiv, oder? Und ich hatte bestimmt keins. Ich hatte damals keins, und ich habe jetzt auch keins.«

»Und was ist mit Mrs Flynn?«, knurrte Honey, die langsam Spaß an der Sache fand. »Haben Sie Mrs Flynn gemocht?«

»Nein!«

»Hatten Sie einen Grund, die umzubringen?«

Es folgte ein kleines, kaum merkliches Zögern, aber Honey war sicher, dass sie so was wahrgenommen hatte.

»Dieses Miststück hat es verdient, ermordet zu werden. Wenn Marietta noch leben würde, hätte ich gesagt, sie war es. Die Alte hat gern Stunk gemacht, wirklich. Ganz bestimmt war sie es, die Marietta gesteckt hat, dass ihr Mann eine andere Frau ›zu Gast hatte‹. Die hatte irgendwas gegen ihn in der Hand. Deswegen hat er ihr auch als Einziger erlaubt, in seinem Garten Blumen für die Kirche zu schneiden. Sie hat dann immer mit ihm auf der hinteren Veranda gesessen und Tee getrunken. Und Gin, wie ich Mrs Flynn kenne. Sie haben zusammen gelacht, schrill wie alte Hexen, die beiden.«

»Mr Clinker und Mrs Flynn?«

»Ja. Die waren dicke Freunde, die beiden.«

»Aber sonst war Mrs Flynn nicht sonderlich beliebt?«

Janet lachte. »Etwa so beliebt wie Schnee im Sommer. Niemand konnte sie leiden, und mit gutem Grund. Sie hat ständig gestänkert und alle schikaniert. Fragen Sie Hermione Thompson.«

244

Honey erinnerte sich an die schlanke Frau mit dem mausblonden Haar und dem geblümten Seidenkleid, die gerade die Kirche verlassen hatte.

»Die hat Mrs Flynn schikaniert?«

»Fragen Sie sie.«

»Darf ich zunächst Ihnen noch eine Frage stellen?«

»Nur zu.«

»Glauben Sie, dass Nigel Ihren Hund entführt hat …«

»Pascal … er heißt Pascal.«

Honey verstand das falsch, dachte erst, dass sie sich auf einen Menschen bezog, der Pascal hieß und den Hund gestohlen hatte, bis sie endlich begriff, dass Pascal der Name des flauschigen Hündchens war.

»War er in letzter Zeit bei Ihnen zu Besuch?«

»Der kommt nicht zu Besuch. Der schleicht sich rein und schleicht sich wieder raus. Ich weiß nicht, wie er das macht, aber er macht es. Ich habe mich schon bei der Polizei beschwert, doch niemand hat was dagegen unternommen. Dieses Päckchen habe ich eben zu tragen. Und es ist um einiges schwerer als das von unserer Frau Pfarrerin«, fügte sie hinzu und machte eine Kopfbewegung zur Kirche. »Obwohl man meinen könnte, sie wäre durch die Hölle gegangen, wenn man sie hört, wie sie da drin vor dem Altar betet und schluchzt. Geheimnisvolle, dunkle Vergangenheit und so. Hat zumindest Mrs Flynn behauptet. Die hatte immer was Schlechtes zu sagen, über jeden«, fügte sie mit boshaft verkniffenem Mund hinzu. »So war sie, unsere Mrs Flynn.«

Honey kam der Gedanke, dass sie sich vielleicht eingehender nach der vor dem Altar weinenden Pfarrerin erkundigen sollte, aber sie war ja hier, um Fragen zu Nigel Brooks zu stellen, und je mehr sie über ihn herausfand, desto mehr ängstigte sie das. Vielleicht hatte er die Morde nicht begangen, aber er verhielt sich wirklich sehr seltsam.

»Warum sollte er einen Hund stehlen und in einem Hotel an ein Stuhlbein binden?«

»Nigel ist unberechenbar. Er hat Verhaltensprobleme. Ich entnehme unserem Gespräch, dass Sie ihn kennengelernt haben?«

»Kurz.«

»Das reicht.«

Honey lag die Frage auf der Zunge, warum zum Teufel diese Frau ihn überhaupt geheiratet hatte, aber dann dachte sie an ihre eigene Wahl des Ehepartners und hielt den Mund. Wie hatte sie denn wissen können, dass Carl Driver von seinem Hobby, dem Segeln, derart in Anspruch genommen sein würde, dass er ständig von zu Hause fort war, sich ein Jet-Set-Leben gönnte, um die Welt flog und segelte – und immer mit einer nur aus jungen Frauen bestehenden Crew?

Janet beantwortete die Frage, die Honey nicht gestellt hatte. »Man kann niemanden kennen, nicht richtig, ehe man nicht mit ihm zusammenlebt.«

Darin musste Honey ihr recht geben, aber andererseits hatten die beiden von Anfang an wohl kaum wie das ideale Paar gewirkt. Sie passten einfach nicht zusammen. Nigel, wenn er sich auch seltsam benahm, sah gar nicht schlecht aus. Na ja, er übertrieb es ein bisschen mit den Erinnerungen an seine Hochzeit. Viele enttäuschte Ehefrauen würden dagegen anführen, dass die meisten Männer sich nicht einmal an das Datum ihres Hochzeitstags erinnerten. Wie einzigartig, dass Nigel Brooks jedes Detail im Gedächtnis behalten hatte! Honey hegte keinerlei Zweifel, dass er auch Tag, Monat und Jahr ganz genau wusste.

Honey behielt Janets Kommentar über die Pfarrerin im Hinterkopf und fragte sich, was diese Frau wohl sonst noch über ihre Nachbarn wusste. War Mrs Flynn wirklich die einzige Klatschtante im Dorf gewesen?

Janet erklärte ihr, dass sie seit sieben Jahren in Wainswicke lebte und in dieser Zeit einiges erfahren hatte.

Genau das habe ich gehofft, dachte Honey.

»Und was ist mit Ihnen? Hat Mrs Flynn Sie auch schikaniert?«

»Das hätte sie niemals gewagt«, knurrte Janet. Seltsam, nun sah sie zwar immer noch wie ein Hund aus, aber nicht mehr wie ein Bichon Frisé, eher wie ein Pitbull.

»Sie haben ihr die Stirn geboten?« Honey tat so, als wäre sie äußerst beeindruckt. Das war sie auch irgendwie, aber hier ging es darum, Janets Vertrauen zu gewinnen.

»Darauf können Sie wetten.«

»Was wussten Sie denn Belastendes über sie, dass sie Sie in Ruhe gelassen hat, aber alle anderen drangsalierte?«

Irgendwas an Janets Gesichtsausdruck verriet sie. Janet hatte Mrs Flynn also tatsächlich davor gewarnt, sich mit ihr anzulegen.

»Ich habe ihr gesagt, ich hätte was gegen sie in der Hand, damit sie mich nicht schikanierte.«

»Und stimmte das?«

Einen Augenblick lang blickte Janet Honey mit ihren blassblauen Augen ganz direkt an. »Ich bin mir nicht sicher.«

Honey wich dem Blick nicht aus, weil sie überzeugt war, dass da noch mehr kommen würde. »Doch, ich glaube, Sie sind sich sicher.«

Janet schaute weg und vergrub das Gesicht im seidigen Fell des Hundes, während sie darüber nachdachte, ob sie noch etwas sagen sollte. Das musste sie natürlich nicht, aber Honey verließ sich darauf, dass Janet sie für jemanden hielt, der beruflich bei der Polizei ist, und nicht für eine schlichte Amateurin. Sie hoffte, dass es klappen würde.

»Es war nicht viel. Nicht nach heutigen Maßstäben. Sie

nannte sich Mrs Flynn, aber sie war nicht verheiratet. Ich habe das herausgefunden, als ich das alte Kirchenbuch durchgeschaut habe, um einen Artikel für das Gemeindeblatt zu schreiben. Sie hat zwar allen und jedem erzählt, sie hätte in St Michael's geheiratet, aber ihr Name stand nicht drin. Erst als ich auf dem Dachboden meines Hauses ein paar alte Zeitungen entdeckt habe, habe ich herausgefunden, was tatsächlich passiert war. Der Bräutigam hat Mrs Flynn am Altar sitzenlassen, und sie stand da in ihrem Brautkleid wie bestellt und nicht abgeholt. Brian Flynn war zum Militär gegangen und nach dem Krieg wieder hergekommen, um sie zu heiraten. Aber dann hat er es sich anders überlegt. In der Zeitung war sogar ein Brief von ihm an sie abgedruckt. Mrs Flynn, unsere liebe Gladys, ist kurz danach aus dem Dorf weggezogen. Jeder kannte den Grund. Sie war natürlich schwanger, und damals war es ganz anders als heute, wenn man eine unverheiratete Mutter war. Ein uneheliches Kind war ein uneheliches Kind. Wenn man nicht verheiratet war, dann war man ein gefallenes Mädchen. Selbst jetzt, nach all den Jahren, kommt ihre Generation damit noch nicht klar.«

Man sagt ja, dass in der Liebe und im Krieg alle Mittel erlaubt sind, und was Honey betraf, so galt dieselbe Regel auch für Morduntersuchungen und hinterhältige Fragen. Der Zweck heiligt die Mittel und so weiter. Also setzte sie ein starres Lächeln auf und fragte: »Könnten wir irgendwo einen Kaffee miteinander trinken gehen? Vielleicht die Köpfe zusammenstecken und gemeinsam herausfinden, was hier läuft.«

Es tat ihr schon beinahe weh, so starr und unaufrichtig zu lächeln, aber sie war wild entschlossen.

Janet kaute auf ihren schlaffen Lippen hin und her, während sie diesen Vorschlag bedachte.

Honey beobachtete sie und überlegte, ob eine Kaubewegung nach rechts ein Ja war und eine nach links ein Nein. Oder doch eher andersherum?

In diesem Augenblick schnüffelte der Hund unter Janets Kinn und leckte ihre Haut mit seiner rosa Zunge. Dann schaute er zu Honey herüber und wedelte mit dem Schwanz.

Janet nickte. »Okay.«

»Das da drüben sieht nett aus«, sagte Honey und deutete mit dem Kopf zu der hübschen Ladenfront eines kleinen Cafés, das, wie das salbeigrüne Schild über dem Schaufenster verkündete, The Bath Bun hieß.

»Die lassen keine Hunde rein. Unzivilisierte Zugereiste! Ins Angel Inn kann man Hunde mitnehmen.«

Janet hatte immer noch einen recht barschen Ton am Leib, obwohl Honey allmählich eine merkliche Verbesserung spürte. Das hatte sie dem kleinen Hund zu verdanken.

»Ich habe doch recht, das ist ein Bichon Frisé?«, fragte Honey sie auf dem Weg zum Pub.

Janet wandte abrupt den Kopf zu ihr, und ihre Miene war plötzlich viel fröhlicher, ihr Verhalten offener. »Sie kennen sich mit Hunden aus?«

»Eigentlich nicht. Ich weiß nur, was der Unterschied zwischen einem Pudel und einem Bichon Frisé ist.«

Im Angel Inn begrüßten sie das Klappern von Geschirr, das abserviert wurde, und der Duft warmer Mahlzeiten. Der Mann hinter dem Tresen warf einen Blick auf Janet und ihren Hund und deutete mit dem Kopf auf einen Tisch in einer Ecke.

Honey ging zur Theke, um Kaffee zu bestellen.

»Und Kekse«, rief ihr Janet hinterher. »Welche mit und welche ohne Schokolade.«

Der Wirt, ein dünner Typ mit Nickelbrille und schütterem Haar, starrte missbilligend in Janets Richtung. »Aber nur, wenn dann nicht wieder überall Krümel am Boden liegen …«

Janet warf unwillig den Kopf in den Nacken.

Honey bezahlte und trug den Kaffee und die Kekse zum Tisch.

»Schau mal, Pascal. Wir haben Kekse«, gurrte Janet dem überaus artigen Hund zu, der sich in dem Pub völlig zu Hause zu fühlen schien. Sie brach einen Keks ohne Schokolade in Viertel. Der Hund verschlang gierig das erste Stückchen.

Janet reichte ihm ein weiteres Stück und tunkte einen Keks mit Schokolade in ihren Kaffee.

»Bitterschokolade, lecker«, sagte sie, lutschte zuerst die Schokolade ab und aß dann den Keks. »Er darf ja keine Schokolade essen. Die ist für Hunde gar nicht gut. Ich mag am liebsten Zartbitter.«

Honey lehnte den angebotenen Keks ab. Normalerweise hätte sie erwähnt, dass sie abnehmen musste, aber sie vermutete, dass Janet nicht der Typ Frau war, der sich für eine schlanke Figur und für Mode interessierte.

»Also!«, sagte Honey, als genug Zeit verstrichen war, in der Janet den Mund nur aufgemacht hatte, um einen weiteren Keks darin verschwinden zu lassen. »Warum hat Nigel wohl den Hund im Green River Hotel an ein Stuhlbein gebunden und ausgesetzt?«

Janet zog die Stirn kraus, als müsste sie darüber nachdenken – während sie auf einem weiteren Keks herumkaute.

»Wo ist dieses Hotel?«

»In Bath.«

»Er wäre da nicht hingegangen, würde er nicht jemanden kennen, der dort abgestiegen ist oder arbeitet. Wissen wir, wer der Manager oder Besitzer ist – oder so was?«

Sie sagte das ein wenig nebenher, als wäre es ihr egal. Aber Honey war es nicht egal. Sie hatte eigentlich nicht vor, dieser Frau zu verraten, dass sie die Besitzerin des Hotels war. Bisher war sie nur mit Doherty hier im Dorf aufgetaucht. Die Leute nahmen an, dass sie bei der Polizei arbeitete, und es würde nicht schaden, wenn sie sie weiter in diesem Glauben ließ.

»Ich verbringe viel Zeit im Green River.«

»Ah!«, sagte Janet, und ihre Augen wurden so kugelrund wie die des Hundes. »Das erklärt es. Sie waren bei ihm, um ihm Fragen zu stellen. Das allein hätte allerdings nicht genügt, um ihn aufzustacheln. Nicht bei Nigel. Für den gibt es nur ein Thema. Der denkt nur an eines. Da wären wir also. Es muss was gewesen sein, das sie gesagt haben.«

Klar wie Kloßbrühe. Jetzt schaute Honey sie ratlos an. »Was denn?«

»Oh«, sagte Janet, nahm einen Keks zwischen die Zähne und bot ihn Pascal an, der sich sehr ordentlich ein Stückchen abbiss.

»Sie haben nicht zufällig was von Hochzeiten gesagt, oder?«, fragte Janet, nachdem sie sich ein paar Krümel von den Lippen geleckt hatte.

Das kann nicht wahr sein, dachte Honey. Hochzeiten. Der Mann ist wie besessen von Hochzeiten, und ich habe erwähnt, dass ich heiraten will.

Sie brachte es nicht über sich, das zuzugeben. »Ich erinnere mich nicht mehr.« Das war eine Notlüge. Die war wohl notwendig, wenn sie Janet dazu bringen wollte, über den Dorfklatsch zu sprechen.

Janet zuckte mit den breiten Schultern. »Egal. Sie haben offensichtlich irgendwie sein Interesse an Bräuten wieder geweckt.«

Je öfter Janet ihren Exmann und sein gruseliges Interesse

an Bräuten erwähnte, desto mehr drängte es Honey, ihr Telefon zur Hand zu nehmen und Doherty zu bitten, ihn gleich verhaften zu lassen.

»Haben Sie Harold Clinker schon gefunden?«

Diese Frage kam sehr plötzlich, und einen Augenblick lang konnte sich Honey nicht daran erinnern, wie die Entwicklungen in dieser Angelegenheit waren.

»Nein, ich glaube nicht. Da laufen noch weitere Untersuchungen.«

»Verstehe. Man sagt ja, der Täter ist immer der Ehemann, nicht? Das habe ich schon in einigen Krimis gelesen. Der Ehemann ist stets der Hauptverdächtige.«

Honey musste ihr zustimmen, während sie in Gedanken Harold Clinker gegen Nigel Brooks, Janets Exmann, austauschte.

»War Ihr Nigel je gewalttätig gegen Sie?«

Ganz falscher Satz. Janets Gesicht schlug ziemlich rasch von Bichon Frisé zu Pitbull um.

»Dem hätte ich die edelsten Teile abgehackt, wenn er je so was versucht hätte.«

Honey zuckte zusammen. »Gut. Das kann ich verstehen. Wie lange weiß er schon, wo Sie wohnen?«

»Er hat es bereits kurz nach unserer Trennung rausgefunden. Es war zunächst wirklich ein Problem, ständig diese Anrufe, die Besuche, das Rumlungern am Ende der Straße. Dann hat es nachgelassen, und ich habe nichts mehr von ihm gehört.« Sie zuckte die Achseln. »Keine Ahnung, wieso er plötzlich wieder angefangen hat, mir auf die Nerven zu gehen, hier zu erscheinen, als wäre nichts geschehen.«

Honey schaute sie fragend an. »Wissen Sie, wo er während der Zeit war, in der er Sie in Ruhe gelassen hat?«

»Nein. Unser gemeinsames Haus haben wir verkauft, wir haben das Geld aufgeteilt und sind dann getrennte Wege gegangen. Ich habe gehört, er hätte eine Zeitlang eine Wohnung in Bristol gehabt, ehe er diese ehemalige Sozialwohnung in Keynsham gekauft hat. Ich habe keine Ahnung, was ihn auf die Idee gebracht hat. Wieso kauft sich ein alleinstehender Mann ein Haus, das für eine Familie gereicht hätte?«

»Das begreife ich auch nicht, da haben Sie recht.«

Es sei denn, er hatte eine Familie, überlegte Honey. Zumindest für eine Weile. Es würde sich lohnen, das mal genauer zu untersuchen.

»Er hat aber Marietta oder Mrs Flynn nie kennengelernt?«

»Nicht dass ich wüsste, aber andererseits, wer weiß, wen Mrs Flynn noch alles in ihren Fängen hatte? Ich verstehe gut, worauf Sie hinauswollen, da ja mein Mann so scharf auf Hochzeiten und das Zeug ist. Der Idiot.«

Honey nickte. »Seltsam, dass beide ein Brautkleid trugen. Eine ältere Frau und eine sehr viel jüngere, und zwei sehr unterschiedliche Frauen.«

»Wirklich seltsam. Seltsam, dass sie beide tot aufgefunden wurden, und seltsam, dass sie sich überhaupt je nähergekommen sind.«

»Näher?« Honey sperrte die Ohren auf, als sie hörte, dass diese beiden Frauen etwas gemeinsam haben sollten, außer dass man sie beide im Brautkleid tot aufgefunden hatte.

»Ich habe Ihnen doch schon erzählt, dass Mr Clinker Mrs Flynn erlaubt hat, in seinem Garten Blumen für die Kirche zu schneiden. Man hat mich mal zum Belvedere House gerufen, um ein Nest mit ein paar verlassenen kleinen Igeln abzuholen. Da saß Mrs Flynn mit Marietta in der Küche und hat Tee getrunken. Ich habe das dann Gladys gegenüber mal erwähnt, als wir die Blumengestecke erneuert haben. Sie hat mich gefragt, ob das vielleicht gesetzlich verboten wäre. Ich meinte, nein, natürlich gäbe es kein solches Gesetz. Jedenfalls hat sie es mir sehr übelgenommen und uns alle angeblafft, wir sollten jetzt gefälligst abhauen. Sie könnte die Gestecke allein fertigmachen. Hermione erhielt die Anweisung zu bleiben. Wir anderen haben uns also verzogen und sie das allein machen lassen. Hermione stand voll unter ihrer Fuchtel, die hat alles getan, was Gladys ihr befohlen hat. Ich habe ihr gesagt, sie sollte sich verpissen.«

Also hatten Mrs Flynn und Marietta einmal morgens miteinander Tee getrunken. Honey überlegte, was die beiden wohl gemeinsam hatten. Es fiel ihr nichts ein – außer, es hatte was mit den Brautkleidern zu tun – aber was?

Kapitel 28

»Würden Sie bitte zur Kenntnis nehmen, dass mein Mandant vollkommen freiwillig hier ist? Er hat sich gerade um seine Geschäfte an der Costa del Sol gekümmert, als ihn die Nachricht vom Tod seiner Frau erreichte.«

Doherty versicherte das. Es war eine große Überraschung gewesen, als Harold Clinker völlig ohne Aufforderung in der Manvers Street erschienen war. Es war auch eine Enttäuschung gewesen. Denn natürlich hatte er ein absolut wasserdichtes Alibi. Ein weißes Leinenjackett und ein offen getragenes Hemd hatten seine Sonnenbräune unterstrichen. Dazu trug er eine dunkelrosa Hose und weiße Slipper an sonnenbraunen Füßen. Doherty versuchte, nicht zu auffällig auf Clinkers Brust zu schauen, wo höchstwahrscheinlich eine gefasste alte Goldmünze in der dichten grauen Behaarung glitzern würde.

Sie waren zu viert in das Befragungszimmer gequetscht. Clinker hatte seine Rechtsanwältin Mrs Hamilton-Jones mitgebracht, eine schlanke Frau Ende dreißig mit schwarzem Haar und schimmernden Lippen. Sie trug ein rotes Kostüm, eine weiße Bluse und einen lose gebundenen schwarzen Schlips; und die obersten beiden Knöpfe der Bluse waren offen.

Sie leuchtet, fand Doherty, der daran dachte, dass die meisten anderen Rechtsanwältinnen, die er kannte, Kleidung in düsteren Farben trugen und ganz sicher nicht so hautenge Röcke wie diesen hier. Und wenige kamen auf so hohen Absätzen daher und rochen nach teurem Parfüm.

Wizard war der Vierte im Raum. Eigentlich hätte es ein

jüngerer Beamter sein sollen, aber es hatte jemand den Feriendienstplan durcheinandergebracht, und deswegen waren sie ein bisschen unterbesetzt. Sogar Wizard würde am Wochenende frei haben, weil seine jüngste Tochter heiraten wollte.

»Nehmen Sie das etwa auf?«, blaffte Clinker.

Doherty verneinte das. »Sie sind nicht wegen irgendetwas angeklagt. Bestätigen Sie mir bitte nur noch einmal alle Einzelheiten Ihres Alibis. Wenn wir das überprüft haben, bitten wir Sie, eine Aussage zu machen – falls das Ergebnis zu meiner Zufriedenheit ist.«

»Ehe mein Mandant aus Marbella abgereist ist, hat er den Hoteldirektor gebeten, eine eidesstattliche Erklärung in Anwesenheit spanischer Polizisten abzugeben, die sich auf die Ankunftszeit und die Länge des Aufenthaltes meines Mandanten bezieht. Mein Mandant hat ebenfalls eine eidesstattliche Erklärung abgegeben. Ich habe beides bei mir.«

Lange Finger mit grellrot lackierten Nägeln reichten Doherty einen Packen Papiere über den Tisch. Doherty sah sich die Dokumente an und betrachtete den Stempel und die Unterschriften – alles auf Spanisch.

»Wir haben auch die Abschnitte von der Bordkarte. Mein Mandant hat einen der neuen Pässe, die elektronisch überprüft wurden, wurde also sowohl durch den Pass als auch durch die Gesichtskontrolle identifiziert. Mein Mandant würde diese Angelegenheit gern so schnell wie möglich hinter sich bringen. Er möchte auch wissen, wann die Leiche seiner Frau freigegeben wird, damit er die nötigen Vorkehrungen treffen kann.«

Doherty war nicht gerade am Boden zerstört, weil Harold Clinker ein so wasserdichtes Alibi hatte, aber es ärgerte ihn. Der Ehemann war wirklich immer der Haupttatverdächtige. Es wäre so viel einfacher gewesen, wenn das auch in diesem Fall gestimmt hätte. Leider stimmte es nicht. Alles sprach für Clinker.

»Wo waren Sie in der Nacht von Mrs Gladys Flynns Tod?«

Wütende Röte stieg der Rechtsanwältin in die Wangen. Mrs Hamilton-Jones wechselte einen überraschten Blick mit ihrem Mandanten, ehe sie sich erholte.

»Wie ich schon bei unserer Ankunft betont habe, ist mein Mandant freiwillig hierhergekommen, und zwar nur im Zusammenhang mit dem Tod seiner Frau und nicht dem Todesfall zuvor.«

»Wenn Sie sich recht erinnern, Herr Inspektor, war ich in dieser Nacht außer Gefecht. Überfallen, gefesselt und geknebelt. Und splitterfasernackt! Ein verdammtes Wunder, dass ich nicht erfroren bin! Ich war nicht in der Verfassung, Mrs Flynn umzubringen, und ich hatte auch keinerlei Grund, sie abzumurksen. Im Dorf gibt es jede Menge andere, die das nur zu gern getan hätten. Ich könnte Ihnen eine lange Liste von Namen nennen«, fügte er noch hinzu und verengte boshaft die Augen. »Wenn ich wollte.«

»Ich erinnere mich. Sie haben Ihre Frau beschuldigt, Ihnen das zugefügt zu haben.«

»Ich habe ihr Parfüm gerochen.«

»Hat sie es zugegeben?«

»Nicht direkt. Wir haben uns nur darauf geeinigt, alles zu vergeben und zu vergessen.«

»Und dazu gehört wohl, dass Sie Ihre Anzeige gegen Ihre Frau zurückzogen und umgekehrt sie ihre Beschwerde gegen Sie wegen häuslicher Gewalt.«

Clinker zupfte an seiner Hose, ehe er die Beine übereinanderschlug. »So ungefähr.«

Es war ein heißer Tag, und im Raum stieg allmählich die Temperatur.

Doherty lehnte sich auf seinem Stuhl zurück, die Hände in den Hosentaschen, die Muskeln angespannt, so dass sie schon beinahe die Ärmel seines T-Shirts sprengten. Er konnte Männer nicht leiden, die Goldkettchen und Medaillons trugen. Er versuchte, dieses Vorurteil außer Acht zu lassen, und fragte weiter.

»Abgesehen von der langen Namensliste, die Sie schreiben könnten, haben Sie sonst noch Ideen, wer Mrs Flynn ermordet haben könnte?«

»Päh!«, rief Clinker. »So gut wie jeder, verdammt noch mal, würde ich mal denken. Sie hat gern im Dorf Unruhe gestiftet.«

»Wirklich?« Doherty zog die Augenbrauen in die Höhe. »Hat sie irgendwas gesagt, was Sie aufgewühlt hat, Mr Clinker? Irgendwas, das Sie vielleicht dazu angestachelt haben könnte, sie zu ermorden …?«

Mrs Hamilton-Jones mischte sich ein. »Moment mal! Mein Mandant muss diese Frage nicht beantworten …«

Clinker hob die Hand, um sie zu beruhigen. »Geht schon in Ordnung, Ruth. Es macht mir nichts aus, darauf zu antworten. Ich habe nichts zu verbergen. Als oberste Befehlshaberin der Blumenbrigade war sie dankbar, dass sie aus unserem Garten Blumen holen durfte. Sie wollte immer ganz frische für die Kirche und hat mir anvertraut, dass sie aus ihrem eigenen Garten nicht viele beisteuern konnte. Und welche zu kaufen, das wäre zu teuer. Also habe ich sie welche von unseren schneiden lassen. Wir haben genug.« Sein Mund verzog sich zu einem triumphierenden Grinsen. Gleichzeitig schienen sich seine Augen weiter in ihre Höhlen zurückzuziehen, kleine bitterblaue Augen, die glänzten wie geschmolzenes Silber.

»Das hätten wir dann, Inspektor«, rief Ruth Hamilton-Jones, und ihr Lächeln war so triumphierend wie das Grinsen ihres Mandanten. »Mein Mandant hat sich im Zusammenhang mit dem Tod seiner Frau als kooperativ erwiesen und war es nun auch mit Bezug auf den Tod von Mrs Flynn, einer Frau, der er gestattet hat, in seinem Garten Blumen zu schneiden.«

Ihre Strümpfe raschelten leise, als sie ein Bein über das andere schlug.

Wie die Katze, die an der Sahne geschleckt hat, dachte Doherty. Eine katzenhafte Frau. Und provozierend noch dazu. Aber er war beileibe noch nicht fertig.

»Haben Sie öfter mit Mrs Flynn gesprochen?«

»Manchmal. Kaum mehr als einen Gruß.«

»Hat Sie Ihnen je etwas anvertraut?«

Clinker lachte. Es war ein tiefes, kehliges Lachen, das seinen Brustkorb erzittern ließ.

»Das kommt drauf an, was Sie mit anvertrauen meinen, Herr Inspektor. Mrs Flynn hat Fragen gestellt.« Er tippte sich mit dem Finger an den Nasenflügel. »Sie hat sich gern in anderer Leute Angelegenheiten eingemischt. Das habe ich mir nicht gefallen lassen, kann ich Ihnen sagen. Ein Hauch von Skandal, und es wäre im ganzen Dorf rumgetratscht worden.«

»Sie meinen, wegen Ihrer offenen Ehe?«

Clinker sprang beinahe von seinem Stuhl auf, und nur die perfekt manikürte Hand seiner Rechtsanwältin hielt ihn zurück. »Das ist nicht bei Strafe verboten. Aber ich habe Mrs Flynn nichts davon gesagt. Das ging sie nichts an. Sie übrigens auch nicht«, brüllte er.

»Sie brauchen nicht zu schreien, Mr Clinker. Ich versuche nur, ein paar Hintergrundinformationen zu Mrs Flynn zu bekommen. Ich dachte, Sie könnten mir dabei helfen.«

Leicht aufgebracht über den Wutausbruch ihres Mandanten, versuchte Ruth Hamilton-Jones, ihn wieder zu beruhigen.

»Na, na, Harold, es schadet doch nicht, wenn man ein bisschen hilfsbereit ist. Wir wollen alle, dass der Täter geschnappt wird, nicht? Das sehen wir ganz cool, nicht wahr, Harold?«

Harold mit seinen Wutausbrüchen und seinem arroganten Getue war kaum der Typ, für den man das Wort cool verwendet hätte. Seine Klamotten halfen da auch nicht. Er war wahrscheinlich der Einzige, der sich für cool hielt. Der Mann ist für diesen Look zu alt und zu fett, dachte Doherty, während er mit der Hand über seine straffen Bauchmuskeln strich.

Die beruhigenden Worte seiner attraktiven Rechtsanwältin schienen ihre Wirkung auf Clinker jedoch nicht zu verfehlen.

»Also hatten Sie nur mit Mrs Flynn Umgang, wenn Sie zum Blumenschneiden in Ihren Garten kam.«

»Umgang! Was soll das denn heißen? Verdammt und zugenäht, das klingt ja beinahe schon so, als wollten Sie mir sonst was anhängen, vielleicht sogar ein Verhältnis! Nicht mit der alten Schnepfe, das kann ich Ihnen versichern!«

Wieder mischte sich Mrs Hamilton-Jones ein. »Harold! Bitte!«

»Na gut!«, knurrte Clinker als Antwort. »Wir hatten keinen *Umgang*«, sagte er und betonte jede Silbe, als hätte Doherty dieses Wort möglicherweise noch nie gehört. »Ich habe es Ihnen bereits gesagt. Sie ist nur gekommen und hat Blumen geschnitten.«

»Haben Sie Mrs Flynn in der Mordnacht gesehen?«

»Nein.«

»Kannte Ihre Frau Mrs Flynn sehr gut?«

»Wohl kaum«, antwortete Clinker mit gemeinem Grinsen. »Seien wir doch mal ehrlich, Herr Inspektor, Scheiße, die hatten doch wirklich null Komma nix gemeinsam.«

Mrs Hamilton-Jones wand sich als Reaktion auf die Flüche ihres Mandanten.

»Hat Miss Sherise je Mrs Flynn kennengelernt?«

»Nicht dass ich wüsste.«

»Kennen Sie einen Mann namens Nigel Brooks?«

Clinker zwinkerte. »Nein. Sollte ich?«

»Er wohnt in der Nähe der Garage, in der der weiße Rolls Royce untergestellt wurde. In einer verschlossenen Garage in Keynsham.«

»Ich kenne den Mann nicht und fahre auch nie nach Keynsham. Für meinen Geschmack ist das kein gutes Stadtviertel.« Er sagte das, als wäre er selbst ein echter Brillant. Dabei bezweifelte Doherty, dass der Mann das Wort richtig buchstabieren konnte!

»Aber Sie wissen, dass Ihre Frau auf dem Rücksitz eines Rolls Royce gefunden wurde? Eines weißen Rolls Royce, der für Hochzeiten benutzt wurde. Den hat man in diesem Viertel untergestellt.«

»Hat nichts mit mir zu tun.«

»Sie kennen den Besitzer des Rolls Royce nicht?«

»Sollte ich ihn kennen?«

»Ahmed Clifford. Er hat eine Reparaturwerkstatt unter den Bögen der Eisenbahnbrücke. Haben Sie je Ihr Auto dort hingebracht?«

»Sie machen wohl Witze? Sehe ich aus wie jemand, der einen Top-Mercedes zu einem Inder bringt, der seine Bruchbude unter den Brückenbögen hat?«

»Wer hat denn was von einem Inder gesagt?«

»Sein Name. Haben Sie nicht gerade erwähnt, dass er Ahmed heißt? Ist ja wohl kaum ein englischer Vorname, was?«

Clinkers Stimme wurde trotz der ständigen leisen Ermahnungen seiner Rechtsanwältin wieder lauter.

Doherty hatte das Gefühl, dass ein verbaler Schlagabtausch unmittelbar bevorstand, und beendete daher die Befragung.

»Vielen Dank, dass Sie zu uns gekommen sind, Mr Clinker. Wir wissen das sehr zu schätzen.«

Clinker schob seinen Stuhl mit einer Beinbewegung nach hinten.

»War es das?«

»Ja, das war's.«

»Dann bin ich weg. Aber merken Sie sich eins, Herr Polizist. Ich bin in gutem Glauben hergekommen, um die Dinge zu klären. Ich wollte nicht, dass ihr mir was anhängt, das ich nicht getan habe. So seltsam es Ihnen erscheinen mag, ich habe meine Frau geliebt, Herr Inspektor.«

»Jawohl«, sagte Doherty und gab sich redlich Mühe, die Klappe zu halten und nicht auf Mrs Clinkers ramponiertes Gesicht Bezug zu nehmen. »Ja, sicher.«

Clinker ging als Erster, Mrs Ruth Hamilton-Jones folgte ihm. An der Tür blieb sie noch einmal stehen und legte die Finger einer Hand, deren Nägel wie Edelsteine glänzten, auf den Türrahmen, während die andere Hand fest um den Griff ihres Aktenkoffers geklammert war. Das Lächeln ihrer schimmernden Lippen war voller erotischer Verheißung, und es lag eindeutig ein triumphierendes Glitzern in ihren Augen.

»Sollten Sie noch weitere Erläuterungen über die Aktivitäten meines Mandanten benötigen, dann setzen Sie sich vielleicht mit mir in Verbindung?«

Sie reichte Doherty ihre Visitenkarte und streifte mit ihren Fingerspitzen dabei leicht seine Hand.

Doherty wusste sehr genau, wann ihn jemand anmachte,

aber heute wollte er davon nichts wissen. Diese Frau war für seinen Geschmack zu sehr auf Kontrolle aus.

»Ich wüsste nicht, warum ich mich nicht direkt an Ihren Mandanten wenden sollte, wenn das nötig ist.«

Sie zuckte zwar zusammen, gab sich aber noch längst nicht geschlagen.

»Ich wüsste überhaupt nicht, warum es nötig werden sollte, noch einmal mit ihm zu sprechen, Herr Inspektor. Sein Alibi ist fest und sicher. So fest und sicher wie sonst kaum etwas an ihm.« Ein Lächeln zuckte um ihre Lippen.

Doherty wusste, worauf sie damit anspielte. »Und Sie wüssten das?«

»Als er vom Tod seiner Frau erfuhr und an die jüngsten … Missverständnisse zwischen ihnen dachte, hat er gleich bei mir angerufen. Ich war es, die ihm geraten hat, von Zeugen eine eidesstattliche Erklärung verfassen zu lassen und auch selbst eine abzugeben. Mein Mandant steht also eindeutig nicht mehr auf der Liste der Verdächtigen. Er kann seine Frau gar nicht ermordet haben.«

Wimpern, die zu dicht waren, um echt zu sein, klimperten über ihren violetten Augen. Ja, sie wollte ihn locken, aber auf spöttische, beinahe entmannende Art.

Die verarscht mich, dachte er. Ist gleichzeitig verführerisch und spöttisch.

»Sie haben ganz recht«, antwortete er mit sarkastischem Lächeln, und es juckte ihn in den Fingern, mit dem Daumen über ihren Mund zu wischen und ihr den Lippenstift übers ganze Gesicht zu verschmieren.

»Schön, dass wir uns einig sind.«

»Es sei denn, er hat jemanden dafür bezahlt.«

Ihr Lächeln verschwand, ihre Augen blitzten, und Doherty wusste, dass Sex jetzt nicht mehr auf der Speisekarte stand.

Ihre feinen Gesichtszüge versteinerten. »Dafür haben Sie keinerlei Beweise.«

Doherty beugte sich zu ihr, bis sein Gesicht nur noch Zentimeter von ihrem entfernt war und sich ihre Augen auf gleicher Höhe befanden.

»Noch nicht. Aber wenn, dann melde ich mich.«

Kapitel 29

Honey war in der Küche und half Smudger. Dort war nämlich ein neues Spielzeug angekommen: ein sinnreiches Gerät, mit dem man Petits Fours aus Marzipan in Form von Obst herstellen konnte. Das Tolle daran war, dass immer auch kleine Fetzchen übrigblieben, nachdem man das Marzipanobst aus der Plastikform gedrückt hatte. Honey naschte diese Reste beim Arbeiten. Wenn es eine Süßigkeit gab, die sie von ganzem Herzen liebte, so war das Marzipan. Schokolade kam da nicht annähernd heran.

Endlich waren keine Reste mehr übrig, die sie in den Mund stecken konnte. Zitronen, Äpfel, Pflaumen, Orangen und Bananen aus Marzipan lagen ordentlich aufgereiht da und strahlten sie an. Sie sahen wunderbar aus, viel zu verführerisch. Honeys Finger schwebten über den Reihen, und sie zählte, ob wirklich in allen gleich viele Obststücke lagen. Wenn in einer nur zwölf anstelle von dreizehn waren, das würde doch niemandem auffallen?

Es waren vierzehn Bananen! Vierzehn! Großartig!

Dann bemerkte Smudger, der Chefkoch, was sie da tat. Seine Stimme erschallte laut und deutlich.

»Nein! Nichts essen!«

»Nur eine!« Die Banane verschwand in ihrem Mund. Smudger kam herangeschossen, um den Rest zu retten, und murmelte, die Leute sollten gefälligst ihre verdammten Triebe und Gelüste in den Griff kriegen. Das war ganz schön keck, wenn man bedachte, wie unbeherrscht jähzornig er selbst war, wenn ein Speisegast es wagte, seine Kochkunst zu kritisieren.

Honeys Handy klingelte und vereitelte jede Chance, sich noch eine Marzipanbanane zu schnappen, ehe Smudger alle unter Verschluss brachte.

»Mum. Ich glaube, du musst dir das ansehen.«

Dann war die Leitung tot.

»Erinnere mich daran, mit meiner Tochter ein Wörtchen darüber zu reden, dass sie mich nicht auf dem Handy anrufen muss, wenn ich nur wenige Meter entfernt bin«, grummelte Honey, als sie die Küche verließ und sich auf den Weg zum Empfang machte.

Mitarbeiter und die Langzeitbewohnerin des Hotels, Mary Jane, waren um Lindsey versammelt, die am Computer saß. Es waren einige gedämpfte, jedoch anerkennend klingende Bemerkungen zu hören.

Honey konnte sich nur mit Mühe einen Weg durch die Menge bahnen. Das Bild auf dem Computermonitor war sonnendurchflutet und erregte bei Honey atemloses Staunen.

Normalerweise waren dort Dinge zu sehen, die mit dem Reservierungssystem des Hotels, mit E-Mails oder Fotos für ihre Website zu tun hatten.

Dies jedoch hatte weder einen Bezug zu Bath noch zum Green River Hotel. Der Himmel war blau, das Meer türkisgrün, und zwei Menschen lächelten ihr vom Deck eines Kreuzfahrtschiffs entgegen. Einer dieser Menschen war ihre Mutter. Der andere war ein Mann, den Honey nicht kannte. Unter dem Bild stand: »Neuvermählt.«

Honey war wie vor den Kopf geschlagen. Lindsey war wie vor den Kopf geschlagen. Mary Jane ebenfalls. Die merkte zumindest an, wie glücklich die beiden aussahen, und meinte, he, was wäre schon Besonderes daran, wenn man im vorgerückten Alter zum fünften Mal heiratete? Das Leben wäre doch dazu da, dass man es lebte, oder nicht?

Honey hatte Probleme, die Sprache wiederzufinden. Ihre Mutter war, ohne ihr etwas davon zu sagen, auf eine Kreuzfahrt gegangen. Ihre Mutter hatte, ohne ihr etwas davon zu sagen, geheiratet. Das war schlicht rücksichtslos. Es war ein Schock. Wenn Gloria die Absicht gehabt hatte, das Interesse von Honeys geplanter Hochzeit weg und auf sich zu lenken, dann war ihr das gelungen.

Sobald Honey wieder Spucke im Mund hatte, würgte sie einen Kommentar heraus: »Mein Gott! Sie hat geheiratet! Sie hat mir nichts davon gesagt. Sie hat mir nicht einmal erzählt, dass sie eine Kreuzfahrt macht. Hat einer von euch was davon gewusst?«

Alle zuckten die Schultern oder schüttelten den Kopf.

»Der sieht richtig gut aus«, meinte Lindsey.

Mary Jane und Honey rückten ein wenig näher zum Monitor.

Honey kniff die Augen zusammen, um schärfer sehen zu können. Mary Jane hatte ihre Brille an einer goldenen Kette um den Hals hängen. Sie tastete danach, fand sie und setzte sie auf die Nase. Die Brille war regelmäßig verlorengegangen, ehe Mary Jane die Goldkette bekommen hatte. Gloria, Honeys Mutter, hatte sie für sie gekauft.

Das Licht vom Bildschirm spiegelte sich in Mary Janes Brillengläsern.

»Wow«, meinte Mary Jane, nachdem sie gründlich hingeschaut hatte. »Sie hat sich einen jüngeren Mann geangelt.«

Honey schob sich weiter nach vorn und stand schließlich mitten vor dem Bildschirm. Mary Jane hatte recht. Der Mann, der sich an ihre Mutter schmiegte, hatte blondes Haar, ein offenes, freundliches Gesicht und eine mollige Taille. Er war nicht jung, aber eindeutig jünger als ihre Mutter. Honey tippte auf fünfundfünfzig.

In der E-Mail, die das Foto begleitete, stand, dass er Stewart White hieß und Buchmacher aus Whitechapel, London, war.

Ihre Mutter schrieb weiter, dass sie ihn nie erwähnt hätte, weil Honey und Lindsey entschiedene Gegnerinnen des Glücksspiels wären. »Er hat mit dem Glücksspiel ein Vermögen gemacht und besitzt eine Kette von Wettbüros. Feiern und Beantworten von Fragen, wenn ich zurück bin. Inzwischen bewohnen wir hier die Hochzeitssuite und genießen das Leben.«

»Darauf kannst du wetten«, murmelte Honey. Alles war heimlich geplant worden, und niemand hatte auch nur vermutet, was die beiden vorhatten.

Honey bemerkte, dass Lindsey sie neugierig anschaute.

»Was? Was? Was? Was????«

Lindsey drehte den Kopf ein wenig weg, während sie Honey noch immer von der Seite anschaute und versuchte, nicht zu grinsen.

»Du hast mir gesagt, es läge in den Genen. Was für eine tolle Sache! Dass Oma noch vor dir heiratet! Was sagst du zu denen, wenn sie zurückkommen?«

»Hallo, Papa?«

Im Laufe des Tages löste sich Honeys Schockzustand. Als Doherty sie besuchen kam, meinte er: »Sieh's mal positiv. Sie verbringt mehr Zeit mit ihm und macht dir weniger Ärger.«

»Hör auf, so begeistert zu schauen.«

Er zuckte die Achseln. Das Grinsen blieb. Sie musste es sich eingestehen, dass sein Grinsen wirklich äußerst verführerisch war.

»Na gut, na gut. Es könnte sein, dass ich die Sache ein wenig zu eng sehe. Einen Stiefvater zu haben, das bringt sicherlich auch Vorteile. Vielleicht haben wir einen ähnlichen Musikgeschmack. Und außerdem wird er meine Mutter hoffentlich nach Strich und Faden verwöhnen.«

»Woher weißt du das?«

»Meine Mutter bevorzugt Männer, die ihr alle Wünsche von den Augen ablesen. Sie würde gar nichts anderes dulden. Also. Ich gebe auf. Mittagessen auf Kosten des Hauses. Wir feiern!«

Anna war da und konnte den Dienst am Empfang übernehmen. Also gesellte sich Lindsey zu ihnen. Desgleichen Mary Jane, die sich mächtig herausgeputzt hatte – sie trug ein rosa Satinpartykleid und Handschuhe bis zum Ellbogen. Ein bisschen übertrieben zum Mittagessen, aber Gloria Cross hätte die Geste sicher zu schätzen gewusst.

Das Tagesgericht waren Fleischbällchen nach Smudgers eigenem Rezept: aus Rinderhack, mit Rosinen und Basilikum, in einer Soße mit vielen Tomaten und Zwiebeln, mit Mozzarella bestreut und mit einem italienischen Syrah heruntergespült.

Nach dem Essen saßen Honey und Doherty schließlich allein bei einer zweiten Tasse Kaffee und unterhielten sich über Harold Clinkers Besuch auf dem Revier, in Begleitung seiner Anwältin.

»Er hat ein wasserdichtes Alibi. Er war in Spanien, als seine Frau ermordet wurde, und er hat Zeugenaussagen, die das belegen. Das Hausmädchen, das erzählt hat, Carolina wäre mit ihm dorthin gereist, hat sich geirrt. Also konnte Carolina nicht für ihn bürgen. Aber er hat selbst auch noch eine Aussage vor der spanischen Polizei gemacht, die ihm bestätigt, wo er war, und die haben natürlich erklärt, dass er sich wirklich in Spanien aufgehalten hat. Trotzdem ein gerissener Hund, hat sich alles schriftlich geben lassen und dann in der Manvers Street auf der Matte gestanden.«

»Also ist der Fall immer noch ungeklärt.«

Er schüttelte den Kopf. »Leider.«

»Und Nigel Brooks?«

»Was hatte der mit Marietta oder Mrs Flynnam Hut? Okay, seine Exfrau wohnt in diesem Dorf, aber was hat das damit zu tun?«

Honey musterte ihn, während er das alles sagte, und vermutete, dass er vielleicht nicht ganz aufrichtig war.

»Du denkst, die beiden Morde sind völlig zufällig dort geschehen? Taten eines Serienkillers mit einem Faible für Brautkleider?«

»Faible? Ein schwer verdauliches Wort, so kurz nach dem Mittagessen.«

»Ich hab was zu feiern.«

»Bist du darüber hinweg, dass du einen Stiefvater bekommen hast?«

»So gerade eben.« Honey schenkte sich den Rest aus der Weinflasche in ihr Glas. »Prost.«

Sie stießen an.

Sie betrachtete ihn über den Rand ihres Glases hinweg. »Das glaubst du, nicht? Du glaubst, du hast es mit einem Serienmörder zu tun. Du hast die Briefe, die wir bekommen haben, nicht ernst genommen. Jetzt auf einmal hast du da deine Meinung geändert und machst dir doch Sorgen.«

Er hatte auf den stetigen Strom der Fußgänger geschaut, die vor dem Fenster vorbeizogen, auf die Autos, die auf der Suche nach einem Parkplatz langsam die Straße entlangfuhren. Zögernd wandte er sich vom Fenster ab und ihr zu.

»Ich muss es in Erwägung ziehen, obwohl …«Wieder dieser ausweichende Blick.

»Du siehst die Briefe jetzt in einem anderen Licht.«

Sie legte eine Pause ein und erinnerte sich daran, dass sie den Verdacht gehegt hatte, die Briefe könnten von ihrer

Mutter stammen, die Doherty nie gemocht hatte. Aber das hatte sie ihm gegenüber mit keinem Wort geäußert. Niemand glaubt gern, dass ein Familienmitglied so etwas tun würde.

»Überlegst du etwa, dass deine Tochter die Briefe geschickt hat?«

Doherty schaute sehr langsam zu ihr hin. Allein das verriet ihr, dass sie den Nagel auf den Kopf getroffen hatte.

»Ich war mir nicht sicher. Sie ist wieder auf Reisen, also habe ich bei ihrer Mutter angerufen. Anscheinend ist Karen auf einem Kurs in Schottland. In Edinburgh.«

Honey verspürte zwar das dringende Bedürfnis, ihn dafür auszuschimpfen, dass er es ihr nicht früher gesagt hatte, hielt sich aber zurück. »Woher wusste sie, dass meine Mutter nicht hier ist?«

Er zuckte die Achseln. »Das hat sie einfach ins Blaue hinein geraten, fürchte ich. Sie wusste es nicht. Jedenfalls war sie nie sonderlich gut in Englisch, hat immer die Zeiten verwechselt. Nach allem, was ich von ihrer Mutter erfahren habe, wollte sie nur mit einer Entführung drohen, nicht andeuten, dass sie deine Mutter bereits gekidnappt hatte.«

»Na, das sind ja zwei Gründe zur Erleichterung. Meine Mutter ist nicht entführt worden, sondern hat nur wieder geheiratet, und der Verfasser der Briefe ist kein Serienmörder. Was uns wieder zu unserem Fall zurückbringt.«

»Stimmt.« Doherty legte die Unterarme auf den Tisch und lehnte sich vor. Honey tat es ihm gleich. Ihre Gesichter waren nur noch Zentimeter voneinander entfernt. Doherty sprach mit leiser Stimme.

»Jemand hat Mrs Flynn mit einer tödlichen Spritze umgebracht. Wir wissen nicht, wer das war. Eine zweite Person, die das alte Mädchen scheinbar betend antraf, den Kopf auf die Bank vor ihr gestützt, nutzte die Situation aus, schlug ihr etwas über den Kopf und merkte dabei nicht, dass sie bereits tot war. Wir haben die Tatwaffe noch nicht gefunden.«

Honey schaute in ihren Kaffee und drehte die Tasse stetig im Kreis, während sie überdachte, was sie gerade erfahren hatte. Jetzt hatte sie den Kopf frei dafür, denn sie musste sich keine Sorgen mehr machen, dass vielleicht jemand ihre Mutter entführt hatte, und wusste nun auch, dass ihr kein Serienmörder Drohbriefe geschrieben hatte.

Langsam fügte sich alles zusammen.

»Der zweite Mord. Marietta. Es war nicht die Person, die Mrs Flynn eins über den Schädel gezogen hat. Da sind wir inzwischen sicher, nicht?«

Er freute sich über ihre scharfsinnige Schlussfolgerung und zeigte das mit einem kleinen Kuss auf ihre Nase.

»Schlaues Mädchen. Das war ein Ablenkungsmanöver, um uns von der Fährte abzubringen. Wer immer Mrs Flynn die Spritze verpasst hat, dachte, er hätte das perfekte Verbrechen begangen. David Chan, der Forensiker, sagte uns, dass eine Injektion unter der Zunge nicht so leicht zu entdecken ist wie eine, die man an anderer Stelle in die Haut gemacht hat. So gelangt außerdem das Insulin direkt in die Blutbahn und wird nicht über den Darm aufgenommen, was seine Wirkung abschwächen würde. Mrs Flynn hat eine sehr hohe Dosis bekommen. Und außerdem hat sich im Normalfall nach zwölf Stunden das Insulin völlig im Blut aufgelöst und ist nicht mehr nachzuweisen.«

»Sie wurde aber doch erst am nächsten Morgen gefunden?«

»Das stimmt. Chan hat in den Tagen nach ihrem Tod alles Mögliche ausprobiert. Es gab keine gut sichtbaren Einstiche, und es wurde trotzdem Insulin in ihrem Blut gefunden. Aber er hatte etwas über Injektionen unter der Zunge gelesen, und außerdem war das Kleid von Mrs Flynn schweißgetränkt, obwohl sie schon einige Zeit tot war. Er war ein bisschen verlegen, als er uns gestanden hat, wo er das mit der Injektion von Insulin unter der Zunge gelesen hatte«, sagte Doherty mit einem sarkastischen Grinsen. »In einem Krimi. Unser Mr Chan verschlingt die säckeweise. Er hat mir erzählt, dass er nur mit etwas Glück den winzigen Überrest Insulin noch gefunden hat. Das Zeug hätte um diese Zeit schon längst abgebaut sein müssen. Er versicherte mir auch, dass gesunde Erwachsene sich von einer Überdosis Insulin durchaus erholen können, Babys und ältere Leute aber eher nicht.«

Honey runzelte die Stirn. »Dann kann es nicht Mrs Flynn gewesen sein, die ich zur Kirche laufen sah.«

»Nein, ich denke, du hast Nigel gesehen, der seine Frau gesucht hat. Bei ihrer Befragung hat mir Janet Glencannon erzählt, dass er immer so alberne Sachen macht.«

»Kein schöner Anblick. Man kann ihn ja kaum als Elfe bezeichnen.«

»Ich verspreche dir, dass *du* bei unserer Hochzeit das Kleid tragen darfst.«

Nun war sie an der Reihe, ihn auf die Nase zu küssen.

»Wo hatte also Mrs Flynn das Brautkleid her? Und was hatte sie so spätabends in der Kirche zu suchen?«

Doherty nahm ihre beiden Hände in seine. »Die Pfarrerin war gerade eben erst gegangen. Jemand hatte ihr eins über den Schädel gezogen, und wir haben sie nach Hause gebracht. Die Kirchentür blieb offen, aber das tut eigentlich nichts zur Sache. Denn als Chefin der Blumenfrauen hatte Mrs Flynn einen Schlüssel. Das hat mir die Pfarrerin versichert.«

»Ich nehme an, die Person, die Mrs Flynn die Spritze gesetzt hat, ist ein Profi – vielleicht eine ehemalige Krankenschwester?«

»Möglicherweise. Jedenfalls hat sie Zugang zu Medikamenten und Spritzen. Zum Beispiel in einem Krankenhaus oder einer Arztpraxis.«

Honey nickte. »Oder sie hat einen Freund oder Verwandten, der Diabetiker ist.«

»Hm. Das ist auch möglich. Ich denke, dass derjenige, der Mrs Flynn die Spritze gegeben hat, in Panik geraten ist, als herauskam, dass zusätzlich noch jemand dem alten Mädchen was über den Schädel gezogen hatte. Das hat die Angelegenheit komplizierter gemacht. Mrs Flynn ging allein schon wegen ihres Alters regelmäßig zum Arzt. Unter diesen Umständen wäre kein Pathologe eingeschaltet worden, nachdem man die alte Dame tot aufgefunden hatte. Eine sichtbare Verletzung von einem Schlag auf den Hinterkopf war ganz was anderes. Also versuchte der eigentliche Mörder, die Aufmerksamkeit von den Erkenntnissen der Gerichtsmedizin abzulenken, und hat einen zweiten Mord inszeniert. Marietta kam da gerade richtig. Wir haben in Erwägung gezogen, dass beide Morde vom selben Täter begangen wurden.« Er schüttelte den Kopf. »Das stimmt aber nicht.«

»Wer war es also in Mariettas Fall?«

»Dieselbe Person, die der Pfarrerin eins über den Schädel gezogen hat.«

»Wieso der Pfarrerin?«

»Der Mörder wurde gestört.«

Honey schaute ihn fragend an. »Die Pfarrerin war aber doch gerade eben von Mrs Flynns Haus gekommen. Wenn man bedenkt, wie viel Zeit zwischen dem Augenblick verstrichen war, an dem wir die Pfarrerin gefunden haben, und dem, als Mrs Flynn ermordet wurde, dann kann der Mörder durchaus gleich in der Kirche geblieben sein.«

Doherty schaute ihr in die Augen. »Der Mörder war

noch in der Kirche, nachdem wir gegangen waren. Verdammt!« Seine Faust sauste auf den Tisch. »Ich hätte mich besser umschauen sollen.«

»Unsere erste Sorge galt der Pfarrerin, und es sah ja auch nicht so aus, als würde irgendwas nicht stimmen. Und gestohlen wurde offenbar auch nichts.«

»Genau. Da hat jemand die günstige Gelegenheit genutzt.«

»Kann ich Ihr Autogramm haben?«, unterbrach die japanische Dame aus Zimmer 17 das Gespräch der beiden.«Ich führe Tagebuch über alles, was wir gemacht haben, seit wir hier in Bath angekommen sind. Ich hätte auch gern ein Foto von Ihnen. Hätten Sie was dagegen?«

»Oje, oje. Ich komme mir vor wie Madonna«, rief Honey.

»Oh, Sie sind überhaupt nicht wie sie. Die ist zu dürr. Ein wenig mehr Fett würde der guttun.«

Honey wusste, dass die japanische Dame das nett gemeint hatte, aber trotzdem hatte sie sofort das dringende Bedürfnis, sich ihr Mittagessen mit einem raschen Spaziergang abzutrainieren.

»Ich brauche mehr Bewegung«, sagte sie zu Doherty, sobald sich die Dame mit dem Autogrammbuch und der Hightech-Kamera verabschiedet hatte, um noch mehr Erinnerungen für ihr Album einzufangen.

In den wenigen Minuten, in denen Honey sich um diesen Gast gekümmert hatte, war Dohertys Miene todernst geworden.

»Harold Clinker hat mir erzählt, dass Mrs Flynn angeblich Aufzeichnungen über alle Dorfbewohner gemacht hat.«

»Woher wusste er das?«

»Er hat es vielleicht nur allgemein andeuten wollen, aber

was wäre, wenn er es genau weiß? Was wäre, wenn Mrs Flynn tatsächlich alles Mögliche über die Leute im Dorf aufgeschrieben hat? Und wenn sie das gemacht hat, wo sind dies Aufzeichnungen jetzt? Wir haben in ihrem Haus keine Notizhefte oder Tagebücher gefunden. Nur ein Schulheft, wenn ich mich recht erinnere. Da stand nichts drin.«

»*Noch* nichts?«

Er nickte zustimmend. »Noch nichts. Was ist also, wenn es schon ein Heft mit solchen Notizen gibt? Und wenn sie es nicht im Haus hatte, wo hat sie es dann aufbewahrt?«

»An dem Ort, den sie öfter besuchte als jeden anderen. In der Kirche.«

Kapitel 30

Als Honey die Pfarrerin anrief, versprach diese, sie in wenigen Minuten vor der Kirche zu treffen und auch ihren Kalender mitzubringen, damit Honey und Doherty einen Termin für ein Gespräch über die Trauung festlegen konnten.

Sie fuhren durch die schmale Straße zum Parkplatz vor der Kirche.

»Harold ist zu Hause«, sagte Doherty und deutete mit dem Kopf auf die schwarze Mercedes-Limousine, die man durch die Zwischenräume im Tor zum Belvedere House erspähen konnte. Daneben stand ein dunkelblauer Porsche. »Wem der wohl gehört?«

»Ich nehme an, einer seiner Damenbekanntschaften. Der ist nicht der Typ, der das Bett kalt werden lässt.«

Der Tag war überraschend heiter, und das Sonnenlicht strömte durch die offene Tür der Kirche und hellte den alten Stein auf, so dass er wie Honig schimmerte.

Die schmale Gestalt von Hermione Thompson glitt zwischen den Blumengestecken hin und her. Sie goss Wasser für die durstigen Blüten nach. Sie lächelte, als sie die beiden sah.

»Kann ich Ihnen helfen?«

»Wir sind hier mit der Pfarrerin verabredet«, sagte Doherty und zückte seine Dienstmarke.

»O ja«, erwiderte Hermione mit leiser und respektvoller Stimme. »Sie sind der Polizist, nicht wahr?«

»Wir hoffen auch, dass wir hier heiraten werden«, fügte Honey hinzu. »Die Blumen sehen wunderschön aus.«

»Wir tun unser Bestes«, sagte Hermione, und ihre

Stimme klang eher wie die eines kleinen Mädchens als die einer erwachsenen Frau, wenn sie auch nach ihrem Gesicht zu urteilen die vierzig bereits überschritten hatte.

Das Klingeln von Dohertys Handy hallte durch die Kirche.

»Tut mir leid«, sagte er entschuldigend, nachdem er nachgeschaut hatte, wer der Anrufer war. »Ich geh kurz raus und telefoniere.«

Honey schüttelte den Kopf. »Manchmal denke ich, wir schaffen es nie vor den Altar.«

»Oh, ich glaube, das kriegen Sie hin. Wenn Sie es wirklich wollen«, meinte Hermione.

Die schmale Frau kam Honey wie einer jener Menschen vor, die nicht reden können, wenn nicht jemand anderes in der Unterhaltung die Führung übernimmt. Mit diesem Gedanken im Hinterkopf stürzte sie sich gleich mitten hinein ins Gespräch und fragte Hermione nach den toten Bräuten.

»Ich nehme an, die Morde müssen für Sie alle im Dorf ein ziemlicher Schock gewesen sein.«

»Ja«, murmelte Hermione. »Das waren sie wohl.«

»Eigentlich hätte zumindest der erste keine so große Überraschung sein dürfen, finden Sie nicht? Wenn man bedenkt, dass Mrs Flynn nicht gerade beliebt war.«

»Sie hat nichts als die Wahrheit über die Leute gesagt; sie konnte unter die Oberfläche schauen«, erwiderte Hermione hitzig.

Diese Reaktion hatte Honey nun überhaupt nicht erwartet. Hatte Janet Glencannon nicht erzählt, dass Mrs Flynn ganz besonders auf Hermione herumgehackt hatte?

»Ach, kommen Sie schon! Sie brauchen doch keine Angst zu haben. Jetzt kann sie Sie nicht mehr schikanieren. Sagen Sie ruhig, was Sie denken.«

Das blasse Gesicht wurde hochrot und starr.

»So war es nicht!«

»Sie meinen, sie hat Sie nicht schikaniert?«

»Ihre Haltung mir gegenüber ist immer missverstanden worden.« Plötzlich wandelte sich ihr Gesichtsausdruck. »*Sie* war es, nicht wahr? Janet Glencannon. Sie muss es gewesen sein, die gegen uns stichelt. Damit wollte sie wohl von Quincys Problemen ablenken. Von denen hätte sie uns erzählen sollen, als wir ihn von ihr gekauft haben.«

»Quincy ist Ihr Hund?«

»Ein Labrador. Er hatte Anfälle. Sie hat uns weisgemacht, das hätte damit zu tun, dass er noch ein Welpe war, aber das war gelogen. Quincy leidet an Epilepsie. Es kostet uns ein Vermögen, ihn immer gut mit Medikamenten einzustellen. Sie hat behauptet, das würde sich auswachsen, aber das ist nicht passiert. Und ehe Sie vorschlagen, wir sollten ihn einschläfern lassen, das würden wir niemals tun, weil wir ihn liebgewonnen haben.«

»O natürlich würden Sie das nicht tun«, sagte Honey verständnisvoll. Sie erinnerte sich daran, dass Janet Glencannon ihr gesagt hatte, Hermione wäre von Mrs Flynn erbarmungslos getriezt worden. Aus irgendeinem Grund sah Hermione die Sache anscheinend ganz anders. Aber Honey war ja hier, um Fragen zu stellen.

Hermione wischte sich ein paar Tränen aus den Augen. »Tut mir leid. Ich sollte mir das alles nicht so zu Herzen nehmen, aber so ist es nun mal. Ich bin nicht so hartgesotten wie manche hier.«

»Manche? Denken Sie da an eine bestimmte Person?«

Hermione zwinkerte sie an, als versuchte sie zu entscheiden, ob sie sich alles von der Seele reden sollte oder nicht.

»Ich bin ja keine Klatschtante, aber mich hat es nicht besonders überrascht, dass man Marietta tot aufgefunden hat. Ich verdächtige ihren Mann. Der hatte auch einen triftigen

Grund, sie zu beseitigen, wissen Sie, obwohl ich eigentlich niemanden verurteilen möchte – eigentlich nicht, aber …«

Honey spürte, dass hier noch etwas zu holen war, und drängte weiter.

»Sie würden ja niemanden verurteilen, wenn es uns hilft, den Mörder zu finden, Mrs Thompson.«

Den Kopf über eine Vase mit Blumen gebeugt, begann Hermione, welke Blüten abzuzupfen.

Sie kaute auf der Unterlippe herum und überlegte sich offenbar wieder genau, was sie sagen sollte und wie sie es formulieren sollte. Plötzlich kam Honey der Gedanke, dass Hermione vielleicht doch nicht die unschuldige kleine Frau war, die sie zu sein vorgab.

»Nun, ich will es mal so ausdrücken: Marietta war immer an den Tagen zu Hause, wenn der Gärtner gekommen ist. Er ist ein großer, kräftiger Kerl, dieser Dave Lee, und trotz unseres englischen Sommerwetters hat man ihn oft gesehen, wie er mit nacktem Oberkörper den Rasen gemäht oder Unkraut gejätet hat. Vielleicht war das eine Voraussetzung dafür, dass er den Job bekommen hat«, fügte sie bissig hinzu.

Plötzlich lag Gehässigkeit in Hermione Thompsons Lächeln. Nur eine Seite ihrer blassrosa Lippen verzog sich und ließ ihr fades Gesicht lebendiger, ja sogar interessant wirken. Es war, als hätte ihre nach außen zur Schau gestellte, gefügige Unschuld Risse bekommen.

Honey ging mit Hermione zu einer Vase, deren Blumen die Köpfe hängen ließen. Ringsum auf dem Boden lagen Blütenblätter verstreut. Obwohl Honey die Antwort bereits zu kennen glaubte, fragte sie: »Meinen Sie, die beiden hatten eine Affäre?«

»Entschuldigung. Ich muss die hier zum Komposthaufen nach draußen bringen.«

»Prima«, antwortete Honey. »Mir würde ein bisschen frische Luft auch guttun.«

Sie folgte Hermione nach draußen. Doherty war nirgends zu sehen. Sie fragte sich, wo er hingegangen sein könnte, wollte aber jetzt nicht nach ihm suchen, nicht, solange sie Hermione in den Klauen hatte.

Fliegen schwirrten um den Komposthaufen, und Bienen summten um die Rosenhecke, die an der Mauer hochwuchs. Der Komposthaufen befand sich kurz vor dem höheren Gras, in dem man Harold Clinker nackt, geknebelt und gefesselt entdeckt hatte.

»Also, was meinen Sie?«

»Wozu?«

War diese Frau wirklich begriffsstutzig oder wollte sie bloß der Frage ausweichen? Honey verspürte einen starken Drang, sie bei den Schulter zu packen und zu schütteln. Geduld, mahnte sie eine innere Stimme.

»Ich hatte gefragt, ob Sie meinen, dass Marietta und dieser Dave Lee eine Affäre hatten.«

Plötzlich kam von irgendwoher ein leichter Wind auf und wehte Hermione das feine Haar ins Gesicht. Sie strich es mit der Hand zurück. Honey fiel auf, dass sie schwarz lackierte Fingernägel hatte, was an einer so zerbrechlich wirkenden Person irgendwie seltsam aussah.

»Ich bin mir nicht sicher, ob man das als Affäre bezeichnen kann. Mir fällt dafür ein sehr viel vulgärerer Ausdruck ein«, antwortete sie, und ihre Lippen waren ganz dünn und angespannt, die Augen unter den schweren Lidern beinahe verborgen. Ihre Gehässigkeit war mit Händen zu greifen.

Wow, dachte Honey und verglich Hermione mit einer Praline. Sie sahen alle gleich aus, ob sie nun einen weichen oder einen harten Kern hatten. Es war reiner Zufall, ob man eine weiche oder eine harte erwischte. Bis vor kurzem hätte sie Hermione noch mit einem Erdbeerkremhütchen oder einem Fondantkonfekt verglichen. Ganz falsch. Hermione war entweder ein klebriges Toffee oder eine Paranuss im Schokomantel. Mit einem besonders harten Kern.

»Mir gefällt diese Kirche ausgesprochen gut«, fuhr Honey fort, während sie Hermione dabei zusah, wie die die welken Blumen auf den Haufen warf, ehe sie das Blumenwasser ins hohe Gras schüttete. »Es ist alles so hübsch, die Kirche und auch der Garten.«

»Der Friedhof«, sagte Hermione. »Das ist kein Garten. Es ist ein Friedhof, und er liegt voller steinerner Engel und verzierter Urnen.«

»Da muss ich mich wohl korrigieren.«

»Es ist geweihter Boden. Leute, die zu arm waren, um sich eine eigene Grabstätte leisten zu können, wurden da drüben beerdigt«, sagte Hermione und deutete mit dem Kinn auf den Bereich, in dem die hohen Gräser in dem leichten Lüftchen raschelten. »Und Gras und Unkraut haben ihre Gräber überwuchert.«

Honey sah, dass das Gras dort höher stand, wo das Gelände und die Mauer hinter der Kirche etwas abfielen.

»Da hat man Harold Clinker gefunden, gefesselt, geknebelt und nackt. Ich nehme an, im Dorf war man darüber ziemlich schockiert.«

»Ein widerlicher Kerl!«

»Hatten Sie viel mit ihm zu tun?«

»Am Anfang schon. Er hat die Freundlichkeit der Leute ausgenutzt. Sobald er die Lage sondiert hatte, hat er alles, was er bei Gesprächen rausgefunden hatte, für seine eigenen Zwecke verwendet.«

Honey versuchte zu verarbeiten, was Hermione da gesagt hatte, und ließ ihren Blick schweifen. Sonnenkringel schimmerten auf dem Gras. Der Duft und die Klänge des Sommers lagen in der Luft, Kornblumen und Mohn wuchsen auf dem ältesten Teil des Friedhofs. Wenn sie sich recht erinnerte, war das der Bereich, den die Pfarrerin aufräumen lassen wollte. Und Mrs Flynn hatte sich vehement gegen diesen Plan gewehrt.

»Also liegen da drüben nur arme Leute begraben?«, fragte Honey und deutete mit dem Kopf zu der Grasfläche, auf die Hermione verwiesen hatte.

»Stimmt.«

»Ist in letzter Zeit jemand dort beerdigt worden?«

Hermione zog die Stirn kraus. »Wieso sollte da jemand beerdigt worden sein?«

Honey zuckte die Achseln. »War nur so eine Idee.«

Die neueren Gräber waren alle ordentlich nebeneinander gereiht, das Gras ringsum war kurz gemäht, und Blumen sprossen aus Marmorurnen und Zinntöpfen.

»Es ist eine wunderschöne Kirche.« Honey blieb dabei. »Kein Wunder, dass so viele Leute hier heiraten möchten. Haben Sie auch hier geheiratet?«

»Nein!«

Die Antwort klang sehr barsch, und als Hermione dem leichten Wind den Rücken zuwandte, um die Vase am Wasserhahn neu zu füllen, flog ihr das dünne Haar ins Gesicht und verschleierte ihre Miene.

Über ihren nächsten Schritt dachte Honey besonders sorgfältig nach. Eine Frage brannte ihr auf den Nägeln, aber sie war sich recht unsicher, ob sie eine Antwort darauf bekommen würde.

»Ich weiß, Sie halten es für Unsinn, aber meinen Sie, dass es für andere Leute wirklich so ausgesehen haben könnte, als würde Mrs Flynn Sie schikanieren? Mehr als eine Person hat mir das erzählt«, fügte Honey rasch noch hinzu, um zu verhindern, dass wieder Janet Glencannon beschuldigt wurde.

Hermione Thompsonrichtete sich abrupt auf, beide Hände um die Vase aus geschliffenem Kristall geklammert. Ihre Augen, die gewöhnlich blass und ausdruckslos wirkten, wurden auf einmal so hart und scharf wie das Kristall der Vase, die sie an die Brust presste.

»Es war mmmmmeine eigene … mmmmmeine eigene … Schuld. Ich habe mmmmanchmal Fehler gemmmmmacht.«

Honey merkte, wie ihr das Blut in den Adern stockte. Hermiones plötzliches Stottern, ihre Reaktion insgesamt glich der einer misshandelten Ehefrau, nur sprach sie nicht von ihrem Ehemann, überhaupt von keinem Mann, sondern von einer älteren Frau.

Plötzlich bemerkte Honey, dass Doherty an seinem Auto lehnte und sie zu sich winkte. Ehe sie zu ihm ging, spazierte sie durch das hohe Gras, beinahe so, als könnte ihr das allein schon etwas mehr darüber verraten, was hier vor sich gegangen war. Es stellte sich heraus, dass es zwischen dem Gras ziemlich viele Brennnesseln gab. Honeys Beine brannten.

»Scheiße!«

Honey drehte sich noch mal zu Hermione Thompson um, weil sie ihr für ihre Hilfe danken wollte, aber die war bereits wieder in die Kirche zurückgekehrt, und die Tür fiel laut hinter ihr ins Schloss.

Doherty sah höchst zufrieden aus. »Wir haben Alice Flynn gefunden.«

»In Schottland?«

»Nein. Sie war bei einer Freundin in Keynsham.«

»Bei einer Freundin? Bei jemandem, den wir kennen?« Doch irgendwie hatte sie die Antwort bereits erraten.

»Geraldine Evans. Ich halte dich auf dem Laufenden.«

Im Green River Hotel gab es eine Menge zu tun. Honey war also keineswegs betrübt, dass man sie nicht gebeten hatte, bei der Befragung einer Frau anwesend zu sein, von der man wusste, dass sie den größten Teil des Tages verschlief und den größten Teil der Nacht arbeitete.

Honey hatte nicht nur Bürokram zu erledigen und E-Mails an Leute zu verschicken, die Zimmer reservieren wollten. Sie musste auch über die Sache mit ihrer Mutter nachdenken.

Es stellte sich heraus, dass man E-Mails auf das Kreuzfahrtschiff schicken konnte.

»Die haben Satellitentelefon und jede Menge andere hochkomplizierte Kommunikationsmöglichkeiten«, sagte ihr Lindsey.

»Erklärst du mir, wie das geht?«, fragte Honey ihre Tochter.

»Genau wie sonst immer«, antwortete Lindsey. »Keine Sorge, Mum. Du wirst nicht plötzlich irgendwelche Botschaften von der Bodenstation hören, so im Stil von ›Ground Control to Major Tom‹. Es ist völlig harmlos.«

Lindsey packte hinter dem Empfangstresen ihre Sachen zusammen.

»Du gehst schon?«, fragte Honey sie, leicht beunruhigt, dass sie nun mit der modernen Technik und ihrer Mutter allein klarkommen sollte.

»Ja, wir haben ein besonderes Treffen, zu dem ich unbedingt hinmuss. Spätestens in einer Viertelstunde muss ich weg.«

Lindsey wirkte ungewöhnlich geschäftsmäßig, so als wollte sie ja nicht gefragt werden, wohin sie ging. Anna war eigens gekommen, um sie abzulösen.

»Frau Gloria hat große Energie«, sagte Anna, als sie zusammen mit Lindsey über Honeys Schulter hinweg auf das Hochzeitsbild schaute, das Lindsey als Bildschirmschoner installiert hatte. »Ich habe auch große Energie«, fügte sie hinzu. »Wir sind sehr gleich bei Männern. Wir haben beide große Energie.«

Honey erbleichte bei dem Gedanken, dass ihre Mutter etwas mit Anna gemeinsam haben könnte. Doch nach einigem Überlegen wurde ihr klar, dass Anna recht hatte. Beide mochten sie Männer, wobei allerdings bei Anna diese Vorliebe zu diversen Kindern geführt hatte und Glorias verblichene oder geschiedene Ehegatten erhebliche Beträge auf ihrem Konto hinterlassen hatten. Beide hatten sie also in fruchtbaren Beziehungen gelebt, wenn auch die Früchte sich nicht sehr ähnelten.

Was war also mit diesem Ehemann hier?

Anna tippte mit dem Finger auf den Bildschirm. »Oh, *der* ist es!«

Honey starrte auf das Bild. Auch Lindsey war über Annas Kommentar verdutzt.

»Der? Wer?«

»Der Mann, der Tricks gemacht hat.«

Honeys Augenbrauen schossen bis zum Haaransatz hinauf. »Tricks? Was für Tricks?«

Tricks war ein übles Wort für Honey, sie brachte es automatisch mit Betrügern, Schaumschlägern, Gaunern und Verbrechern in Verbindung. Unehrliche Leute, das war wohl der freundlichste Ausdruck für diese Typen.

»Er hat Kartentricks gemacht, als er hier gewohnt hat. Sie können ihn doch nicht vergessen haben. Die Leute haben ihn den Prinzen der Karten genannt.«

»Anna, ich habe keine Ahnung, wovon Sie reden …« Dann dämmerte es ihr. »Der Zaubererkongress?«

»Genau. Wo Männer Tricks mit Karten machen und mit Schwertern und wo sie Kaninchen aus dem Hut ziehen. Sie waren alle sehr gut, aber der Prinz der Karten war der Beste.«

»Ah!« Erinnerungen fluteten über Honey herein. Im Green River hatte ein Kongress von Zauberern stattgefunden – zumeist Bühnenkünstler, die sich trafen, um Gedanken auszutauschen oder ihre neuesten Tricks vorzuführen. Ihre Mutter hatte also einen Zauberer geheiratet, einen Bühnenmagier.

»Sie sehen nicht sehr glücklich darüber aus, Mrs Driver. Er war ein sehr netter Mann. Sie mochten ihn auch. Ich mochte ihn auch.«

Das klärte die Sache. Honey lehnte sich auf ihrem Stuhl zurück und atmete langsam und tief aus.

Es stimmte. Es stimmte wirklich. Anna und ihre Mutter hatten einen ähnlichen Geschmack in Sachen Männern. Nach dem Scheitern ihrer jeweiligen Beziehungen waren beide auf sich selbst gestellt gewesen. In Annas Fall ging es darum, irgendwie mit den Kindern klarzukommen. Bei Gloria Cross war das Problem das vor der Ehe bindend vereinbarte Limit auf ihrer American-Express-Kreditkarte.

Honey dachte nach. Was sollte sie in ihrem Brief an Gloria schreiben? Sie hatte ihr schon eine Gratulation mit einer E-Karte über eine Website mit elektronischen Glückwunschkarten geschickt, aber das war, ehe sie herausgefunden hatte, dass Stewart White mehr – oder weniger? – war als ein Buchmacher und Besitzer einer Kette von Wettbüros.

Lindsey hatte ihr versprochen, online ein wenig über den Mann zu recherchieren, aber das würde noch ein bisschen dauern. Sie konnte ihrer Mutter im Augenblick jedenfalls noch nicht vorwerfen, dass sie auf einen Zauberer hereingefallen war. In dieser ersten E-Mail würde sie sich nur ganz nüchtern erkundigen, wann ihre Mutter zurückkommen würde und wo die Jungvermählten wohnen wollten.

Sie schickte die Mail wie gewöhnlich ab und schaute dann wie gebannt auf den Bildschirm, als müsste die Antwort sofort erscheinen.

»Du bekommst angezeigt, wenn eine E-Mail als Antwort eintrifft, wie immer«, erinnerte Lindsey sie.

»Sie hat bestimmt ihr Handy dabei. Ich versuch's mal.«

Lindsey schüttelte den Kopf und murmelte: »Da musst du aber verdammt viel Glück haben. Also, ich bin dann mal weg.«

Ihre Tochter hatte natürlich recht. Honey bekam nur eine aufgezeichnete Nachricht zu hören.

»Ich bin in den Flitterwochen. Ich melde mich, wenn ich zurück bin.«

Trost! Honey sagte sich, dass sie jetzt dringend Trost bräuchte, und damit meinte sie Trostessen. Ihr jüngster Verzicht auf Naschereien – in der Bemühung, als schlankere Version ihrer selbst in Richtung Altar zu schweben – war weit hinter dem Horizont verschwunden, gemeinsam mit ihrer Mutter und einem Zauberkünstler, dem möglicherweise auch eine Kette von Wettbüros gehörte.

Honey sagte zu Anna, sie hätte noch im Büro zu tun und würde heute etwas später den Dienst am Empfang antreten. Dann zog sie, eine Tasse Kaffee und ein Sahnetörtchen in einer Hand balancierend, mit der anderen die Bürotür hinter sich zu, nachdem sie strikte Anweisung gegeben hatte, sie bloß nicht zu stören.

Der Kaffee war schnell weg, aber nicht so schnell wie das Sahnetörtchen. Das hatte sie einfach gebraucht!

Hatte ihre Mutter vielleicht übereilt geheiratet und würde das bald bereuen – wenn sie lange genug lebte? Honey zwang sich, an etwas anderes zu denken.

Erstens an Mrs Flynn. Inzwischen stand es so gut wie fest, dass es nicht sie gewesen war, die an jenem Abend im

Brautkleid durchs Dorf gerannt war. Diese Angewohnheit hatte wohl eher Nigel Brooks.

Zweitens wussten sie auch, dass Mrs Flynn von ihrem Bräutigam am Altar sitzengelassen worden war und ihr Brautkleid aufgehoben hatte. Hatte die Pfarrerin geahnt, dass sie es in der alten Truhe in der Kirche aufbewahrte und regelmäßig dorthin ging, um es anzuziehen und sich so hinzusetzen, als wartete sie auf ihren vor langer Zeit verschollenen Bräutigam?

Und was war mit dem Bräutigam? War er tatsächlich zurückgekehrt und lebte jetzt unter dem Namen Alan Price in Wainswicke, wie einer der Dorfbewohner vermutet hatte? Und wenn ja, wie war sein Leben verlaufen?

Je mehr sie über Mrs Flynn nachdachte, wie sie da in ihrem Brautkleid in der Kirche saß, desto trauriger wurde sie. Dass der Bräutigam sie vor dem Altar verlassen hatte, hatte das Leben dieser Frau ruiniert. Zum Glück hatte sie jederzeit Zugang zur Kirche, und es war nur logisch, dass sie sich in ihrem Brautkleid dort hinsetzte, wann immer sie wollte. Aber irgendjemand musste das doch mitbekommen haben. Jemand musste sie gesehen haben.

Die Pfarrerin. Die Pfarrerin hatte sie bestimmt gesehen.

Dohertys Telefon war ausgeschaltet. Na ja, das hatte sie sich schon denken können, denn er wollte zu Geraldine Evans fahren und sich bei ihr erkundigen, wo sich Alice Flynn gerade aufhielt.

Da sie ihr eigenes Auto inzwischen in die Werkstatt gebracht hatte, wo der Kotflügel von Ahmed Cliffords zärtlichen Händen ausgebeult wurde, riskierte sie ihr Leben und fragte Mary Jane, ob sie so nett sein würde, sie nach Wainswicke zu fahren.

»Aber gern! Gib mir eine Minute Zeit, damit ich all meine Aufzeichnungen zusammensuchen kann. Ich muss ohnehin noch einmal mit der Pfarrerin reden und mir ein paar von den alten Dokumenten ansehen, die sie im Pfarrhaus aufbewahrt.«

Mary Jane erforschte immer noch ihren Stammbaum. Es schien Honey inzwischen, als würde die Menge an Informationen, die Mary Jane gesammelt hatte, für einen ganzen Stammwald reichen.

»Dann man los!«, rief Mary Jane und fädelte sich in den Verkehr ein. Sobald sie eine gerade Strecke erreicht hatten, trat sie das Gaspedal bis zum Boden durch.

Kapitel 31

»Alice Flynn. Ich suche Alice Flynn.«

Es war vier Uhr nachmittags, und der blaue Himmel war inzwischen einem mürrischen Grau gewichen. Die Frau, die im Haus Rochester Gardens Nummer sechs die Tür geöffnet hatte, wirkte genauso mürrisch.

»Die ist nicht hier.«

Geraldine Evans wollte die Tür schon wieder schließen. Doch Doherty rammte den Fuß in den Spalt und zückte seine Dienstmarke.

»Dann warte ich.«

Die Tür wurde wieder ein Stück weit geöffnet.

»Haben Sie kein Auto, in dem Sie warten können?«

»Nein. Ich würde mir lieber die Wartezeit damit vertreiben, Ihnen ein paar Fragen zu stellen.«

»Hören Sie, ich bin gerade eben erst aufgestanden. Ich muss heute Abend arbeiten.«

»Wo arbeiten Sie?«

»In Bristol. Red Cross Street.«

»Auf der Straße?«

Ihr finsteres Gesicht passte prächtig zu den Ringen unter den Augen. Tief und schwarz. »Sehe ich aus wie 'ne Nutte?«

Das fand Doherty eigentlich schon, aber er wusste, dass sie, wenn er das sagte, noch mürrischer werden würde.

»Ich würde vermuten, Sie arbeiten im Lemon Tree. Habe ich recht?«

Das Lemon Tree war ein Nachtklub, der in einem roten Backsteinbau zwischen der alten Kaufmännischen Akademie und der Rückseite der Gebäude am Old Market untergebracht war. In längst vergangenen Zeiten war der Old Market genau das gewesen, ein Markt. Das war Geschichte, und nun hatte eine ungeschickte Straßenführung dafür gesorgt, dass die Lebensqualität in dieser Gegend nicht gerade berauschend war, während sich der Verkehrsfluss auch nicht verbessert hatte.

Im Grunde war der Klub typisch für eine ganze Reihe von Etablissements in dieser Gegend, obwohl der Old Market in der Stadtmitte noch ein bisschen ordentlicher war als die West Street jenseits der Ampel, eine Einbahnstraße, an der sich nur Massagesalons, Kifferläden und Lap-Dance-Klubs befanden.

Das Lemon Tree machte gegen neun Uhr abends auf und schloss nie vor vier Uhr am nächsten Morgen. Doherty vermutete, dass man dort nicht schlecht verdiente. Aber wenn man sich Geraldines Haus von außen ansah, dann gab sie das Geld gewiss nicht für die Pflege ihres Eigenheims aus.

Doherty nickte einer Frau zu, die ein paar Türen weiter ihre Mülltonne auf die Straße rollte. Soweit er wusste, war morgen kein Tag für die Müllabfuhr. Die alte Dame schob die Tonne auch sehr langsam. Sie schaute in seine Richtung und beobachtete neugierig, was da wohl vor sich ging.

Doherty sagte, was er gerade dachte. »Ich nehme an, Ihre Nachbarin da fragt sich, was hier vor sich geht«, meinte er zu der blassen Frau, die ihn immer noch nicht ins Haus ließ. Ihren Panda-Augen nach zu schließen, hatte sie sich vor dem Schlafengehen nicht die Mühe gemacht, sich abzuschminken.

Sie blinzelte, und ein paar Krümel angetrockneter Wimperntusche rieselten auf ihre Wangen. Ihr Mund stand offen.

»Neugierige alte Ziege!«, brüllte sie und zeigte ihrer Nachbarin den Stinkefinger, ehe sie Doherty ins Haus ließ.

Das Zimmer, in das sie ihn führte, hätte mit seinen billigen, kantigen Möbeln ein Schrein für IKEA sein können, wenn es nicht so furchtbar unordentlich gewesen wäre. Minimalismus war anders.

Kleidungsstücke, die vielleicht schmutzig, vielleicht aber auch sauber und nur noch nicht gebügelt waren, lagen auf einem dunkelblauen Sofa mit massiven Armlehnen. Zeitungen, Zeitschriften und eine Sammlung von Handtaschen bedeckten den größten Teil der zur Verfügung stehenden Oberflächen. Das Zimmer roch schmuddelig und sah schmuddelig aus. Der Teppich hatte wahrscheinlich seit Monaten keinen Kontakt mit einem Staubsauger gehabt.

Eine Fernsehzeitschrift lag aufgeschlagen auf dem Couchtisch, daneben standen schmutzige Teller und Weingläser. Jeweils zwei.

Die Frau bemerkte seinen Blick.

»Ich hatte gestern Abend Besuch.« Sie schnappte die Teller und Gläser und drückte sie an ihren Körper, stand da mitten im Zimmer zwischen ihm und einer Anrichte, die unter einem Haufen Handtaschen verschwand.

Er strahlte sie an, als hätte er größtes Verständnis dafür, dass sie eine vielbeschäftigte Frau war, die einfach zu viel zu tun hatte.

»Möchten Sie das erst in die Küche bringen? Ich warte gern.«

Sie schien sich nicht ganz schlüssig zu sein.

»Ich hätte nichts gegen eine Tasse Tee«, fügte er noch hinzu. »Wenn Sie gerade Tee kochen. Dann könnten wir uns setzen und über Alice unterhalten. Mehr will ich gar nicht«, beteuerte er.

Trotz seines beruhigenden Tonfalls schien sie immer noch unentschlossen zu sein.

»Das ist das Problem mit Essen zum Mitnehmen, finde

ich. Schön und gut, dass jemand für einen kocht. Aber wenn es dann alles gegessen ist, bräuchte man auch jemanden, der das alles wieder aufwäscht. Sag ich jedenfalls immer.«

Sie klimperte mit den eingetrockneten Wimpern und ging in die Küche, wie er es gehofft hatte.

Da er nun, das wusste er, kaum eine Minute allein bleiben würde, stürzte er sich sofort auf die Handtaschen. Es gab welche in allen Formen und Größen, auch in allen möglichen Farben.

Er forderte sein Glück heraus, aber er musste mindestens einen Blick in ein, zwei von den Taschen werfen. Eine grellgelbe lag auf der Seite. Er klappte sie auf und schaute hinein. Nichts.

Das Gleiche tat er mit einer schicken braunen Tasche, die aussah, als wäre sie ein Designerteil – nicht dass er einen Designer vom anderen hätte unterscheiden können. Auch in der Tasche fand er nichts.

Er folgte einer Eingebung, zog sein Telefon hervor und machte so viele Fotos von den Taschen, wie er nur konnte, ehe Geraldine zurückkam. Die Fotos würde er nachher gleich an Harold Potter aufs Revier schicken.

Aus der Küche hörte er das Rauschen von Wasser und das Klirren von Geschirr. Jede Wette, dass sie einen Henkelbecher abspülte. Nach den Überresten auf dem Couchtisch und der allgemeinen Atmosphäre der Faulheit zu urteilen, hatte das Gefäß, in dem sie ihm seinen Tee bringen würde, wahrscheinlich tagelang in einem unordentlichen Stapel in der Spüle gestanden.

Falls Alice Flynn hier wohnte, warum hatte sie dann nicht abgewaschen? Er hatte nicht die Absicht, irgendwas zu trinken. Geraldine Evans traute er durchaus zu, dass sie in die Teetasse eines Polizisten spuckte. Hoffentlich würden sie so lange miteinander reden, bis der Tee kalt war – das war immer eine gute Entschuldigung.

»Hier. Sie können die mit dem Schwein haben.« Sie grinste, als sie ihm eine mit einem rosa Schwein verzierte Henkeltasse reichte. »Warten Sie nicht auf mich. Ich habe gerade Tee getrunken«, sagte sie, ehe er fragen konnte.

Sie forderte ihn nicht auf, sich hinzusetzen, warf aber einen vielsagenden Blick auf ihre Armbanduhr.

»Können wir das schnell hinter uns bringen?«

»Sie wissen, dass Alices Mutter umgebracht wurde?«

»Alice hat es mir erzählt. Deswegen ist sie ja hier. Sie hat einiges zu organisieren.«

»Ah ja. Die Beerdigung. Ich nehme an, sie wird auf dem Friedhof im Dorf begraben.«

Geraldine schnaubte. »Das bezweifle ich! Der ist voll. Und außerdem ist eine Beerdigung teuer. Gladys wird kremiert. Sobald die Leiche freigegeben ist, natürlich.«

Doherty nickte. Kein Mordopfer wurde freigegeben, ehe der Pathologe völlig mit den Ergebnissen zufrieden war. Und wenn eine Feuerbestattung anstand, behielt man die Leiche gewöhnlich ein wenig länger in Verwahrung. Eine beerdigte Leiche konnte man exhumieren, Asche dagegen nicht.

Doherty stellte seine Henkeltasse auf den Tisch und schaute genauso vielsagend wie Geraldine auf die Armbanduhr.

»Wann, haben Sie gesagt, wollte sie zurückkommen?«

»Wann es ihr passt.«

Typisch Nachtklub-Dame, dachte Doherty. Ganz gleich, ob sie dort als Tänzerin oder Hostess oder nur an der Garderobe arbeitete, das Plastiklächeln verschwand, sobald die Morgendämmerung anbrach. Sexkönigin bei Nacht, Kartoffelsack am Tag.

Den Tee rührte er nicht an, langte aber in die Tasche und zog seine Visitenkarte hervor.

»Könnten Sie ihr die geben und ihr sagen, dass ich mich gern mit ihr unterhalten würde?«

Geraldines Gesicht blieb völlig unbeteiligt. Die Karte flatterte auf den Couchtisch.

Es war durchaus möglich, dass Alice Flynn sie gar nicht bekommen würde. Er würde zwei Tage verstreichen lassen und dann noch einmal hier vorbeischauen.

Er wollte gerade in sein Auto steigen, als er Reg und Vera bemerkte, die auf ihn zukamen. Nach Honeys Besuch bei ihnen und der Verhaftung von Nigel Brooks waren sie aufs Revier gekommen und hatten eine Aussage zu Protokoll gegeben. So hatte Doherty sie kennengelernt.

Reg und seine Frau schleppten ihre Einkäufe, hatten jeder in beiden Händen eine Tasche.

»Dachte ich mir doch, dass Sie es sind«, rief Reg.

Veras Gesicht war gerötet, und sie watschelte mit mühsamen Schritten.

»Möchten Sie eine Tasse Tee?«, bot Vera ihm an.

Doherty dachte an die unberührte Tasse auf Geraldines Couchtisch und stellte fest, dass er Durst hatte.

»Ich hätte nichts dagegen.«

Das Haus von Reg und Vera war ein richtiges Familien-Zuhause. Das Wohnzimmer war vollgestopft mit Familienfotos und weißen Porzellankaninchen. Doherty vermutete, dass hier viele Familientreffen stattfanden.

Vera bemerkte, dass er die Kaninchen anschaute.

»Ich habe mal eines gekauft und der Familie gesagt, dass ich diese Tierchen mag. Seither schenken sie mir immer welche«, sagte Vera mit einem kleinen Lachen.

»Sehr schön«, meinte Doherty.

Er war sich ziemlich sicher, dass Kaninchen, die Tennisschläger schwangen, Golf spielten oder Ballkleider trugen, echte Sammlerstücke waren, aber für ihn waren sie nichts.

Das Zimmer war sauber und hell, und der einzige Geruch, den er bemerkte, war angenehm und schien von den Einkäufen zu kommen, die sie in die Küche geschleppt hatten.

Während Vera sich in der Küche mit dem Tee zu schaffen machte, zog Reg die Tür halb zu und schaute durch den Spalt, als wollte er sichergehen, dass Vera nicht zuhörte.

»Wir haben hier alles im Auge behalten«, sagte Reg und lehnte sich so nah zu Doherty hinüber, dass der die kleinen schwarzen Haare in der Nase des Mannes sehen und die Zahnpasta in seinem Atem riechen konnte. »Vera ist es ein bisschen peinlich, das zuzugeben, aber wir haben notiert, wann Besucher in die Häuser Nummer sechs und Nummer acht gekommen sind, und auch festgehalten, wie die Leute ausgesehen haben.«

Doherty musterte Reg und fragte sich, was ihn auf die Idee gebracht hatte, dass es in diesen Häusern etwas besonders Verdächtiges geben könnte.

»Das ist aber Schnüffelei, Reg.«

Regs strahlende Miene wurde ein wenig säuerlich. »Ist ja nicht verboten, oder?«

»Nein, aber ich wette, es würde den Nachbarn nicht gefallen, wenn sie es wüssten.«

»Die sprechen sowieso nicht mit uns – na ja, jedenfalls die aus Nummer sechs und Nummer acht nicht. Verdammt seltsame Typen, alle beide – wenn ich das mal so salopp formulieren darf.«

Doherty runzelte die Stirn. »Wieso haben Sie sich denn entschlossen, den beiden nachzuspionieren?«

»Wenn ich bei der Polente wäre, würde ich Mr Brooks

verdächtig finden. Wir wollen doch mal ehrlich sein, der hat nicht alle Tassen im Schrank, der Kerl, bei dem fehlt es im Oberstübchen wirklich, wenn Sie wissen, was ich meine«, sagte Reg und warf Doherty einen verschlagenen Blick zu.

»Aber ich habe Ihnen keinen Grund gegeben, gegenüber Miss Brooks, äh, Mr Brooks besonders misstrauisch zu sein.«

»Das haben Sie nicht, aber da hat jemand Fremdes gewohnt, und es waren auch sonst noch einige Besucher da. Leute, die wir hier noch nie gesehen hatten.«

Doherty war zunächst skeptisch gewesen, brachte aber jetzt sein Interesse zum Ausdruck.

»Kann ich mir Ihre Notizen mal ansehen?«

Reg stand auf, als Vera gerade mit einem Tablett mit Tee und Keksen ins Zimmer kam.

Dohertys Neugier war stärker als sein Durst. Er blätterte die Notizen durch und war mehr und mehr überrascht, je weiter er vordrang. Es waren Daten und Zeiten – nicht viele, weil sie sich dieser selbstgestellten Aufgabe noch nicht lange widmeten –, aber es war trotzdem eine interessante Lektüre.

»Und dann haben wir noch all die hier«, sagte Vera und reichte ihm ihren Tabletcomputer. »Wir haben ein paar sehr schöne Bilder gemacht.«

Doherty legte die handgeschriebenen Notizen weg und nahm das Tablet, wischte von einem Foto zum anderen.

Manche Leute kannte er nicht. Aber da war zum Beispiel Nigel Brooks, der in Nummer sechs an die Tür klopfte, aber keine Antwort bekam. Sein Gesicht war grimmig.

Reg klärte Doherty auf. »Er beschwert sich immer bei ihr, weil ihr Haus so verwahrlost wirkt.«

Doherty wischte bis zum vorletzten Bild, wischte dann

weiter und gleich wieder zurück. Erstaunt über die Person, die er da sah, vergrößerte er das Bild, um sicher zu sein. Es bestand kein Zweifel.

Er fragte Reg und Vera, ob sie diese Person je zuvor dort gesehen hätten.

Beide schüttelten den Kopf.

»Die Person ist verdächtig, meinen Sie?«, fragte Reg, und seine Augen strahlten vor Interesse.

Doherty starrte auf das Bild. Es zeigte eine Frau in einem blassblauen Kleid, deren Haar von einem mädchenhaften Band in genau passendem Blassblau zurückgehalten wurde.

Doherty entschuldigte sich, dass er doch nicht zum Tee bleiben konnte. »Nur einen raschen Schluck«, sagte er, nahm sich eine Tasse und trank gerade so viel, dass sein Mund nicht mehr allzu trocken war. Er brauchte jetzt seine Stimme. Er hatte Geraldine Evans noch ein paar Fragen zu stellen.

Kapitel 32

Ehe sie mit Mary Jane losgefahren war, hatte Honey noch vom Festnetz des Hotels bei der Pfarrerin angerufen, um ihr mitzuteilen, dass sie ins Dorf kommen würden. Der Anrufbeantworter hatte sich eingeschaltet, also hatte sie etwas aufs Band gesprochen und darauf vertraut, dass die Pfarrerin ihre Nachrichten regelmäßig abhörte.

Sie hatte auf dem Weg zu Mary Janes Auto auch noch mal auf dem Grund ihrer riesigen Tasche gewühlt, um sicher zu sein, dass sie ihr Telefon mitgenommen hatte.

Jetzt, auf halbem Weg nach Wainswicke, zog sie das Handy hervor, um Doherty anzurufen. Sie wollte ihm sagen, wohin sie gerade unterwegs war, ihm alle für den Fall relevanten Dinge durchgeben, die sie herausgefunden hatte, und ihm sagen, dass sie wirklich gern ganz in Weiß heiraten würde und auch bei Pfarrerin Constance Paxton vorbeischauen wollte, um die nötigen Absprachen für die Hochzeit zu treffen. Allerdings erst, nachdem sie sich noch einmal in der Kirche umgeschaut hatte.

»Das Telefon funktioniert nicht«, sagte sie zu Mary Jane, nachdem sie das Handy gründlich geschüttelt hatte.

»Ich fahre an den Straßenrand. Vielleicht geht's dann besser.«

Also hielt Mary Jane auf einem Parkplatz an, und Honey zog erneut das Handy hervor und … der Akku war leer.

Sie streckte dem verdammten Ding die Zunge raus und warf es über die Schulter auf den Rücksitz.

Mary Jane erzählte ihr inzwischen alles, was sie über ihre Familie herausgefunden hatte.

»Denen hat eine Menge Land in dieser Gegend gehört. Und sie hatten irrsinnig viele Nachkommen.«

Honey hörte nur mit einem halben Ohr zu. Sie musste immer noch bei Doherty anrufen. Vielleicht würde die Pfarrerin sie vom Pfarrhaus aus telefonieren lassen – falls sie sich an Dohertys Handynummer erinnern konnte. Wenn es darum ging, sich Zahlen zu merken, zeigte sie gelegentlich schreckliche Schwächen.

Mary Jane fuhr vorsichtig durch die schmale Straße, die zum Parkplatz vor dem überdachten Friedhofstor führte. Bisher hatte die Sonne sie begleitet, aber nun schlug das Wetter um. Hinter ihnen, über der High Street, war der Himmel noch blau. Vor ihnen hing jedoch eine Wolke in der Farbe eines schlimmen Blutergusses über dem Kirchendach.

Außer bei Hochzeiten, die meist an Samstagen stattfanden, war die Kirche nur sonntags gut besucht. Heute war Dienstag, und zumindest draußen war niemand zu sehen.

Honey überlegte, dass vielleicht die Damen vom Ausschuss für Blumenschmuck in der Kirche sein könnten.

Mary Jane setzte Honey ab und wendete ihr Auto. Honey wollte sich zunächst in der Kirche umschauen. Danach würde sie gern zum Pfarrhaus gehen, aber wie es aussah, würde ein Sturm kommen. Der blaue Himmel wurde rasch von der dunkelgrauen Wolke verschluckt.

Über die Teile des Friedhofes, die im hellen Licht gelegen hatten, breiteten sich nun finstere Schatten. Plötzlich ließ ein Windstoß das hohe Gras wogen und wehte die Blütenblätter einer Kletterrose unter das Vordach der Kirche.

Honey tat ihr Bestes, die Blütenblätter nicht zu zertreten; eine solch grobe Behandlung hatten die nicht verdient.

Sie schob mit dem Fuß die Blütenblätter zur Seite. Dann streckte sie die Hand nach der schmiedeeisernen Türklinke aus; die Kirche würde höchstwahrscheinlich verschlossen sein. Zu Honeys Überraschung war sie das nicht.

Wahrscheinlich war der Ausschuss für Blumenschmuck dafür verantwortlich.

Zur Begrüßung wehte ihr der Geruch von altem Staub, alter Möbelpolitur und vielleicht sogar alten Gebeten entgegen. Ebenso der süße Duft von Sommerrosen und Lilien. Die Blumendamen hatten ihre Arbeit schon erledigt.

Die prächtigen Blumengestecke bildeten die hellsten Punkte in der Kirche, waren aber nicht hell genug, um die düstere Stimmung zu vertreiben.

»Ist hier jemand?«

Kein Laut. Sie wünschte sich, es hätte ihr jemand geantwortet. Irgendein Geräusch wäre schön gewesen, mit Ausnahme des Raschelns einer rennenden Maus. Oder des Flügelschlags einer Fledermaus. Fledermäuse waren wunderbare Geschöpfe, aus einiger Entfernung betrachtet, aber nicht hautnah und auf Tuchfühlung. Besonders nicht, wenn sie sich bei einem im Haar verfingen.

Hätte sie doch wenigstens einen Hut oder einen Regenschirm dabeigehabt! Sie strich sich das Haar fest hinter die Ohren.

»Frau Pfarrerin Paxton?«

Sie wartete, lauschte auf das leiseste Geräusch.

Diese ganze Angelegenheit, diese Mörderjagd, die Organisation einer Hochzeit, die Sorge um ihre Mutter, das alles war so unendlich ermüdend. Und dann hatte sie noch das Hotel zu führen. Sie setzte sich in eine Kirchenbank.

»Gott sei Dank, dass ich Lindsey habe«, flüsterte sie in die Stille hinein. Wenn Gott überhaupt zuhörte, dann war hier wohl genau der richtige Ort, um ihm zu sagen, was man auf dem Herzen hatte.

Plötzlich begann Regen gegen die Fenster zu trommeln.

Es hatte also keinen Sinn, schon zu gehen. Honey gähnte. Ja, so langsam holte die Müdigkeit sie ein. Da konnte sie es sich ebenso gut auch gemütlich machen, dachte sie und lehnte ihren Kopf an einen Pfeiler. Der stand passenderweise zwischen ihrem Sitzplatz und dem Mittelgang der Kirche. Wer diesen Platz während eines Gottesdienstes ergatterte, konnte rein gar nichts sehen! Andererseits sahen ihn weder die Pfarrerin auf der Kanzel noch irgendjemand sonst in der Kirche. Ziemlich praktisch, wenn die Predigt langweilig war, besonders wenn man am Abend zuvor einen Zug durch die Gemeinde gemacht hatte.

Nur bis der Regen aufhört, sagte sie sich und schlang die Arme um den Leib. Trotz des Regens war die Luft angenehm warm. Ihr fielen die Augen zu.

Während sie schlummerte, träumte sie von Marietta in ihren jüngeren Jahren. Sie konnte es nicht genau sagen, aber irgendwas war an der Frau, die Harold Clinker geheiratet hatte, ganz anders gewesen als bei dem Schulmädchen, an das Honey sich erinnerte. Ihr Haar war mausblond gewesen, das ließ sich supereinfach in ein strahlendes Blond umfärben. Und sie hatte immer ziemlich kurzsichtig geschielt, aber das konnte man mit Kontaktlinsen problemlos richten. Doch was war es sonst? Was hatte sich noch verändert?

Kapitel 33

Ehe er wieder den Gartenpfad zur Haustür von Nummer sechs entlangging, kontaktierte Doherty Wizard in der Manvers Street.

»Irgendwas zu den Handtaschen?«

»Alle gestohlen. Wussten Sie, Chef, dass manche von den Dingern ein paar tausend Pfund wert sind? Das gibt's doch nicht, oder? Sehen aus wie Handtaschen, fertig.«

Es hatte in letzter Zeit ziemlich viele Überfälle auf Frauen gegeben, bei denen man den Opfern die Handtasche weggerissen hatte. Die meisten waren spätnachts und in einigen Fällen in ziemlich guten Gegenden geschehen. Dass die Handtaschen leer in einem wüsten Haufen auf Geraldines Anrichte lagen, war ein guter Hinweis darauf, dass sie die wohl für jemanden verscherbelte. Der Dieb nahm sich den Inhalt; Geraldine kriegte die Taschen und verkaufte sie, entweder an Leute, die sie persönlich kannte, oder auf eBay.

Geraldine schien überrascht, Doherty schon wieder zu sehen. »Was ist denn jetzt noch?«

»Nur auf ein kurzes Wort.«

»Ich hab keine Zeit!«

Sie versuchte ihm die Tür vor der Nase zuzuschlagen, aber er hatte den Fuß auch diesmal zu weit drin, und die Tür schlug nur gegen sein Bein.

»Ich muss mit Ihnen über Alice Flynn sprechen. Und ich muss mit Ihnen über Hermione Thompson reden.«

»Kenn ich nicht.«

»Sie haben mir doch schon gesagt, dass Sie Alice kennen

und dass sie bei Ihnen wohnt. Von Hermione haben Sie mir aber nichts verraten, oder?«

»Hören Sie, ich habe einen Job und muss da jetzt hin. Kommen Sie morgen wieder.«

Doherty stieß zischend die Luft durch seine gespitzten Lippen aus und schüttelte den Kopf. »Wirklich ungezogen, Geraldine. Wenn ich bis morgen warte, dann sind bestimmt all die Handtaschen, die sich auf Ihrer Anrichte auftürmen, ordentlich weggeräumt. Das kann ich unmöglich zulassen. Also, in Anbetracht der Handtaschen und Ihrer Verwicklung in diesen Mordfall haben Sie doch sicher ein bisschen Zeit für mich. Habe ich recht?«

Die kantige Frau mit den stark geschminkten Augen und der ein wenig aus dem Leim geratenen Figur wirkte völlig schlaff, und ihr Teint wurde trotz der Kriegsbemalung bleich.

Sie öffnete die Tür weit, so dass er eintreten konnte und wieder in dem unordentlichen Wohnzimmer stand, genau wie vorhin.

»Also«, sagte sie und verschränkte schützend die Arme vor der Brust. »Was wollen Sie wissen?«

Ehe er die Gelegenheit hatte, ihr eine Antwort zu geben, hörte er das Klappern von Absätzen auf dem Gartenweg und dann einen Schüssel in der Haustür.

»Oh, Entschuldigung. Störe ich?«

Die Frau war etwa fünfundvierzig und hätte ziemlich gut aussehen können, wenn sie sich anders angezogen hätte. Sie trug hautenge Jeans und ein ebenso hautenges Top, beides in Schwarz. Ein mit Nieten besetzter Gürtel hing ihr locker auf der Hüfte, und das Haar war schwarz gefärbt. Ihr Gesicht war sehr weiß. Sie wirkte mit diesem Outfit in ihrem Alter ziemlich lächerlich.

Doherty sprach sie an. »Sind Sie Alice Flynn?«

»Ja.« Sie schaute von ihm zu Geraldine und wieder zurück. »Sind Sie ein Bulle?«

Doherty nickte. »Ja.«

»Haben Sie den endlich gefunden, der meine Oma umgebracht hat?«

»Ihre Oma?«

Alice lächelte. »Ja. Sie hat allen erzählt, sie wäre meine Mutter, aber in Wirklichkeit war sie meine Oma. Das hat man davon, wenn man eine Mutter hat, die an einer Überdosis Drogen gestorben ist. Oma hat uns großgezogen.«

»Uns?«

»Mich und meine Schwester.«

»Hermione Thompson.«

»Ja. Die hat es zu was gebracht, die schon. Will aber nicht, dass es jemand weiß. Oma hat ein Auge auf sie gehalten, um sicher zu sein, dass keiner sie verscheißert. Das hat sie mir jedenfalls gesagt. Oma war ein ziemlich schräger Vogel, aber ich denke, das wissen Sie schon.«

Obwohl niemand Doherty dazu aufgefordert hatte, setzte er sich auf das Sofa. Es schien ihm, dass Alice Flynn im Gegensatz zu ihrer Freundin Geraldine Evans gern redete.

»Woher kennen Sie beide sich?«, fragte Doherty und deutete auf die beiden Frauen.

Natürlich antwortete Alice. »Ich habe in denselben Nachtklubs gearbeitet, jedenfalls bis ich unter der Haube war und die Kinder bekommen habe. Schlechteste Idee, die ich je hatte, mich mit diesem Idioten zusammenzutun. Meine Oma hat mir schon gesagt, dass der nichts taugt, ehe ich das gemacht habe, aber so war's eben, ich dachte, ich wäre verknallt. Aber meine Kinder, die liebe ich. Das muss ich wirklich sagen.«

»Sind Sie noch verheiratet?«

»Hab ihn nie richtig geheiratet, was? Meine Oma hat mir gesagt, das sollte ich lieber lassen. Hab ich also nicht gemacht.«

»Ich dachte, Sie hätten gesagt, Sie wären unter die Haube gekommen.«

Alice lachte. »Nicht im üblichen Sinn. Wir haben es auf die moderne Art gemacht. Wie Oma mir geraten hat. Die meinte, dass man die Ehe wie ein Geschäft angehen sollte, und die wusste ganz bestimmt Bescheid darüber, obwohl …« Sie legte eine Pause ein und musterte ihn fragend. »Das wissen Sie wahrscheinlich auch längst.«

Dohertys Neugier war geweckt. »Ein bisschen was. Möchten Sie das weiter ausführen?«

Ganz ehrlich, er hatte keine Ahnung, wovon sie redete. Vielleicht war das wichtig. Oder auch nicht.

Alice Flynn schien eine offene und ehrliche Person zu sein. Sobald sie angefangen hatte, ihm mehr über ihre Großmutter zu erzählen, war sie ihm noch sympathischer geworden.

»Sie hat Ehen vermittelt, Bräute für Ausländer gefunden, die einen britischen Pass brauchten. Damals, vor fünfzehn Jahren, als sie in dem Geschäft war, war die Konkurrenz auf dem Markt noch nicht so groß. Nicht wie heutzutage. Oma meinte, sie hätte das kommen sehen, und ist also ausgestiegen, hat ihrer Partnerin erzählt, sie wollte mehr Zeit mit mir und den Kindern verbringen. Da hat sie die Wahrheit gesagt. Meine Kinder waren damals noch sehr klein, und ich brauchte Hilfe. Sie hatte einen Haufen Geld verdient und hat damit dieses Häuschen gekauft. Das hat sie wirklich geliebt, dieses Häuschen.« Alice machte eine Pause, um sich eine Träne aus dem Auge zu wischen. Doherty hegte keinen Zweifel, dass es eine echte war.

»Also hat sie vor ungefähr fünfzehn Jahren das Geschäft aufgegeben?«

Alice nickte. »Genau. Sie hatte genug Geld gescheffelt, und niemand ist ihr auf die Schliche gekommen. Aber so wie ich meine Oma kannte, war sie auch immer vorsichtig gewesen. Sie war ein alter Drachen, aber sie war nicht blöd.«

»Hat sie irgendwelche von diesen Männern selbst geheiratet?«

Alice lächelte traurig. »Nein. Ihr Bräutigam hatte sie ja am Altar sitzenlassen. Sie ist nie drüber weggekommen. Erst das und dann meine Mama, die sich mit Drogen ruiniert hat. Dafür hat Oma immer meinem Großvater die Schuld gegeben, weil er sein Versprechen nicht gehalten hat und überhaupt. Ich fand das ja nicht so wichtig, aber, wie sie mir immer gesagt hat, damals war es nicht egal.«

»Er ist also nie zurückgekommen?«

Alice dachte einen Augenblick angestrengt nach. »Ich glaube nicht, aber manchmal habe ich mich gefragt, ob er nicht doch aufgetaucht ist. Manchmal hat sie die Zeiten ein bisschen durcheinandergebracht, besonders als sie älter wurde.«

»Was ist mit Hermione. Weiß sie das alles?«

»O ja, aber Sie sagen ihrem Mann nichts davon, nicht? Oma hat dafür gesorgt, dass niemand erfahren hat, dass sie verwandt waren. Sie hat dafür keine Mühe gescheut. Hermione ist hergezogen, um sich ein bisschen um sie zu kümmern, müssen Sie wissen. Doch sie haben das geheim gehalten. Hermiones Ehemann hat jedenfalls keine Ahnung. Hermione hat ihn dazu überredet, sich in der Gegend um eine Stelle zu bewerben und ihr die Wahl zu überlassen, wo sie wohnen würden. Er hatte nichts dagegen. Er liebt sie. Er ist völlig vernarrt in sie, echt, nicht wie mein Alter. Der war wirklich ein Scheißkerl.« Sie lachte.

Doherty lachte mit ihr. Er konnte sich gut vorstellen,

dass sie bei den Männern in den Nachtklubs beliebt gewesen war. Abgesehen vom Sex hatten sie sich in ihrer Gesellschaft bestimmt ganz entspannt gefühlt, und dazu war sie noch so unglaublich offen und ehrlich.

»Diese Ehen wurden also für Leute aus dem Ausland arrangiert, damit die einen britischen Pass bekamen?«

»Stimmt, aber nur für Männer. Sie hatte eine Partnerin, müssen Sie wissen. Die hat die Rolle der Braut übernommen. Die beiden hatten jede Menge Namen, die sie für den Papierkram vor der Hochzeit und dann auf den Heiratsurkunden benutzt haben. Fragen Sie mich nicht, wie sie das hingekriegt haben, aber Oma hat es mir erzählt. Und ich habe versprochen, nichts davon weiterzuerzählen, solange sie lebt, und ich würde auch jetzt noch nichts sagen, wenn es nicht vielleicht helfen könnte, ihren Mörder zu schnappen. Sie müssen wissen, dass Oma mit dem Löwenanteil des Geldes abgehauen ist, das die beiden verdient haben. Sie haben sich eine Art wöchentliches Gehalt, ihr ›laufendes Geld‹, ausgezahlt, aber den größten Teil haben sie auf den Namen meiner Oma auf einem Konto gebunkert.«

»Kennen Sie den Namen der Partnerin?«

Alice schüttelte den Kopf. »Nein, den hat sie uns nie genannt. Sie hat gesagt, dass sie einander nie ihre richtigen Namen verraten hätten. Das Einzige, was sie erzählt hat, war, dass die Partnerin manchmal eine Brille trug und manchmal ein Muttermal auf eine Wange geklebt hatte. Das hatte immer eine andere Form, genau wie die Brillen. Das hat alles zum Geschäft gehört, dieses Verkleiden und dass sie keine Ahnung hatten, wer die andere wirklich war. Mehr weiß ich nicht.«

Sie ließ den Kopf hängen und schaute traurig, ehe sie sich wieder aufrichtete und ihm direkt in die Augen blickte.

»Ich weiß, dass meine Oma nicht vollkommen war, aber

Sie finden Ihren Mörder, ja? Sie finden den, der das getan hat?«

Was war das?

Honey öffnete mit einem Ruck die Augen. Draußen tobte immer noch der Sturm, der Regen klatschte an die Bogenfenster, und ein wütender Luftzug wehte ihr um die Knöchel.

Sie regte sich nur langsam. Da hatte ihr das Hotelleben einiges beigebracht. Bloß nicht verraten, dass man da ist, wenn man Hotelgästen aus dem Weg gehen will, die man nicht mochte, besonders den Dauermeckerern. Leuten, die sich redlich bemühten, unbedingt etwas zu finden, über das sie sich beschweren konnten, begegnete man ja im Gastgewerbe zur Genüge. Ihre Erfahrung war, dass die Gäste aus dem Inland da die Liste mit Abstand anführten. Honey gab den Verbraucherprogrammen im Fernsehen und einer vermaledeiten Moderatorin die Schuld, die behauptete, die Briten ließen sich zu viel gefallen. Es war klar, dass diese Moderatorin niemals ein Hotel geführt hatte. Sonst wäre ihr dieser Satz nie über die Lippen gekommen.

Jedenfalls wusste Honey einfach instinktiv, wann sie sich unsichtbar machen musste.

Die Stimmen waren gedämpft, aber das Gespräch schien intensiv zu sein. Eine Stimme klang kälter als die andere.

»Ich habe Ihnen ein Brautkleid mitgebracht.«

»Seien Sie nicht albern.«

»Warum probieren Sie es nicht an?«

»Ich bin nicht hergekommen, um Brautkleider anzuprobieren. Ich bin mit frischen Blumen hier.«

»Frische Blumen!« Der Ton war spöttisch. Honey versuchte sich daran zu erinnern, wo sie diesen Tonfall schon mal gehört hatte.

»Ich kenne Sie, nicht wahr?« Es war die Stimme von Janet Glencannon. »Ich habe Sie schon mal gesehen ... Ich weiß! Sie waren damals an diesem Tag mit Ihrem Vater ...«

»Er war nicht mein Vater! Da muss ich Sie aufklären, meine Dame! Der Mann war mein Ehemann. Ich war dreizehn Jahre alt. Durch diese Heirat bekam er den Pass, den er wollte. Leider war ich durch die Ehe schon an ihn gebunden. Er hat mir gesagt, wenn ich mich irgendwo beschwerte, würde man mich ins Gefängnis stecken, weil er einen Pass hatte und ich nicht! Ich war dreizehn! Dreizehn! Können Sie sich vorstellen, was er mir alles angetan hat?«

Sie hörte, wie Janet laut nach Luft schnappte. »Das wusste ich nicht. Wie konnte ich das wissen? Er hat uns gesagt, Sie wären seine Tochter.«

»Ich habe versucht, es Ihnen zu sagen. Ich dachte, Sie hätten gesehen, welche Todesangst ich ausgestanden habe. Er hat mich meiner Familie abgekauft. Gekauft! Verstehen Sie? Und jetzt ziehen Sie das hier an!«

Honey hörte das Rascheln von vielen Lagen Tüll und Seide, so wie nur ein Brautkleid oder eine Ballrobe rascheln konnte.

»Gehen Sie mir aus dem Weg!«

»Ziehen Sie das Kleid an!«

»Nein!«

Man hörte einen erstickten Laut. Honey traute sich, vorsichtig hinter ihrem Steinpfeiler vorzuschauen.

Die andere Stimme, die ihr bekannt vorgekommen war, gehörte zu einer großgewachsenen Gestalt, die sich wie eine Turnerin bewegte. Sie war viel größer als Janet Glencannon und hatte einen festen, muskulösen Körper. Sie hielt Janet im Schwitzkasten, wie Honey es zuvor nur in Ringkämpfen gesehen hatte. Janet wehrte sich, aber wie sehr sie auch zerrte, sie konnte Carolina Sherises starke braune Arme nicht von ihrem Hals lösen.

»Ich habe alles gelesen«, sagte Carolina gerade, und ihre Stimme schwankte zwischen rachsüchtiger Wut und bebender Leidenschaft. »Sie und Mrs Flynn haben die Heiraten für Ausländer arrangiert, die einen britischen Pass haben wollten. Mrs Flynn hat die Organisation übernommen. Sie waren die Braut, immer mit einem anderen Namen und leicht verändertem Aussehen. Einschließlich dieses Feuermals. Ich werde dieses Feuermal mein Leben lang nicht vergessen«, sagte sie in beinahe melancholischem Ton. »Ich habe nicht begriffen, dass das nicht echt war. Ich war ja noch ein Kind und hatte nie Verkleiden gespielt. Ich war eine Kinderbraut. Ich habe schreckliche Dinge durchgemacht, das Bett mit ihm geteilt, sein Essen gekocht, ihm seine Spritzen gegeben. O ja, er war nämlich Diabetiker. So habe ich gelernt, wie man Spritzen gibt. Es wäre das perfekte Verbrechen gewesen; man hätte sie erst am folgenden Tag gefunden, und bis dahin wäre das Insulin völlig zersetzt gewesen. Sie wäre einfach eine alte Frau gewesen, deren Zeit abgelaufen war. Aber da mussten ja Sie kommen und ihr eins über den Schädel ziehen. Warum haben Sie das gemacht? Warum? Sie waren doch Geschäftspartnerinnen.«

Janet konnte nur mit großer Mühe antworten, weil ihr Carolinas enger Griff den Hals zuschnürte.

Honey trat hinter der Säule hervor. »Ja, das wüsste ich auch gern.«

Carolinas schiefergraue Augen wurden weit, aber sie lockerte ihren Griff nicht. Janet Glencannon würde ihr nicht entkommen.

»Meinen Sie, Sie könnten locker genug lassen, damit sie uns sagen kann, wieso die beiden sich entzweit haben?«

Carolina, deren durchdringende Augen in gewalttätiger Absicht glitzerten, schüttelte den Kopf.

»Nein, das muss ich nicht hören. Ich weiß es nämlich schon. Sie haben sich über Geld gestritten. Was anderes war denen nicht wichtig. Nur Geld.«

»Nun, wenn Sie es wissen, was bezwecken Sie dann mit dem Würgegriff? Sie haben Ihre Antwort und können sie genauso gut loslassen.«

»Nein.«

»Ich glaube, das sollten Sie besser tun. Ich habe bereits bei der Polizei angerufen. Die sind schon unterwegs.«

Carolina warf den Kopf zurück und lachte. Honey begriff, dass in diesem hohen, einsamen Lachen viel Bitterkeit und Trauer um eine viel zu früh beendete Kindheit mitschwang.

»Das ist mir egal«, kreischte Carolina in den höchsten Tönen und wandte die Augen zu den Deckenbalken hoch oben. »Es ist mir wirklich egal.«

»Also, was jetzt?«

Carolinas Augen schienen aus den Schatten hervorzuleuchten, die der draußen noch tobende Sturm über die Kirche gebreitet hatte. »Ich könnte Sie auch umbringen«, sagte sie, und ihre üppigen Lippen dehnten sich über den strahlend weißen Zähnen zu einer Art Lächeln.

»Das glaube ich nicht.«

Honey machte sich auf den Weg zur Tür, sie ging mit großen Schritten und zeigte keinerlei Anzeichen von Furcht. Innerlich bebte sie wie Wackelpudding.

»Sofort stehenbleiben! Sonst stirbt sie!«

Honey hielt erst an, als die Tür nur noch eine Armlänge von ihr entfernt war.

Sie drehte sich um und nahm eine trotzige Haltung an, die gar nichts damit zu tun hatte, wie ihr wirklich zumute war.

»Ich glaube Ihnen nicht.«

Carolinas Augen glitzerten. Janet traten beinahe die Augen aus dem Kopf. Eine rasche Bewegung, und Janets Genick wäre gebrochen, der Atem aus ihrem Körper gequetscht wie Zahnpasta.

In Honey kam die waghalsige Seite ihres Charakters zum Tragen, trieb sie in einer Geschwindigkeit den Mittelgang entlang, die sie bei sich niemals für möglich gehalten hätte.

Janet Glencannon wurde zur Seite geschleudert wie eine Lumpenpuppe. Honey duckte sich tief und rammte Carolina ihren Kopf in die Rippen.

Jede normale Frau wäre unter diesem Aufprall umgefallen, aber Carolina war durchtrainiert. Honey bemerkte das in dem Augenblick, als sich die muskulösen Arme um ihre Rippen legten und sie fest drückten, bis sie meinte, die Lungen müssten ihr zerplatzen. Zum ersten Mal wünschte sie sich, sie wäre auch regelmäßig ins Fitness-Studio gegangen, aber, he, sie hatte ein erfülltes Leben geführt, und außerdem hatte sie Doherty; das war ihr Training.

Honey wusste nicht genau, wie sie es geschafft hatte, aber sie setzte ihr ganzes Gewicht als Hebel ein, bis sie beinahe auf dem Kopf stand und mit den Beinen der größeren Frau nach dem Gesicht trat.

In Gefechten immer das Gewicht einsetzen.

Sie hatte keine Ahnung, woher dieser Ratschlag in ihrem Hirn aufgetaucht war; wahrscheinlich hatte sie ihn aus irgendeinem Artikel über Selbstverteidigung in der Wochenendbeilage, die es kostenlos zur Zeitung dazugab.

Mit aller Kraft kickte sie immer und immer wieder. Endlich brachte einer der Tritte Carolina aus dem Gleichgewicht. Erst wankte sie, und dann fiel sie um.

Kapitel 34

Auf gar keinen Fall konnte Doherty Geraldine Evans ungeschoren davonkommen lassen. Das musste sie gewusst haben. Erst lungerte sie noch im Hintergrund herum, während Alice Flynn ihm die Lebensgeschichte ihrer Großmutter erzählte. Als sich Alice dann alles über ihre Großmutter vom Herzen geredet hatte, war Geraldine verschwunden.

Doherty verstörte das nicht zu sehr. Die würde schon wieder auftauchen, da war er sich sicher. In der Zwischenzeit musste er einiges überprüfen.

Als er in die Manvers Street zurückgekehrt war, setzte er sein Team in Bewegung, wies seine Leute an, sich mit der Einwanderungsbehörde in Verbindung zu setzen und nach einer gewissen Gladys Flynn und Geschäften mit Scheinehen zu forschen.

»Ich will wissen, ob sie was gegen sie in den Akten haben – und mein Bauchgefühl sagt mir, dass das so ist – und ob es was über die Identität ihrer Partnerin gibt. Sagen wir mal, die Frau ist jetzt etwa Mitte dreißig, aber da bin ich flexibel.«

Er versuchte Honey vom Festnetz im Büro anzurufen, bekam aber keine Antwort. Als er sah, dass Wizard an seiner Bürotür vorbeikam, fragte er, ob er vielleicht eine Tasse Tee für ihn hätte.

»Tut mir leid, Chef. Keine Zeit. Ich bin auf dem Weg zu einer Hochzeit«, sagte der, und sein massiger Körper schien beinahe in der Türöffnung festzustecken.

»Oh, Entschuldigung. Ich hoffe, es geht alles glatt.«

»Ich auch. Oh, und ehe ich es vergesse: Sie erinnern sich

doch, dass ich gemeint hatte, ich hätte die langbeinige Dame schon in einem Unterwäschekatalog gesehen?«

»Sie haben Ihren Ruf ohnehin weg …«

»Ich habe mich geirrt. Es war keine Unterwäsche. Es war in einer Hochzeitszeitschrift, einer von denen voller Brautkleider. Sie hat die Kleider vorgeführt. Ich denke, da waren natürlich auch andere Models, aber sie ist mir besonders aufgefallen, ich nehme mal an, wegen des Kontrastes zwischen dem mit Perlen besetzten Schleier und ihrer Hautfarbe.«

Dohertys Kopf fuhr hoch. »Brautkleider?«

»Ja.«

»Sie meinen die dunkelhäutige junge Frau, diese Carolina Sherise?«

»Genau die.«

Ein schneller Anruf bei Lindsey, und Doherty wusste, wohin Honey gefahren war.

»Ihr Auto ist in der Werkstatt. Sie ist mit Mary Jane losgezogen. Ich glaube, sie wollte sich noch mal die Kirche anschauen und dann die Pfarrerin treffen. Wollt ihr beiden wirklich heiraten?«

»Warum nicht?«

»Ihr lasst euch ja ziemlich viel Zeit damit.«

Doherty wollte gerade aus seinem Büro gehen, als ihm Agnes Mackenzie in den Weg trat.

»Sir, ich habe ein bisschen über einige der Leute recherchiert, die mit den Brautkleidmorden zu tun haben. Zwei, darunter das erste Opfer, stehen bei der Einwanderungsbehörde in den Akten, weil man sie verdächtigt, Scheinehen für Ausländer arrangiert zu haben, die einen britischen Pass brauchten. Ich habe Ihnen alles aufgeschrieben. Eine weitere Frau ist ebenfalls interessant. Ihr richtiger Name ist Anesha Pukir. Wir glauben, dass sie aus Somalia stammt und illegal als Ehefrau eines älteren Mannes ins Land gebracht wurde. Es sieht auch so aus, als wäre der Name in ihrem Pass der eines kleinen Mädchens, das vor seinem ersten Geburtstag verstorben ist. Einer gewissen Anne Steadman. Und hier ist ein Foto dabei.«

Doherty nahm die Seiten mit den Aufzeichnungen und las sie durch. Anne Steadman, die Frau auf dem Foto, kannte er: Es war Carolina Sherise.

»Ihr Mann ist gestorben, wahrscheinlich einen natürlichen Tod. Er war Diabetiker.«

Sie hatten einen Haftbefehl. Sie wussten, wen sie verhaften wollten. Die Sirenen jaulten auf dem ganzen Weg ins Dorf.

Die Pfarrerin schaute völlig verdattert drein, als sie ihnen die Tür öffnete. Mary Jane stand hinter ihr.

Pfarrerin Constance Paxton stürzte sich beinahe auf Steve. »Ich habe mich gerade an eine Einzelheit von neulich am Abend erinnert«, sagte sie aufgeregt. »Da war ein Meißel, der zwischen den Steinplatten herausragte, als hätte jemand versucht, damit eine Platte hochzuhebeln und an etwas heranzukommen, das darunter verborgen war. Mary Jane hat mir geholfen, mir das wieder ins Gedächtnis zurückzurufen. Sie hat mich in Trance versetzt.«

Doherty schaute verwirrt. »In Trance?«

»Ich habe sie hypnotisiert. Sie hat sich im Nu an alles erinnert.« Mary Jane schnipste wie zur Erklärung mit den Fingern.

»Ich war an jenem Abend sehr bestürzt. Sie müssen wissen, ich hatte ja bei Mrs Flynn ein Glas Sherry getrunken, und etwas, was sie gesagt hat, hat mich ziemlich aufgeregt. Sie hat erklärt, sie hätte jeden Einzelnen im Dorf unter Beobachtung. Sie wüsste über jeden etwas und hätte ihr Notizbuch in der Kirche versteckt. Ich habe ihr daraufhin gesagt, das wäre nicht anständig, aber sie lachte nur und erwiderte mir: ›Ich habe auch was über Sie rausgefunden. Über Ihren Ehemann.‹ Die Frau war wirklich eine alte Hexe. Böse durch und durch. Mein Mann ist bei einem Autounfall ums Leben gekommen. Ich saß am Steuer. Ich war betrunken, wissen Sie. Ich glaube, deswegen hat sie mir immer mehr von diesem schrecklichen Sherry angeboten. Sie hat mit mir ihr böses Spiel getrieben. Das hat sie mit allen gemacht.«

»Wo ist Honey? Ich hatte erwartet, sie hier zu treffen.«

»Sie ist unten in der Kirche.«

Telefonisch trafen die Nachrichten ein, dass die Frau, deren Künstlername Carolina Sherise war, sich weder an ihrer bekannten Adresse aufhielt noch in Gesellschaft von Harold Clinker war. Ein weiterer Anruf informierte Doherty, dass die immerwährende Braut, Janet Glencannon, auch nicht zu Hause war.

»Ihre Zwingerbetreuerin hat gesagt, sie wäre zur Kirche gegangen, um sich um die Blumengestecke zu kümmern.«

»Alle Wege führen zur Kirche«, murmelte Doherty.

Es war nur eine kurze Fahrt, aber unterwegs überlegte er sich, was geschehen war, und brachte es in eine Art logische Reihenfolge.

1. Mrs Flynn hatte die Scheinehe zwischen Carolinas Ehemann und Janet Brooks – davor und seit neuestem wieder Glencannon – arrangiert. Doherty vermutete, dass es wohl auch Mrs Flynn gewesen war, die Harold Clinker die alten Besitzurkunden verschafft hatte, die sich auf das umstrittene Land vor der Kirche bezogen. Sie hatte ja recht viel Zeit in St Michael's verbracht, dort mit ihrem Brautkleid gesessen. Und mit ihrem Notizbuch, vermutete er. Das hatte sie wohl auch dort verwahrt.

2. Carolina war durchtrainiert und stark. Als sie Mrs Flynn in der Kirche angetroffen hatte, hatte sie sie überwältigt, ihr die Spritze gegeben und sie dort zurückgelassen, benommen und auf die Bank vor ihr gesackt.

3. Die Pfarrerin hatte sie bei dem gestört, was sie sonst noch in der Kirche vorhatte, vielleicht bei der Suche nach Mrs Flynns Notizbuch. Allerdings war Carolina noch nicht lange im Dorf und nicht allen bekannt. Als sie die Kirche verließ, hatte Harold Clinker das Pech, gerade aus dem Auto zu steigen, also schlug sie ihn auch k. o. Möglichweise hatte sie Marietta bereits irgendwie mit einem Mittelchen betäubt. Vielleicht hatte die sich gewehrt, und ein wenig von ihrem Parfüm haftete noch an Carolina.

4. Es kam Carolina sehr gelegen, dass es nun so aussah, als hätte sich Marietta an ihrem Ehemann gerächt.

5. Carolina geriet in Panik. Soweit sie die Sache überblickte, würde es ihr nur gelingen, den Verdacht von sich abzulenken, indem sie einen zweiten Mord inszenierte, der auf Tod durch einen brutalen Schlag auf den Kopf schließen ließ. Sie wusste nicht, dass man Mrs Flynns wahre Todesursache bereits entdeckt hatte.

6. Es war für sie kein Problem, an Brautkleider zu kommen; schließlich hatte sie ihre Karriere darauf aufgebaut, dass sie für Kataloge und Zeitschriften als Braut posierte. Die mochten sie, weil sie groß und schlank war, sehr hohe Wangenknochen und schiefergraue Augen hatte. Manchmal bot man ihr die Kleider an, die sie auf den Fotos getragen hatte. Die meisten verkaufte sie weiter, aber ein, zwei hingen noch in ihrer Wohnung.

7. Ahmed hatte ihr bereitwillig alles über sein Auto erzählt, und sie hatte sich überlegt, dass das ein sehr

schönes Detail wäre. Sie hatte den Wagen zufällig gesehen, als sie ein Brautkleid an einen Transvestiten auslieferte, der in der Nähe der Garage wohnte, in der Ahmed den Rolls Royce unterstellte. Eigentlich hatte sie die Limousine mieten wollen, doch dann hatte sich die Gelegenheit geboten, sie zu stehlen. Sie hatte schon vermutet, dass Ahmed manchmal ein bisschen schusselig war. Damit hatte sie recht gehabt. Er hatte den Wagen vor der Garage abgestellt und den Schlüssel im Zündschloss stecken lassen.

8. Mrs Flynn war beseitigt. Marietta war ein sehr leichtes Opfer gewesen. Als Nächstes sollte Janet, die Frau, die die »Braut« gewesen war, an die Reihe kommen. Leider hatte Carolina nicht einkalkuliert, dass Janet sie wiedererkennen würde. Janet hatte sie aber erkannt und war übereilt aus dem Dorfladen gestürzt. Sie musste sie irgendwie allein erwischen, am besten in der Kirche. Am liebsten wäre ihr gewesen, wenn Janet auch ein Brautkleid getragen hätte. Das wäre wirklich perfekt gewesen, es hätte so wunderbar gepasst, wenn die Frau, die ihr mit dieser Scheinehe so viel Kummer und Schmerz bereitet hatte, ein Brautkleid tragen würde, wenn sie sie tötete.

Die Polizeiautos rasten auf den Parkplatz vor der Kirche und kamen schlitternd im Matsch zum Stehen.

Eine ganze Horde Polizisten in Uniform im Gefolge, stürzte Doherty in die Kirche. Ihn grauste bei dem Gedanken, was er dort vorfinden würde, aber er hatte trotzdem den Verdacht, dass Honey, deren unorthodoxe Methoden ihn manchmal zur Verzweiflung brachten, obenauf sein würde.

Er hatte allerdings nicht damit gerechnet, sie buchstäblich oben auf Carolina Sherise vorzufinden, die aussah, als hätte man sie bewusstlos geschlagen.

Beide lagen sie auf einem Haufen von zersplittertem Holz und etwas, das aussah wie alte Dokumente.

Die Pfarrerin, die Mary Jane in ihrem Auto mitgenommen hatte, wollte auch in die Kirche rennen, wurde aber an der Tür von einem der uniformierten Beamten zurückgehalten.

»Ach du liebe Güte!«

Die Augen traten ihr beinahe aus dem Kopf.

»Wir haben einen Krankenwagen gerufen«, sagte einer der Polizisten.

Man half Honey auf die Beine. Ebenso Carolina Sherise, die mit verkniffenen Lippen und hasserfüllten Augen dastand. Nur Janet Glencannon lag weiterhin ausgestreckt auf dem Boden.

Doherty nickte der Pfarrerin zu, sie könnte hereinkommen.

»Tut mir leid wegen der Unordnung. Aber ich nehme an, die Versicherung zahlt Ihnen eine neue Truhe.«

»Die ist tausend Jahre alt. Was ist passiert?«

Doherty schaute zu Honey. Honey schaute zurück.

»Ich bin drauf gelandet. Aber sehen Sie's mal positiv: hier sind eine Menge alter Urkunden für Ihr Archiv. Jede Menge Pläne und Besitzurkunden und Dinge, von denen Sie nicht mal wussten, dass es sie gibt.«

Das Gesicht der Pfarrerin hellte sich auf. »Ja«, meinte sie mit plötzlich erwachtem Interesse. »Da könnten Sie recht haben.«

»Es gibt also doch so was wie Zufälle.«

Die Stewardess unterbrach die beiden. »Champagner? Ich habe mir sagen lassen, Sie sind auf der Hochzeitsreise?«

Honey und Doherty lächelten einander zu. »Warum nicht?«

Der Champagner war kalt und fruchtig.

»Erstaunlich, wie sie das an Bord eines Flugzeugs schaffen«, sagte Doherty, als er sich sein zweites Glas einschenkte.

Nachdem auch ihr Glas erneut gefüllt war, wandte sich Honey den kleineren Problemen zu, mit denen sie es kürzlich zu tun bekommen hatte und die alle eine Verbindung zum Green River Hotel hatten.

»Zufälle. So was gibt's wirklich. Doris war's.«

»Die den Punsch aufgepeppt hat?« Doherty schaute überrascht. Wenn Doris eine Sucht hatte, dann war das Essen und nicht Drogen irgendeiner Art, Alkohol eingeschlossen.

»Nein, das mit dem Wurm im Porridge. Meine Güte, war ihr das peinlich. Der Wurm war ein Gummiring, den sie sich um den kleinen Finger gedreht hatte, um sich daran zu erinnern, dass sie auf dem Nachhauseweg Möhren kaufen wollte. Und der ist runtergerutscht und im Porridge gelandet. Also keinerlei böse Absicht! Und ich bin zu dem Schluss gekommen, dass einer der Hochzeitsgäste den Punsch aufgepeppt haben muss. Du weißt doch, manchmal mischen Leute heimlich was in Getränke, weil sie das lustig finden – oder vielleicht weil sie sich an jemandem rächen wollen. Ich bin mir übrigens sicher, in einem Boulevardblatt gelesen zu haben, dass diese Ehe bereits wieder vorbei ist. Die Braut will berühmt werden, und der Bräutigam war nur eine weitere Stufe auf ihrer Karriereleiter. Auf zu neuen Ufern oder so. Jedenfalls«, fuhr sie fort und kam langsam in Schwung, was natürlich auch mit dem Champagner zu tun haben konnte, den sie wie Wasser trank. »Jedenfalls ist meine zweite Schlussfolgerung, dass der Frosch im Bett des Schotten wohl von seiner liebenden Gattin dorthin gelegt wurde. Sie hatten sich ja gestritten, und sie war davongestürmt.

Gott weiß, wo sie den Frosch herbekommen hat, aber ist das wirklich wichtig? Der Schotte hatte sich ja beinahe ins Koma gesoffen und hätte sowieso nichts gemerkt.«

»Alles Zufälle, keine böse Absicht.«

»Nein. Der Hund, das war eine andere Sache. Nigel war nicht blöd. Der Hund war seine kleine Botschaft an mich. Er wollte seine Frau nicht verraten, hat aber rausbekommen, wo ich wohne, und vermutet, dass ich den Hund als Vorwand dafür benutzen würde, mit seiner Frau zu sprechen. Er dachte wohl, wenn sie genug Schwierigkeiten hätte, würde sie zu ihm zurückkommen.«

»Er ist zu den Zwingern gegangen …«

»Ins Tierasyl …«

»Okay, ins Tierasyl, und er hat den Hund dort gestohlen.«

»Janet hat ja gesagt, dass er immer dort rumgelungert hat.«

Doherty verkniff es sich, die angebliche Entführung von Honeys Mutter zu erwähnen, denn das würde die Sprache nur wieder auf seine Tochter bringen. Die konnte wirklich manchmal ein böses kleines Weibsstück sein.

»Alles Zufälle, auch wenn es mir zu der Zeit nicht so vorgekommen ist.«

Hawaii. Palmen, Sand, Meer und Piña Colada. Doherty schwenkte sein Glas, weil er sich daran erfreute, wie die Eiswürfel aneinanderklirrten.

Er seufzte, nippte an seinem Cocktail und schüttelte dann den Kopf. »Eigentlich schade, dass wir nie dazu gekommen sind, zu heiraten.«

Honey seufzte auch, reckte ihre Beine und schob sich die Sonnenbrille auf der Nase hoch. »Das können wir ja irgendwann noch nachholen.«

»Schon. Ich glaube, die Pfarrerin war enttäuscht, dass sie für uns keinen Termin in ihrem Kalender freihatte.«

»Macht nichts«, sagte sie und streichelte ihm liebevoll den Arm. »Zumindest können die Hochzeitsautos draußen parken, jetzt, da die Kirche sich mit Harold Clinker geeinigt hat.«

Doherty nahm einen Eiswürfel aus seinem Drink, steckte ihn in den Mund und kaute nachdenklich darauf herum, während er über alles nachdachte, was noch geschehen war.

»Gut, dass ihr beide, du und Mary Jane, die restlichen alten Dokumente gefunden habt.«

Honey sah ein wenig verlegen aus. »Es wäre besser gewesen, wenn ich nicht auf der Truhe gelandet wäre, obwohl ich sagen muss, dass die Holzwürmer vor mir schon sehr viel Schaden angerichtet hatten.« Sie schob die Krempe ihres Sonnenhuts so zurecht, dass er ihr Gesicht besser beschattete. »Ich habe ein bisschen ein schlechtes Gewissen, dass ich nicht da war, um meine Mutter und ihren zaubernden Buchmacher zu Hause willkommen zu heißen.«

»Die beiden hatten ihre wilden Flitterwochen. Jetzt sind wir dran – irgendwie –, außer dass wir uns die Hochzeitszeremonie geschenkt haben. Zumindest weißt du inzwischen, dass die Zauberei nur ein Hobby ist.«

»Stimmt. Lindsey hat rausgefunden, dass er wirklich eine ganze Kette von Wettbüros besitzt. Von sehr erfolgreichen noch dazu.«

»Wettbüros können gar nichts anderes als erfolgreich sein.«

»Zum Glück. Meine Mutter hat einen sehr teuren Geschmack.«

Doherty legte den nackten Arm hinter den Kopf. »Ende gut, alles gut, wie der gute alte Bill Shakespeare mal gesagt hat.«

»Ich bin besonders froh, dass es das Reisebüro geschafft hat, die Hochzeitsreise vorzuziehen – obwohl es ja eigentlich keine ist. Wirklich nicht. Denn Hochzeitsreisen kommen ja gewöhnlich nach Hochzeiten, strenggenommen.«

»Strenggenommen ist es mir schnurzpiepegal, ob wir verheiratet sind oder nicht.«

Plötzlich wurde Doherty klar, was er da gesagt hatte, und er linste nervös zu ihr herüber. »Ich meine damit nicht, dass ich dich nicht heiraten will. Ich meine nur …«

Honey lachte und tätschelte ihm die Hand. »Ich weiß genau, was du meinst. Wir zwei, wir haben uns gesucht und gefunden, wie meine alte Großmutter sagen würde.«

Erleichtert über ihre Antwort, stellte Doherty seine Liege so ein, dass er flach ausgestreckt dalag.

Honey musterte seinen Oberkörper. Er war schon so schön braun und sah so entspannt aus. Aber dieser Kommentar …

»Argh!«

Schon landeten Eiswürfel auf seinem Bauch, Eiswürfel in seiner Badehose und Honey mit einem lauten Platschen im eisblauen Wasser des Swimmingpools.

JEAN G. GOODHIND
In Schönheit sterben
Honey Driver ermittelt. Kriminalroman
Übersetzt von Ulrike Seeberger
304 Seiten
ISBN 978-3-7466-2776-2
Auch als E-Book erhältlich

Wer schön sein will, muss sterben

Drei Tage darf Honey in einer Schönheitsklinik verbringen. Aber nicht nur, um es sich gutgehen zu lassen, sondern weil sie herausfinden soll, warum Lady Macrottie sterben musste. Die Leiterin des Spas und ihr beratender Arzt zeigen sich wenig kooperativ - sie haben offenbar etwas zu verbergen. Fast ohne Ergebnisse muss Honey die Klinik wieder verlassen. Da stirbt eine Mitarbeiterin des Hauses bei einem mysteriösen Unfall, und schon bald entdeckt Honey, dass die gesamte Klinik in höchster Gefahr ist.

Mehr Informationen erhalten Sie unter www.aufbau-verlag.de oder in Ihrer Buchhandlung.

 aufbau taschenbuch

JEAN G. GOODHIND
Mord zu Halloween
Honey Driver ermittelt
Übersetzt von Ulrike Seeberger
336 Seiten
ISBN 978-3-7466-3028-1
Auch als E-Book erhältlich

Süßes, sonst gibt´s Grausiges!

Während einer völlig chaotischen Halloween-Party werden Doris und Boris Crook, die neuen Besitzer eines Gästehauses, ermordet. Ihre Leichen fi ndet man in zwei ebenso riesigen wie geschmacklosen Vasen. Honey Driver hat den Auftrag, zu ermitteln. Als Hotelbesitzerin und Verbindungsfrau zwischen Hotelfachverband und Polizei steht sie mit dem Fall ziemlich allein da. Denn ihr Freund, Chief Inspector Steve Doherty, ist stinksauer, weil Honey sein geliebtes Auto kaputtgefahren hat. Verdächtig ist die ganze Partygesellschaft – und alle waren maskiert.

Mehr Informationen erhalten Sie unter www.aufbau-verlag.de oder in Ihrer Buchhandlung.

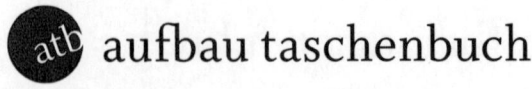

JEAN G. GOODHIND
Mord zur besten Sendezeit
Honey Driver ermittelt
314 Seiten
ISBN 978-3-7466-2952-0
Auch als E-Book erhältlich

Mord auf dem Landsitz

Eigentlich wollte Honey Driver, Hotelbesitzerin aus Bath, das vornehme Landhaus Cobden Manor kaufen und zu einem Hotel umbauen lassen. Aber nachdem sie die Leiche der Fernsehmoderatorin Arabella Neville im Kamin des schönen Anwesens gefunden hat, verzichtet sie gern darauf. Sie muss jetzt auch erst mal den Mörder von Arabella finden. Und da ist nicht nur der Ehemann des Fernsehstars verdächtig. Die launische Arabella hatte unzählige Neider und Feinde. Natürlich steht Honey wie immer das charmante Raubein Chief Inspector Steve Doherty tatkräftig zur Seite.

»Very British, very witzig – very spannend bis zur letzten Seite.«
Kieler Nachrichten

»Skurrile Handlung und viel britischer Humor.« Brigitte

»Eine moderne Miss Marple in bester britischer Krimitradition.« Für Sie

Mehr Informationen erhalten Sie unter www.aufbau-verlag.de oder in Ihrer Buchhandlung.

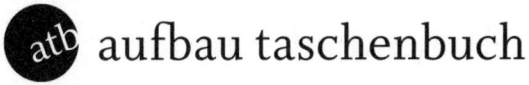

aufbau taschenbuch

MARY L. LONGWORTH
Tod auf dem Weingut Beauclaire
Ein Provence-Krimi
368 Seiten
ISBN 978-3-7466-3017-5

Sonne, Wein und Mord

Auf dem Weingut Beauclaire werden teure, alte Weine gestohlen.
Außerdem treibt in der Gegend um Aix-en-Provence ein brutaler
Frauenmörder sein Unwesen. Für Untersuchungsrichter Antoine
Verlaque und seine Freundin, die attraktive Juraprofessorin Marine
Bonnet, bleibt keine Zeit mehr, die Schönheit des provenzalischen
Sommers zu genießen.
Ein Kriminalroman mit südfranzösischer Atmosphäre, Spannung und
charmantem Personal.

»Genau die richtige Sommerlektüre.« Berliner Morgenpost

**Mehr Informationen erhalten Sie unter www.aufbau-verlag.de oder in Ihrer
Buchhandlung.**

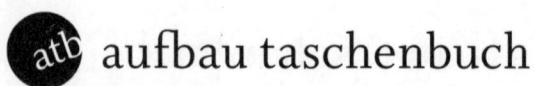

CLAUDIO PAGLIERI
Kein Grappa für Commissario Luciani
Roman
Übersetzt von Christian Försch
441 Seiten
ISBN 978-3-7466-2902-5
Auch als E-Book erhältlich

Mörder, Maler und Matronen

Ein Graf ohne Nachkommen, eine Haushälterin, ein Trödler, ein
Drogendealer – das sind die Todesopfer dieses ansonsten ruhigen
Sommers in Genua.
Doch dann taucht wie eine Vision aus der Vergangenheit seine
ehemalige Klassenkameradin und Schulschönheit Fiammetta Sforza
auf, von den Jahren unberührt wie Dorian Gray. Als Restauratorin
hatte sie für den verstorbenen Grafen eine seit Generationen im
Familienbesitz befindliche Rötelzeichnung untersucht und
herausgefunden, dass es sich um ein bis dato unbekanntes
Selbstporträt da Vincis handelt.
Das Baby vor den Bauch geschnallt, macht sich der spindeldürre,
baumlange Commissario sofort auf eigene Faust auf die Jagd nach dem
verschwundenen Porträt, im ungleichen Wettlauf gegen einen
geisterhaften Mörder, karrieregeile Widersacher, die Tücken schöner
Frauen und – den Schlafrhythmus seines Sohnes.

»Der Mann kann erzählen wie der Teufel! Ein Muss für alle, die
wissen wollen, wie Italiens Seele wirklich tickt.« Peter Henning

**Mehr Informationen erhalten Sie unter www.aufbau-verlag.de oder in Ihrer
Buchhandlung.**

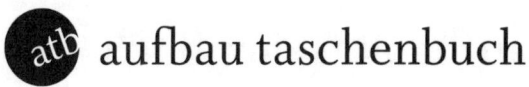

aufbau taschenbuch

FRIDA MEY
Mord ahoi!
Ein Kreuzfahrt-Krimi
288 Seiten
ISBN 978-3-7466-3054-0
Auch als E-Book erhältlich

Mops an Bord

Bei ihrem dritten Auftritt sorgt Elfie Ruhland für Ordnung auf einem Kreuzfahrtschiff. Kommissarin Alex und Mops Amadeus sind natürlich mit im Schlepptau. Während Alex versucht, das plötzliche Verschwinden des Chefcroupiers aufzuklären, sieht Elfie sich erneut mit einem schikanierenden Vorgesetzten konfrontiert, der seine Mitarbeiter drangsaliert. Und das gefällt ihr gar nicht. Nur schade, dass Elfie ausgerechnet jetzt ihr bordeauxfarbenes Notizbuch zu Hause gelassen hat. Ach, zum Teufel mit den guten Vorsätzen …

»Für alle, die beim ›Tatort‹ immer hoffen, dass die Bösewichte ungestraft davonkommen.« freundin

Mehr Informationen erhalten Sie unter www.aufbau-verlag.de oder in Ihrer Buchhandlung.

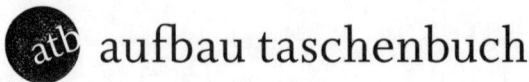

JANICE HAMRICK
Spiel Satz Tod
Kriminalroman
340 Seiten
ISBN 978-3-7466-2939-1
Auch als E-Book erhältlich

Mord an der Highschool

Für Jocelyn, Lehrerin an der Bonham Highschool in Austin, Texas, beginnt nach der abenteuerreichen Ägyptenreise im Sommer das neue Schuljahr. Als man Fred, den Tenniscoach, ermordet auffindet, übernimmt sie dessen Funktion. Da wird auch auf sie ein Anschlag verübt, den sie nur mit knapper Not überlebt. Als sie aus dem Krankenhaus zurückkommt, findet sie ihre Wohnung verwüstet vor. Trotzdem lässt sie nicht davon ab, gemeinsam mit dem verdammt attraktiven Polizisten Collin und ihrer schönen Cousine herauszufinden, was an der Schule falsch läuft.

»Cosy-Crime war einst auf England beschränkt, aber er hat seine traditionellen Grenzen längst verlassen. Janice Hamrick ist ein charmantes Beispiel dafür.« The Seattle Times

Mehr Informationen erhalten Sie unter www.aufbau-verlag.de oder in Ihrer Buchhandlung.

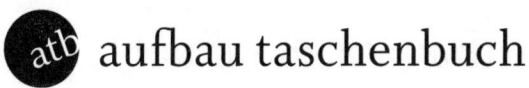

KATHARINA PETERS
Wachkoma
Thriller
336 Seiten
ISBN 978-3-7466-3056-4
Auch als E-Book erhältlich

Zwei vermisste Frauen

Zwei Vermisstenfälle erregen Aufsehen: Berit, eine junge Frau, verschwindet spurlos aus ihrem Ferienhaus am Fehmarnsund. Zwei Tage später taucht sie wieder auf: verstört und offensichtlich misshandelt. Die Kriminalpsychologin Hannah Jakob versucht vergeblich, Berit zu befragen, doch sie wird noch mit einem zweiten Fall konfrontiert: Eine Radiomoderatorin ist während ihres Urlaubs in Dänemark verschwunden. Hannah Jakob ahnt, dass beide Fälle zusammengehören. War die Journalistin einer großen Geschichte auf der Spur?
Hannah Jakob, Kriminalpsychologin mit dem Spezialgebiet vermisste Frauen und Kinder, ermittelt. Von der Autorin der Bestseller »Hafenmord« und »Klippenmord«.

Mehr Informationen erhalten Sie unter www.aufbau-verlag.de oder in Ihrer Buchhandlung.

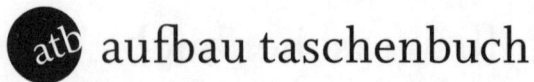

atb aufbau taschenbuch

MARIA DRIES
Der Kommissar von Barfleur
Ein Kriminalroman aus der Normandie
320 Seiten
ISBN 978-3-7466-3077-9
Auch als E-Book erhältlich

»Bonjour, Monsieur le Commissaire!«

Philippe Lagarde, ein ehemaliger Kommissar, hatte eigentlich vor, sich in seinem malerischen Dorf Barfleur zur Ruhe setzen. Allenfalls wollte er seiner Freundin Odette beim Kochen helfen und vielleicht dann und wann aufs Meer hinausfahren. Doch als ein deutscher Student auf mysteriöse Weise verschwindet, ist Lagardes Hilfe gefragt. Er hat nur einen Hinweis: eine Postkarte von Barfleur, die der junge Mann vor seinem Verschwinden abgeschickt hat. Bald findet Lagarde die erste Spur – und eine Leiche.

Auch die malerische Normandie hat ihre gefährlichen Seiten – ein Kriminalroman mit einem besonderen Flair.

Mehr Informationen erhalten Sie unter www.aufbau-verlag.de oder in Ihrer Buchhandlung.

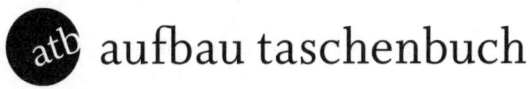

aufbau taschenbuch